JULIE
GARWOOD

JULIE GARWOOD

Amor en primavera

RBA

Título original: *Come the Spring*
Traducción: Delia Lavedan

Traducción cedida por Ediciones B, S.A.

Pérez Galdós, 36. 08012 Barcelona
Edición original Pocket Books, a division of Simon and Schuster Inc.

Diseño de la cubierta: Adland Comunicación

ISBN-13: 978-84-473-5033-9
ISBN-10: 84-473-5033-9
Depósito legal: M-40941-2006

Impresión y encuadernación:
MATEU CROMO

Impreso en España – Printed in Spain

Para mi hija Elizabeth,
que posee la mente de un científico,
el corazón de un santo
y la chispa de un verdadero irlandés.
¡Oh, cuánto me inspiras!

Agradecimientos

Mi especial reconocimiento a las siguientes personas:

A Jo Ann por ayudarme a permanecer bien orientada, concentrada y en el camino indicado... y por aguantarme.

A mi agente, Andrea Cirillo, y a mi editora, Linda Marrow, por creer en mis sueños... y por no pronunciar jamás la palabra "imposible".

Y a todos los lectores que se enamoraron de los Clayborne y me alentaron a continuar con su historia. Gracias, gracias, gracias.

Porque ya han desaparecido las lluvias
y los vestigios del invierno,
Y las épocas de las nevadas y los pecados;
Los días que separan al amante del amante,
La luz que claudica, la noche que triunfa;
Y todo tiempo evocado es pesar olvidado,
Y la escarcha se ha fundido y las flores han brotado,
Y al amparo del verde follaje
Flor a flor comienza la primavera.

Algernon Charles Swinborne
Fragmento de *Atalanta in Calydon*

Primera Parte

Porque ya han desaparecido las lluvias
y los vestigios del invierno,
y las épocas de las nevadas y los pecados.

1

De no haber sido por la gracia de Dios y un zapato desatado, ella debería haber muerto ese día junto a los demás. Entró al banco exactamente a las dos y veinticinco de aquella tarde para cancelar su cuenta, tarea que había retrasado todo lo posible porque hacía que todo pareciera totalmente terminal y definitivo. Ya no habría vuelta atrás. Ya había preparado el equipaje con todas sus pertenencias, y pronto se alejaría de Rockford Falls, Montana, para siempre.

Sherman MacCorkle, el director del banco, cerraría las puertas en quince minutos. La sala estaba llena de más remolones como ella, aunque sólo había dos empleados para atender a todos los clientes, en lugar de los tres de costumbre. Aparentemente, Emmeline MacCorkle, la hija de Sherman, todavía estaba en casa reponiéndose de la gripe que se había abatido sobre el pacífico pueblecito dos semanas atrás.

En la fila que había frente a la ventanilla de Malcolm Watterson esperaban tres personas menos que en la otra. No obstante, Watterson era un chismoso declarado y sin duda le formularía preguntas que ella no estaba preparada para contestar.

Afortunadamente, ese día estaba atendiendo Franklin Carroll, y con rapidez se colocó al final de la fila frente a su ventanilla. Franklin era rápido, metódico y jamás se entremetía en los asuntos personales de nadie. También era un amigo. Ya se había despedido de él el domingo anterior, después del servicio religioso, pero la acometió el súbito deseo de volver a hacerlo.

Odiaba esperar. Taconeando suavemente sobre los torcidos tablones del suelo se quitó los guantes, y luego volvió a ponérselos. Con cada uno de sus nerviosos movimientos, su bolso, que llevaba sujeto a la muñeca con un lazo de satén, se balanceaba de atrás hacia delante y de delante hacia atrás, como un péndulo, al ritmo del tictac del reloj colgado en la pared, entre las ventanillas de los cajeros.

El hombre que la precedía dio un paso adelante, pero ella permaneció en el mismo lugar, con la esperanza de poner distancia y así no verse obligada a aspirar el hedor a sudor agrio mezclado con el intenso olor a fritanga que despedían sus asquerosas ropas.

El que estaba a su izquierda, en la fila frente a la ventanilla de Malcolm, le sonrió, dejando a la vista el hueco formado por la ausencia de dos dientes en medio de su sonrisa. Para desalentar cualquier intento de conversación, le dedicó un rápido gesto con la cabeza y volvió la mirada hacia arriba, fijándola en las manchas de humedad que adornaban el techo.

Era un día húmedo, pegajoso y terriblemente caluroso. Podía sentir la transpiración que le corría por la nuca y empapaba el cuello de su blusa almidonada. Dirigiendo a Franklin una mirada de simpatía, se preguntó cómo era posible que cualquiera de los empleados pudiera trabajar todo el día en semejante tumba oscura, sombría y sofocante. Se volvió hacia su derecha y contempló anhelante las tres ventanillas cerradas. Los rayos del sol penetraban oblicuamente a través de los cristales sucios de marcas de dedos, dibujando manchas irregulares sobre los gastados tablones del suelo e iluminando partículas de polvo suspendidas en el aire viciado. Si se veía obligada a esperar mucho más, iba a provocar la ira de Sherman MacCorkle, al acercarse decididamente a las ventanillas y abrirlas de par en par. Apartó esa idea en cuanto le vino a la mente, porque el director se limitaría a volver a cerrarlas y a echarle un severo sermón acerca de la seguridad bancaria. Además, perdería su lugar en la fila.

Por fin llegó su turno. Avanzando apresuradamente, tambaleó y dio con su cabeza contra el cristal de la ventanilla del cajero. Se le había salido el zapato. Volvió a meter el pie dentro del zapato, y pudo sentir la lengüeta debajo de los dedos. Detrás de las cajas, la puerta de la oficina del ceñudo Sherman MacCorkle estaba abierta. Éste escuchó el alboroto y alzó la mirada hacia ella desde un compartimiento de cristal que separaba su escritorio. Ella le dirigió una débil sonrisa antes de volver su atención hacia Franklin.

—Se me ha desatado el cordón del zapato —dijo, en un intento de explicar su torpeza.

Él asintió con un gesto de simpatía.

—¿Ya está lista para partir? —preguntó.

—Casi —le respondió en un susurro para que Malcolm, el entremetido, no metiera sus narices en la conversación. Vio que ya se estaba inclinando hacia Frank, y advirtió que se mostraba ansioso por enterarse de los detalles.

—Voy a echarla de menos —le espetó Franklin.

La confesión le provocó un sonrojo que le tiñó el cuello y las mejillas. La timidez de Franklin era una cualidad entrañable, y cuando el hombre alto y delgado tragó, su enorme nuez de Adán subió y bajó de manera notoria. Le llevaba por lo menos veinte años, y a pesar de eso se comportaba como un adolescente cada vez que estaba cerca de ella.

—Yo también lo voy a echar de menos, Franklin.

—¿Viene a cerrar su cuenta?

Ella asintió con un movimiento de cabeza mientras empujaba los papeles doblados a través de la pequeña abertura en forma de arco.

—Espero que esté todo en orden.

Él se concentró en los documentos, controlando firmas y números, y luego abrió su cajón para comenzar a contar el dinero.

—Cuatrocientos dos dólares es una enorme cantidad de dinero para llevarla encima.

—Sí, lo sé —convino ella—. Tendré cuidado. No se preocupe.

Se quitó los guantes mientras él formaba paquetitos con los billetes, y cuando se los extendió a través de la ventanilla, los guardó dentro de su bolso de tela y ató fuertemente los lazos.

Franklin le echó una mirada furtiva a su jefe antes de inclinarse hacia ella y apoyar la frente contra el cristal.

—La iglesia no será la misma sin usted sentada en el banco de delante del que compartimos con mi madre. ¡Ojalá no tuviera que irse! Al final, mamá habría terminado por encariñarse con usted, estoy seguro.

Ella se acercó a la abertura y en un impulso le estrechó la mano.

—Durante el breve tiempo que he pasado aquí, ha sido el mejor de los amigos. Jamás olvidaré la bondad con la que me ha tratado.

—¿Me escribirá?

—Sí, por supuesto que sí.

—Envíe las cartas al banco para que mamá no las vea.

—Sí, así lo haré —repuso con una sonrisa.

Una tosecilla discreta le indicó que ya se había demorado demasiado. Recogió sus guantes y su bolso y se dio la vuelta, buscando con la mirada un lugar apartado en donde pudiera volver a atarse el zapato. En el hueco situado más allá de la puerta giratoria que separaba a los clientes de los empleados, divisó un escritorio vacío. Habitualmente lo utilizaba Lemont Morganstaff, pero él, al igual que Emmeline MacCorkle, se encontraba recuperándose de la epidemia.

Arrastrando el pie para que no volviera a salírsele el zapato, se dirigió hacia el decrépito y estropeado escritorio que estaba frente a las ventanillas. Franklin le había confiado que MacCorkle había comprado todo el mobiliario del banco de tercera mano en una imprenta. Evidentemente, su naturaleza tacaña lo había llevado a pasar por alto las manchas de tinta que ensuciaban la madera y las astillas que sobresalían, a la espera de algún dedo desprevenido.

El trato que MacCorkle prodigaba a sus empleados era indignante. Ella daba por sentado que no pagaba un salario como generalmente se paga a los trabajadores fieles, dado que el pobre Franklin vivía muy modestamente y apenas si podía asumir el gasto de comprarle a su madre el tónico medicinal que parecía necesitar para mantenerse en pie.

Sintió el deseo de irrumpir en la nueva oficina de MacCorkle, protegida por brillantes rejas de hierro, con su refulgente mesa de caoba y sus archivos haciendo juego, y espetarle cuán miserable pensaba ella que era, con la esperanza de avergonzarlo y obligarlo a hacer algo con respecto a las deplorables condiciones que su personal se veía obligado a soportar, y desde luego que lo habría hecho de no haber sido por la posibilidad de que MacCorkle supusiera que Franklin la había instigado. El director sabía que eran amigos. No, no se animaría a decir ni una palabra, de manera que se limitó a contemplar a MacCorkle con una mirada de profundo disgusto.

Fue un esfuerzo inútil; él miraba hacia otro lado. Con gesto decidido le dio la espalda y apartó la silla del escritorio. Tras dejar todas sus cosas en el asiento, se inclinó todo lo airosamente que le fue posible y recogió sus enaguas. Acomodó la lengüeta del zapato, deslizó el pie hacia dentro, y rápidamente anudó el resbaladizo lazo.

Una vez concluida la operación, trató de ponerse de pie, pero se enredó en sus propias faldas y cayó al suelo con un ruido sordo. La silla contra la que chocó comenzó a deslizarse a toda velocidad sobre sus ruedas, dejando caer sobre su regazo el bolso y los guantes. Luego chocó contra la pared, y el impulso la envió de nuevo hacia delante, golpeándola con fuerza en el hombro. Avergonzada por su poco airoso percance, espió por encima del borde del escritorio para ver si alguien había advertido lo ocurrido.

Sólo quedaban tres personas frente a las ventanillas de los cajeros, y todos miraban en su dirección. Franklin acababa de archivar su documentación en el armario que tenía a sus espaldas cuando la oyó caer. Cerró el cajón de un golpe y se dirigió hacia ella, con una expresión de preocupación reflejada en el rostro. Estaba a punto de decirle que todo estaba bien, cuando de pronto se abrió bruscamente la puerta de la entrada.

El reloj marcaba las tres de la tarde. Siete hombres irrumpieron en el interior del banco y se dispersaron por toda la sala. Nadie podía poner en duda cuáles eran sus intenciones. Llevaban la parte inferior del rostro oculto por un pañuelo oscuro y sombrero calado hasta las cejas que no permitían verles los ojos. A medida que cada uno avanzaba, desenfundaba su revólver. El último en entrar dio la vuelta por toda la sala bajando las persianas, y por fin, cerró la puerta.

Todos los presentes quedaron inmóviles, salvo Sherman MacCorkle, que se puso de pie, a punto de dejar escapar un sorprendido grito de alarma por sus labios fruncidos. Entonces Franklin chilló, en un agudo registro de soprano, que resonó con ecos en el extraño silencio que se había producido.

Al igual que los demás, estaba demasiado azorada para moverse. Una oleada de pánico la atravesó, contrayendo cada uno de sus músculos. Con desesperación, trató de recobrar el control de sus ideas. *Nada de pánico... nada de pánico... No pueden dispararnos... No se atreverían a hacerlo... El ruido de un disparo... Quieren dinero, eso es todo... Si todo el mundo colabora, no nos van a lastimar...*

Su intento de lógica no logró apaciguar el loco latir de su corazón. Robarían sus cuatrocientos dólares. Y eso era inadmisible. No les permitiría llevarse el dinero... no lo haría. Pero ¿cómo lograría detenerlos? Sacó del bolso el fajo de billetes y pensó frenéticamente en un lugar donde esconderlos. *Piensa...piensa...* Se inclinó hacia un lado y alzó la mirada hacia Franklin. Éste estaba contemplando a los asaltantes, pero debió de sentir que lo miraba porque giró la cabeza en su dirección, aunque muy ligeramente. Ella cayó en la cuenta de que los hombres armados no habían advertido que se encontraba allí. Titubeó una fracción de segundo, con la vista clavada en el pálido rostro de Franklin, y luego se escurrió silenciosamente en el hueco del viejo escritorio. Se desabrochó velozmente la blusa, ocultó el dinero bajo su camisa, y se apretó el pecho con ambas manos.

¡*Oh, Dios, oh, Dios!...* Uno de ellos se dirigía hacia la mesa. Pudo oír sus pasos cada vez más cerca. ¡Sus enaguas! Estaban desparramadas a su alrededor como una bandera blanca de rendición. Las recogió, frenética, y se las metió por debajo de las rodillas. Su corazón latía como si fuera un tambor, y sintió terror de que pudieran escuchar el ruido que hacía. Si no la divisaban, le dejarían su dinero.

Un par de botas de cuero de reptil, con espuelas tintineantes, pasaron a pocos centímetros de ella. Dejaron tras de sí una estela de aroma a menta. El olor la impresionó: los que olían a menta eran los niños, no los criminales. *No dejes que me vea,* rezó. *¡Por favor, Señor, no dejes que me vea!* Deseó poder apretar con fuerza los ojos y desaparecer. Oyó cómo bajaban las persianas, ocultando la luz del sol, y la acometió la súbita sensación claustrofóbica de que se hallaba dentro de un cesto al que le colocaban la tapa.

Apenas habían transcurrido unos pocos segundos desde que entraron en el banco. Pronto terminaría todo, se dijo. Pronto. Sólo querían el dinero, nada más, y seguramente se apresurarían a marcharse lo antes posible. Sí, así lo harían, sin duda. Con cada segundo de demora, aumentarían las probabilidades de ser capturados.

¿Podrían verla a través de las grietas del escritorio? La posibilidad era demasiado aterradora. Había una raja de poco más de un centímetro en la veta de la madera a lo largo de todo el panel central, así que con gran lentitud cambió de posición hasta que sus rodillas tocaron el cajón que tenía sobre la cabeza. El aire estaba cargado, denso. Hacía que se sintiera amordazada. Aspiró una breve bocanada e inclinó la cabeza para poder ver a través de la rendija.

Al otro lado de la sala, tres clientes con cara grisácea se hallaban de pie, inmóviles, con la espalda apoyada contra el mostrador. Uno de los asaltantes dio un paso al frente. Iba vestido con un traje negro y camisa blanca, muy parecido al atuendo que llevaba el propio director del banco. Si no hubiera llevado el rostro oculto y un revólver en la mano, podría haber parecido un hombre de negocios más.

Era terriblemente cortés y hablaba con gran suavidad.

—Señores, no hay nada que temer —comenzó a decir, con voz que destilaba hospitalidad sureña—. Mientras hagan lo que yo diga, nadie resultará herido. Sucede que un amigo nuestro nos ha hablado acerca de un sustancioso depósito hecho por el gobierno para los muchachos del ejército, y pensamos que podríamos ayudarnos a nosotros mismos con su salario. Reconozco que no nos estamos comportando muy caballerosamente con ustedes, y estoy seguro de que se sienten sumamente molestos. De veras, lo siento. Señor Bell, por favor, ponga el cartel de *Cerrado* en la ventana, detrás de las persianas.

El jefe dio esa orden al hombre que tenía a su derecha, quien se apresuró a hacer lo que se le indicaba.

—Eso está bien, muy bien —dijo el asaltante—. Ahora, caballeros, me gustaría que todos se llevaran las manos a la cabeza y viniesen aquí, al centro de la sala, así no tengo que preocuparme de que a alguien se le ocurra hacer alguna tontería. No sea tímido, señor director. Salga de su oficina y únase a sus amigos y vecinos.

Ella oyó el arrastrar de pies a medida que los hombres avanzaban. La puerta chirrió al abrirse.

—Eso ha estado muy bien y muy ordenado. —El jefe prodigaba elogios cuando sus órdenes eran obedecidas con prontitud—. Lo ha hecho muy bien, pero tengo algo más que pedirle. ¿Podría arrodillarse, por favor? Bien, bien, ahora ponga las manos sobre la cabeza. Usted no querrá que me preocupe, ¿verdad? Al señor Bell le gustaría tenderse en el suelo y luego se lo manietara, pero no creo que sea indispensable. No hay necesidad de que se ensucie la ropa. Sólo quédense muy juntos unos de otros en un pequeño círculo. Así es, muy bien —elogió una vez más.

—La caja fuerte está abierta, señor —avisó otro de los hombres.

—Ve hacia allá, hijo —respondió.

El hombre que estaba a cargo se volvió hacia el escritorio, y ella pudo ver claramente sus ojos. Eran castaños, con unas líneas doradas que los atravesaban, y parecían fríos e insensibles como el mármol. El llamado Bell tosía y el jefe se alejó de ella para echar una mirada a su compinche.

—¿Por qué no se recuesta contra la baranda y deja que los demás se ocupen de llenar los sacos? Mi amigo no se siente muy bien hoy —explicó a los cautivos.

—Tal vez se haya pescado la gripe —sugirió Malcolm, con un tono ansioso por agradar.

—Temo que tenga usted razón —convino el jefe—. Es una pena, ya que él disfruta mucho de su trabajo, pero hoy no está en condiciones de divertirse. ¿No es así, señor Bell?

—Sí, señor —contestó su secuaz.

—¿Ha terminado ya, señor Robertson?

—Ya tenemos todo, señor.

—No olvide el efectivo de las cajas —le recordó el jefe.

—También lo tenemos, señor.

—Parece que nuestro trabajo aquí ya ha terminado. Señor Johnson, ¿podría por favor asegurarse de que la puerta trasera no nos cause inconvenientes?

—Ya la he controlado, señor.

—Entonces, es hora de ir terminando.

Ella los oyó retroceder por la sala; los tacones de sus botas resonaban contra las tablas del suelo con precisión telegráfica. Uno de ellos iba riéndose por lo bajo.

El que daba las órdenes se había alejado de ella, pero pudo ver a los otros con total claridad. Todos se hallaban detrás del círculo de los cautivos. Mientras observaba, se quitaron los pañuelos que les tapaban las caras, y los guardaron en sus bolsillos. El jefe dio un paso adelante, y se guardó el revólver en el bolsillo para poder doblar cuidadosamente el pañuelo y guardarlo también en el bolsillo.

Estaba lo suficientemente cerca de ella para poder ver sus largos dedos y sus uñas escrupulosamente manicuradas.

¿Por qué se habrían quitado las máscaras? ¿Acaso no se daban cuenta de que Franklin y los demás darían su descripción a las autoridades? *Oh, Dios, no... no... no...*

—¿Está abierta la puerta trasera, señor Johnson?

—Sí, señor, lo está.

—Bueno, entonces creo que es momento de partir. ¿A quién le toca? —preguntó.

—Al señor Bell no le ha tocado desde aquella niña. ¿Se acuerda, señor?

—Me acuerdo. ¿Hoy está dispuesto, señor Bell?

—Sí, señor, creo que lo estoy.

—Entonces, adelante —ordenó, mientras sacaba el revólver y lo amartillaba.

—¿Qué piensa hacer? —preguntó el director, casi en un alarido.

—¡Silencio! Dije que nadie saldría herido, ¿no es así?

Su voz era horriblemente suave. MacCorkle estaba asintiendo cuando el hombre llamado Bell disparó su arma. La cabeza del presidente estalló.

El jefe mató al hombre que tenía delante, dando un salto hacia atrás cuando brotó sangre de la herida que le había provocado.

—¡Pero usted prometió...! —gritó Franklin.

El jefe se dio media vuelta y le disparó en la parte trasera de la cabeza. El cuello de Franklin se partió en dos.

—Mentí.

2

La ceremonia fue singular. El invitado de honor, Cole Clayborne, durmió durante todo su transcurso y el de la celebración que la siguió. Una hora después de que la mayoría de los invitados hubo partido, los efectos de su poco natural somnolencia estaban comenzando a disiparse. En una especie de sopor, flotó entre la fantasía y la realidad. Sintió que alguien tiraba de él, pero no pudo reunir las fuerzas necesarias para abrir los ojos y enterarse de quién estaba atormentándolo. El ruido le provocaba un terrible dolor de cabeza, y cuando finalmente comenzó a despertarse, los primeros sonidos que llegaron hasta él fueron el tintineo de las copas y el de sonoras risotadas.

Alguien estaba hablándole, o hablando sobre él. Oyó que pronunciaban su nombre, aunque le resultó imposible concentrarse el tiempo suficiente como para comprender lo que se decía. Sentía la cabeza llena de hombrecitos situados entre sus ojos, que le aporreaban el cráneo con pesados martillos.

¿Estaría sufriendo los efectos de la resaca? La pregunta se infiltró en sus confusos pensamientos. No, jamás se embriagaba cuando no estaba en Rosehill, e incluso cuando se encontraba en casa jamás pasaba de una que otra cerveza ocasional en las tardes calurosas. Le disgustaban los efectos posteriores. El alcohol, había aprendido por dura experiencia, embotaba los sentidos y los reflejos, y con todos esos pistoleros rondando por la zona, ansiosos por forjarse una reputación matándolo de un disparo, no estaba dispuesto a beber nada más fuerte que el agua.

Alguien estaba pasándolo fenomenalmente bien. Volvió a escuchar las carcajadas y trató de girar la cabeza hacia el lugar de donde provenía el sonido. El dolor fue como una saeta que lo atravesó desde la nuca, haciendo que le subiera la bilis a la garganta. Ah, Dios, se sentía como el diablo.

—Parece que está volviendo en sí, Josey. Es mejor que vuelvas a casa antes de que empiece a gruñir y a vomitar. Tú eres muy sensible a esas cosas —dirigiéndose así a la que era su esposa desde hacía treinta años, el comisario Tom Norton se puso a mirar a través de los barrotes de la celda.

Josey Norton se apresuró a marcharse antes de que Cole pudiera fijar la mirada. Le llevó un momento descubrir adónde se encontraba. Apretando los dientes, logró sentarse sobre el angosto catre y bajar las piernas hasta el suelo. Sus manos se aferraron al colchón mientras dejaba caer la cabeza sobre el pecho.

Contempló al comisario con los ojos inyectados en sangre. Norton era un hombre grande, con la piel curtida por la intemperie, barriga prominente y ojos melancólicos. Parecía un inofensivo sabueso.

—¿Por qué estoy en la cárcel? —La pregunta fue formulada en un susurro sibilante.

El comisario se recostó contra los barrotes, se colocó cruzando los tobillos y sonrió:

—Violaste la ley, hijo.

—¿Cómo?

—Perturbando el orden.

—¿Qué?

—No es necesario que grites. Puedo ver que te dolió. Has recibido un buen golpe en la cabeza, y no creo que gritar te haga sentir mejor. ¿No recuerdas lo que pasó?

Cole negó con la cabeza, y de inmediato lamentó haberlo hecho. El dolor explotó detrás de sus ojos.

—Recuerdo haberme sentido muy mal.

—Sí, tuviste la gripe. Estuviste enfermo, tuviste fiebre durante cuatro días, y mi Josey te cuidó hasta que mejoraste. Hoy ha sido tu segundo día levantado.

—¿Cuándo perturbé el orden?

—Cuando cruzaste la calle —respondió el comisario alegremente—. Para mí fue francamente perturbadora la forma como te marchaste mientras yo estaba tratando tan esforzadamente de convencerte de que te quedaras en Middleton hasta que tuviera lugar la designación. Le di mi palabra a alguien realmente importante de que te retendría aquí, hijo, pero no quisiste cooperar.

—Y entonces me golpeó en la cabeza.

—Sí, así es —admitió—. No vi que hubiera otro camino. En realidad, no fue un verdadero golpe, tan sólo un leve coscorrón con la culata de mi pistola. No te provocó daño permanente, o no estarías ahí, sentado, gruñendo. Además, te hice un favor.

La animada voz del comisario estaba destrozándole los nervios. Cole le echó una mirada y preguntó:

—¿Por qué imagina algo semejante?

—Había dos pistoleros aguardando a que salieras a la calle. Ambos estaban decididos a atacarte... uno a uno, naturalmente. Tú estabas saliendo de la postración de la gripe, y aunque no estés dispuesto a admitirlo, apostaría una semana de mi salario a que no estabas en condiciones de enfrentarte a ninguno de los dos. La gripe te atacó con fuerza, hijo, y justo ahora te están volviendo los colores. Sí, señor, te hice un favor.

—Estoy empezando a recordar todo.

—Olvídalo —aconsejó el comisario—. Porque ya es agua pasada. La designación tuvo lugar, y tuvimos una bonita ceremonia aquí, en la cárcel. Fue un poco raro eso de tenerte metido en la celda por disturbios, pero al juez no pareció importarle, y todo funcionó de maravilla. Sí, señor. Lástima que dormiste durante toda la celebración, dado que eras el homenajeado, y todo eso. Mi esposa Josey hizo su pastel especial de yemas cubierto de azúcar. Te cortó una buena porción, y la dejó allí, sobre la mesa —agregó, señalando con un cabeceo la pared opuesta de la celda—. Mejor te la comes antes de que lo hagan los ratones.

Cole iba sintiéndose cada vez más frustrado. La mayor parte de lo que decía el comisario carecía de sentido para él.

—Respóndame algunas preguntas —le exigió—. Dijo que alguien importante quería mantenerme aquí. ¿Quién era?

—El alguacil Daniel Ryan, ése mismo. Debe de estar a punto de llegar para dejarte salir.

—¿Ryan está aquí? Ese infame, vil, ladrón...

—Ya, suficiente. No es necesario que sigas. El alguacil me comentó que guardabas algún resentimiento contra él. Dijo que era algo que tenía que ver con una brújula y un estuche de oro que ha estado guardando para ti.

La mente de Cole se iba aclarando a toda velocidad.

—Mi madre iba a darme la brújula que pensaba regalarme, y Ryan la robó. No tiene la menor intención de devolverla. Tendré que recuperarla por las malas.

—Creo que puedes estar equivocado respecto de eso —dijo Norton, con una risita ahogada.

Era inútil discutir con él. Cole decidió preservar su ira para descargarla sobre el responsable de que estuviera encerrado: Daniel Ryan. No veía la hora de ponerle las manos encima.

—¿Piensa dejarme salir de aquí, y devolverme mis pistolas?

—Desde luego que me gustaría hacerlo.

—¿Pero...?

—Pero no puedo —completó el comisario—. Las llaves las tiene Ryan. Tengo que llevarle unos papeles al juez hasta el otro lado del pueblo, de modo que ¿por qué no te sientas cómodo y comes un poco de pastel? No voy a tardar mucho.

Se volvió, dispuesto a marcharse.

—Una cosa más —agregó, arrastrando las palabras—. Felicidades, hijo. Estoy seguro de que eres el orgullo de tu familia.

—¡Espere! —exclamó Cole—. ¿Por qué me felicita?

Norton no le contestó. Se dirigió a la oficina, y al minuto Cole pudo oír que se cerraba la puerta de entrada. Sacudió la cabeza, confundido. No sabía de qué se trataban las divagaciones del viejo. ¿Por qué lo habría felicitado?

Paseó la mirada por la desoladora celda: paredes grises, barrotes grises y suelo gris. Sobre una mesa de tres patas se veía una palangana gris toda manchada y una jarra de agua, junto al trozo de pastel que le había dejado la esposa del comisario. El único otro adorno de la celda era una araña negra que se arrastraba por las piedras pintadas de las paredes. Había otra más, suspendida en su tela, en los barrotes de la ventanuca cercana al techo. Cole medía cerca del metro ochenta, pero para poder mirar a través de ella tendría que haberse subido a una silla. En la celda no había ninguna.

Podía ver un fragmento de cielo, que al igual que su provisional hogar, era totalmente gris.

El color se adaptaba a su estado de ánimo. Se encontraba en una situación de perdedor. No podía disparar contra Norton así como así, dado que su esposa lo había cuidado cuando estuviera enfermo. Incluso era posible que el comisario le hubiera salvado la vida golpeándolo en la cabeza antes de que los pistoleros lo desafiaran. Cole recordaba que la gripe lo había dejado débil y tembloroso. Bien podría haber muerto en el tiroteo, pero ¡por todos los diablos!, ¿era necesario que lo golpeara con tanta fuerza? Todavía sentía que la cabeza se le partía en dos.

Trató de tocar el chichón que tenía en la nuca, y al intentarlo su brazo derecho chocó contra el frío metal. Miró hacia abajo, y se quedó inmóvil al advertir lo que contemplaba. Un estuche de oro colgaba de una cadena que alguien —seguramente Ryan— había sujetado al bolsillo de su chaleco de cuero.

El hijo de perra finalmente le había devuelto su tesoro. Con gran cuidado tomó el precioso disco en la palma de la mano y lo contempló durante un largo minuto antes de abrirlo. La brújula era de cobre, no de oro, pero aun así su tallado era exquisito. La esfera era blanca, las letras, rojas, y la aguja, negra. La sacó del estuche, sonriendo a la vez que observaba la aguja oscilar de atrás hacia delante antes de señalar el norte.

Su madre, Rosa, iba a sentirse sumamente complacida al enterarse de que finalmente había recuperado el regalo que ella le había comprado un año atrás. Era un objeto elegante. No pudo encontrar marcas ni raspones por ningún lado. Era evidente que Ryan la había cuidado con esmero, tuvo que reconocer a regañadientes. Todavía tenía ganas de pegarle un tiro al bastardo, pero sabía que no iba a poder, si tenía intenciones de vivir un poco más —matar alguaciles no era algo bien visto en el territorio, más allá de las razones—, de manera que Cole decidió contentarse con darle un puñetazo en la nariz.

Mientras guardaba con todo cuidado la brújula dentro del bolsillo de su chaleco, echó una mirada a la palangana y decidió mojarse un poco la cara. Sus ojos se posaron sobre el trozo de pastel y quedaron clavados en él, mientras trataba de distinguir la realidad de la fantasía.

¿Por qué estaban comiendo pastel en su celda? La pregunta le pareció demasiado complicada para reflexionar sobre ella. Se puso de pie para estirar sus agarrotados músculos, y estaba a punto de quitarse el chaleco cuando su manga se enganchó en algo afilado. Liberando el brazo, miró hacia abajo para ver qué era lo que pinchaba.

Las manos se le cayeron a los costados al caer desplomado sobre el catre y contemplar con incredulidad su hombro izquierdo. Estaba estupefacto. Tenía que tratarse de una broma..., pero de alguien que tenía un sentido del humor francamente retorcido. Entonces volvieron a su mente las palabras del comisario Norton. La designación había tenido lugar... Sí, eso había dicho... Y lo celebraron... Cole recordaba que Norton también había mencionado eso.

Y Cole era el homenajeado...

—¡Hijo de perra! —rugió, dirigiendo la blasfemia a la estrella de plata prendida a su chaleco.

Era un alguacil de Estados Unidos.

3

Cuando el comisario Norton regresó, Cole hervía de furia. Por suerte, Norton había conseguido las llaves que tenía Ryan. Su esposa Josey venía con él, razón por la cual Cole controló su rabia. Ella llevaba una bandeja cubierta con una servilleta a rayas azules y blancas, y en cuanto el comisario le abrió la puerta, entró en la celda con la comida.

Norton realizó las presentaciones de rigor.

—No habéis sido presentados oficialmente, ya que cada vez que mi Josey estuvo junto a ti volabas de fiebre. Josey, éste es el alguacil Cole Clayborne. Él aún no lo sabe, pero va a ayudar al alguacil Ryan a capturar a esa escurridiza banda de asesinos de Blackwater que está asolando el territorio. Cole... ¿No te importa si tomo confianzas y te llamo por tu nombre de pila, verdad?

—No, señor, no me importa.

El comisario sonrió, complacido.

—Es muy amable de tu parte, teniendo en cuenta lo mal que debes de haberte sentido tras haber sido golpeado en la cabeza. Bien, como estaba diciéndote, esta ruborosa dama que tengo a mi lado es mi esposa, Josey. Te atendió con gran dedicación mientras estabas enfermo, ¿lo recuerdas?

Cole se puso de pie en cuanto Josey se introdujo en la celda. Avanzó hacia ella, la saludó inclinando la cabeza y dijo:

—Por supuesto que lo recuerdo. Señora, le agradezco que fuera hasta el hotel y me cuidara mientras estuve enfermo. Espero no haberle ocasionado demasiados problemas.

Josey era una mujer más bien vulgar, de hombros redondeados y dientes torcidos, pero cuando sonrió iluminó la habitación. La gente tendía a devolverle la sonrisa, y Cole no fue la excepción. Su sonrisa fue auténtica, como lo era su agradecimiento.

—Mucha gente no se habría tomado el trabajo de cuidar a un extraño —agregó.

—No me causó ningún problema —replicó ella—. Ha adelgazado un poco, pero mi pollo le hará recuperar el peso perdido. Le he traído un poco de mi casa.

—Mi Josey hace un estupendo pollo frito —intervino Norton, señalando con un gesto la cesta que llevaba su esposa.

—Sentí que debía hacer algo para compensar la grosería de mi marido. Thomas no debió haberle dado un golpe en la cabeza de la forma en que lo hizo, especialmente estando usted tan debilitado. ¿Le duele?

—No, señora —mintió Cole.

Ella se volvió hacia su esposo.

—Esos dos pistoleros infames todavía andan dando vueltas por ahí. Los vi mientras venía para acá. Uno de ellos anda ocultándose al norte de nuestra calle y el otro iba derecho hacia el sur. ¿Piensas hacer algo al respecto antes de que este muchacho resulte muerto?

Norton se frotó la mandíbula.

—Espero que el alguacil Ryan tenga una charla con ellos.

—No parece que le gusten mucho las conversaciones —observó Josey.

—Señora, esos pistoleros vienen por mí —dijo Cole—. Yo hablaré con ellos.

—Hijo, ellos no quieren conversar. Están que arden por forjarse una reputación, y la única manera de lograrlo es que alguno de ellos te abata de un disparo con gran alharaca. No permitas que te obliguen a cometer una tontería —dijo Norton.

Josey coincidió con él asintiendo con la cabeza, y luego le preguntó:

—¿Dónde quieres que ponga la mesa?

—Aquí el aire está demasiado viciado para comer —contestó Norton—. ¿Por qué no la dispones sobre mi escritorio?

Cole aguardó hasta que Josey se había marchado a la otra habitación; entonces volvió a dirigirse al comisario.

—¿Dónde está Ryan? —preguntó.

—Llegará muy pronto. Venía hacia aquí, pero lo llamaron de la oficina de telégrafos para que recogiera un telegrama. Supongo que estás ansioso por hablar con él.

Cole asintió. Logró controlar sus impulsos recordándose que el comisario se había limitado a acatar las órdenes de Ryan. Era el alguacil quien le había ordenado que mantuviera a Cole en el pueblo, y también era él el que había prendido la estrella en su chaleco. Cole tenía pensado otro sitio para la insignia. Pensaba que le agradaría pincharla en medio de la frente de Ryan. La idea le causó tanta gracia que no pudo ocultar una sonrisa.

Josey había quitado los papeles que había sobre el escritorio y lo cubrió con un mantel rojo y blanco. Sobre él había dispuesto dos desportillados platos de porcelana con mariposas azules pintadas en los bordes, y dos tazas de café haciendo juego. En medio de la mesa había una fuente con pollo frito nadando en una espesa capa de grasa, junto a cuencos con nabos hervidos aún envueltos en sus raíces vellosas como en una nube de gasa, salsa congelada que hacía pensar en una masa para bizcochos pasada, remolachas en vinagre y panecillos quemados.

Era la comida menos atractiva que Cole había visto en su vida. Su estómago, aún sensible después de la gripe, se revolvió como reacción al aroma que despedía. Gracias a que Josey ya se había marchado, Cole no tuvo que preocuparse de que su falta de apetito pudiera ofenderla.

El comisario tomó asiento detrás del escritorio y le indicó a Cole que acercara otra silla. Tras servir café para los dos, se echó hacia atrás y señaló las vituallas con un gesto.

—Debo hacerte una advertencia antes de que empieces. Mi esposa tiene la mejor de las intenciones, pero nunca se le ha dado bien la cocina. Parece creer que tiene que freír todo en una olla de grasa de cerdo. En tu lugar, yo no tocaría esa salsa. Es asesina.

—No tengo mucha hambre —dijo Cole.

El comisario se echó a reír.

—Vas a ser muy buen alguacil, porque eres un gran diplomático. —Palmeándose el prominente vientre, agregó—: Yo ya me he acostumbrado a la comida de mi Josey, pero me ha llevado cerca de treinta años hacerlo. Hubo un par de ocasiones en las que pensé que trataba de matarme.

Cole bebió su café mientras Norton daba cuenta de dos grandes porciones de comida. Cuando terminó de comer, el viejo volvió a acomodar los platos dentro de la cesta, los cubrió con su servilleta manchada y se puso de pie.

—Me parece que voy a ir al restaurante de Frieda y me comeré una porción de su tarta de nueces. ¿Vienes conmigo?

—No, gracias. Esperaré a Ryan aquí. —Un pensamiento condujo a otro—. ¿Qué hizo con mis pistolas?

—Están en el último cajón de mi escritorio. Es una hermosa pistolera ésa que tienes. Te facilita sacar rápido las pistolas, ¿no es así? Supongo que por eso el alguacil Ryan usa una igual.

En cuanto el comisario partió, Cole recuperó su pistolera y se la puso. Los cartuchos de las dos pistolas de seis tiros habían sido retirados de los cargadores. Cole volvió a sacarlos de la canana, llenó el cargador de una de las pistolas, y cuando estaba haciendo lo propio con la segunda, Norton volvió a entrar en la oficina como una exhalación.

—Espero que el alguacil Ryan pueda contar con tu ayuda. Esos dos pistoleros están esperando a ambos lados de la calle, y él se dirige precisamente al centro. Lo van a matar.

Cole negó con la cabeza.

—Me quieren a mí, no a Ryan —dijo, mientras colocaba el cargador en su lugar y metía la pistola en su cartuchera.

—Pero ése es el problema, hijo. Ryan no va a permitir que te atrapen. Si alguno de ellos llega a matarte, ya no podrás ayudarlo a dar alcance a la banda de Blackwater, y ha dicho más de una vez que para eso necesita tu colaboración en particular.

Cole no tenía ni la más remota idea de a qué se refería el comisario. ¿Qué clase de colaboración especial podía ofrecer? Sin embargo, sospechó que estaba a punto de descubrirlo. Su sugerencia de que el comisario se quedara adentro fue recibida con cierta resistencia.

—Hijo, yo puedo echar una mano. Cierto es que ya ha pasado tiempo desde la última vez que estuve en un tiroteo, pero imagino que es como beber una copa. Una vez que se ha aprendido, jamás se olvida. Solía ser considerado rápido con la pistola.

Cole negó con la cabeza.

—Como ya he dicho, vienen por mí, pero gracias por el ofrecimiento.

Norton se apresuró a abrirle la puerta. Antes de salir, Cole pudo oír al viejo susurrándole:

—*Que tengas buena suerte.*

4

La suerte no tenía nada que ver con el asunto. Años de duro vivir habían preparado a Cole para afrontar estas fastidiosas contrariedades.

De inmediato, Cole se hizo cargo de toda la situación. Los pistoleros estaban esperando a ambos lados de la calle de tierra, pero no reconoció a ninguno de los dos. Todos le parecían iguales... Dios, ¿cuántos habían existido, todos en pos del vano sueño de convertirse en la pistola más rápida del Oeste? Con similares atavíos de cuero gastado, los dos hombres pasaban su peso de un pie a otro, dejándole ver a Cole la ansiedad que los dominaba. Ya no eran jovencitos, lo que haría que liquidarlos le resultara más fácil, supuso Cole. Ya había calculado cómo lo haría. Su plan lo iba a obligar a arrojarse al suelo, pero, maldición, realmente odiaba zambullirse y rodar por el barro, especialmente un día como ése, en el que su estómago se mostraba tan susceptible. Sin embargo, no tenía más remedio que hacerlo si pretendía sobrevivir al enfrentamiento.

El alguacil Ryan, sin embargo, había caído en una trampa. El representante de la ley se encontraba completamente inmóvil, de pie justo en el centro de la calle, lo que lo colocaba en medio del tiroteo.

Cole estaba a punto de gritarle que se apartara cuando Ryan le hizo un gesto indicándole que se acercara. Manteniendo las manos caídas y relajadas a los costados para no alarmar a los pistoleros que se mostraban tan ansiosos por morir, bajó de la acera y se dirigió hacia donde se encontraba el alguacil. Los dedos le escocían por alcanzar la pistola. No se proponía dispararle al alguacil, sino tan sólo golpearlo en la cabeza con la culata, para que Ryan recibiera una muestra del dolor que Cole había tenido que soportar a causa de su orden de retenerlo en el pueblo.

A medida que se acercaba, los pistoleros, cual roedores temerosos de la luz del día, pero ansiosos por alzarse con el premio, se adelantaron con cautela.

Cole, por el momento, decidió ignorarlos. Tanto Ryan como él estaban a salvo... hasta que uno de los pistoleros desenfundara su arma. Estaban allí para hacerse con una reputación, y la única manera de conseguirlo sería disparando en medio de un aparatoso tiroteo, presenciado por testigos. Limpia y claramente. De otra forma, la matanza no se tendría en cuenta.

El comisario Norton espiaba por la rendija de la puerta. Ante la escena desplegada frente a sus ojos, no pudo evitar sonreír, porque era algo digno de ser presenciado y después recordado. Los dos alguaciles, enormes y fieros como Goliat, se estaban midiendo mutuamente, como adversarios en un cuadrilátero de boxeo. Formaban una pareja impresionante, tal como había dicho Josey. Al conocer a Daniel Ryan sintió temor ante él, y más tarde reaccionó de la misma forma ante Cole Clayborne, aunque tuvo la delicadeza de no demostrarlo. Ambos alguaciles la intimidaban, confesó, y Norton recordaba claramente las palabras exactas que había utilizado para expresar sus sentimientos: «Es algo en sus ojos. Los dos tienen esa mirada fría y penetrante, como trozos de hielo que te atraviesan el cuerpo. Tengo la sensación de que se meten en mi cabeza y adivinan lo que estoy pensando antes que yo misma».

También reconocía que, a pesar de su timidez, no podía menos que advertir lo apuestos que eran ambos... siempre y cuando no la miraran directamente a los ojos.

Cole le gritó a Ryan, lo que atrajo la total atención del comisario.

—¡Por todos los diablos, sal de la calle, Ryan! ¡Te van a matar!

El alguacil no se movió. Con los ojos entrecerrados, observó que se acercaba. Al llegar a medio metro de distancia, Cole se detuvo. Miró a Ryan a los ojos. Ryan le devolvió la mirada. Fue el primero en romper el silencio.

—¿Estás pensando en dispararme?

Había en su tono un indicio de risa contenida que a Cole no le gustó demasiado.

—La idea me ha cruzado por la cabeza, pero ahora tengo otras preocupaciones. A menos que quieras caer por una bala perdida, te sugiero que te eches a un lado.

—Alguien va a morir, sí, pero no seré yo —anunció Ryan arrastrando las palabras.

—¿Crees que puedes encargarte de los dos? —preguntó Cole, señalando con un movimiento de cabeza al pistolero que tenía a su izquierda, quien se estaba acercando sigilosamente.

—Muy pronto lo descubrirás.

—Me quieren a mí, no a ti.

—Soy igual de rápido, Cole.

—No, no lo eres.

La sonrisa de Ryan tomó a Cole por sorpresa, y le habría preguntado qué era lo que lo divertía tanto si el pistolero que tenía a su izquierda no hubiera atraído su atención diciéndole:

—Me llamo Eagle, Clayborne, y estoy aquí para liquidarte. ¡Vuélvete y enfréntame, cobarde, bastardo! ¡Acabaré contigo, maldito seas!

El otro pistolero no estaba dispuesto a ser ignorado.

—Me llamo Riley, Clayborne, y soy el que va a matarte.

Todos los pistoleros que Cole había conocido eran estúpidos. Estos dos, decidió, no eran la excepción.

—Probablemente haga algo con estos dos —dijo Ryan.

—¿Algo como qué? ¿Piensas arrestarlos?

—Tal vez.

Su actitud indiferente era irritante.

—¿Qué clase de alguacil eres? —preguntó Cole.

—Uno condenadamente bueno.

Cole apretó las mandíbulas.

—Estás muy seguro de ti mismo.

—Conozco mis capacidades. También conozco las tuyas.

A Cole se le había acabado la paciencia.

—¿Por qué no te metes dentro con el comisario, así luego, cuando yo termine con este asunto, podrás contarme todo acerca de tus capacidades?

—¿Estás diciéndome que me aparte de tu camino?

—Sí, exactamente.

—No voy a ninguna parte. Además, tengo un plan —dijo, señalando con un gesto a los dos pistoleros.

—Yo también tengo uno —replicó Cole.

—El mío es mejor.

—¿Oh, sí?

—Sí. Al contar tres, los dos nos tiramos al suelo y dejamos que ambos se maten el uno al otro.

A pesar de su sombrío estado de ánimo, la escena pintada por Ryan lo obligó a sonreír.

—Eso estaría muy bien si funcionara, pero ninguno de los dos está lo suficientemente cerca como para acertarle al otro. Además, me voy a ensuciar la camisa nueva si me zambullo en el barro.

—¿Y cuál es tu plan? —preguntó Ryan.

—Matar a uno, luego tirarme al suelo, rodar y matar al otro.

—Parece que con tu plan también te vas a ensuciar la camisa nueva.

—¿Vas a quitarte de en medio, o no?

—Los representantes de la ley deben permanecer juntos, Cole. Ésa es una regla importante que hay que recordar.

—Yo no soy un representante de la ley.

—Sí, lo eres. Todavía debes realizar el juramento, pero eso es sólo una formalidad.

—Tienes un retorcido sentido del humor, Ryan. ¿Sabes algo? No voy a ser alguacil.

—Ya lo eres —explicó Ryan pacientemente.

—¿Por qué?

—Necesito tu ayuda.

—Me parece que no entiendes cómo me siento. Estoy luchando contra las ganas de pegarte un tiro, hijo de perra. Te quedaste con mi brújula cerca de un año.

Ryan no se intimidó en absoluto por las amenazas de Cole.

—La designación tardó todo ese tiempo en llegar.

—¿Qué designación?

—No podía simplemente prenderte la insignia en el pecho —dijo Ryan.

Cole sacudió la cabeza.

—Están acercándose —señaló Ryan. Volvió la mirada hacia Eagle—. ¿Conoces a alguno de los dos?

—No.

—Me haré cargo de éste a las cinco en punto.

Cole comenzó a darse la vuelta y se detuvo.

—¿Tu turno o el mío?

—El mío —respondió Ryan.

Ambos se volvieron para enfrentarse a cada uno de los pistoleros que se acercaban, y luego, lentamente, fueron retrocediendo hasta quedar espalda contra espalda.

—No tires a matar.

—Debes de estar bromeando.

Ryan ignoró el comentario. Gritó a ambos pistoleros, indicándoles que mantuvieran las manos separadas del cuerpo y comenzaran a caminar, lenta y tranquilamente, hacia él, pero tanto Riley como Eagle permanecieron cada uno en su lugar, con la mano suspendida sobre el revólver.

—Si no le das a Riley, su bala te atravesará y llegará a darme a mí —dijo Cole.

—Jamás falló.

—¡Bastardo arrogante! —susurró Cole, justo en el instante en que Eagle desenfundaba su pistola. Cole reaccionó con la velocidad de un rayo. El pistolero no había llegado a sacar la pistola de la cartuchera cuando una bala le atravesó la palma de la mano.

Ryan disparó al mismo tiempo. Hizo saltar el revólver de la mano de Riley en el momento en que estaba desenfundándolo. La bala le atravesó la muñeca.

Manteniendo las armas apuntando a sus blancos, los dos alguaciles comenzaron a desplazarse hacia delante. Ryan llegó primero hasta donde se encontraba Riley. Le quitó sus revólveres, haciendo caso omiso de los alaridos de agonía que lanzaba el hombre, y lo obligó a punta de pistola a dirigirse a la prisión del comisario Norton.

Eagle estaba bramando como un marrano herido. Para gran frustración de Cole, parecía no poder quedarse quieto, sino que bailoteaba dando vueltas y vueltas en una loca danza.

—¡Has destrozado la mano con la que disparo, Clayborne! —chillaba.

—Ya te he escuchado —gruñó Cole—. ¡Quédate quieto, maldita sea! Voy a quitarte tus pistolas.

Eagle no acató sus indicaciones, y pronto Cole se cansó de perseguirlo. Dejó escapar un suspiro, aferró al pistolero por el cuello de la camisa y le propinó un puñetazo en la mandíbula que lo dejó inconsciente. Sin dejar de sostenerlo, le quitó las armas y luego lo dejó caer al suelo. Arrastrándolo por el cogote, lo llevó hasta la oficina de Norton.

Desde la acera, el comisario sonreía a los alguaciles con expresión radiante.

—Me parece que tendré que llamar al doctor para que atienda a estos dos —comentó.

—Eso parece —coincidió Cole.

El comisario entró presuroso, tomó sus llaves de encima del escritorio y fue a quitar el cerrojo a dos de las celdas. Poco después, los pistoleros fueron arrojados a su interior.

No hubo tiempo para las felicitaciones del comisario, ya que, en cuanto se cerraron de un golpe las puertas de las celdas, un empleado del telégrafo que aguardaba fuera llamó a Ryan. Cuando Cole se reunió con él en la acera, una sola mirada le bastó para saber que había sucedido algo malo. Le sorprendió que le extendiera el telegrama para que lo leyera.

Mientras Ryan le informaba las novedades al comisario Norton, Cole leyó el contenido.

—Ha habido otro asalto —decía Ryan, en tono inexpresivo.

Norton sacudió la cabeza.

—¿Cuántos muertos ha habido esta vez?

—Siete.

—¿Dónde ha ocurrido? —preguntó Norton.

—Rockford Falls.

—Eso no está muy lejos de aquí. Puedo indicarte cómo llegar hasta allí.

—¿A qué distancia está?

—A unos setenta y cinco kilómetros, por un terreno bastante accidentado.

—Tal vez quieras estar alerta por si acaso alguno de ellos vuelve a pasar por aquí. Dudo que lo hagan —agregó Ryan—. Ya han robado este banco. Cole, ¿vienes conmigo?

Cole negó con la cabeza y le devolvió el telegrama a Ryan.

—No es problema mío —dijo.

Ryan no contestó nada. Parpadeando para protegerse de la brillante luz del sol, entrecerró los ojos y frunció el entrecejo. De repente aferró a Cole por el chaleco y lo echó hacia atrás, haciéndolo tambalear. Antes de que Cole pudiera recobrar el equilibrio y devolverle las atenciones —ya empezaba a cerrar el puño—, Ryan le aplacó el ímpetu mediante disculpas.

—Lo siento. No debería haber hecho eso. Me dejé llevar por mi temperamento. Mira, tienes razón. Tú no pediste nada de todo esto, y los asaltos no son problema tuyo. Son problema mío. Es sólo que pensé... vaya, esperaba que así fuera... que quisieras colaborar. No obstante, no acepto tu renuncia. Vas a tener que ir a la oficina regional y entregarle la insignia al alguacil a cargo. El comisario Norton te indicará todo. Yo tengo que partir hacia Rockford Falls antes de que se enfríe la pista. ¿Sin rencores? —preguntó, al tiempo que le tendía su mano.

Cole se encogió de hombros y estrechó la mano de Ryan.

—Sin rencores.

Ryan se marchó corriendo hacia el establo. Cole lo contempló partir y luego siguió al comisario al interior de la cárcel para que le dijera dónde diablos estaba la oficina regional.

—Si no está cerca, devolveré la insignia —le informó al comisario.

Norton se sentó pesadamente detrás de su escritorio, y apoyó las manos sobre la pila de papeles que lo cubrían.

—No creo que al alguacil Ryan le guste mucho la idea. Esas insignias se consideran sagradas, hijo. Si yo estuviera en tu lugar, procuraría no irritarlo. Se tomó mucho trabajo para conseguirte como aliado, y me parece muy raro que no haya discutido contigo un poco más. Se ha dado por vencido fácilmente, ¿verdad?

—No conozco lo suficiente a Ryan como para juzgarlo —replicó Cole.

—¿Estás seguro de que quieres devolver la insignia?

—Estoy seguro. No sirvo para representante de la ley.

—¿Piensas que deberías ser pistolero? Algunos piensan que no hay ninguna diferencia entre un alguacil y un forajido.

—Yo soy un ranchero, nada más.

—¿Y entonces por qué hay tantos bandidos tras de ti? Te guste o no, te has forjado una reputación por ser rápido con las pistolas. Esos muchachos no van a renunciar a perseguir esa gloria. Me parece que la única forma de cambiar tu futuro es atenerte a esa insignia. Más de un pistolero lo pensará dos veces antes de liquidar a un representante de la ley de los Estados Unidos.

—Otros no —replicó Cole—. ¿Va a decirme dónde queda la oficina regional, o no?

Norton no prestó atención a la pregunta.

—Voy a explicarte los hechos de forma simple y directa. El alguacil Ryan no te ha presionado para que hicieras lo correcto, de modo que siento que debo hacerlo yo, y tú tendrás que tener la cortesía de escucharme porque tengo edad suficiente para ser tu padre, y los años me confieren ese privilegio. Tenemos un problema terrible con esta banda de Blackwater asolando nuestro territorio, y como tú vives dentro de esos mismos límites, yo diría que también es problema tuyo. Hace no mucho tiempo nuestro pequeño banco fue asaltado, y murieron varios buenos amigos. Eran tipos decentes y respetuosos de la ley que tuvieron la mala suerte de encontrarse en el banco en ese preciso momento. A todos los asesinaron como a perros. Hubo un testigo. Se llamaba Luke MacFarland, pero no duró mucho tiempo.

—Comisario, lamento mucho lo ocurrido, pero yo no...

Norton lo interrumpió y siguió diciendo:

—Luke resultó herido de bala mientras se desarrollaba el atraco, y ni siquiera estaba en el banco. Sólo pasaba en ese momento por la acera, lo que también fue bastante mala suerte. Sin embargo, el doctor pudo curarlo. Se habría recuperado del todo —así lo dijo el médico—. Y como había logrado ver un par de rostros a través de una rendija de las persianas del banco, hubiera sido un buen testigo para cuando hubieran atrapado a esos viles bastardos.

—¿Y qué le sucedió?

—Le cortaron el cuello con un tajo que parecía una corbata de lazo, eso es lo que le sucedió. Lo mismo hicieron con su esposa. Ambos estaban durmiendo en su cama, pero creo que alguno de los dos se despertó. Deberías haber visto ese cuarto, hijo. En esas paredes había más sangre que pintura. Jamás olvidaré lo que vi. Sus niños también lo vieron. El mayor, que apenas cumplió diez años el mes pasado, fue quien los encontró. Ya nunca más volverá a ser el mismo.

La historia tocó una fibra sensible dentro de Cole. Se reclinó contra el borde de la mesa, con la mirada perdida en el exterior de la oficina, mientras pensaba en esos niños. ¡Vaya pesadilla para que la presenciara un niño! ¿Y ahora qué sería de la vida de ese chico? ¿O de los demás? ¿Quién se haría cargo de ellos? ¿Cómo se las arreglarían para sobrevivir? ¿Serían separados y distribuidos entre varios parientes, o quedarían en la calle, tal como le había ocurrido a él de niño? Por el rabillo del ojo divisó a Ryan montando un caballo negro, avanzando a todo galope por la calle principal. Deseó que el alguacil pudiera atrapar a los monstruos que habían dejado huérfanos a esos niños. En el curso de una sola noche, sus vidas habían cambiado para siempre.

Cuando el comisario volvió a hablar, se volvió hacia él.

—No había ninguna necesidad de matar a esas dos personas, ninguna necesidad en absoluto. ¿Sabes qué dijo Ryan?

—No, ¿qué dijo?

—Que era un milagro que no hubieran matado a los niños. Si alguno hubiera entrado en esa habitación mientras realizaban esa masacre, seguro que lo habrían matado..., y a los demás también...

—¿Qué va a ocurrir con ellos?

—¿Con los niños? —El comisario pareció desolado, desmoralizado—. Mi Josey y yo nos ofrecimos para hacernos cargo de ellos, pero sus parientes del Este dijeron que ellos les darían un hogar. Me parece que se los van a repartir entre ellos. Eso no me parece bien. Los hermanos tendrían que permanecer unidos.

Cole coincidió con él asintiendo con la cabeza.

—Tengo una opinión personal acerca de por qué mataron también a la esposa de Luke. ¿Quieres oírla?

—Claro.

—Creo que dejaban un mensaje. —Su voz se redujo a un susurro mientras continuaba en tono confidencial—: Los rumores corren con rapidez, y así cualquiera que pudiera ver o escuchar algo va a pensarlo dos veces antes de presentarse a declarar. Los testigos no sobreviven. Ése es el mensaje.

—Un día de éstos van a cometerán algún error.

—Hijo, eso es lo que está esperando todo el mundo. Ruego para que sea pronto, porque ya ha muerto mucha gente buena, y no sólo hombres, sino también mujeres y niños. Esos hombres van a arder en el infierno por todo lo que han hecho.

—¿Han matado a niños?

—Me dijeron que habían matado a una niña pequeña. Estaba en el banco con su mamá. Por supuesto, ésas pueden ser puras conjeturas. Le pregunté a Ryan, pero me miró con expresión muy extraña, y siguió hablando sin responderme, así que no sé si es o no verdad. Lo cierto es que el alguacil tiene mucho entre manos —finalizó, sacudiendo la cabeza—. ¿Piensas dirigirte de vuelta a tu rancho?

—Voy hacia Texas, a traer de vuelta algunos novillos. Es mejor que la oficina regional esté en la misma dirección, o...

Norton no lo dejó terminar.

—Tengo que pedirte un pequeño favor. —Alzó las manos para impedir cualquier interrupción y agregó rápidamente—: Sé que no tengo derecho después de haberte dado un golpe en la cabeza. Sin embargo, siento que debo preguntártelo.

—¿Qué es lo que quiere?

—Conserva tu insignia hasta mañana antes de tomar una decisión. Ya está cayendo la tarde, así que no deberás esperar demasiado. Mañana por la mañana, si sigues decidido a devolverla, entonces tendré el placer de indicarte el camino más rápido para llegar a la oficina regional. Con tan elegante brújula, no tendrás inconveniente en encontrarla. No, no niegues con la cabeza. Al menos piénsalo, y mientras lo haces, respóndeme a otra pregunta.

—¿Cuál? —preguntó Cole, más hoscamente de lo que había deseado.

—¿Por qué crees que Ryan fue y te empujó como lo hizo antes de dejarte en paz?

—Por frustración —contestó Ryan.

El comisario sonrió como un gato sentado sobre un cuenco de leche.

—Querías pegarle, ¿verdad? Vi cómo cerrabas el puño, y —sí, hijo, lo vi—, también vi otra cosa, pero no te preocupes por eso. Demostraste bastante dominio de ti mismo —añadió—. Y el alguacil Ryan se disculpó —lo escuché con mis propios oídos—, pero ahora me pregunto si se disculpaba por haberte empujado, o tal vez lo hiciera por otra acción que hubiera cometido.

Antes de que Cole pudiera preguntarle de qué estaba hablando, el comisario volvió al tema de la insignia.

—¿Te quedarás esta noche? Podría llevaros a Josey y a ti al coqueto restaurante de Frieda, y si te marchas ahora, no podrás llegar muy lejos antes de que oscurezca. En tu lugar, querría pasar una última noche durmiendo entre sábanas limpias antes de iniciar un viaje tan largo. Por la mañana te daré las indicaciones que necesitas y podrás ponerte en marcha con toda rapidez. Claro que probablemente quieras ir primero a Rockford Falls. No está muy lejos de aquí.

Cole levantó una ceja.

—¿Por qué iba a querer ir a Rockford Falls?

—Para recuperar tu brújula —respondió Norton, con una risita ahogada.

5

El pueblo de Rockford Falls estaba aturdido por la conmoción. En los últimos dos días había perdido a ocho de sus más distinguidos habitantes y a uno que no lo era tanto, pero que todos igualmente apreciaban.

La gripe era responsable de dos de esas muertes. La epidemia había cobrado fuerza a lo largo de la semana anterior, fulminando a la mitad de la población. Las víctimas fatales fueron la más vieja y el más joven: Adelaide Westcott, una activa solterona de setenta y ocho años que todavía tenía todos sus dientes y jamás decía una palabra desagradable sobre nadie, y el dulce Tobias Dollen, de ocho meses, que había heredado las enormes orejas de su padre y la sonrisa de su madre. Murieron con una hora de diferencia a causa de lo que el doctor Lawrence llamó "complicaciones".

El pueblo entero lloró la pérdida, y todos los que pudieron levantarse de sus lechos de enfermo asistieron a los funerales, mientras que los que no podían alejarse más de cinco minutos de sus bacinillas oraron en sus casas por el descanso de sus almas.

Adelaide y Tobias fueron enterrados el miércoles por la mañana en el cementerio situado sobre Sleepy Creek Meadow. Esa misma tarde, seis hombres fueron brutalmente asesinados en un asalto al banco. El séptimo en morir, y cuya muerte fue la última en descubrirse, fue el patizambo Billie Buckshot, el borracho del pueblo, que se supuso que había salido de su destartalada choza situada en las afueras del pueblo rumbo a la taberna de Rockford en busca de su desayuno. Billie era un animal de costumbres. Solía empezar el día a eso de las tres o cuatro de la tarde, y siempre acortaba camino por el callejón que separaba el banco de la tienda de ultramarinos. Como fue hallado sosteniendo su oxidado revólver en los brazos, el comisario Sloan supuso que había tenido la desgracia de tropezarse con la banda cuando ésta salía huyendo por la puerta trasera del banco. También se dio por sentado que el pobre hombre no había tenido la menor oportunidad de disparar. Todos sabían que, hasta que no tomaba el primer trago del día, las manos le temblaban como la hamaca de un porche en medio de un huracán. Seis horas era demasiado tiempo para pasarlo sin whisky cuando el cuerpo lo necesita tanto como lo exigía el de Billie. Sin embargo, a él no le habían disparado como a los demás. Con él habían utilizado un cuchillo, y a juzgar por el número de heridas cortantes que tenía en la cara y en el cuello, quienquiera que fuese el que lo hizo realmente había disfrutado con el trabajo.

El azar quiso que nadie oyera los disparos ni viera a los ladrones huyendo del banco, quizá porque más de la mitad del pueblo estaba en cama. Aquellos que deseaban tomar algo de aire fresco aguardaron hasta la caída del sol para hacerlo. Los que se paseaban por la acera ciertamente vieron a Billie caído como un perro sarnoso en el callejón, pero ninguno le echó una segunda mirada. Era una imagen que estaban acostumbrados a ver. Simplemente imaginaron que el borracho del pueblo había vuelto a pasarse de la raya.

De esa manera, pasó toda una preciosa hora que se podía haber aprovechado para seguir el rastro de los asaltantes. Negros nubarrones cubrieron el cielo sobre el pueblo, y se oyó en la distancia el retumbar de los truenos. Emmeline MacCorkle, aún débil y demacrada por la gripe, fue obligada por su madre a acompañarla al banco para descubrir por qué Sherman MacCorkle pensaba que podía llegar tarde a cenar. La esposa de Sherman estaba sumamente agitada. Provocó una verdadera conmoción aporreando la puerta de entrada del banco, lo que atrajo las miradas de los curiosos, y al ver que no era atendida de inmediato arrastró a su hija hasta la puerta trasera. Ni Emmeline ni su madre se dignaron echar una mirada al borracho que yacía en el suelo hecho un ovillo. Con notorio desdén, alzaron sus narices y mantuvieron la vista al frente.

Emmeline tuvo que recogerse las faldas para pasar sobre los pies de Billie. Sobresalían de un mugriento trapo que Emmeline supuso que usaba como manta. Sorteó el obstáculo sin dirigirle más que una rápida mirada. Una vez que doblaron la esquina, la madre soltó el brazo de su hija, abrió la puerta de par en par y entró gritando el nombre de su marido. Emmeline la siguió dócilmente.

Los alaridos que siguieron congelaban la sangre en las venas, y se escucharon hasta el cementerio, lo que hizo que muchos se acercaran corriendo para ver qué había sucedido. Aquéllos que llegaron a presenciar la dantesca escena que ofrecía la sala principal del banco antes de que el comisario Sloan llegara y clausurara las puertas, jamás volverían a ser los mismos. John Cletchen, el fotógrafo llamado por Sloan para que tomara fotos destinadas a la posteridad, se sintió tan descompuesto ante el macabro espectáculo que tuvo que salir corriendo hasta fuera para vomitar en la calle. A dos de las víctimas, Franklin Carroll y Malcolm Watterson, les habían disparado simultáneamente, y habían caído uno sobre el otro. Todavía estaban de rodillas, y parecían estar abrazados, cada uno con su cabeza apoyada en el hombro del otro.

A la una y cinco de la tarde siguiente, cuando Daniel Ryan llegó al pueblo, se encontró con que tenía entre manos un delito mayor. Debido a la torrencial lluvia que había caído sobre el lugar, tardó más tiempo del esperado. El comisario Sloan se encontró con él frente al banco, le proporcionó los detalles, y luego, abriendo las puertas, lo siguió hasta el interior.

Los cuerpos aún no habían sido retirados de la sala. Si Ryan se impresionó por la escena desplegada ante sus ojos, no lo demostró. Caminó lentamente por el lugar y observó a cada uno de los muertos desde todos los ángulos posibles. La única señal de que se sentía afectado fueron sus puños, apretados a los costados de su cuerpo.

—No sabía si debía hacer retirar los cuerpos o dejarlos para que los viera. ¿Hice lo correcto? —preguntó el comisario Sloan, en un susurro estrangulado.

Antes de que Ryan pudiera contestarle, continuó diciendo:

—Había otro cuerpo, que fue hallado en el callejón al lado del banco. Pertenecía a Billie, el borracho del pueblo. Con él utilizaron un cuchillo, y antes de que pudiera avisarles a los de la funeraria que debían dejarlo ahí, se lo llevaron y lo enterraron. He hecho tomar fotografías de estos pobres hombres, pero Billie ya no estaba, así que no tengo fotos de él.

El hedor ya comenzaba a llegar hasta ellos. Sloan se cubrió la boca y la nariz con un pañuelo. No consiguió obligarse a mirar a sus amigos, de modo que dirigió la mirada al techo.

—No quiero que las familias de estos hombres vean... —No pudo continuar. Con la náusea atenazándole la garganta, giró sobre sí mismo y se aferró al picaporte. Ryan tuvo que abrírselo. El comisario salió corriendo, se dobló en dos frente a la muchedumbre que se había congregado afuera y vomitó en plena calle.

Retornando a su inspección, Ryan se puso en cuclillas junto a uno de los cadáveres para examinar más detenidamente la bala que había divisado, medio incrustada en un tablón del suelo. Todavía podían oírse las arcadas del comisario Sloan cuando la puerta volvió a abrirse, dejando entrar otra bendita bocanada de aire fresco. Cole hizo su entrada en el banco. Ryan se volvió hacia él, esperando su reacción.

Cole no estaba preparado para ver lo que vio. Como si hubiera chocado contra un muro tras una carrera, se echó violentamente hacia atrás, tambaleando, y susurró:

—¡Oh... Señor!

—¿Vas a huir o vas a quedarte? —preguntó Ryan.

Cole no respondió. Los ojos de Ryan relampagueaban de furia.

—Mira muy bien, Cole —dijo—. Cualquiera de estos hombres podría haber sido tu hermano. Dime, ¿con qué frecuencia van al banco? ¿O tu madre? ¿O tu hermana? —dijo, con un tono sarcástico que restalló como un látigo.

Cole sacudió la cabeza y siguió con la mirada clavada en los dos cadáveres arrodillados que se apoyaban el uno en el otro. No podía apartarla de ellos.

—No te atrevas a decirme que no es problema tuyo —siguió Ryan—. Lo convertí en tuyo haciéndote alguacil. Te guste o no, ya no puedes apartarte de esto. Vas a ayudarme a atrapar a estos bastardos.

Cole no dijo ni una palabra. Estaba luchando contra el deseo de reunirse fuera con el comisario, a la vez que sentía cómo su rabia iba convirtiéndose en una furia helada. Nadie debía morir de esta manera. Nadie.

No iba a permitirse descomponerse. Si les daba la espalda a estos hombres y huía, estaría cometiendo una blasfemia. No pudo racionalizar su actitud. Sólo sabía que no estaría bien que se permitiera sentir repugnancia.

Sacudió la cabeza como para aclarar sus ideas, se alejó de la puerta y caminó alrededor del círculo de cadáveres. Ryan lo observaba atentamente.

Pasó un largo minuto más en absoluto silencio, y luego dijo:

—No sé cuántos delincuentes hubo aquí, pero estoy seguro de que los que efectuaron los disparos fueron siete.

—¿Por qué lo dices? —preguntó Ryan.

—Por las quemaduras de pólvora y el ángulo de los disparos —Señaló a dos de los cuerpos y murmuró—: La bala entró por la parte de atrás de la cabeza de este hombre, salió por la frente, y volvió a entrar por el cuello del otro hombre que tenía frente a él. Lo mismo pasó con estos otros dos. Estaban haciendo una especie de juego —añadió—. Tratando de matar a dos personas con una sola bala. Ya te habías dado cuenta, ¿verdad?

—Sí —asintió Ryan.

—El asalto fue ayer. ¿Por qué no enterraron estos cuerpos?

—El comisario pensó que tenía que dejarlos para que los viéramos. Tengo la impresión de que no hace mucho que es comisario.

Cole volvió a sacudir la cabeza.

—Hay una carroza fúnebre fuera —dijo—. Es preciso enterrar a esta gente.

—Entonces, ordena que lo hagan —desafió Ryan.

Cole se volvió para salir, pero se detuvo con la mano sobre el picaporte.

—Siempre que estoy lejos de mi rancho, trabajo solo —dijo.

—Ya no trabajas solo.

—Te lo advierto. Yo hago las cosas a mi manera... Algunas no serán legales.

—Lo imaginaba —replicó Ryan.

Siguió a Cole hasta la calle y se paró en la acera junto a él, mientras éste indicaba a los curiosos que retrocedieran para que la carroza fúnebre pudiera acercarse a la puerta. El encargado de recoger los cadáveres, un jorobado de cara redonda como una luna, dio un paso al frente. Cole le ordenó que cubriera los cuerpos con una sábana antes de retirarlos.

El reportero del periódico de Rockford Falls objetó la orden.

—¡Queremos verlos! —gritó—. ¿Por qué tenéis que cubrirlos con una sábana?

Cole sintió deseos de golpear al buscador de curiosidades macabras. Con gran esfuerzo, resistió el impulso y le dijo:

—No querrían ser recordados de esta forma.

El reportero no estaba dispuesto a darse por vencido.

—¡Ya están muertos! —volvió a gritar—. ¿Cómo sabe lo que querrían?

Una mujer entre el gentío comenzó a llorar. Cole miró a Ryan, aguardando una respuesta, pero el alguacil lo ignoró y mantuvo la vista clavada en los hombres y mujeres reunidos en la calle.

—Sí, están muertos —le respondió Cole, también a gritos—. ¡Y ahora la ley se ha convertido en su voz! ¡Pongan las condenadas sábanas!

Ryan asintió con la cabeza. Sacando la brújula del bolsillo, la tendió a Cole, mientras decía:

—Acabas de convertirte en un representante de la ley.

6

Se tardó una hora en retirar los seis cuerpos. A causa del calor reinante, el *rigor mortis* se había adueñado de ellos con rapidez, y el propietario de la funeraria necesitó un tiempo infernal para separar a los que habían muerto de rodillas y poder finalmente sacarlos de allí.

Los hombres que lo ayudaban susurraban entre sí mientras realizaban su trabajo. Cole no estaba seguro de si mantenían un tono bajo por respeto a los muertos, o si lo hacían porque estaban demasiado impresionados, pero uno de ellos comenzó a sentir náuseas y tuvo que marcharse afuera cuando el director de la funeraria expresó en voz alta su preocupación al decir que, si las familias querían enterrar a sus familiares ese mismo día, tendría que construir ataúdes especiales para acomodar a los que tenían las rodillas dobladas, o quebrarles las piernas. Un día más de demora aseguraría que el problemático *rigor mortis* ya hubiera pasado. Y si cerraba herméticamente los ataúdes, nadie advertiría el hedor.

En el centro del lugar, el suelo sobre el cual cayeron los dos cuerpos arrodillados estaba negro. La sangre se había filtrado por la madera reseca, y ya no sería posible quitarla. Ni siquiera la lejía podría borrar las manchas.

Ryan interrogó a Sloan durante un rato antes de revisar la oficina del director y la parte de atrás del mostrador de los cajeros. Recogió los papeles, los puso en una caja que encontró y los llevó hasta un viejo escritorio manchado de tinta que había frente a los ventanales. Mientras Cole deambulaba por el lugar intentando descubrir exactamente cómo, por qué y cuándo había ocurrido todo, Ryan se sentó en el borde del escritorio y comenzó a leer.

Sloan permanecía junto a la puerta, moviéndose inquieto.

Finalmente, Ryan se dio cuenta de su presencia.

—¿Algo lo inquieta, comisario? —preguntó, sin alzar la mirada del documento que estaba revisando.

—Estaba pensando en que debería reunir otra patrulla y volver a salir en busca de la banda. Anoche tuvimos que abandonar la tarea cuando comenzó a oscurecer. Si esperamos demasiado, el rastro comenzará a perderse.

—Buena idea —dijo Ryan—. ¿Por qué no se ocupa del asunto?

—Me imagino que debo avisar a los hombres que quiero que vengan conmigo, como hice ayer antes de que llegarais vosotros.

Ryan se encogió de hombros.

—Usted conoce a la gente mejor que yo. No obstante, espero que no cometa ninguna estupidez, tal como liquidar a cualquiera sólo porque le parece que pudo haber tenido algo que ver. Si atrapa a alguien, tráigalo hasta aquí.

—No puedo controlar a todo un grupo de gente. Saben lo que sucedió aquí. Alguien puede...

Ryan lo cortó de plano:

—*Va* a controlarlos, comisario.

Sloan asintió con la cabeza.

—Lo intentaré.

—No es suficiente. Nadie toma la justicia por su mano. ¿Lo ha entendido? Y si alguno de sus amigos piensa lo contrario, le dispara al hijo de perra.

Ryan esperó que Sloan se marchase, pero éste se quedó donde estaba. Su rostro se puso de color escarlata y comenzó a pasar su peso de un pie a otro, incómodo, mientras mantenía la vista clavada en el suelo.

—¿Sucede algo más? —preguntó Ryan.

—A mí me parece... y a muchos otros hombres del pueblo también... que yo debería estar a cargo de esta investigación.

Ryan le echó una rápida mirada a Cole para ver su reacción ante las palabras del comisario.

—¿Por qué imagina algo semejante? —preguntó Ryan.

—Soy el comisario de Rockford Falls, de modo que ésta es mi jurisdicción, no la suya. Como ya dije, el que debería estar a cargo soy yo, y ustedes dos tendrían que obedecer mis órdenes.

—¿Cree que usted haría mejor el trabajo?

—Podría ser.

—Ni siquiera puede mirar las manchas del suelo —dijo Ryan—. ¿Qué le hace pensar...?

—Es mi jurisdicción —insistió Sloan, con terquedad.

La paciencia de Ryan se había acabado.

—El alguacil Clayborne y yo estamos aquí por designación especial, y no me preocupa particularmente si eso le causa algún problema o no. Apártese de nuestro camino —ordenó con aspereza—. Ahora, ocúpese de reunir su partida.

Cole escuchó la discusión sin pronunciar palabra. Aguardó hasta que el comisario hubo partido, luego cruzó el salón hacia los ventanales y abrió uno de ellos. Una fragante y limpia brisa, impregnada de aroma a pino, le acarició el cuello y los brazos. Aspiró varias veces con fuerza para desprenderse del olor metálico de la sangre que impregnaba el interior del banco, y luego, apoyándose contra el antepecho, se volvió para dirigirse a Ryan.

—Anoche llovió mucho, y también buena parte de esta mañana —señaló, contemplando la espalda de Ryan.

—Sí, lo sé. Me empapé.

—Esta tarde ya no quedará ningún rastro. El agua lo habrá diluido.

Ryan lo miró por encima del hombro.

—También lo sé. Sólo quería deshacerme de Sloan.

Cole cruzó los brazos sobre el pecho y se echó hacia atrás.

—Los que hicieron esto hace tiempo que están lejos de aquí.

Ryan asintió.

—Ayer se enviaron telegramas a todos los representantes de la ley del territorio. A estas horas ya están siendo controlados todos los caminos principales. También se han apostado hombres en las estaciones ferroviarias y en el río. Sin embargo, creo que estos bastardos lograrán zafarse de la red tendida ante ellos. Son listos, verdaderamente listos. —Dejó sobre el escritorio el papel que estaba leyendo, y se volvió hacia Cole—: ¿Sabes qué solía preocuparme?

—¿Qué?

Ryan bajó la voz hasta convertirla en un susurro.

—Que cesaran sus actividades y yo no pudiera atraparlos.

Cole negó con la cabeza.

—No van a parar con esto. —Señalando con la cabeza las manchas de sangre, agregó en un murmullo—: Lo están disfrutando demasiado.

—Sí, creo que tienes razón. Han desarrollado un verdadero gusto por el asesinato.

—¿Cuántos bancos han asaltado?

—Con éste suman cerca de una docena.

—¿Y han logrado escapar doce veces?

—O tienen mucha suerte o son muy astutos.

—¿Dónde y cuándo fue el primer asalto?

—Fue hace dos años, a finales de la primavera. Robaron un banco en Texas... Blackwater, Texas, para ser exactos. De ahí obtuvieron su nombre.

—La banda de Blackwater —comentó Cole.

—Sí —confirmó Ryan—. En ese primer atraco, atacaron de noche llevando querosene, e incendiaron el edificio hasta sus mismos cimientos al marcharse. Nadie vio nada.

—¿Alguien resultó muerto?

—No —respondió Ryan—. Luego, dos semanas después, dieron un golpe en otro banco de Hollister, Oklahoma. Una vez más, lo hicieron de noche, pero no utilizaron querosene.

—¿Hicieron destrozos en el lugar?

Ryan negó con la cabeza.

—Fueron considerados y cuidadosos. No tocaron nada, salvo el dinero, y no dejaron ninguna evidencia.

—¿Cómo sabes que ambos asaltos están relacionados entre sí?

—Principalmente por una corazonada —dijo Ryan—. Hubo un par de similitudes. Como te he dicho, fueron cometidos durante la noche, y en ambos casos se acababa de realizar un ingreso del gobierno para pagar los salarios del ejército apostado en los fuertes de las cercanías.

—¿Dónde quedaba el tercer banco?

—En Pelton, Kansas —contestó Ryan—. En este asalto cambiaron de método. Entraron a la hora de cerrar, como hicieron aquí.

En el interior había siete personas. Dos resultaron muertos. Los disparos comenzaron cuando uno de los empleados trató de alcanzar su pistola. Murió sosteniéndola, pero no llegó a disparar un solo tiro.

—¿De modo que hubo testigos?

—Sí, pero no sirvieron de mucho. Contaron que los hombres iban enmascarados y que sólo habló uno de ellos. Dijeron que tenía acento sureño.

—¿Cuántos hombres vieron entrar en el banco?

—Siete.

—¿Y también iban por la nómina del ejército?

—Sí.

Cole registró la información y siguió preguntando:

—¿En dónde dieron el siguiente golpe?

—Volvieron a Texas —respondió Ryan—, y robaron un banco en Dillon.

—Allí naciste tú, ¿no es así?

Ryan se mostró asombrado. Cole se apresuró a explicarle:

—Realicé una investigación superficial sobre ti cuando le quitaste la brújula a mi madre.

—¿Qué más descubriste?

—No mucho más —contestó Ryan, encogiéndose de hombros—. ¿Alguien murió en el asalto de Dillon? —preguntó, retornando al tema más urgente.

—Sí —La voz de Ryan se volvió áspera, llena de rabia—. Un número condenadamente alto de muertos.

Cole aguardó, pero Ryan no le proporcionó más detalles. Cuando Cole lo instó a explicarse más extensamente, se puso nervioso.

—Mira, está todo en los registros. Los he revisado al menos un centenar de veces, pero tal vez cuando tú los leas descubras algo que se me haya escapado. El banco de Dillon fue el último golpe que dieron ese año. Se mantuvieron inactivos durante los meses de otoño e invierno, y volvieron a aparecer en los de primavera y verano. Su aparición es esporádica pero constante —añadió—. El año pasado se trasladaron al norte y se volvieron aún más violentos, y los tres bancos que han asaltado este año están en el territorio de Montana.

—Probablemente porque aquí hay muchos sitios donde esconderse.

—Sí, pienso lo mismo. Se han mantenido alejados de las grandes ciudades.

—El comisario Norton me habló acerca del testigo que tenías en Middleton.

—Su nombre era Luke MacFarland —asintió Ryan—. Acertaba a pasar por la acera mientras se desarrollaba el asalto. Me dijo que había oído disparos mientras miraba por las ventanas a raíz de algo que había escuchado antes de eso.

—¿Qué era?

—Risas.

Cole no pareció impresionado.

—Te he dicho que disfrutan con lo que hacen. Esto se va a poner cada vez peor, a menos que consigas detenerlos.

—A menos que *consigamos* detenerlos —lo corrigió Ryan—. Ahora tú estás metido en esto.

—Sí, me temo que sí. ¿Alcanzó a decirte Luke cómo habían muerto los que estaban en el banco? ¿Los obligaron a arrodillarse?

—No, los llevaron hasta el cuarto de atrás y allí los mataron. Eso de arrodillarse... eso es nuevo. Como el cuchillo.

Ryan se irguió y comenzó a frotarse la nuca.

—Diablos, estoy cansado —gruñó.

Cole podía ver lo agotado que estaba.

—No debías haber pasado la noche bajo la lluvia. Ya no tienes edad para eso.

—Te llevo apenas un año —replicó Ryan, con una sonrisa.

—¿Cómo sabes la edad que tengo?

—Sé todo lo que hay que saber sobre ti.

Si Cole quedó sorprendido por el comentario, no lo dejó traslucir.

—¿Por qué no protegiste al testigo que tenías en Middleton?

—¡Por todos los infiernos, traté de hacerlo! Claro que lo hice, pero llegaron informaciones acerca de otro atraco en Hartfield, y tuve que ir hasta allí. Se le encargó al alguacil Davidson la protección de Luke MacFarland y su familia.

—Además de comentarte lo de las risas, ¿qué más te contó Luke?

—Sólo pudo ver a dos hombres a través de la rendija. Uno de ellos se quitó la máscara, y Luke pudo vislumbrar su perfil.

No obstante, no lo podría distinguir entre una multitud. Dijo que era alto, delgado.

—¿Algo más?

—No.

—¿Qué estaba haciendo el alguacil Davidson mientras asesinaban a su testigo?

—Fue atacado a balazos. Se recuperará, pero le llevará mucho tiempo. El médico le extrajo tres balas del cuerpo.

—Parece que creyeron que lo habían matado, o de lo contrario no lo habrían dejado allí.

—Sí, es lo mismo que creo yo.

—El comisario Norton me contó cómo fueron asesinados MacFarland y su esposa. Los mataron a puñaladas. Él piensa que asesinaron a la esposa como aviso. Dice que vas a pasar las de Caín tratando de conseguir a alguien que reconozca haber visto algo. Los rumores corren con rapidez en este territorio.

—¿Norton te contó algo sobre su pasado?

—No, no lo hizo. ¿Por qué lo preguntas?

—Sólo por curiosidad. ¿Has oído hablar de un pistolero llamado Laredo Kid?

—Por supuesto —respondió Cole—. Cuando yo era pequeño ya era una leyenda. Todos sabían lo temerario que era... loco, pero rápido con el revólver. Muy rápido. Probablemente ya haya muerto. ¿Norton lo mató?

Ryan sonrió.

—Laredo Kid no está muerto. De hecho, se ha convertido en comisario.

—¿Norton es...? —preguntó Cole con incredulidad.

—Te aseguro que es verdad.

—Debería haber muerto hace años. Siempre hay alguien más rápido que uno aguardando a tener su oportunidad. Tiene suerte de estar vivo.

—Estoy de acuerdo, especialmente cuando la que le cocina es esa esposa que tiene. ¿Te hizo comer su pollo frito? A mí casi me mata.

Cole estalló en carcajadas. Lo sorprendía ver lo bien que se sentía. La tensión que le atenazaba las entrañas pareció ceder un tanto.

—Lo intentó —reconoció—. Pero ni lo toqué.

Ryan también se relajó, hasta que su mirada volvió a posarse sobre las manchas de sangre que teñían el suelo. Era una visión que obligaba a recobrar la compostura.

—Ya has tenido tiempo de revisar todo. Dime ¿qué crees que ocurrió?

La risa había desaparecido de los ojos de Cole cuando respondió:

—Te diré lo que sé que ocurrió. Ninguno de ellos luchó. No hay señales de lucha. Demonios, fueron dóciles como corderos. Hay revólveres en cada uno de los cajones de las cajas situadas detrás de las ventanas —dijo, señalándolas con un movimiento de cabeza—. Todos están cargados, pero no los tocaron. Ahora, dime, Ryan, ¿por qué me buscaste a mí? Ahí afuera hay muchos hombres mejores que yo para llevar esta insignia.

—Te quería a ti.

—¿Por qué?

—Es complicado.

—Ésa es una excusa, no una respuesta.

Al ponerse de pie y reclinarse contra el escritorio, Ryan mandó la silla rodando hacia atrás. Ambos hombres hicieron caso omiso del ruido que produjo ésta al estrellarse contra la pared; tenían las miradas clavadas el uno en el otro.

Transcurrió todo un largo minuto en silencio antes de que Ryan se decidiera a hablar.

—Muy bien, te diré por qué te elegí para este trabajo. Hace mucho tiempo comencé a interesarme por ti cuando me enteré del problema que tuviste cerca de Abilene y de cómo te comportaste.

—Estoy seguro de que exageraron la historia.

—No, no. Lo verifiqué. Sabías lo que le iban a hacer a esa mujer, y tú...

—Como ya te he dicho —lo interrumpió Cole—, exageraron lo sucedido.

—Disparaste a través del cuerpo de ella para darle a él.

—Disparé a su brazo, eso es todo. La bala no tocó el hueso. Fue sólo un rasguño.

—Pero la misma bala lo mató a él.

—Debía morir.

—Puedo darte al menos otros veinte ejemplos.

—Soy bueno con una pistola. ¿Y con eso, qué?

—¿Quieres que te diga la mejor de todas las razones?

—Sí.

—Piensas como ellos.

—¿Como quiénes?

—Como los bastardos que entraron aquí y mataron a toda esta gente.

—¡Hijo de perra! —rugió Cole—. ¿Crees que yo podría hacer algo semejante?

La rabia de Ryan se desvaneció.

—No, no creo que tú puedas hacer nada semejante. Lo que he dicho es que piensas como ellos. Tú puedes meterte dentro de sus cabezas, Cole. Yo lo he intentado, pero me es imposible.

—Estás chiflado, Ryan.

—Tal vez, pero necesito a un hombre que no vacile y a quien no le importe quebrantar la ley en determinadas situaciones. También tengo que confiar en él, y yo confío en ti.

—¿Cómo sabes que puedes confiar en mí?

—Por todas las historias que tú dices que no ocurrieron. Viajé con tu madre en tren hasta Salt Lake City, y me contó toda suerte de cosas sacrosantas sobre ti, la clase de cosas que sólo podría creer una madre. ¿Sabe ella lo despiadado que puedes llegar a ser?

Cole se negó a responder la pregunta.

Ryan siguió adelante.

—Ella cree que estás en el camino equivocado. Por eso te regaló la brújula.

—La brújula que retuviste casi un año.

Ryan se encogió de hombros.

—También me dijo que te había regalado la brújula para recordarte que te mantuvieras en la senda correcta. Tal como yo lo veo, te estoy ayudando a hacer precisamente eso.

—Yo no soy despiadado.

—Cuando la situación así lo requiere, lo eres. También conozco lo de Springfield.

—¡Oh, demonios!

—¿Vas a ayudarme o no?

Cole ya había tomado una decisión. La imagen de esos cuerpos permanecería en su mente durante mucho, mucho tiempo, y sabía que no iba a poder dormir de noche a menos que contribuyera a atrapar a los hombres que habían cometido esa atrocidad. Simplemente, no podía escapar.

—Quiero atraparlos a todos —susurró—. Conservaré la insignia, pero, en cuanto todo termine, la voy a devolver.

—Podrías decidir que quieres continuar.

—Puede ser —fue todo lo que llegó a conceder—. ¿Hay reglas especiales para los alguaciles? Nunca fui muy afecto a las reglas —advirtió.

—A los alguaciles les asignaron territorios específicos, pero tú y yo somos una excepción porque tenemos una misión especial. En cuanto a las reglas, no es preciso que te preocupes por ellas. De todos modos, sólo se trata de sentido común. A los alguaciles no se los puede juzgar por asesinato, sabes. —Dijo la mentira con rostro impasible.

Cole se echó a reír.

—Esa regla me viene muy bien.

Ryan se puso de pie y flexionó los hombros para aliviar la rigidez que los envaraba.

—¿Por qué no revisas esta caja mientras voy a la parte de atrás y vuelvo a echar un vistazo a los cajones? —dijo.

Ya se encaminaba rumbo a la oficina del director, cuando Cole lo llamó.

—¿Qué debo buscar?

—Los nombres de los que ayer hicieron trámites bancarios. Sloan me contó que el director insistía en que los cajeros llevaran registros escrupulosos. Tenían orden de anotar los nombres de cada uno de los clientes que atendían.

—Una vez que hayamos hecho la lista, ¿qué hacemos? —preguntó Cole.

—Hablaremos con ellos, porque alguno puede que advirtiera algo fuera de lo común.

—¿Eso ha ocurrido alguna vez con anterioridad?

—No, pero así y todo tenemos que preguntarles. Esos bastardos cometerán algún error un día de éstos. Tal vez uno de ellos entró antes al banco para echar un vistazo.

—Eso es una expresión de deseos, Ryan.

—Sí, lo sé, pero igual debemos seguir la rutina. Tenemos que cubrir todas las posibilidades. Por la pila de papeles que hay aquí, ayer hubo un montón de clientes. Revisarlos a todos nos va a llevar el resto del día.

Se dividieron los papeles entre los dos. Ryan volvió a la oficina del director para trabajar allí. Cole permaneció fuera, en el salón. Buscó lápiz y una libreta dentro del cajón del escritorio manchado de tinta para confeccionar su lista, encontró lo que necesitaba y los apoyó sobre la tapa. Estaba a punto de ir a recoger la silla que Ryan había lanzado contra la pared, cuando su mirada fue atraída por un destello de algo azul caído bajo el escritorio.

—Tendremos que revisar todo esto por lo menos tres veces —estaba advirtiéndole Ryan—. Por si acaso se nos escapa algo la primera o la segunda vez.

—Estaremos aquí una semana —respondió Cole, gritando mientras se agachaba apoyando una rodilla en el suelo y buscaba dentro del hueco del escritorio. Sacó de allí un bolso celeste con un lazo de satén azul y blanco.

Lo abrió y examinó su interior. No había nada, salvo el forro de satén azul. Cole lo contempló un instante, y luego, dirigiéndose a Ryan, preguntó:

—Eh, Ryan, ¿sabes quién trabajaba en este escritorio?

—¡Sí! —respondió Ryan a gritos. Estaba sentado en el escritorio del presidente, revisando metódicamente el contenido del cajón superior—. Tengo el nombre en las notas que he tomado.

—¿Recuerdas si era hombre o mujer?

Algo en el tono de voz de Cole atrajo la atención de Ryan. Miró hacia a Cole, lo vio apoyado sobre una de sus rodillas y contestó:

—Allí se sienta un hombre.

—¿Fue uno de los asesinados?

—No. Ayer estaba en su casa, enfermo.

Cole metió la cabeza en el hueco.

—Bueno, bueno... —murmuró.

—¿Has encontrado algo? —preguntó Ryan.

—Puede ser —respondió Cole—. Tal vez sí, tal vez no —Se puso de pie y se volvió hacia Ryan—. ¿Sabes, por casualidad, con qué frecuencia se limpia este lugar?

—Es lo primero que le pregunté a Sloan, ya que tenemos que revisar también la basura. Conforme a sus palabras, MacCorkle tenía la obsesión de mantener el lugar inmaculado.

Lo hacía limpiar todas las noches, y por la mañana revisaba cada grieta y cada rincón. Toda la basura que hay en los cestos pertenece al trabajo de ayer.

—¿Estás seguro de que se limpió el martes por la noche?

Ryan dejó lo que estaba haciendo y se dirigió a la sala. Divisó enseguida la tela azul que tenía Cole en la mano.

—Sí, estoy seguro. ¿Por qué? ¿Qué tienes ahí?

—Una posibilidad.

—¿Una posibilidad de qué?

Cole sonrió.

—De que haya una testigo.

7

Tres eran las mujeres que habían estado en el banco entre la una y las tres de la tarde del día del atraco. Cole y Ryan tenían la seguridad de que eso era un hecho, y no pura especulación, por las estrictas reglas que hacía observar Sherman MacCorkle. Tal como le había dicho a Ryan el comisario, el director del banco ordenaba que todas las transacciones —aun las de cambio de un billete de un dólar— se registraran en una hoja y se archivaran en el cajón de efectivos. Si lo que estaba consignado en las hojas no coincidía con el dinero que había en la caja, el cajero tenía que reponer la diferencia. MacCorkle también había insistido en que los totales del día fueran separados entre las operaciones de la mañana y las de la tarde. Los comprobantes de las transacciones del miércoles por la mañana todavía estaban sobre el escritorio de MacCorkle en tres ordenadas pilas. Había también un archivo abierto, situado detrás del escritorio de MacCorkle, lleno de documentos, solicitudes de préstamos, hipotecas y registros de las ejecuciones. Cada documento llevaba la fecha inscrita en el borde superior.

Bendito fuera MacCorkle por haber sido tan exigente con los detalles.

Con todas las interrupciones, hacer la lista de los nombres les llevó hasta el anochecer. En total, veintinueve hombres y mujeres habían estado ese día en el banco. Dieciocho lo habían hecho durante la mañana, y ninguno era mujer. El banco había permanecido cerrado para almorzar desde el mediodía hasta la una de la tarde y esa tarde habían estado en él once personas, de las cuales tres eran mujeres.

Una de ellas había olvidado su bolso.

Ryan y Cole fueron muy prudentes con su descubrimiento, y decidieron, en medio de apremiantes susurros, mantener oculta la posibilidad de que hubiera una testigo para más adelante.

—Tengo la impresión de que estamos adelantándonos a los acontecimientos —señaló Cole—. En realidad, es probable que así sea.

—Sí, pero tengo la sensación...

—Yo también —susurró Cole—. La cuestión es... ese bolso puede haber estado debajo del escritorio durante semanas.

—Ya se lo preguntaremos a la pareja que limpia el lugar. Tengo sus nombres y direcciones por alguna parte —dijo Ryan, mientras pasaba las hojas de su cuaderno—. Aquí están. Mildred y Edward Stewart. Viven en Currant Street. Vamos a hablar con ellos ahora mismo. Quiero salir de aquí un rato y tomar un poco de aire fresco.

—Son más de las nueve —señaló Cole—. Deben de estar durmiendo.

Mientras le recordaba la hora a Ryan, ya se encaminaba hacia la puerta. Cerraron la puerta tras de sí y se dirigieron hacia la casa de los Stewart, situada en las afueras del pueblo. La hija de la pareja fue quien les abrió la puerta, explicándoles que sus padres estaban trabajando. Eran los que todas las noches limpiaban el banco, la iglesia y la tienda de ultramarinos.

Los alguaciles volvieron sobre sus pasos. Podían ver las luces que iluminaban el interior de la tienda. Las persianas estaban subidas, pero Edward Stewart les abrió la puerta tan pronto como Ryan llamó y dijo quién era.

Mildred estaba fregando el suelo de rodillas. Cuando entraron los alguaciles, la robusta mujer se puso de pie y se secó las manos en el delantal. Ambos, tanto ella como su esposo, eran personas mayores —alrededor de cincuenta años, calculó Cole— y, a juzgar por sus rostros macilentos y sus hombros agobiados, supo que habían tenido que trabajar mucho durante toda su vida.

Ryan hizo las presentaciones de rigor y luego dijo:

—Sabemos que están ocupados, pero les agradeceríamos que nos respondieran a un par de preguntas.

—Nos alegrará poder ayudar en lo que podamos —dijo Edward—. Hay algunas sillas detrás del mostrador, si quieren sentarse. El suelo ya debe de estar seco.

—No nos llevará tanto tiempo —aseguró Ryan—. ¿Limpiaron el banco el martes por la noche?

Edward asintió con un gesto.

—Sí, señor, lo hicimos. Lo limpiamos todas las noches excepto los domingos, y MacCorkle solía pagarnos los lunes por la mañana.

—¿Cree usted que los que ahora se hagan cargo del banco seguirán utilizando nuestros servicios? —preguntó Mildred—. Hacemos bien nuestro trabajo y no cobramos demasiado.

Podían advertir lo preocupada que estaba. Estrujaba el delantal entre sus manos y fruncía el entrecejo con desasosiego.

—Estoy seguro de que les mantendrán el puesto —predijo Ryan—. Cuando limpian el banco, ¿lavan el suelo o lo barren?

—Hago las dos cosas —respondió Mildred—. Primero doy una buena barrida y luego me arrodillo y lavo cada centímetro del suelo. Uso agua con vinagre, y cuando termino, los tablones de madera relucen. ¿No es así, Edward?

—Así es —convino él.

—No mueve los muebles, ¿o sí? —preguntó Cole.

—No muevo los muebles muy pesados, pero sí las sillas y los cestos de basura. Limpio debajo de las ventanillas de los cajeros, debajo de los escritorios y detrás de los armarios que están contra las paredes. Hacemos un trabajo concienzudo —insistió Mildred.

—MacCorkle siempre inspeccionaba nuestro trabajo. A veces se ponía de rodillas y revisaba los rincones para ver si no habíamos dejado una mota de polvo o una telaraña sin quitar, y si encontraba algo, nos lo descontaba del salario. Era francamente remilgado con respecto a su banco.

—Había comprado mobiliario viejo para la sala y sus empleados, pero nos dijo que, con bastante grasa y trabajo, podríamos lograr que la madera volviera a brillar. Algunos de esos escritorios deberían haber sido desechados hace años, pero MacCorkle no era de los que tiran nada —dijo Edward.

—En su oficina puso mobiliario nuevo y elegante —señaló Mildred.

Cole divisó un cesto lleno de manzanas verdes sobre el mostrador. Sacó una moneda de su bolsillo, la puso en el mostrador y eligió dos. Le arrojó una a Ryan y pegó un mordisco a la otra.

—Señora, ¿los clientes del banco solían dejar olvidadas sus pertenencias?

—Ya lo creo que sí —contestó Mildred—. Una vez encontré un bonito broche y Edward encontró una billetera con seis dólares dentro. Todas las cosas que la gente deja olvidadas se ponen en una caja de objetos perdidos en la oficina de MacCorkle. Está en el rincón, al lado del tesoro.

—¿Encontraron algo el martes por la noche?

Mildred y Edward negaron con la cabeza.

—¿Recuerdan haber limpiado debajo de las mesas la noche del martes? —preguntó Cole.

—Sí que lo recuerdo —dijo Mildred—. Limpio debajo de los escritorios todos los días, excepto los domingos. ¿Por qué lo pregunta?

—Sólo por curiosidad —mintió Cole.

—Aunque estuviéramos exhaustos, limpiábamos cada palmo del banco, porque si no MacCorkle no nos pagaba el salario completo.

—Era un hombre muy duro para tenerlo como patrón —murmuró Mildred.

—No deberías hablar mal de los muertos —le recriminó su esposo.

—Digo la verdad —arguyó ella.

—Los dejaremos seguir trabajando —dijo Ryan—. Gracias por su ayuda.

Edward se adelantó para acompañarlos hasta la puerta.

—¿Creen que si vamos a ver a la señora MacCorkle, ella nos pagará las dos noches de trabajo que realizamos? —les preguntó.

—Voy a hablar con ella con todo gusto, pero, si no les paga, me aseguraré de que el nuevo gerente lo haga.

Edward sacudió la cabeza.

—Si podemos ser de alguna ayuda para atrapar a los que mataron a nuestros amigos, sólo avísenos, alguacil.

—Así lo haré —prometió Ryan.

Los alguaciles comenzaron a caminar por la acera.

—¿Y ahora qué hacemos? —preguntó Cole.

—Volver al banco y poner en cajas los documentos de las operaciones de ayer. No nos llevará mucho tiempo.

—¿Crees que el restaurante todavía estará abierto?

—No, ya es muy tarde. Por el momento, tendremos que conformarnos con tus manzanas. Desearía poder hablar ahora mismo con esas tres mujeres, pero no sé dónde viven.

—Podremos pedirle sus direcciones al comisario en cuanto llegue con su partida.

—Sí —concordó Ryan.

Caminaron en silencio durante algunos minutos y luego Cole dijo:

—Al menos, sabemos que el bolso fue olvidado el día del asalto. MacCorkle sí que era encantador, ¿verdad?

—¿Te refieres a eso de descontarles del salario si no hacían el trabajo a conciencia?

—Exactamente —repuso Cole—. ¿Por qué razón olvidaría su bolso una mujer?

—Debió de estar dominada por el pánico.

—Si se estaba ocultando en el hueco del escritorio presenció absolutamente todo.

—*Quizá* vio todo —corrigió Ryan—. Deberíamos hablar con el hombre que se sienta siempre ahí.

Le tendió a Cole la llave de la puerta de entrada del banco mientras volvía a sacar su cuaderno. Cuando Cole encendió la lámpara de gas, Ryan encontró lo que estaba buscando.

—Se llama Lemont Morganstaff. Hablaremos con él por la mañana —dijo—. Podría saber algo del bolso.

—¿Qué va a saber? —preguntó Cole.

Ryan se encogió de hombros.

—Probablemente nada, pero también debemos interrogarlo.

—¿Y luego qué?

—Si no sabe de dónde salió el bolso, podemos suponer que una mujer se ocultaba en el hueco del escritorio. Podría haber terminado allí por un centenar de razones. Alguna de las tres mujeres pudo sentarse frente al escritorio para ordenar algunos papeles. Se le pudo haber caído el bolso cuando se levantó. Maldición, ojalá no fuera tan tarde.

—Tienes razón. Puede haber más de cien explicaciones. Alguna mujer pudo haberlo dejado allí por la mañana. Tal vez acompañó a un amigo y se sentó junto a la mesa mientras él realizaba sus operaciones.

—¿Por qué razón una mujer llevaría un bolso vacío?

—En principio te diré que no sé por qué los llevan. Los bolsillos son más prácticos.

—No debemos hacernos ilusiones. A cualquier mujer se le pudo haber caído, y luego patearlo sin querer hasta el rincón del hueco al ponerse de pie. ¿Te suena lógico?

Cole negó con la cabeza.

—Las mujeres que conozco no les pierden el rastro a sus pertenencias.

—¡Dios, espero que lo viera todo!

—Y ahora quién está siendo despiadado? Si presenció los asesinatos, tuvo que sentir un pánico mortal. Lo último que debe desear es hacerse ver.

—Nosotros le brindaremos protección.

—Ella no lo creerá, no si se ha enterado de lo que le pasó a Luke MacFarland.

Ryan comenzó a pasearse por la sala. En las luces y sombras producidas por la lámpara de gas, las manchas de sangre parecían dibujos fantasmales.

—En esta cuestión vamos a tener que seguir escrupulosamente los pasos procesales. No quiero dejar ninguna piedra sin mover.

—Llevo de alguacil un día —exclamó Cole, exasperado—. No sé qué son los pasos procesales.

—Primero interrogaremos a las tres mujeres, pero también lo haremos con cada uno de los hombres que vino aquí ayer.

—A mí me parece una pérdida de tiempo —comentó Cole.

—Es el procedimiento correcto.

Cole se apoyó contra uno de los escritorios y dio un nuevo mordisco a su manzana.

—Bien, lo haremos a tu manera. Vinieron veinticinco personas al banco. Tú hablas con quince y yo lo hago con las otras catorce.

—No, no es así como funciona. Los interrogamos juntos y luego comparamos las notas que tomamos. A mí se me puede pasar por alto algo que tú adviertas —explicó—. Primero hablaremos con las mujeres —repitió—. Luego, los demás. Y eso no es más que el comienzo. Es preciso que hablemos con todo el que haya acertado a pasar por la calle, o haya estado cerca, o en alguno de los edificios próximos al banco. También debemos...

Cole lo interrumpió.

—En otras palabras, hablaremos con todo el mundo.

—Prácticamente, sí —reconoció Ryan—. Por mucho que deteste hacerlo, no tendremos más remedio que involucrar a Sloan en el asunto. Yo no conozco a esta gente. Él sí, y ellos pueden decirle a él cosas que no me dirían a mí. Le daré la lista con los nombres en cuanto regrese.

Ryan dejó de pasearse y echó una mirada a su alrededor.

—Creo que aquí ya hemos terminado. Pondré los documentos de las operaciones de ayer en la caja fuerte del banco por si acaso alguno de nosotros dos quiere volver a echarles un vistazo. Los contables del banco de Gramby llegarán el domingo para examinar los registros de MacCorkle, y cuando hayan terminado sabremos la cantidad exacta que fue robada. Nos encontraremos aquí mañana a las siete y le pediremos a Sloan que reúna a la gente con la que queremos hablar.

—No me parece muy buena idea interrogarlos aquí. Mejor usemos la oficina de la cárcel.

Ryan negó con la cabeza.

—La cárcel pone nerviosas a las personas.

—Ver las manchas de sangre las va a poner más nerviosas aún.

—Sí, tienes razón. Usaremos la cárcel.

Después de recoger los papeles y cerrar la caja fuerte, abandonaron el banco.

—¿Ya te has registrado en el hotel? —preguntó Ryan.

—No, fui directamente al banco. ¿Y tú?

—Tampoco tuve tiempo. ¿Todavía tienes hambre?

—Sí, desde luego —respondió Cole—. Tal vez el hotel abra la cocina para nosotros.

—Lo harán —aseguró Ryan—. Somos alguaciles. Los obligaremos a hacerlo.

Cole se echó a reír.

—Sabía que este trabajo ofrecía algunos beneficios.

Caminaron en un silencio amistoso por el medio de la calle, iluminada tan sólo por la luz de la luna llena.

—Como ya te dije, no sabremos la cantidad exacta hasta que los auditores revisen todos los registros. Sé por un recibo que encontré en el escritorio de MacCorkle que un comisionado del ejército había realizado un depósito esa misma mañana. La suma era de siete mil ochocientos dólares y pico.

Cole silbó por lo bajo.

—Eso es mucho dinero. Apuesto a que los bastardos sabían que ese dinero estaba en camino antes que el propio MacCorkle.

—Estoy seguro de que sí. Todo lo que tenían que hacer era seguirlo.

—¿Por que molestarse en robar bancos? —preguntó Cole—. ¿Por qué no asaltar al pagador cuando llevara el efectivo hasta el fuerte?

—Porque eso es demasiado peligroso e imprevisible. El pagador no viaja solo, y todos los guardias que se le asignan son expertos tiradores. Los bancos son más fáciles si es que sabes lo que haces, y los hombres a los que nos enfrentamos evidentemente lo saben.

La conversación se interrumpió cuando llegaron al hotel. Las únicas habitaciones disponibles se hallaban en el desván, y tenían el tamaño de armarios. La destinada a Cole daba a la calle. La de Ryan estaba al otro lado del vestíbulo. Sin embargo, las camas eran blandas, y con un poco de persuasión, el encargado nocturno accedió a enviarles algo de cenar.

Ni Cole ni Ryan durmieron mucho esa noche. Cole no pudo apartar de su mente la horrorosa escena que había visto ese día, y Ryan pasó el tiempo pensando en la posible testigo.

8

La mañana llegó con demasiada rapidez. De acuerdo con lo convenido, los alguaciles se encontraron en el banco, donde el comisario Sloan los esperaba para comunicarles que la partida no había tenido éxito en la búsqueda de huellas. Ryan le alcanzó la lista de las personas que deseaba que se presentaran en la cárcel para ser interrogadas. Los nombres de las tres mujeres figuraban al comienzo de la lista.

El comisario echó un vistazo a los nombres, y sacudió la cabeza.

—Algunos de estos tipos están en cama, enfermos con gripe. Nos está sacudiendo con dureza y rapidez —señaló—. Y otros se están preparando para abandonar el pueblo. Vi al doctor Lawrence en el restaurante y me contó que había pasado la noche en vela atendiendo a la familia Walsh, y usted tiene a John Walsh en su lista. Frederick O'Malley se marchará del pueblo con su prole en cuanto abra el almacén y pueda comprar algunas provisiones.

—Nadie abandonará Rockford Falls hasta que el alguacil Clayborne y yo hayamos hablado con ellos. Eso incluye a Frederick O'Malley.

—No puedo obligarlo a quedarse.

—Yo sí puedo —replicó Ryan.

Sloan quería discutir.

—A mí me parece una pérdida de tiempo. Si alguien hubiera visto algo, ya lo habría dicho.

—El alguacil Ryan quiere seguir los pasos procesales —explicó Cole.

Sloan contemplaba el bolso azul que estaba en el escritorio.

—¿Y eso de dónde ha salido? —preguntó.

—Estaba en el suelo, debajo del escritorio —contestó Ryan.

—¿Cree que alguien lo olvidó?

—Eso es más que obvio —dijo Cole—. Tenemos curiosidad por saber a quién pertenece.

Un destello brilló en los ojos de Sloan.

—Tuvieron que dejarlo aquí el día del atraco, porque los Stewart, que son los que limpian este lugar todas las noches, lo habrían encontrado si lo hubieran dejado el día anterior. Lo habrían puesto en la caja de objetos perdidos. Son gente honesta —creyó prudente añadir—. No creerán que lo dejó olvidado uno de los asaltantes, ¿verdad?

—No, no creemos eso —replicó Cole secamente.

—¿Debajo de cuál de los escritorios lo encontraron?

—Del de Lemont Morganstaff —respondió Ryan—. Enseguida hablaremos con él. ¿Sabe dónde vive?

—Claro que sí. Conozco prácticamente a todo el mundo en el pueblo. Los llevaré hasta la casa de Lemont en cuanto estén listos. ¿Van a preguntarle si sabe algo del bolso?

—Sí —respondió Ryan.

La mente de Sloan giraba a velocidad vertiginosa, evaluando todas las posibilidades.

—¿Dónde encontraron exactamente el bolso? ¿Estaba justo debajo de la silla o debajo del escritorio?

—Estaba en el hueco —respondió Ryan—. En el rincón.

Sloan abrió los ojos con sorpresa.

—No pensarán que había alguien escondido debajo del escritorio, ¿o sí?

—Todavía no hemos llegado a ninguna conclusión —le dijo Cole.

—Pero es posible, ¿verdad?

—Sí —aceptó Ryan—. Es posible. El asunto del bolso es confidencial, comisario. No quiero que lo ande contando por ahí.

Sloan se inclinó y se puso de rodillas.

—Por aquí pueden ver...

—Quiero comenzar de una vez —lo interrumpió Cole con impaciencia—. Muéstrenos dónde vive Lemont y luego reúna a la gente de la lista. Usaremos la cárcel para hablar con ellos.

En cuanto Sloan salió del banco, Cole dijo:

—Fue una mala idea decirle dónde encontramos el bolso.

Ryan se encogió de hombros.

—Es un representante de la ley, y si no le damos algo de información de vez en cuando lo único que hará será estorbarnos. ¿Qué daño puede hacer?

9

En vista del rumbo que tomaron los acontecimientos, Sloan demostró que podía hacer mucho daño. Antes de que terminara la jornada, Ryan consideró seriamente la posibilidad de encerrar al comisario en su propia cárcel. Desgraciadamente, la ley no veía con buenos ojos que se encarcelara a un hombre sólo por ser estúpido.

En un pueblo de las dimensiones de Rockford Falls todos estaban enterados de los asuntos de los demás, y los secretos mejor guardados tendían a filtrarse como el agua a través de un tamiz. El bolso fue mostrado al empleado que trabajaba en el escritorio donde había sido hallado, Lemont Morganstaff, un hombre remilgado y melindroso, a quien luego se interrogó como correspondía. La entrevista tuvo lugar en el claustrofóbico saloncito de la casa de Lemont. Ataviado con una bata de brillante terciopelo verde y pantuflas, Lemont parecía un loro. Se sentó en un sillón de desvaída pana amarilla, apoyó los brazos en los apoyabrazos cubiertos de encaje y frunció los labios mientras reflexionaba largos minutos antes de declarar que ese bolso no podía haber sido encontrado bajo su escritorio. Para él era una cuestión de principios, explicó, no permitir jamás que ningún cliente, fuera hombre o mujer, atravesara la puerta de separación entre los funcionarios del banco y el público. No obstante, como no había ido a trabajar el día del atraco, no podía afirmar que otros empleados no hubieran violado esa norma.

El comisario Sloan, que había insistido en participar en la entrevista, dejó escapar el hecho de que el bolso había sido hallado en el hueco de su escritorio.

—No pudo haber sido arrojado allí de un puntapié —afirmó—, porque tu mesa está de cara a la sala y el panel divisorio llega hasta el suelo. Alguien tuvo que pasar hasta detrás del mismo, atravesar la puerta y situarse detrás del escritorio. He reflexionado un tiempo sobre el asunto, y creo que una mujer tal vez se escondió allí durante el atraco. Creo que los alguaciles piensan lo mismo. Ahora bien, había tres mujeres en el banco —sus nombres están en la lista que me dio el alguacil Ryan—, y voy a buscarlas en cuanto terminemos aquí. Espero que la mujer que presenció los asesinatos sea demasiado tímida como para darse a conocer, porque, si está ocultando información de forma deliberada, voy a tener que arrestarla.

Lemont se llevó su pañuelo de encaje a la boca y se mostró horrorizado.

—¿Piensa que una mujer presenció los asesinatos? ¡Oh, pobrecita! —murmuró.

Ryan trató rápidamente de reparar el daño provocado por Sloan, mientras Cole empujaba al comisario hacia la puerta.

—Nosotros no creemos que haya pasado nada semejante —dijo—. El bolso pudo haber llegado hasta allí de un millón de formas diferentes. Pudo haber un montón de mujeres dentro del banco y cualquiera de ellas pudo haberse sentado en su escritorio y olvidarse de que se le había caído.

Lemont no prestó mucha atención a la explicación del alguacil.

—Lo debieron de dejar allí el día del atraco —dijo, excitado—. Todas las noches los Stewart limpian el banco de cabo a rabo, y siempre realizan un trabajo concienzudo. Sin embargo, tiene razón. A cualquier mujer se le pudo haber caído por la mañana. Si revisa los cajones de los cajeros, encontrará un registro de todos los clientes que realizaron operaciones ese día.

Sloan se volvió hacia Lemont.

—Tengo la sensación de que las tres mujeres de la lista estuvieron allí a última hora. Aquí tengo sus nombres. Son Jessica Summers, Grace Winthrop y Rebecca James. ¿Conoce a alguna de ellas, Lemont?

—Por supuesto que sí. Conozco a Rebecca James. La vi anoche, pero se sentía muy mal, y mucho me temo que tenga gripe. La envié a casa, naturalmente. Conocí a esta buena mujer la semana pasada —continuó diciendo—. Se detuvo frente a mi casa para decirme lo espléndido que le parecía mi jardín. Sabe apreciar la belleza —agregó—. No conozco a las otras dos, pero no salgo demasiado. Cuando llego a casa después del horario del banco, sólo quedan dos horas de luz antes de que oscurezca, y paso ese tiempo cuidando mis flores.

—Ninguna de ellas ha vivido mucho tiempo en Rockford Falls —dijo Sloan—. ¿Está seguro de que no conoce a Jessica Summers o a Grace Winthrop?

—Tal vez sí, pero, de ser así, no me dejaron un recuerdo imborrable.

Cole tomó a Sloan del brazo y lo empujó hacia la puerta. Ryan concentró su atención en Lemont.

—El comisario ha hablado de más —comenzó diciendo—. Sus conclusiones no se basan en hechos concretos.

—Tal vez la que olvidó el bolso fuera una forastera —sugirió Lemont—. Hay muchos en el pueblo en esta época del año. Vienen a ver las cataratas y pisotean todas esas magníficas flores silvestres que crecen en las faldas de las colinas de las afueras. Algunos son verdaderamente audaces, alguacil. Verá, hace apenas dos semanas uno de ellos se introdujo en mi jardín y cortó todos mis tulipanes. Le pedí mil veces al comisario Sloan que hiciera algo al respecto, pero ahora que están ustedes aquí tal vez puedan apresar al culpable. Voy a hacer la denuncia —agregó—. No me interesa si el que lo hizo fue un niño o un adulto. Los vándalos tienen que estar en la cárcel.

Cole, que retornaba al saloncito, alcanzó a escuchar los comentarios de Lemont.

—Parece que está más preocupado por su jardín que...

—¿Que por la gente que murió en el banco? —completó Lemont—. Tiene razón, alguacil. Para mí, verá usted, las flores son más valiosas. Sirven para un único propósito: para ser bellas, y a mí me gustan las cosas bellas.

—Vamos —dijo Cole a Ryan—. Ya hemos abusado de su tiempo.

Los dos hombres se dirigieron hacia la puerta.

—No quiero enterarme de que le ha contado a alguien algo de nuestra conversación —ordenó Ryan—, o terminará en la cárcel.

De inmediato, Lemont le dio su palabra de que guardaría silencio. Sin embargo, le resultó imposible cumplirla. Una hora después recibió una visita y no pudo evitar referirse a la conversación que había mantenido con los alguaciles palabra por palabra. También se lo contó a su casera, Ernestine Hopper, que tenía una enorme bocaza. Era una mujer más bien insulsa, con una vida también insulsa, y no podía guardar noticias como ésa. Dijo a todos los que conocía que sabía que existía la posibilidad de que hubiera un testigo de los asesinatos, y después de relatar la historia cuatro o cinco veces, dejó de usar la palabra *posibilidad* y la convirtió en hecho concreto. Cuando el rumor dio la vuelta completa y volvió a Ryan y a Cole, ya era noticia de primera plana en el *Rockford Falls Gazette.* Convencido de que la historia ardía y provocaría una verdadera conmoción en el pueblo, el reportero había convencido al editor para que sacara una edición vespertina. Era la primera vez en la historia de Rockford Falls que sus habitantes contaban con dos periódicos en el mismo día, y huelga decir que la edición especial provocó un verdadero revuelo

10

Ryan tenía ganas de matar a alguien. Cole le sugirió que empezara por el comisario y luego se dirigiera hasta la casa de Morganstaff y los liquidara a tiros, a él y a sus malditas flores. Esa noche, mientras iban rumbo al restaurante, los dos hombres, furiosos y frustrados, discutieron acerca de la mejor manera de tratar a Sloan. Todavía no habían hablado con las tres mujeres de la lista. Jessica Summers y Grace Winthrop habían salido a hacer un recado y en la pensión donde vivían no se las esperaba hasta la hora de cenar. Rebecca James se alojaba en el hotel, pero estaba demasiado enferma como para recibir visitas. Tenía la esperanza de sentirse mejor al día siguiente y así poder conversar con los alguaciles.

Ryan y Cole ya habían hablado con dieciocho de las personas que habían estado ese día en el banco, y hasta el momento la investigación había demostrado ser una pérdida de tiempo, ya que no habían podido conseguir sacarles nada de provecho.

Aunque estaba oscureciendo con rapidez, el día aún no había terminado. Después de cenar, regresaron a la pensión para hablar con Jessica y con Grace. Los pocos hombres y mujeres que deambulaban a esa hora por la calle los evitaron, y en cuanto se sentaron en una de las mesas del restaurante, la mayoría de los comensales que había se levantaron y se fueron.

—¿Te molesta? —preguntó Ryan a Cole, señalando con un gesto hacia la puerta, en donde había tres hombres apiñándose cómicamente unos contra otros en su prisa por abandonar el lugar.

—No —respondió Cole—. Estoy acostumbrado. Cada vez que he llegado a un pueblo nuevo, por alguna razón la gente automáticamente piensa que soy un pistolero.

—Eras un pistolero —le recordó Ryan.

Cole no estaba de humor para discutir con él. Se echó hacia atrás para permitir que la propietaria del lugar pusiera ante ellos una fuente con estofado de conejo y un cesto de pan caliente.

—Si no os importa daros prisa, os agradecería que comierais y os marcharais para que vuelva a entrar gente.

Cole trató de conservar la paciencia. La mujer era vieja, tenía aspecto de estar muy cansada y estaba tan flaca como el palo de una escoba. Con toda cortesía, le pidió que le sirviera café. Ella, con toda grosería, le preguntó si pensaba demorarse mucho al tomarlo.

—Señora, ni el alguacil Ryan ni yo matamos a los siete hombres que acaban de ser enterrados, y le agradeceríamos que dejara de tratarnos como si fuéramos los asesinos.

—¿Por qué no habéis atrapado aún a los hombres que los mataron? Eso es lo que la gente se pregunta.

—Lo intentamos —dijo Ryan, con tono irónico.

—Sé que habéis estado hablando con las personas que estuvieron en el banco el día de los asesinatos.

Cole asintió.

—Los rumores viajan a gran velocidad, ¿verdad? —le comentó a Ryan. Se volvió hacia la mujer—: Ninguno de sus amigos o vecinos vio nada. No los vieron entrar al pueblo, ni salir de él. Tampoco escucharon los disparos —agregó.

Ella les dirigió una mirada de simpatía.

—Oh, es probable que alguno oyera los disparos. Deben de estar demasiado asustados para hacer algo al respecto. Seguro que estáis muy cansados, ¿verdad? Me llamo Loreen —añadió—. Ya os traigo el café.

Regresó instantes después, sirvió dos tazas y puso la cafetera sobre la mesa, entre los dos hombres.

—Tal como yo lo veo, algunos podrían decir si vieron o escucharon algo, pero la mayoría no lo haría. Todos sabemos lo que les pasa a los que hablan. La banda Blackwater vuelve y los liquida. Todo el mundo sabe que así hacen las cosas. En toda mi vida jamás he conocido a hombres que, como ellos, fueran pura maldad. Leí por ahí que robaron un banco en Texas y mataron a una mujer y a su pequeña hijita. La niña no llegaba a los tres años de edad.

—Tenía cuatro —dijo Ryan.

Loreen alzó la cabeza, azorada.

—¡Entonces es cierto!

—Sí, es cierto —replicó él en voz muy baja, estremecedora.

—Santo Dios, ¿por qué querrían matar a esa pobre niñita inocente? Ella no podía contar nada de lo visto. Era demasiado pequeña.

A Cole se le fue el apetito. Estaban enfrentándose a verdaderos monstruos, y todo lo que quería era poder atraparlos.

Loreen apoyó su huesudas manos en la cadera y sacudió la cabeza.

—Sé que estáis haciendo todo lo posible. Muchachos, tomaos todo el tiempo que necesitéis. Mi negocio está casi vacío por la gripe que ataca al pueblo. Incluso los forasteros que vienen a perder el tiempo en las cataratas sucumben, o al menos muchos lo hacen, según el doctor. Él sostiene que esta gripe no es contagiosa, pero yo creo que sí lo es. ¿Ya habéis hablado con la pobre mujer que presenció los asesinatos?

Absortos en sus propios pensamientos, los alguaciles se quedaron perplejos ante su pregunta. Cole le pidió que la repitiera.

—He dicho que si ya habíais hablado con la pobre mujer que presenció los asesinatos —repitió pacientemente Loreen—. Escuché rumores de que sospechabais que una de las tres mujeres que habían estado ese día en el banco llegó a ver todo lo que ocurría. Si no está demasiado asustada, os dirá todo lo que vio, y si lo está, bueno, pues, tal vez podréis persuadirla para que hable. No estoy tratando de deciros cómo llevar la investigación —se apresuró a explicar—. Pero ya que sospecháis...

—No sospechamos de nadie —la atajó Cole.

Loreen no hizo caso del comentario.

—Tiene que ser cierto porque lo leí en el periódico. Esta tarde sacaron una segunda edición. El comisario Sloan fue entrevistado por el reportero y le relató que se había metido en persona debajo del escritorio y había echado un vistazo, y que a través de las grietas de la madera pudo ver perfectamente el salón principal del banco. También dijo que una mujer se había escondido allí.

—Señora, el comisario no se metió debajo de la mesa —protestó Cole.

—En el periódico dice que sí —lo contradijo Loreen—. Sabéis, yo podría haber estado en el banco en el momento del atraco. Suelo hacer los ingresos a esa hora del día, pero últimamente no he recaudado tanto dinero como para ir todos los días. Nadie siente deseos de comer cuando está enfermo —explicó—. Volviendo al tema, no entiendo por qué queréis meter en la cárcel a esas pobres mujeres. Me han dicho que el comisario había sacado a la fuerza a una de ellas de su lecho de enferma, y las otras dos justo acababan de sentarse a cenar. Me parece que deberíais haberlas interrogado en la misma pensión. Eso es lo que pienso. La cárcel no es un sitio adecuado para las damas. No, señor, no me parece nada bien vuestra manera de tratarlas como si fueran delincuentes comunes. Eh, muchachos, ¿es que no vais a terminar la cena? ¿Dónde vais?

En cuanto fue pronunciada la palabra *cárcel* Cole y Ryan llegaron a la misma conclusión. Sloan era el responsable de un nuevo fiasco.

11

Su suposición demostró ser la correcta. Volvieron corriendo a la cárcel, jurando por lo bajo casi todo el camino, para encontrarse con que, efectivamente, el comisario había encerrado a las tres mujeres en una de las celdas.

El idiota estaba francamente orgulloso de lo que había hecho.

—Tuve que hacerlo —comenzó diciendo—. Les pregunté cuál de ellas había estado en el banco durante el atraco y ninguna quiso admitirlo, de manera que las metí en una celda para que reflexionaran. Les pronostico que muy pronto vamos a tener aquí, en la calle, un intento de linchamiento, porque la gente ya se ha enterado de que tenemos una testigo que no quiere darse a conocer y me han visto traerlas hasta aquí.

Ryan estaba tan furioso con el comisario que llevó la mano instintivamente hasta la culata de su pistola. Se obligó a detenerse antes de cometer un hecho irreparable. La mano de Cole se dirigió hacia la garganta de Sloan. Él no se detuvo. Estaba a punto de estrangularlo cuando escuchó algo que parecía la risa de un niño pequeño.

Incrédulo, miró al comisario y rugió:

—¿Ha perdido el juicio? ¿Ha encerrado en la cárcel a un bebé?

Ryan estaba completamente tenso. Se sentó detrás del escritorio, con la vista clavada en el comisario.

—Cole, deja de estrangularlo para que pueda explicarse. Quiero escuchar lo que tiene que decir en su defensa. Va a decirme por qué ha metido a tres mujeres y a un bebé en la cárcel.

En cuanto Cole lo soltó, Sloan empezó a tartamudear.

—No sabía qué hacer con el niño. Quería quedarse con su madre, y no atendió a razones. Se tiró al suelo enrabietado. Ya no es un bebé, alguacil. Debe de tener un año y medio, tal vez dos. Todavía lleva pañales, pero puede hablar, de modo que no puede ser un bebé. Los bebés no hablan —agregó, hablando con autoridad.

A Ryan se le torció el músculo de la mandíbula de tanto apretar los dientes.

—¿Dónde están las llaves de las celdas? —preguntó.

—No pensará dejarlas salir, ¿verdad?

—¡Demonios, sí que las voy a dejar salir! —exclamó Ryan—. Ahora dígame dónde están las llaves.

—Están colgadas del gancho que tiene a sus espaldas —respondió Sloan, con actitud insolente—. Yo hice lo que tenía que hacer.

Ryan no hizo caso del comentario.

—¿Hay aquí una puerta trasera?

—Sí. Está al final del pasillo. ¿Por qué?

Ryan le arrojó a Cole el manojo de llaves.

—Le diré lo que va a hacer, comisario. El alguacil Clayborne va a sacar a esas señoras de la celda. Usted las va a esperar afuera, por la salida de atrás, y cuando salgan las acompañará a sus casas.

—También se disculpará con ellas —intervino Cole—. Y es mejor que parezca que lo dice absolutamente en serio.

Sloan se alejó otro paso por detrás de Cole.

—Pero yo las encerré —protestó—. Si me disculpo, pensarán que no sé lo que hago.

Cole dejó escapar un suspiro de cansancio.

—No, sólo pensarán que es simplemente estúpido. Vamos, póngase en marcha.

Con los labios apretados y la cara roja como un tomate, el comisario se dirigió hasta la puerta trasera. Cole abrió la puerta que comunicaba las celdas con la oficina, pasó por debajo del dintel y caminó por el angosto y largo corredor. Las paredes estaban húmedas por la lluvia que se había filtrado por el techo, y el aire olía a hojas mojadas. Durante un fugaz instante imaginó que estaba contemplando un cuadro inestimable enmarcado por muros de piedra gris en el interior de un antiguo museo. Tres de las mujeres más bonitas que había visto en su vida estaban sentadas una junto a la otra en el estrecho camastro. Con los hombros erguidos y la cabeza bien alta, permanecían perfectamente inmóviles, como si algún artista les hubiera ordenado posar para un retrato.

Cole no estaba preparado para semejante visión. Eran jóvenes... increíblemente hermosas... y hervían de furia.

La mujer que tenía más cerca estaba sentada con gran compostura y tenía las manos cruzadas sobre su regazo. La larga cabellera negra le caía en bucles por los hombros, que servían de marco a un cutis de porcelana y a claros ojos verdes que lo escudriñaban a través de pestañas espesas y oscuras. La rodeaba un halo inconfundible de estilo regio, un refinamiento aristocrático que sugería opulencia. Llevaba un vestido de calle de color rosado con botones de perlas, pero el adorno de encaje que rodeaba su delicado cuello estaba raído en los bordes. A su lado, podía verse un amplio sombrero de paja con lazos rosados y un par de relucientes guantes blancos.

Se había puesto el sombrero para ir a la cárcel, supuso Cole, sonriendo para sus adentros. Solamente una mujer bien educada haría una cosa así. Su mirada era franca, curiosa y en absoluto altanera, y Cole advirtió en ella una gentileza que se sostendría bajo cualquier circunstancia.

A su lado se encontraba sentada la belleza más exquisita que Cole jamás había visto. Su aspecto ofrecía un marcado contraste con el vestido de pesada tela azul zafiro que llevaba puesto. Sus facciones eran perfectas —piel de alabastro, gruesos labios rojos, perfil patricio y ojos azules. Su barbilla se alzaba en un altivo gesto de desprecio. Llevaba el dorado cabello sujeto en un severo moño que habría desmerecido la apariencia de cualquier otra mujer, pero que no hacía más que resaltar la de ella. Semejante perfección habría quitado el aliento a la mayoría de los hombres. Ella lo sabía, como se daba cuenta del efecto que estaba provocándole a él. Le dirigió una impaciente mirada que sugería que dejara de mirarla con la boca abierta y procediera con lo que tenía que hacer. Evidentemente, acostumbrada a que las miradas se volvieran a su paso, había desarrollado una actitud de indiferente e inaccesible lejanía.

La última de las tres era muy provocativa. También llevaba la rojiza cabellera sujeta en un moño, pero se le habían soltado numerosos rizos que caían enmarcando su rostro de forma oval. Su ceño fruncido armonizaba con el rocío de pecas que le cubría la nariz, y clavó en él la penetrante mirada de sus almendrados ojos oscuros. Llevaba un vestido de color azul lavanda con las mangas subidas hasta los codos, lo que señalaba que había sido interrumpida en plena tarea para ser llevada a la cárcel. Era una mirada inquietante, y bajo su ardiente destello Cole pudo detectar una tórrida pasión indómita..., lo que era más que alarmante.

Sobre su falda se sentaba un niño de cabellos rizados y aspecto de querubín, que miraba curioso pero, al parecer, en nada afectado por el inesperado contratiempo que había trastornado su vida. Parecía feliz de encontrarse abrigado en los brazos de su madre y permanecía indiferente a la animosidad presente en el ambiente que lo rodeaba.

Las tres mujeres parecían dispuestas a presentar batalla. La hostilidad que irradiaban podría haber tirado hacia atrás a un hombre más pusilánime. Cole pensó que si las miradas mataran, las tres bellezas ya podían estar arrojando tierra sobre su sepultura. La palidez que exhibían indicaba que no se sentían bien, y Cole imaginó que también estaban asustadas. Eso lo hizo sentirse mal. Se obligó a reaccionar ante sus meditaciones, y avanzar hacia ellas para abrir el cerrojo de la puerta. En cuanto dio el primer paso, el niño se dio la vuelta y ocultó el rostro en el pecho de su madre.

Abriendo la puerta, Cole les dijo:

—Siento de verdad todos estos inconvenientes que han padecido, señoras. Sé bien que todas deberían estar en sus casas.

La mujer de cabellos rubios fue la que se puso primero de pie. Las otras dos lo hicieron inmediatamente detrás de ella.

—¿Quién es usted? —preguntó.

—Cole Clayborne —respondió—. Alguacil Clayborne.

—¿Está a cargo de la investigación?

Cole negó con la cabeza.

—No, señora. El que está a cargo es el alguacil Ryan.

—¿Está él al tanto de que el comisario de este pueblo es un perfecto imbécil?

La pregunta hizo sonreír a Cole.

—Está empezando a formarse esa opinión, señora.

Su franqueza hizo que la hostilidad cediera un tanto.

—¿Entonces ni usted ni el alguacil Ryan fueron los que ordenaron que nos encerraran como a vulgares criminales?

—No, ninguno de nosotros dio semejante orden.

—El comisario Sloan es un ambicioso en busca de poder y un ignorante. Es una combinación peligrosa —murmuró ella. Dirigiendo la mirada hacia las otras dos mujeres dijo, afirmando con la cabeza—: Muy bien. Nos guardaremos nuestra furia para descargarla sobre el comisario. Permítame que me presente, alguacil Clayborne. Me llamo Rebecca James y fui brutalmente arrancada de mi lecho de enferma por el comisario. Hizo toda una escena en el vestíbulo y me sentí terriblemente incómoda y mal todo el tiempo. La querida señora que tengo a mi izquierda es Grace Winthrop. Vino desde Inglaterra porque oyó hablar de nuestro maravilloso país. ¿Y cómo le demuestra hospitalidad este pueblo? Encerrándola en la cárcel.

Mientras hablaba, volvía a montar en cólera.

—Señorita James, si conserva la calma...

Ella lo interrumpió con un ademán.

—Por último, me gustaría presentarle a Jessica Summers y a su hijo, Caleb. Estaba a punto de servirle la cena a su hijo cuando fue arrancada de su hogar y arrastrada hasta aquí.

—Estoy seguro de que nadie la arrancó de ninguna parte ni la arrastró —adujo Cole, aunque no hubiera podido jurar que Sloan no hiciera una estupidez semejante—. Como ya les he dicho, lamento profundamente todos estos inconvenientes.

—¿Inconvenientes? ¡Es una atrocidad! —exclamó Rebecca.

Grace Winthrop y Jessica Summers asintieron enfáticamente.

Cole tuvo la impresión de que, mientras habían permanecido encerradas, Rebecca había asumido el papel de portavoz de todas ellas. Grace y Jessica parecían conformes con cederle el derecho a hablar en su nombre. También era evidente que las tres compartían la misma furia ante el ultraje.

—¿Está seguro de que el alguacil Ryan no dio la orden de encerrarnos? —preguntó una vez más.

—No, yo no di esa orden.

El que contestó desde la puerta había sido Ryan. Cole advirtió que contemplaba a las tres mujeres con la sorpresa reflejada en el rostro. Obviamente, reaccionaba ante esas bellezas tal como había hecho Cole.

—Señoras, si no les importa, les agradecería que permanecieran dentro de la celda unos minutos más.

Rebecca dio un paso al frente y respondió en nombre de todas.

—Por supuesto que nos importa. Vamos, señoras. Nos vamos de este ruin lugar.

Cole acababa de advertir el rifle que sostenía Ryan en el instante en que Rebecca intentó pasar frente a él. Alargó el brazo para impedírselo.

—Creo que es mejor que aguarde un momento —dijo.

—¡No puedo creer semejante grosería! —exclamó, antes de retroceder. Jessica intentó pasar. Cole se movió para bloquearle el paso con su propio cuerpo.

Permanecieron ambos de pie, uno frente al otro. Ella no se echó atrás, de modo que él le dirigió una mirada sugiriéndole que no debía enfrentarse con él.

Ella lo miró de forma idéntica. Diablos, era mejor que él para eso. Ni siquiera parpadeó. Podía obligar a bajar la vista a una serpiente de cascabel, pensó Cole para sus adentros, y olía muy bien. Como si exhalara aroma a flores y aire puro. Él dejó de mirarla con el entrecejo fruncido. De todas maneras, no funcionaba, y era por culpa exclusivamente suya, ya que no se concentraba lo suficiente. Parecía incapaz de pasar por alto el hecho de lo hermosos que eran sus ojos.

—Cole, frente a la oficina se nos ha presentado una situación complicada. Necesitaría tu ayuda —dijo Ryan.

El pequeño lo miraba con curiosidad. Cole le guiñó un ojo y luego cerró la puerta en las narices de su madre. Echó el cerrojo y volvió a la oficina, mientras seguía tintineando en sus oídos la cólera que expresaba.

12

La situación complicada resultó ser una muchedumbre. Ryan había dejado la puerta abierta, y estaba parado en el borde de la acera, con el rifle al costado del cuerpo. Estaba intentando convencer a cuarenta o cincuenta furiosos hombres que regresaran a sus casas.

—¡Os estoy ordenando que os disperséis! —gritó Ryan—. ¡Id a casa y dejadnos hacer nuestro trabajo!

Un hombre que estaba en medio del gentío exclamó:

—¡Dénos a las mujeres! ¡Las obligaremos a hablar!

—¿Y cómo vais a hacerlo? —preguntó Cole con curiosidad.

—¡Colgándolas, así lo haremos! —respondió el otro con un bramido.

—Eso suena terriblemente sensato —le murmuró Cole a Ryan.

Ryan lo miró por encima del hombro.

—No puedes razonar con gente enfurecida.

—No están enfurecidos, están fuera de sus cabales, eso es todo. Si quieres ver a alguien realmente enfurecido, vuelve adentro y deja salir a esas mujeres. Te van a despellejar vivo.

Ryan ocultó una sonrisa.

—Muy bien. Tú ocúpate de esta multitud y yo me ocuparé de las mujeres.

—Trato hecho —estuvo de acuerdo Cole. Se adelantó para dirigirse a los hombres—: Aquí nadie va a colgar a nadie. Habéis prestado demasiada atención a chismorreos de ociosos. No tenemos ninguna testigo.

—¡Leímos en el periódico que había tres! —gritó el hombre que estaba al frente de la multitud.

—El periódico estaba equivocado.

—¿Y entonces por qué las encerró el comisario? —preguntó alguien.

—Preguntadle a él —replicó Cole—. Ahora, volved a vuestras casas.

—¿Por qué no se van a sus casas usted y el otro alguacil, y dejan que nuestro comisario se ocupe de las mujeres? Él las obligará a hablar.

Antes de que Cole pudiera responder, uno de los hombres se adelantó y se volvió para dirigirse a sus amigos y vecinos. Levantó las manos para obligarlos a guardar silencio.

—Sé a ciencia cierta que la dama que tiene ese acento extranjero estaba en el banco antes de que lo asaltaron. Estuve en la fila junto a ella y la escuché hablar con el cajero.

—Entonces tiene que ser una de las otras dos —gritó otro de los hombres—. ¿Alguien vio a alguna de las dos en el banco?

—¡Yo! —gritó uno de los que estaban atrás—. Vi a la rubia cuando le estaba pidiendo cambio a Malcolm. La recuerdo muy bien porque era la cosa más bonita que he visto en mi vida.

Una risa ahogada recorrió la muchedumbre.

—¿Y qué pasa con la que tiene el niño pequeño?

—¡Yo la vi! —gritó otro—. El crío hizo que se enfadara MacCorkle porque balanceaba su puerta, y su madre tuvo que salir de la fila para retirarlo de allí.

—Si las tres fueron vistas en el banco, entonces parece que después de todo no hay ninguna testigo —concluyó el hombre que trataba de calmarlos.

—Tal vez una de ellas volvió y se introdujo subrepticiamente debajo del escritorio —sugirió alguien.

—Estos tipos no son demasiado brillantes, ¿no crees? —susurró Cole a Ryan.

—Sloan les ha llenado la cabeza de pájaros —replicó Ryan.

—¡Muy bien! —gritó Cole—. Esto es lo que vamos a hacer. Todos vosotros os volvéis a vuestras casas. Quiero que penséis bien en lo que estabais haciendo el día del atraco. Si alguno vio o escuchó algo fuera de lo común, que vuelva mañana por la mañana y nos lo diga.

—¡No tiene ningún derecho a decirnos lo que tenemos que hacer! —exclamó un hombre parado junto a la muchedumbre. Cole lo reconoció. Era el reportero del *Rockford Falls Gazette,* el que no quería que taparan los cadáveres con sábanas. Cole había sentido ante él un rechazo instantáneo.

El reportero dio un paso al frente. Paseó la mirada entre la multitud y los alguaciles.

—Ésta es una cuestión local, alguacil. El que debe manejarla es el comisario Sloan.

—Se ha robado dinero federal —replicó Ryan—. Y eso lo convierte en asunto nuestro. Haced lo que ordenó el alguacil Clayborne. Id a casa y dejadnos realizar nuestro trabajo.

—¡No me voy a ninguna parte hasta poder hablar con esas mujeres! —exclamó el reportero.

Cole no estaba de humor para seguir discutiendo. Con la velocidad del rayo desenfundó la pistola y le voló el sombrero de la cabeza de un disparo.

—¡No tiene ningún derecho a hacerme esto! —aulló el reportero.

—Sí que lo tengo —contrarrestó Cole—. El alguacil Ryan me explicó que, ahora que soy un alguacil de los Estados Unidos, no puedo ser juzgado por asesinato, de modo que imagino que puedo disparar a cualquiera y salir impune. Lo digo por última vez, marchaos a casa.

—¡Cole! —lo llamó Ryan en un susurro.

—¿Sí? —respondió éste, sin apartar la mirada de la multitud.

—Eso lo inventé.

Cole sonrió.

—Ellos no lo saben.

Ambos alguaciles se mantuvieron firmes donde se encontraban hasta que la multitud se apaciguó. Lentamente se dispersaron, protestando entre ellos. Entonces Ryan dejó salir a las damas.

Diez minutos más tarde, Sloan dobló la esquina, tratando de pasar inadvertido. Había acompañado a las señoras a sus casas y volvía con una declaración de parte de ellas: si era inevitable que tuvieran que padecer un interrogatorio, preferían hacerlo esa misma noche, y así no tendrían que volver a pensar en el asunto.

Ryan y Cole decidieron cumplir con sus deseos. Comenzaron con Rebecca James.

Se alojaba en el Hotel Rockford Falls, el mismo donde estaban ellos. El viejo edificio de cuatro pisos se hallaba muy cerca al norte de la cárcel, por Elm Street. Una galería rodeaba tres de sus laterales. Una de las doncellas fue encargada de avisarle que los alguaciles la aguardaban en el porche.

Comenzaba a oscurecer, y se levantó una brisa fresca que resultó ser un bienvenido alivio después del calor abrasador del día.

—No nos vamos a enterar de nada importante —predijo Cole—. Ya sabemos que las tres fueron vistas ese día más temprano. Hablar con ellas es un esfuerzo inútil. ¿Qué pueden haber visto?

—No sabremos la respuesta a esa pregunta hasta que nos lo digan. No nos llevará mucho tiempo.

Treinta minutos después, tuvo que rectificar esa apreciación. Rebecca los tuvo esperándola hasta las ocho de la noche. Cuando finalmente llegó, encontró a Cole paseándose, impaciente, por la galería y a Ryan despatarrado sobre uno de los sillones de mimbre del porche. No se disculpó por la tardanza, y a juzgar por la expresión de su rostro, todavía hervía de furia.

Con sólo verla acercarse, Ryan se puso de pie. Aguardó hasta que ella se sentó, y acercó otra silla para hacerlo frente a ella. Cole se recostó contra la baranda y cruzó las manos sobre el pecho.

Rebecca se sentó en el borde de la silla, muy derecha y con las manos cruzadas sobre la falda. Estaba absolutamente furiosa, y Cole pensó que si se enojaba un poco más, le saldría humo por las orejas.

Se reclinó, contento de dejar que Ryan fuera el que la interrogara, mientras la observaba. Sabía que se estaba comportando de forma descortés, pero no le importó. La joven era realmente magnífica. Buscó en ella algún defecto, esperando encontrar alguno que le hiciera vencer la fascinación que ejercía sobre él.

Ryan también la contemplaba intensamente, y Cole se preguntó si no estaría haciendo lo mismo que él.

—Le agradecemos su colaboración —comenzó Ryan—. Y ambos lamentamos mucho el inconveniente que tuvo que sufrir antes.

—No creo ser de gran utilidad para su investigación —dijo ella—. Pero contestaré a sus preguntas con todo gusto. Luego me marcharé de este horrible pueblo y no regresaré nunca más. El lugar es encantador, lo reconozco, y las cataratas son espectaculares, pero la gente es un poco... retrógrada, y desde que ese rumor salió en el periódico, todo se ha vuelto más que difícil. Me alegro mucho de volver a casa.

—¿Dónde está su casa? —preguntó Ryan.

—En San Luis. Había planeado partir hace ya dos días para visitar a unos amigos en Salt Lake City, pero caí enferma y tuve que retrasar el viaje.

—¿Se siente mejor ahora?

—Un poco, gracias. El doctor me dijo que tuve suerte, porque sólo me atacó de forma muy leve.

—¿Usted es de San Luis? —preguntó Cole.

—Crecí en el Este —respondió ella—. Me mudé a San Luis para estar cerca de amigos muy íntimos. —Se volvió hacia Ryan—. Creí que quería hablar sobre el atraco.

—Así es —respondió Ryan—. ¿Recuerda a qué hora estuvo en el banco?

Ella se tomó su tiempo para responder.

—En realidad, sí lo recuerdo. Estuve dentro del banco a eso de las dos de la tarde, minutos más, minutos menos. Guardé fila, pero no recuerdo a ninguno de los que estaban allí. No les presté atención. Estoy segura de que alguien me vio. ¿Está anotando en un papel cada una de mis palabras?

Ryan levantó la vista hacia ella, sonriendo.

—Lo intento —contestó.

—¿Por qué?

Ryan se recostó en la silla, terminó de completar sus notas y le explicó:

—Ha habido tantos robos que ésta es la única manera de mantener la información ordenada. ¿Le molesta?

Ella negó con la cabeza.

—No, simplemente me resulta curioso, eso es todo.

El interrogatorio fue interrumpido por el comisario Sloan, que subía trotando los escalones. Parecía avergonzado, y en cuanto vio la expresión de hostilidad con que lo aguardaban los alguaciles, dio media vuelta, tratando de marcharse.

La voz de Ryan restalló como un látigo a sus espaldas.

—¡Siéntese!

Al igual que un perro bien entrenado, Sloan se apresuró a obedecer la orden. Acercó la silla más cercana y se hundió en ella.

—Ya ha provocado una considerable cantidad de problemas, comisario —dijo Rebecca—. Por su causa, los habitantes de este pueblo creen que hubo una testigo del asalto y la matanza del banco. Leí el artículo que apareció en el periódico. Igual que todos los demás. A usted se le citaba muchas veces. ¿Tiene idea de lo que ha hecho? Si los hombres que asesinaron a toda esa gente han leído el *Rockford Falls Gazette* o escuchado los rumores que *usted* echó a rodar, van a regresar, y nos matarán a Jessica, a Grace y a mí. Santo Dios, ¿es que no se da cuenta de lo que son capaces esos desalmados? Seguramente que no necesitarán pensarlo dos veces si tienen que matar a tres personas más.

—Señora, yo que usted no me preocuparía por la posibilidad de que regrese la banda Blackwater. A estas horas, lo más probable es que hayan dejado el territorio —dijo Sloan.

Su actitud petulante la enfureció.

—¡Los testigos no viven para contarlo! —exclamó—. Todos saben lo que le ocurrió a ese pobre hombre de Middleton. Creo que los asesinos también mataron a su mujer, ¿no es así? Si Grace, o Jessica, hubieran estado en el banco durante el atraco, ¿cree honestamente que lo admitirían? Estarían firmando su sentencia de muerte.

—Lamento sinceramente la situación en que se encuentra —dijo Sloan. Estaba rojo de vergüenza—. Sin embargo, yo no me preocuparía por que la banda pudiera leer nuestro insignificante periódico. Nadie de fuera de Rockford lee la *Gazette* — agregó, en un intento poco entusiasta por calmarla— Y, con respecto a esa entrevista que me hicieron, no tuve alternativa. Ese reportero estaba persiguiéndome para que le diera detalles, y soy la autoridad de este pueblo. Tenía la obligación de decirle lo que sabía, pero todo lo que recuerdo haberle dicho es que los alguaciles habían encontrado un bolso de mujer debajo de uno de los escritorios. Él sacó sus propias conclusiones.

Después de dar estas explicaciones, Sloan se puso de pie, excusándose.

—Le prometí a una amiga que saldríamos a dar un paseo y me está aguardando afuera. ¿Necesita que me quede por aquí, alguacil Ryan?

—No —respondió éste.

Rebecca esperó hasta que Sloan hubo abandonado el porche con su estúpida amiguita colgada del brazo, lanzando risitas tontas, antes de continuar.

—El comisario nos mostró a todas el famoso bolso —dijo—. No es mío. Jamás llevo bolso —agregó—. ¿Ahora puedo irme? Realmente me gustaría irme a dormir. Ha sido un día agotador.

—Por el momento, no tengo más preguntas —dijo Ryan. Cerró su cuaderno y levantó la vista hacia Cole—: ¿Y tú?

—Una sola —respondió éste—. ¿Cuánto tiempo se quedará en el pueblo?

—Hasta pasado mañana, cuando vuelva a pasar la diligencia.

Ryan le ofreció su mano para ayudarla a ponerse de pie. Ella pareció sorprendida por el gesto galante y se apoyó en él con cierta vacilación.

—No piensa molestar esta noche a Jessica o a Grace, ¿verdad? Ya son bien pasadas las ocho —dijo—. ¡Estaban tan cansadas! Ninguna de las dos se siente bien —añadió—. Deberían dejarlas disfrutar de una buena noche de descanso antes de perseguirlas con preguntas. Buenas noches, caballeros.

La contemplaron mientras se marchaba del lugar. Ambos quedaron sumidos en sus propios pensamientos, hasta que Rebecca se detuvo en la puerta y se volvió para mirarlos. Las lágrimas le corrían por las mejillas. La reacción emocional los sorprendió, en vista de la frialdad que había demostrado durante el interrogatorio.

—¿Van a atrapar a esos hombres horrorosos? ¿Tienen alguna pista? El comisario me dijo que no, pero tenía la esperanza de que estuviera equivocado.

Ryan dejó caer los hombros.

—No, por ahora no tenemos ninguna pista, pero esperamos que eso cambie.

—Algo sí es seguro —intervino Cole—. Los atraparemos. Sólo es cuestión de tiempo. Délo por seguro.

—Sí, claro que los apresarán —dijo ella—. Si se les ocurre alguna otra pregunta, estoy a su disposición.

Cuando se marchó, Cole murmuró:

—No me gusta ser alguacil. Es muy deprimente.

—¿Sabes qué es lo que te molesta? Sientes pena por esas tres mujeres, ¿no es así?

—Sí, es verdad. Gracias a la incompetencia de Sloan, esas pobres mujeres han sido arrojadas al interior de un caldero hirviendo. No es justo que sientan temor. Además, es más que seguro que ninguna de ellas estuvo en el banco durante el atraco, pero ahora todos piensan que alguna sí estuvo. Los de este pueblo no reflexionan demasiado sobre las cosas, ¿verdad? Creo que me incomodó ver a Rebecca tan asustada.

—No puedo culparla por sentirse así —dijo Ryan—. Sabe lo que es capaz de hacer la banda Blackwater.

—¿Crees que alguno de ellos puede volver a Rockford Falls? ¿Llegarían a un extremo semejante sólo por un rumor?

—La gente cree en lo que lee en los periódicos. Para nosotros sería un verdadero golpe de suerte que regresaran. Deja de mirarme así, Cole. Sólo soy honesto. *Sería* un golpe de suerte, y bien sabe Dios que nos merecemos uno. Nosotros podemos proteger a esas mujeres. Vamos, hablemos con Jessica Summers y con Grace Winthrop.

—No parece tener mucho sentido —dijo Cole—. No vieron nada.

—Tenemos que cumplir con los pasos adecuados —insistió Ryan obstinadamente—. Dicho sea de paso, se supone que tú también debes tomar notas durante las entrevistas.

—Eso lo haces tú. Odio los papeles. Además, puedo recordar todo lo que se dice.

—Puede ser que ahora te acuerdes, pero después de uno o dos atracos todos los nombres y fechas tienden a mezclarse.

—Entonces supongo que es mejor que atrapemos a esos bastardos antes de que vuelvan a robar. —Hambriento y extenuado, fue a regañadientes detrás de Ryan—. Rebecca nos dijo que Jessica y Grace estaban agotadas. ¿Recuerdas? Tal vez debamos esperar hasta mañana para hablar con ellas.

—No, quiero hacerlo ahora.

Cole desistió de discutir con él. Hasta el momento, le parecía que el trabajo de alguacil era sumamente frustrante. Quería acción. Atravesar toda la maraña de papeles y hablar con los testigos potenciales era como armar un intrincado rompecabezas. Había que ser paciente, y Cole no había aprendido aún cómo llevar a cabo semejante proeza.

Segunda Parte

Los días que separan al amante del amante,
La luz que claudica, la noche que triunfa.

13

La pensión de Tilly MacGuire se encontraba al final de Elm Street, una callejuela sinuosa bordeada por árboles centenarios. La puerta de entrada del hotel donde se alojaba Rebecca estaba situada frente a la casa, pero, a causa de lo ondulante de la calle y lo frondoso de los árboles, era imposible ver un edificio desde el otro.

La vieja casona acababa de ser remozada con una capa de pintura nueva. El borde de las persianas y las puertas era de intenso color vino tinto, que hacía juego con las mecedoras distribuidas por el porche. La prístina casa estaba rodeada por una cerca de estacas, que a pesar de haber sido también pintada recientemente, ya volvía a ser invadida por la tenacidad de la hiedra trepadora.

Tanto la casa como el anárquico jardín del frente se hallaban a la sombra de un grupo de viejos nogales que se erguían a ambos lados del porche. Estos tupidos y gigantescos centinelas custodiaban a los habitantes del lugar. Una leve brisa circulaba entre las cargadas ramas que se unían formando un arco sobre el tejado.

La casa de Tilly MacGuire era un idílico y encantador sitio para criar a toda una pandilla de niños, y eso era precisamente lo que ella había hecho. La vivaracha sesentona se había casado a los catorce años y había tenido seis retoños, todas niñas, pero, después de que la más pequeña se casara y se fuera del hogar materno y su tercer marido pasara a mejor vida, había convertido la casa de seis dormitorios en pensión.

No necesitaba el dinero; pero sí la compañía. Como casera, era muy selectiva, y sólo admitía como huéspedes a aquellas damas por las que sentía una simpatía especial. Se jactaba de ser muy rigurosa con las normas. No se permitía el acceso de hombres más allá de la planta baja, sin excepciones; sus huéspedes tenían que estar en casa a las diez de la noche, incluso los sábados; debían ir con ella a la iglesia los domingos por la mañana y ninguna podía faltar a cenar. Ellas aceptaban la reglamentación por la sencilla razón de que, mientras lo hicieran, eran maravillosamente mimadas y atendidas. La comida era deliciosa y abundante, los dormitorios, espaciosos y bellamente decorados, y la ropa blanca se cambiaba todos los días. Aún más importante que estos lujos, sin embargo, era la propia Tilly. Era una mujer de temperamento dulce y maternal que trataba a sus huéspedes como a miembros de la familia que hacía tiempo que no veía.

La verdad era que, bajo una apariencia rigurosa e inexpresiva, Tilly escondía a una persona sumamente tierna. Había roto una de sus propias reglas al permitir que Jessica se quedara allí junto a su hijito. Desde el momento en que sus propias hijas fueron adultas, no permitió la presencia de bebés o niños pequeños por el alboroto que causaban, pero el pequeño Caleb demostró ser la excepción. El chiquillo, un pequeño bribón, la conquistó cuando parpadeó con sus grandes ojos pardos y le sacó la lengua.

Reía festejando las travesuras del niño cuando los alguaciles llamaron a su puerta. Tilly era una mujercita de mirada chispeante y rostro surcado por profundas arrugas. Seguía sonriendo hasta que advirtió sus insignias. Con Caleb de la mano, se dirigió lentamente hacia la puerta.

—Vienen a interrogar a mis chicas, ¿verdad?

—Sí, señora, así es —respondió Ryan.

Frunció aún más el entrecejo.

—Ambas están preocupadas, llenas de angustia, y recuperándose de un fuerte ataque de gripe. La pobre Jessica estaba casi recuperada del todo y sufrió una recaída. Vomitó prácticamente toda la cena del miércoles. Es una vergüenza que hayan asustado así a esas pobres muchachas. Vengan, pasen dentro. Están en la cocina, lavando los platos. Por regla general, no suelo permitir que mis huéspedes pisen la parte trasera de la casa, pero las dos sienten nostalgia de su hogar, y esta noche yo no me siento muy bien, de modo que he quebrantado mis propias reglas. Puedo hacerlo —añadió— porque se trata de mi casa. ¿Quieren hablar con las dos a la vez? Pueden utilizar la mesa de mi cocina para hacerlo.

El pequeño, que acababa de ser bañado, aferraba un muñeco de trapo por los pelos mientras miraba a Cole fijamente. Se soltó de la mano de Tilly y se metió el pulgar en la boca.

—Preferiríamos verlas por separado —dijo Ryan—. Si fuera tan amable de avisarle a Jessica Summers que saliera al porche, aguardaremos aquí.

—Ve y busca a tu mamá, muchachito —ordenó Tilly al niño.

El niño se quitó el pulgar de la boca el tiempo necesario para decir *no*, dio media vuelta y entró corriendo en la casa.

—*No* es su palabra favorita. Debe decirla un centenar de veces al día —dijo Tilly, sonriendo—. No es que sea caprichoso o corto de entendederas, sino sólo terco.

Miró por encima del hombro para cerciorarse de que el niño estaba lo suficientemente lejos como para no oír lo que iba a decir, y continuó:

—Como les decía, Jessica y Grace están asustadas como conejillos, y todo a causa de ese rumor que alguien echó a rodar, acerca de que una de ellas había sido testigo de los asesinatos. Incluso apareció en el periódico. Ninguna de mis chicas vio nada porque, de haberlo hecho, me lo habrían contado. No quiero enterarme de que ustedes dos, señores alguaciles, las acosen con preguntas. ¿Me han oído?

—Sí, señora, la hemos oído —respondió Cole.

—Voy a buscar a Jessica —dijo Tilly—. Luego subiré hasta mi habitación con un buen tazón de té que gentilmente me está preparando Grace, pero volveré a bajar a cerrar las puertas a las diez en punto. Para entonces habrán terminado, ¿verdad?

—Sí, señora, esperamos que sí —dijo Ryan esta vez.

Tilly, en realidad, no estaba aún dispuesta a marcharse. Tenía algo más que decir a los alguaciles, y cuando se le ponía entre ceja y ceja que debía decir lo que pensaba, era exactamente eso lo que hacía, convencida como estaba de que el tiempo era demasiado valioso para perderlo en rodeos.

—Es vergonzosa la manera en que está comportándose este pueblo. Sólo porque mis muchachas no han vivido aquí demasiado tiempo, se han convertido en blancos fáciles para cualquier rumor. También lo siento mucho por la pobre Rebecca James. Se sentía tan desgraciada como mis chicas. ¿Ya la han hostigado con sus preguntas?

Ryan no le respondió. En cambio preguntó:

—¿Cuándo conoció a Rebecca?

—El domingo pasado, en la iglesia —contestó ella—. Mantuvimos una charla muy agradable después del oficio, en la que me contó que estaba considerando la posibilidad de mudarse a mi casa porque su cuarto en el hotel era muy incómodo. Habría sido bienvenida —agregó—. Y, si bien soy algo quisquillosa debido a mis años, me cayó bien enseguida. Tiene buen corazón. Vaya, era amable incluso con el antipático de Lemont Morganstaff. Logró hacer que se sonrojara con los cumplidos que le dedicó a su jardín.

—¿Cuántos huéspedes acepta en su casa? —preguntó Cole.

—Hay espacio para cinco, pero en este momento sólo hay dos: Grace y Jessica. Y el niño, naturalmente.

Precisamente en ese momento reapareció Caleb, que pasó corriendo frente a Tilly, abrió la puerta empujándola y se escurrió hasta fuera antes de que ella pudiese impedirlo. El pequeño iba vestido con un camisón blanco largo hasta los pies. Estaba descalzo y parecía un pillo.

—Dejaré a este diablillo a su cuidado mientras voy a buscar a Jessica. Luego lo llevaré a su dormitorio, porque le prometí que le contaría un cuento.

Ya se disponía a marcharse, cuando Cole la detuvo con una pregunta:

—Señora, ¿dónde está el padre del niño?

—Buena pregunta, y si pudiera hablar del tema, les diría dónde creo que está, pero le di mi palabra a Jessica de que mantendría la boca cerrada. Lo que sí puedo decirles es que su madre murió al darlo a luz —añadió—. Y su esposo no estaba a su lado. No, señor, no estaba.

—¿Jessica no es la madre del niño? —preguntó Daniel.

—Caleb cree que sí porque es quien ha cuidado de él desde hace tanto tiempo, pero no es su verdadera madre.

—¿El padre de Caleb vive o está muerto? —preguntó Cole.

—Honestamente, no lo sé —respondió ella con gesto malhumorado—. Pero espero que, a estas alturas, se haya emborrachado de tal manera que haya caído muerto. Y no pienso decir una sola palabra más sobre él —juró—. Tendrán que preguntarle los detalles a Jessica.

Diciendo esto, desapareció hacia el comedor. Cole y Ryan se volvieron para mirar al niño. Caleb se encontraba de pie junto a los escalones de la entrada, sonriéndoles. En un abrir y cerrar de ojos, se puso en cuatro patas y comenzó a retroceder, gateando. El niño todavía usaba pañales, y cuando trató de bajar los escalones deslizándose boca arriba, se le desataron las cintas que los sostenían.

—¿Dónde crees que vas? —le preguntó Cole, mientras se agachaba y lo levantaba en sus brazos. Ryan tomó el pañal antes de que terminara de deslizarse por las piernecitas de Caleb y rápidamente volvió a atarlo. Caleb soltó el muñeco de trapo para intentar atrapar la insignia de Ryan.

—Actúas con mucha seguridad —señaló Cole, ignorando las protestas y pataleos del niño para que lo bajara.

—He tenido algo de experiencia.

—¿Sobrinos?

—No, una hija. —Dio al niño unas palmaditas y se alejó—. Huele a manzanas y a jabón. Eso trae recuerdos.

—No sabía que estuvieras casado.

—Nunca lo preguntaste.

Su voz tenía un tono cortante, la sugerencia tácita de cambiar de tema. Cole sentía demasiada curiosidad para darse por aludido.

—¿Cuánto tiempo llevas casado?

—El mes pasado se habrían cumplido siete años.

—¿Se habrían cumplido?

Ryan asintió.

—Ambas están muertas.

La mente de Cole comenzó a formularse montones de preguntas.

—¿Cuándo dijiste que comenzaste a trabajar en esta investigación?

—No lo dije.

—Muy bien, no me lo dijiste. ¿Entonces, cuándo fue?

—Fui designado para encabezar esta misión especial después de uno de los asaltos.

—Deja ya de mostrarte tan evasivo. Dime de qué asalto.

—Dillon —respondió Ryan—. Después del asalto de Dillon.

—Tu pueblo natal.

—Sí, mi pueblo.

Durante el silencio que se produjo a continuación, Cole rememoró los relatos que había oído sobre Dillon.

—¿Tu esposa y tu hija murieron por alguna enfermedad? —preguntó finalmente.

—Deja de hacerme tantas preguntas, Cole.

—¿Fue así? —insistió éste.

Ryan negó con la cabeza.

—No, no murieron por ninguna enfermedad. Simplemente, estaban en el lugar equivocado, en el momento equivocado.

Cole dejó escapar un prolongado suspiro.

—¡Ah... demonios, Daniel! Así que eran ellas, ¿verdad?

14

Jessica Summers se paró junto a la pila del fregadero de la cocina y miró por la ventana, absorta en sus pensamientos. Estaba tratando de recordar cómo se vive sin preocupaciones.

No pudo.

Esa noche estaba cansada, y seguramente por eso sus cargas y problemas se le antojaban tan abrumadores. En los últimos dos años habían sucedido demasiados cambios en su vida, y desde hacía un tiempo había momentos en los que se sentía una anciana.

Éste era uno de ellos. No sentía compasión por sí misma —sencillamente, no tenía tiempo en el ajetreo de sus días para tan tonta autoindulgencia—, y a pesar de lo agotada que se encontraba, todavía era capaz de dar gracias a Dios por la bendición que le había concedido al darle al pequeño Caleb. No podía imaginar la vida sin él, por más caótica que ésta pareciera a veces.

En un esfuerzo por reanudar la tarea que debía terminar, tomó un trapo mojado y comenzó a lavar uno de los valiosos platos de porcelana Redbird del juego de Tilly, y el agua le salpicó la falda. Bajó la vista y por primera vez advirtió lo viejo y deslucido que estaba su vestido. La verdad era que ya no le sentaba bien: le ajustaba demasiado en el pecho, pero todo lo que tenía que hacer era moverle los botones, siempre y cuando encontrara el momento para hacerlo, y el vestido volvería a estar como nuevo. Desde luego que no pensaba tirarlo, tal como había sugerido Tilly, porque eso suponía un despilfarro, y en esa una época no podía afrontar ninguno despilfarro. Además, el vestido era muy práctico, y le encantaba su color. El tiempo, el uso y los incontables lavados habían transformado el brillante color lavanda original de la tela en un tono mucho más desvaído. Tilly le había dicho que parecía un vestido viejo, de segunda mano, y Jessica se había encogido de hombros con indiferencia. Era un vestido decente, y eso era todo lo que importaba.

Señor, cómo habían cambiado sus prioridades. Recordaba otro vestido que había codiciado mucho tiempo atrás, cuando esas frivolidades tenían mucha importancia para ella. Lo vio en escaparate de una tienda y recordaba que en aquel momento pensó que era la cosa más maravillosa que había visto en su vida. Era un vestido de brocado blanco, con una faja de terciopelo rojo. Al recordar cómo se había propuesto firmemente ahorrar el dinero necesario para comprar un vestido tan poco práctico, no pudo menos que sonreír.

Ahora sus sueños eran diferentes, por supuesto. Ya no pensaba en pretendientes, bailes o fiestas. Entonces había sido una tonta jovencita de cabeza hueca. Ahora era una adulta con responsabilidades. Su único sueño era convertirse en la mejor de las madres para Caleb.

Tilly la trajo de vuelta al presente al anunciarle que los alguaciles querían hablar con ella.

—Te están esperando en el porche —le informó.

—Enseguida voy —prometió Jessica.

Cinco minutos después, todavía se hallaba de pie junto al fregadero. Sabía que estaba mostrándose descortés al hacerse esperar tanto tiempo, pero se encontraba tan nerviosa y asustada que parecía no poder obligarse a salir. Retrasó el inevitable encuentro todo lo que le fue posible con la excusa de ayudar a su nueva amiga, Grace Winthrop, a terminar con los platos y tirar la basura.

Grace estaba completamente fuera de lugar en una cocina. Jessica pensaba que jamás había pisado ninguna hasta que se mudara a la pensión de Tilly, pero lo que le faltaba de experiencia le sobraba en entusiasmo. Estaba resuelta a aprender a preparar una comida decente, y para ella no había ninguna tarea que considerara humillante. El día anterior se había quitado los guantes y el sombrero, se había puesto uno de los viejos delantales de Tilly y de rodillas había comenzado a fregar el suelo. Le llevó el doble de tiempo que a Jessica, pero cuando por fin terminó, la madera presentaba un agradable brillo.

Las dos mujeres se habían hecho grandes amigas. Cada una estaba absorta en sus propios pensamientos y trabajaban codo con codo.

—Estoy asustada —susurró Jessica—. No quiero hablar con ellos.

—Yo también tengo miedo —confesó Grace—. Después de que terminen de interrogarte a ti, probablemente quieran hablar conmigo. Tal vez Tilly pueda convencerlos de que regresen mañana.

Jessica negó con la cabeza.

—En ese caso, pasaría la noche preocupada. Prefiero terminar de una buena vez. De otra manera, no podré dormir.

—¿Has pensado en mi proposición? El señor Nelson quiere saber si voy a comprarle su coche o no. Le prometí que le contestaría por la mañana. Me permitió traerlo hasta acá —añadió.

—Lo sé —le respondió Jessica con otro susurro—. Puedo verlo desde mi ventana, en el campo que está detrás del patio—. Sí, me he decidido. Si estás segura de que no seremos una carga, a Caleb y a mí nos encantaría ir contigo.

Grace dejó escapar una suspiro.

—¡Te lo agradezco tanto! —dijo—. Por supuesto que no seréis una carga. Debo admitir que no creo poder arreglármelas con los caballos sin ayuda.

—Nos arreglaremos juntas —prometió Jessica.

En ese momento, Tilly volvió a la cocina para ver por qué tardaba tanto Jessica, y decidió que le correspondía hacerle un pequeño comentario.

—No se van a marchar, chicas —comenzó—. Es mejor que salgas y hables con ellos, y mientras respondes a sus preguntas, podrías tomarte un tiempo para advertir qué apuestos son estos alguaciles. Hace mucho que no veo hombres tan corpulentos y masculinos. Es cierto que a primera vista pueden dar un poco de miedo, con ese aspecto severo que tienen, pero si los miras a los ojos verás la bondad que hay en ellos y se te irán todos tus temores. Esos dos muchachos sí que tienen unos bellos ojos azules.

Jessica sonrió forzadamente, en un intento por ocultar su nerviosismo.

—¿Y por qué querría yo fijarme en lo apuestos que son? —preguntó.

Exasperada, Tilly puso los brazos en jarras y lanzó un bufido.

—Porque ahora tienes a ese muchachito que criar —dijo—, y no te vendría nada mal contar con la ayuda de un recio caballero.

Jessica dobló el trapo húmedo y lo dejó sobre la mesa.

—Sé que tiene la mejor de las intenciones —respondió—, pero no necesito a un hombre que me ayude a criar a Caleb. Estamos los dos muy bien como estamos.

—Tonterías —replicó Tilly—. Ya sé que tienes el espíritu y el corazón como para educar bien a ese niño, pero un hombre te aliviaría la carga. Te digo esto: si yo tuviera cuarenta años menos, trataría de conseguirme a alguno de los dos para mí. Aunque me pasaría más tiempo que el demonio tratando de decidir cuál de los dos preferiría que dejara sus zapatos debajo de mi cama. Todo lo que te sugiero es que te fijes, Jessica, y tú también, Grace, porque un buen hombre sería la respuesta a los ruegos de tu familia. Jessica, quítate ese lazo del pelo. Está torcido.

—Sí, señora —contestó la aludida. Así lo hizo, y se pasó rápidamente los dedos a través de su melena rizada. No estaba tratando de parecer más atractiva, sino de satisfacer a Tilly.

—Tienes un cabello tan bonito, Jessica. Deberías lucirlo, y no te mataría coquetear un poco mientras hablas con ellos. Apuesto a que ni siquiera sabes cómo hacerlo. Sin embargo, deberías intentarlo. Oh, ya sé que están aquí para discutir una cuestión muy importante, pero al fin y al cabo son hombres, y ellos sí que se fijarán en vosotras. Grace, mientras aguardas tu turno, puedes quitarte todos esas horquillas del cabello, y cepíllalo. A los hombres les gusta que las mujeres lleven el pelo suelto, no recogido como una matrona.

Jessica y Grace ya habían aprendido que era inútil discutir. Tilly estaba en uno de sus estados de ánimo *yo sé qué es lo mejor para ti*. Grace sonreía, pero Jessica advirtió que tenía las mejillas sonrojadas por la vergüenza.

—Me parece que debería salir —dijo Jessica.

—Me parece que sería lo mejor —acordó Tilly—. En cuanto encuentre al niño, lo llevaré arriba.

—Usted no se siente bien hoy, Tilly. Suba y acuéstese. Yo cuidaré de Caleb.

—Le prepararé el té y se lo subiré —agregó Grace—. Jessica, Caleb puede quedarse en la cocina conmigo. Yo lo vigilaré.

Jessica aspiró con fuerza y dejó salir el aire lentamente.

—Señor, ojalá no estuviera tan nerviosa.

Grace hizo un gesto de simpatía.

—Me siento como si hubiera hecho algo malo, pero no es así. ¡Oh, ojalá jamás hubiese venido a este pueblo! ¡Tenía tantas esperanzas...!

—Sé que las tenías —dijo Jessica—. Pero estuvo muy mal de parte del hijo del señor Wells no honrar la promesa hecha a su padre. Debería haberte vendido las tierras de pastoreo, tal como lo había convenido su padre. La palabra de un caballero se supone que es sagrada.

—El joven señor Wells no lo sabe —dijo Grace.

—Vas a encontrar un rancho apropiado— le auguró Jessica—. Primero veremos esa propiedad cerca de Denver, y si no resulta ser exactamente lo que quieres, he oído que en California hay magníficas tierras de pastoreo esperando ser descubiertas.

—Es mucho lo que hay que hacer, y el tiempo se está acabando. Sólo tengo siete meses para comprar la tierra y el ganado, o deberé admitir mi derrota y volver a casa. Si no hubiera perdido tanto tiempo aquí, a estas alturas ya estaría en Denver.

—Me alegro de que hayas venido a Rockford Falls. Si no lo hubieras hecho, no te habría conocido, y me parece que nos hemos hecho muy buenas amigas.

Grace le dio un afectuoso apretón en la mano.

—Y ahora, Caleb y yo iremos contigo a Colorado. Algo bueno ha resultado de todo esto, ¿no crees?

—¿Podéis dejar de comportaros como tontas, niñas? Jessica, sal al porche.

La impaciencia de Tilly frustró toda posible pérdida de tiempo. Enderezando los hombros, Jessica se dirigió hacia la puerta de la entrada. Se sentía como si se encaminara a su propio juicio, lo que era ridículo, desde luego. Lo único que tenía que hacer era convencer a los alguaciles de que ella no había sido testigo de nada.

Las manos le temblaban al tomar el picaporte y abrir la puerta que daba al porche.

—Buenas noches, señores. Lamento haberlos hecho esperar.

Aguardó, fingiendo aplomo, en el vano de la puerta, y logró mostrar un aspecto sereno, aunque su mano aferraba con fuerza el picaporte y estaba a punto de saltar ante el primer gesto. La experiencia le había demostrado a Daniel Ryan que los representantes de la ley solían inquietar a la gente. Se apresuró a adelantarse para tranquilizarla.

—Esto sólo nos llevará un par de minutos —le explicó.

Ella paseó la mirada entre ambos alguaciles. Ninguno de los dos sonreía. El alguacil Ryan estaba serio, y el alguacil Clayborne parecía un poco aburrido, recostado contra la baranda. Dios, Tilly estaba en lo cierto: ambos rebosaban masculinidad.

—Es mera rutina —señaló Cole.

—Sí, comprendo —asintió ella.

—Probablemente sea más fácil si sale al porche —replicó él sonriendo.

Ella aspiró rápidamente, se obligó a dejar de temblar, y se dirigió hacia uno de los sillones de mimbre. Se sentó, con las manos cruzadas sobre el regazo y las rodillas y tobillos muy juntos para que no siguieran temblando. Luego aguardó a que alguno de los dos comenzara con las preguntas.

—Creo que deberíamos presentarnos —dijo Ryan. Acercó otra de las sillas del porche y la colocó frente a ella.

—No es necesario. Sé quiénes son. Usted es el alguacil Daniel Ryan, y él es el alguacil Cole Clayborne. Nos conocimos en la cárcel, ¿recuerda?

Ryan se sentó a horcajadas en su silla, y Cole permaneció de pie, a unos pasos por detrás de él.

Ella levantó la mirada y la fijó en él.

—Usted no parece un representante de la ley —dijo, sin pensar. Sus ojos se volvieron hacia Ryan—. Y usted tampoco.

—¿Y qué parecemos? —preguntó Cole.

—Malhechores.

—¿Nosotros parecemos malhechores? —repitió Cole, echándose a reír.

Sus risas ayudaron a que se sintiera mejor y comenzó a relajarse. Deseó que Cole se sentara. El hombre se erguía sobre ella y la barba crecida de todo un día le otorgaba un aspecto amenazador. Daniel tenía el mismo aspecto de desaliño. Jessica tuvo que recordarse que ambos eran alguaciles, y que, por lo tanto, su tarea consistía en proteger a la gente inocente. Lo único que necesitaba era hacerles saber que ella pertenecía a ese grupo.

—Yo no he hecho nada malo.

Daniel hizo un gesto, asintiendo.

—Sabemos que no. Los representantes de la ley suelen poner nerviosas a las personas. No sé muy bien por qué.

—Yo sí sé por qué —replicó ella—. Tienen el poder de encerrar a la gente en la cárcel.

—No sin una buena razón legal —objetó él.

Ella levantó una ceja.

—¿Es así, realmente? A mí me encerraron en la cárcel esta tarde, y desde luego que no había ninguna buena razón legal para hacerlo.

—No sabíamos que el comisario Sloan era capaz de llegar a semejantes extremos —interpuso Cole.

—Estaba convencido de que una de nosotras mentía, pero aun así, ésa no es una buena razón para meter a alguien en la cárcel, ¿verdad? —Pudo ver que Daniel sacaba un cuaderno y un lápiz del bolsillo y le dedicaba toda su atención.

—Sabemos que usted estuvo en el banco el día del asalto —empezó diciendo.

—Así es. Caleb estaba conmigo.

—¿Recuerda por casualidad a qué hora fue?

Ella alisó las arrugas de su falda y le contestó con la vista clavada en su regazo.

—De hecho, lo recuerdo muy bien. Estuve allí a eso de las dos de la tarde, más o menos. Entré, y me puse en la fila, pero no observé a ninguno de los que estaban allí. No estaba...

—¿Prestando atención? —sugirió Cole.

—Eso es —dijo ella—. No le presté atención a nadie.

—¿No se fijó en ninguno de los que estaban en la fila con usted? —preguntó Ryan, con cierto escepticismo.

—Estaba muy ocupada vigilando a Caleb. Puede llegar a ser francamente travieso. La puerta de batiente lo fascinó, y se empeñó en tratar de balancearse en ella. El señor MacCorkle se enfadó mucho y le gritó. Hizo toda una escena. Estaba muy atenta a todo eso, alguacil, y sencillamente no tuve tiempo de prestar atención a nada más.

Mientras les explicaba todo esto, no dejó de mirar de reojo a Cole para observar su reacción. Debía haberse dado cuenta de lo nerviosa que se encontraba por la manera en que había expresado su explicación, a borbotones. *Habla lentamente,* se ordenó a sí misma, mientras apretaba las manos sobre la falda, *habla lentamente y cálmate, o ambos pensarán que estás ocultando algo.*

La expresión de Cole no indicaba que éste la creyera culpable de nada. Si Jessica hubiera tenido que aventurar una conjetura, habría dicho que ese interrogatorio de rutina le estaba dando un sueño mortal.

Se volvió hacia su inquisidor.

—Lamento no ser de más ayuda —le dijo.

—¿Los niños no suelen dormir a esas horas? —preguntó Cole—. Mi hermanita siempre lo hacía.

—Sí, Caleb también duerme la siesta después de almorzar, pero últimamente su rutina se ha visto totalmente trastornada. Yo estuve enferma de gripe, y como él duerme conmigo en la misma habitación, lo mantuve despierto toda la noche. Luego, se despertó tarde y se echó a dormir la siesta más tarde de lo habitual. Por eso mismo sigue todavía levantado. —Estaba divagando sin ton ni son, advirtió, y dándoles demasiada información inútil y aburrida.

—¿El comisario Sloan le mostró el bolso azul que encontramos?

—Sí, lo hizo —respondió ella—. Nos dijo que lo había encontrado debajo de uno de los escritorios. No es mío —agregó, enfatizando sus palabras—. Jamás llevo bolso.

Ryan cerró su cuaderno de notas y volvió a guardarlo en su bolsillo. Jessica observó que no había escrito ni una sola palabra.

—¿Está segura con respecto al tiempo? —preguntó Cole.

—Minutos más, minutos menos —respondió ella.

Los alguaciles intercambiaron una mirada. Ryan se frotó la nuca.

—¿Planea marcharse de Rockford Falls? —preguntó finalmente.

—Sí, tengo el propósito de marcharme lo antes posible. En realidad, Caleb y yo nos vamos mañana por la mañana. Voy a echar de menos a Tilly, pero me alegrará alejarme de este pueblo. Desde que comenzaron los rumores me ha preocupado mucho pensar que los hombres que mataron a toda esa pobre gente puedan volver. Pueden creer que alguna de nosotras los vio, y estoy segura de que ustedes saben bien lo que les ha ocurrido a los testigos de otros asaltos.

—Sí, lo sabemos —dijo Caleb.

—¿Dónde se dirige? —preguntó Cole.

—A Colorado.

Cualquier otra información que pensara agregar quedó olvidada cuando Caleb apareció corriendo por el porche. El niño divisó su muñeco de trapo tirado en los escalones de la entrada y lo recogió, aferrándolo por una de sus piernas. Luego fue al lado de Cole, se apoyó contra él y le sonrió.

A Jessica no le sorprendió. Caleb solía mostrarse muy tímido al principio con los extraños, pero le llevaba poco tiempo superarlo. Le gustaban esos hombres. Ella pensó que sus tamaños y sus voces lo fascinaban.

—Ya es hora de irse a dormir, Caleb —le dijo, en un susurro tranquilizador.

Negando con la cabeza, Caleb se sacó el pulgar de la boca y le tendió los brazos a Cole, indicándole con un gruñido que quería que lo alzara. Después de lograr su cometido, vio por el rabillo del ojo que su madre se acercaba y dejó caer al suelo su muñeco, abrazándose al cuello de Cole y ocultando allí la cabeza.

—No me parece que este niño quiera irse a dormir todavía —señaló Cole.

Ella se acercó a Cole e intentó despegar las manos del niño de su cuello, mas no prestó atención a lo que hacía. Tilly tenía razón. Ese hombre tenía unos ojos muy bonitos. Deseó que la entrañable mujer no hubiera encomiado tanto el aspectos de estos dos representantes de la ley, porque, entonces, ahora Jessica no se encontraría pensando en lo atractivos que eran los dos. Si Tilly no lo hubiera señalado, seguramente ella no se hubiese dado cuenta.

Jessica no andaba buscando un marido. El recordarlo la obligó a concentrarse en lo que tenía que hacer.

—Caleb siempre se va a la cama en cuanto le pongo su pijama —explicó—. Está atravesando una etapa difícil, y parece creer que tiene que armar jaleo a la hora de dormir. Sin embargo, es muy buen chico, ¿no es así, Caleb?

El niño asintió, apoyado en el hombro de Cole. Éste contempló a Jessica con mirada divertida. Jessica se preguntó si sabía que la estaba incomodando. Pensó que tal vez sí, y, oh, Dios, ¿cómo pudo llegar a pensar que era amenazador? Cole tenía las manos grandes, aunque parecían suaves al acariciar la espalda del niño con movimientos rítmicos y circulares. Caleb se frotó la nariz con su puñito, mientras apoyaba la cabeza contra el cuello de Cole. Estaba encantado.

—Se le da a usted muy bien tratar a niños pequeños —señaló ella.

—Señora Summers, ¿podría por favor pedirle a Grace Winthrop que salga al porche?

La intervención del alguacil Ryan la sobresaltó.

—Sí, naturalmente —tartamudeó.

—¿Es señora Summers? ¿O señorita?

—Es Jessica a secas —respondió ella, mientras se volvía hacia la puerta—. Grace está en la cocina. Si quieren, pueden entrar y sentarse a charlar con ella allí.

—Estaría muy bien —respondió Daniel. Se adelantó a abrirle la puerta, y Cole fue tras él, con Caleb en sus brazos. Al llegar hasta las escaleras, pasó al niño ya dormido a los brazos de Jessica.

—La cocina está al final del pasillo —les indicó ella.

Mientras Daniel avanzaba hacia allí, Cole se demoró observando a Jessica subir la escalera. Le gustaba la forma como se movía. Era atractiva, femenina y muy seductora. Su voz también le gustaba. Era una voz ronca y sensual.

Se dijo que estaba muy bien que se fijara en lo linda que era y lo bien que sonaba. No había nada de malo en apreciar a una mujer tan atractiva. Desde luego que eso no implicaba que fuera a intimar con ella. Él era ahora un representante de la ley, y eso seguramente significaba que no debía andar tonteando con potenciales testigos. No sería lo correcto. Además, Jessica Summers venía con una carga extra. Precisamente, en ese momento se encontraba llevándola a la cama. Cualquier hombre que se comprometiera con ella tendría que asumir un compromiso de por vida. Para siempre. La idea no le agradaba. A él le gustaba moverse con libertad, y nadie iba a maniatarlo. También era una joven inocente, y él había adoptado la política de prescindir de las mujeres inexpertas. Tenían expectativas diferentes. En definitiva, Jessica pertenecía a la clase de mujeres para casarse. Él no era uno de ésos.

Tan simple como eso.

—Cole, ¿vienes?

Con un gesto de asentimiento, alcanzó a Daniel al final del pasillo.

—¿Qué pasa? —susurró Daniel, mientras se acercaban a la cocina.

Cole sabía qué era lo que le preguntaba. Se encogió de hombros como respuesta.

—Nada. No pasa nada, y eso es todo.

15

Grace Winthrop se encontraba de pie junto al fogón de la cocina. Cuando entraron los alguaciles, se dio la vuelta para mirarlos. Daniel se paró en seco y dio un involuntario paso hacia atrás, tropezando con Cole.

Rápidamente recobró la compostura y dijo:

—Jessica pensó que no le importaría que nosotros. .

—Oh, entren, por favor —replicó ella—. Estoy preparando un poco de té. ¿Les agradaría beber una taza?

—Eso suena muy bien —dijo Daniel, apartando una silla de la mesa. Cole hizo lo propio frente a él, colocándose de cara a la puerta.

—¿Ya han cenado, caballeros? —preguntó Grace.

—No, señora, aún no —respondió Cole.

—No tenemos hambre —dijo Ryan al mismo tiempo.

—Sí, tenemos —lo contradijo Cole.

Grace se dirigió has a la alacena y volvió con un plato de jamón que había sobrado. Lo puso sobre la mesa, junto a un cesto de pan recién horneado y un recipiente con mantequilla. Seguidamente agregó platos y cubiertos para los dos.

Cole se sirvió comida. Daniel ni la tocó. Mantuvo su atención concentrada en Grace, que se pasaba las manos nerviosamente por el delantal. No quería, o no podía, mirarlo directamente a los ojos. Cuando apoyó las tazas sobre la mesa, repiquetearon sobre los platos. Sirvió una espesa y oscura infusión, que más parecía betún que té, dentro de cada una.

—¿Azúcar o crema? —preguntó.

Cole observó su taza con suspicacia, pero Daniel continuaba mirándola a ella.

—¿Esto es té? —preguntó Cole.

—Sí —respondió ella con ansiedad—. ¿Tiene algo de malo?

—No, no. Estoy seguro de que está muy sabroso.

Bebió un sorbo y no pudo ocultar su reacción. Sabía más amargo que tónico capilar.

—Sólo precisa un poco de azúcar —mintió.

—Ha hervido demasiado tiempo, ¿verdad? —dijo ella—. Me salió mal. Debería haber controlado el tiempo. Enseguida preparo otra tetera.

—Preferiría un poco de agua —dijo Cole.

Daniel procuraba no sonreír. No quería ponerla más incómoda de lo que ya estaba, ya que vio que ella había advertido la mueca que había hecho Cole al probar su té, y si Daniel se echaba a reír sólo lograría aumentar su mortificación.

—Me parece que no debería dejar hervir las hojas de té —le sugirió.

Con un gesto que Ryan encontró profundamente femenino, Grace se pasó las manos por el cabello y se lo echó hacia atrás.

—La cocina es mucho más complicada de lo que una pueda imaginarse —señaló.

—¿Quién cocinaba en su casa? —preguntó Cole.

Ella pareció sorprendida ante la pregunta.

—La cocinera —contestó—. Y sus ayudantes, naturalmente. A veces la ayudaban las doncellas de la planta baja. Al menos, creo que lo hacían. ¿Le apetecerían carne en adobo, alguacil Clayborne? Está muy buena.

—Con todo gusto —respondió él—. Por favor, llámeme Cole, y a él, Daniel —agregó, señalando a Ryan con un gesto.

—Entonces deben llamarme Grace. Insisto en ello.

A continuación, procedió a cortar en rodajas la carne adobada, poniendo la hoja afilada del cuchillo dirigida hacia su muñeca. La acción por poco volvió loco a Daniel. Se acercó a ella y le aferró ambas manos.

—Siempre que corte algo ponga la hoja lejos —le indicó—. Así. —Con todo cuidado, deslizó el cuchillo a lo largo del trozo de carne—. Es más seguro.

Al ver que Daniel no soltaba el cuchillo, Grace le observó las grandes manos y se limitó a aguardar.

—Gracias, Daniel —dijo—. Trataré de recordarlo la próxima vez.

Él advirtió los numerosos cortes que mostraban sus dedos.

—No está acostumbrada a las tareas de la cocina, ¿verdad? —le preguntó, mientras le devolvía el cuchillo y se reclinaba en su silla.

—No, pero estoy aprendiendo.

Ella volvió a inclinarse sobre la carne con el cuchillo en la mano. Arrugando la nariz y mordiéndose el labio inferior con gesto de concentración, cortó precavidamente varias rodajas hasta que tuvo cerca de una docena dispuestas en el plato. Luego, con una sonrisa triunfante, se lavó las manos y puso el resultado final de su trabajo frente a ellos.

Ryan no podía quitar los ojos de ella de lo fascinado que estaba por esa mujer tan delicada. A pesar de ser inexperta y encontrarse totalmente fuera de lugar, no se amilanaba ni se mostraba desalentada.

Ryan tuvo que obligarse a seguir adelante con lo que lo había llevado hasta allí. Sacó el cuaderno del bolsillo, lo colocó sobre la mesa y buscó el lápiz.

—¿Por qué no empezamos? —sugirió.

—Sí, por supuesto —accedió ella.

—¿A qué hora, aproximadamente, estuvo usted en el banco el día del atraco?

Ella respondió con la mirada fija sobre la mesa.

—Estuve allí a eso de las dos de la tarde.

Cole estaba a punto de dar un mordisco a su emparedado cuando oyó la respuesta. Volvió a ponerlo en el plato y le dirigió una mirada a Daniel para ver su reacción.

—¿Está segura de que eran las dos? —preguntó éste, aparentando curiosidad.

—Sí, estoy segura. Miré la hora mientras esperaba en la fila. Hay un enorme reloj entre las ventanillas de los cajeros.

—¿Prestó especial atención a alguna de las otras personas que estaban en la fila? —preguntó Cole.

Ella evaluó largamente la pregunta, y luego negó, sacudiendo la cabeza.

—La verdad es que no. No me fijé en nadie. No estaba prestando mucha atención.

¿Qué estaba pasando, en el nombre de Dios? Cole iba a hacerle esa pregunta a Grace, pero Ryan se lo impidió con un movimiento de cabeza. Evidentemente, no quería que Cole señalara el hecho de que su respuesta había sido idéntica a las de Jessica y Rebecca, prácticamente palabra por palabra. ¿Acaso se habían puesto de acuerdo en lo que iban a decir mientras estaban en la celda, y en ese caso, por qué?

Daniel cerró el cuaderno, y volvió a guardarlo en el bolsillo.

—¿Advirtió algo fuera de lo común?

—No, en absoluto —respondió Grace.

—Usted se situó en la fila...

—Sí, así fue —completó ella—. Y esperé mi turno, pero no miré a mi alrededor. Estaba pensando en todo lo que tengo que hacer.

La frustración de Daniel iba en aumento, pero no la dejó traslucir.

—El bolso que le mostró el comisario Sloan —dijo—, ¿no es suyo, verdad?

—No, no lo es. Nunca llevo bolso. Todos mis vestidos tienen bolsillos.

—El que lleva puesto ahora no tiene —señaló Cole.

—Perdón, ¿cómo dice?

Evidentemente, la observación la había tomado desprevenida, y estaba tratando de encontrar una explicación plausible.

—Que el vestido que tiene puesto no tiene bolsillos —repitió Cole.

—No, en efecto —estuvo de acuerdo Grace—. Pero el que llevé para ir al banco sí... tiene dos bolsillos. ¿Desearía un poco más de té?

Cole bajó la mirada hasta su tazón todavía lleno, y se preguntó dónde pensaría servir más. Negó con la cabeza, pero Grace pareció no advertirlo. Se volvió y se dirigió apresuradamente hasta la cocina, de donde tomó la tetera, que colocó sobre la mesa, al lado de Cole. Una expresión de profundo alivio se pintó en su rostro cuando Jessica entró en la cocina.

Sorprendida de encontrar aún allí a los alguaciles, se detuvo en seco.

—Lo siento, no pretendía molestar. Creí que ya habrían terminado y pensaba ayudar a Grace a acabar de lavar los platos. —Se dispuso a marcharse, pero Daniel se lo impidió.

—Venga y siéntese con nosotros —la invitó.

Grace asintió enfáticamente. La mirada de Jessica estaba fija en Cole. Parecería irritado y de mal humor, y ella pensó que era a causa de su irrupción en la cocina.

—No, gracias. Volveré a subir un rato.

—Insistimos en que se quede con nosotros. —Cole no estaba dispuesto a aceptar una negativa. Se puso de pie, y acercó otra de las sillas para que ella se sentara. Daniel también se puso de pie, y le pidió a Grace que también tomara asiento.

Las dos mujeres intercambiaron su mirada antes de obedecer la petición.

Entonces Cole se hizo cargo del interrogatorio.

—Grace, usted planea dejar Rockford Falls mañana, ¿no es así?

—Sí, efectivamente —respondió ella. Apoyó las manos sobre la mesa y procuró mostrar compostura—. ¿Cómo sabía que pensaba marcharme?

—Una corazonada —repuso secamente Cole—. ¿Hacia dónde se dirige?

—A Colorado.

—Jessica nos dijo que también ella iba a Colorado —interpuso Daniel.

—Sí, así es —dijo Grace—. Vamos a viajar juntas.

—¿Vinieron a Rockford Falls también juntas? —preguntó Cole.

—Cielo santo, no —respondió Grace con una sonrisa—. Yo llegué de Londres, Inglaterra, hace ya varios meses. Antes de llegar aquí, me detuve en Kentucky, Missouri y Kansas. Estaba buscando una propiedad.

—¿Propiedad? —repitió Cole.

—Tengo intenciones de dirigir un rancho —explicó ella—. Estoy buscando tierras de pastoreo...

—Para el ganado que va a adquirir —intervino Jessica.

—Eso es, para el ganado —asintió Grace.

—Pero la familia del señor Wells decidió no vender la propiedad —completó Jessica.

—¿Quién es el señor Wells? —volvió a preguntar Cole.

—El caballero con quien me carteé desde Londres —dijo Grace—. Me enteré por amigos comunes que pensaba vender su tierra, y era precisamente lo que yo andaba buscando.

—¿Pero resultó no serlo? —sugirió Cole.

—Oh, sí que lo era —repuso Grace—. Hectáreas y hectáreas de rica tierra de pastoreo. Era todo lo perfecta que habían descrito mis amigos. Ya había hecho una oferta por ella, aun sin verla, desde Londres, pero cuando llegué a Kentucky para firmar todos los papeles, me encontré con que el pobre señor Wells acababa de morir. Su hijo se negó a cumplir la promesa que me había hecho su padre.

—Grace leyó un anuncio de tierras disponibles en Denver aparecido en el *Rockford Falls Gazette,* y vamos a ir a verlas juntas.

—¿Sabe algo acerca de la cría de ganado? —preguntó Daniel.

—No, pero pienso contratar hombres que sepan —respondió Grace—. Y yo misma voy a aprender a hacerlo. Será un trabajo arduo, pero no me asusta.

Cole procuró que Grace no advirtiera la aprensión que le había provocado su comentario.

—Señora, criar ganado es una tarea agobiante —comentó, tratando de mostrarse cauteloso.

Daniel fue mucho más directo.

—¿Está loca? No puede dirigir sola un rancho de ganado.

Grace se puso rígida.

—No, no estoy loca, y le aseguro que voy a cumplir mi objetivo. Puedo carecer de la experiencia necesaria, pero estoy totalmente decidida a hacerlo.

La incredulidad que lo embargaba le impidió a Daniel seguir discutiendo. Cole sacudió la cabeza.

—¿Y cómo piensa partir mañana? —preguntó—. La diligencia no pasa hasta pasado mañana.

—No vamos a tomar la diligencia —explicó Jessica.

—Vamos a ir en una carreta —dijo Grace—. Está en el prado, detrás de la casa. Seguramente la habrán visto al venir aquí.

—Deberemos cargar nuestro equipaje esta misma noche —agregó Jessica.

Grace asintió.

—Y salir bien temprano. Muy buena idea.

—¿Quién va a conducirla? —quiso saber Cole.

—Nosotras —respondió Grace. La expresión de su rostro indicaba que no podía imaginar por qué le formulaba semejante pregunta.

Cole contemplaba las manos de Jessica. Se acercó hasta ella, y tomando una de ellas, le dio la vuelta con la palma hacia arriba.

—Tiene las manos muy delicadas.

Sonó como una acusación, y Jessica retiró la mano.

—Usaré guantes.

—¿Alguna vez ha conducido una cuadrilla de caballos? —preguntó Daniel.

—No exactamente —admitió ella, cautelosa.

Atónito ante sus impracticables planes, Daniel le dirigió una mirada suplicante a Cole, con la esperanza de que las hiciera entrar en razones.

Cole estaba igualmente atónito, pero trató de mostrarse diplomático.

—¿Quieren decir que ustedes dos...y el pequeño van a viajar por su propia cuenta, y atravesar una de las regiones más salvajes y peligrosas del país? ¿Lo he comprendido bien?

Jessica y Grace asintieron.

Cole perdió la paciencia.

—¿Es que han perdido el juicio, señoras mías?

Como su mirada estaba puesta en Jessica, ésta supuso que esperaba que ella fuera la que respondiese su destemplada pregunta.

—No, no hemos perdido el juicio, señor. Lo hemos pensado cuidadosamente y le aseguro que sabemos lo que hacemos.

Grace demostró su acuerdo, asintiendo.

—Sí, así es —dijo. Se volvió hacia Daniel y agregó—: Vamos a unirnos a una caravana.

—Debemos estar en Gramby a más tardar el lunes —dijo Jessica.

Daniel contemplaba fijamente a Grace. Ella deseó ardientemente pedirle que dejara de hacerlo. Era descortés y la estaba distrayendo. Tuvo la sensación de que quería leer sus pensamientos, lo que era absurdo, se dijo. No era posible.

—¿Por qué nos hacen tantas preguntas personales? —preguntó, en cambio.

—No hemos hecho nada malo —insistió Jessica.

—¿Ya han terminado con las preguntas sobre del banco? —preguntó Grace—. Ambas tenemos trabajo que hacer.

El enfado de Daniel se manifestó en su expresión y en el tono de su voz cuando dijo:

—Si alguna de las dos tiene información sobre el robo y no nos la dice, está cometiendo *obstrucción.* Es un crimen punible, señoras.

—¿Trata de intimidarnos? —preguntó Jessica.

Los alguaciles ignoraron la pregunta. Daniel se volvió hacia Grace.

—Tengo una pregunta más que hacerle. ¿Se encontró con Jessica mientras estaba en el banco?

Ella miró a Jessica antes de responder.

—Sí, me crucé con ella cuando salía. Ella entraba.

—¿Y qué me dice de Rebecca? —preguntó Cole—. ¿También se tropezó con ella?

La furia de ambos hombres chisporroteó en el aire. Había estado bullendo durante todo el tiempo del interrogatorio, advirtió Grace. Algo de lo que ella dijera debía de haberlos molestado. Inclinando la cabeza, respondió:

—Rebecca salía del banco cuando yo entré.

Jessica también había sentido la hostilidad de los alguaciles, y estaba convencida de que la había provocado algo dicho por ella. Estaba agotada por el esfuerzo que significaba controlar cada una de sus palabras, y sabía que si decía una sola cosa más lo único que haría sería empeorar las cosas. Decidió despedir a los hombres lo más rápidamente posible. Apartando su silla de la mesa, se puso de pie y se encaminó hacia la puerta.

La orden de Daniel la detuvo en seco:

—Ustedes dos, señoras, van a quedarse mañana en el pueblo.

Ella giró sobre sus talones y se tropezó con Cole. Ni se disculpó, ni retrocedió.

—¿Por qué tenemos que quedarnos? —exclamó.

—No pueden obligarnos, ¿no? —dijo Grace—. No conozco muy bien las leyes de este país, pero obligar a alguien a hacer algo que no quiere está mal... ¿no es así?

—En efecto —coincidió Jessica—. Cole, no puede...

—Sí, puedo obligarlas a quedarse —la interrumpió él—. Vamos a utilizar la oficina de la cárcel. Saben dónde queda. Traten de estar allí mañana a las ocho. Rebecca también estará allí.

Jessica y Grace parecieron apagarse. Mansamente, siguieron a los dos hombres hasta la puerta de la entrada.

—Esto no está bien —musitó Grace.

Daniel la oyó y se volvió hacia ella.

—No, es más cierto que el demonio que no está bien, pero ya lo analizaremos mañana, ¿no es así, Grace?

Cole se dirigió a Jessica.

—No sé qué clase de juego están jugando, señoras, pero se termina en este exacto momento. ¿He sido claro?

No aguardó la respuesta. Jessica cerró la puerta tras él y echó el cerrojo, temblando de pies a cabeza. Se volvió y se desplomó contra la puerta...

A Grace se le llenaron los ojos de lágrimas.

—¡Oh, Dios... lo saben!

16

El giro que tomaban los acontecimientos dejó a Cole y a Daniel perplejos e irritados.

—Las tres ensayaron lo que nos iban a decir mientras estuvieron encerradas en la celda —señaló Cole, mientras retornaban al hotel.

—Así es, lo ensayaron. Ahora, dime por qué.

—Están asustadas, supongo. Es todo lo que se me ocurre.

—Estaban muy nerviosas. Rebecca fue la que mejor logró ocultarlo, pero se le podía ver en los ojos.

—Y en las manos —agregó Cole—. Se las retorcía.

—Sí, recuerdo —dijo Daniel. Se masajeó el cuello, tratando de aflojar los nudos de tensión que lo agarrotaban.

—Veo que estaba equivocado —dijo Cole—. Creí que hablar con Jessica y con Grace sería una pérdida de tiempo. ¿Qué clase de juego diabólico están jugando?

—No lo sé —replicó Daniel—. Yo también estaba seguro de que sería una pérdida de tiempo. Sólo me limitaba a seguir el procedimiento correcto con la esperanza de que alguna hubiera advertido algo fuera de lo normal. Esto se ha vuelto más complicado que el demonio, ¿no crees?

—Sí —coincidió Cole—. Y no tiene ningún sentido. Tienen que saber que fueron vistas en el banco ese mismo día, más temprano. Todas compartieron la fila con otros hombres que recordaron haberlas visto. ¿Para qué se tomaron el trabajo de ensayar lo que nos iban a decir?

—No, no tiene sentido. ¿Cuál de todas ellas está mintiendo?

—Tal vez las tres. Es evidente que se han confabulado para protegerse unas a otras.

—O...

—¿O qué?

—Están protegiendo a una cuarta persona, alguien que todavía no conocemos.

—¿Cómo descubriremos la verdad?

—Ellas nos la van a decir —dijo Daniel—. Mañana, de una manera u otra, Jessica, Grace y Rebecca nos dirán lo que saben.

—¿Y si no lo hacen?

—Nadie va a interponerse en mi camino. —La voz de Ryan temblaba por la emoción—. Si tengo que encerrarlas, por Dios que lo haré.

—No te precipites.

De inmediato, Cole advirtió la ironía presente en su comentario y dejó escapar una risotada.

—Me parece que esta insignia me está cambiando. Habitualmente, soy yo el que hace cosas alocadas, y ahora aquí estoy previniéndote. Sé lo mucho que ansías atrapar a esos hombres. Demonios, yo sentiría lo mismo, pero debo mantenerme dentro de la legalidad.

Daniel mostró su desacuerdo.

—Voy a atraparlos como pueda. No me interesa si legalmente o no. ¿Vas a ayudarme?

—Ya te dije que te ayudaré.

Al llegar al hotel, dieron por terminada la conversación y se dirigieron a sus habitaciones. Al llegar allí, Cole abrió la ventana de par en par para eliminar el olor a cerrado, se despojó de sus ropas, se aseó y se desplomó sobre la cama. Con las manos cruzadas detrás de la cabeza, pensó en las respuestas que le habían dado las mujeres a sus preguntas. Un pensamiento condujo al otro, y de pronto se encontró pensando en Jessica. Diablos, era una mujer muy tentadora.

Se quedó dormido deseando que no fuera ella la que se ocultara aquel día bajo el escritorio.

Daniel no se quedó dormido enseguida. Pasó toda una hora paseándose por su diminuta habitación, sintiéndose como un animal en cautiverio. Trató de concentrarse en la investigación, pero la imagen de Grace Winthrop se entremetía una y otra vez en su pensamiento.

Lo había sorprendido el impacto que había tenido sobre él, y la verdad era que no sabía cómo manejar la situación. Hasta esa noche, no se había fijado dos veces en ninguna mujer y, desde luego, no había sentido deseo físico por ninguna. Grace lo había impresionado, y no podía dejar de parecerle condenadamente desleal de su parte albergar por ella semejantes pensamientos.

No lograba acertar por qué se sentía tan atraído por ella. Estaba claro que era muy bonita, y su rostro era el más adorable que había visto en mucho, mucho tiempo. También mostraba una linda figura. Sin duda, en conjunto estaba muy bien, pero así y todo no le llegaba ni a los talones a su dulce Kathleen. Ninguna otra mujer podría jamás compararse con ella. Hija de un granjero que le había dado una rigurosa educación, su esposa poseía gustos sencillos y un apasionado gusto por la vida. A él lo había cautivado su risa cristalina y su carácter generoso, y cayó inmediatamente rendido a sus pies. No cesaba de asombrarse ante el maravilloso regalo que Dios le había otorgado, y solía observarla en silencio mientras realizaba sus tareas cotidianas. Sus fuertes y sólidas manos trabajaban incansablemente a lo largo de todo el día, pero por las noches las sentía suaves y tiernas cuando lo acariciaban.

Grace era una mujer delicada y diminuta. De pie junto a él, apenas si llegaba a sus hombros. Provenía de la riqueza y un elevado ambiente social, y evidentemente se había movido en un mundo que a él le resultaba totalmente ajeno. Sin embargo, la rodeaba un aire de candor y delicadeza que le resultaba sumamente atractivo.

Pero no era Kathleen. Dios, cómo añoraba a su esposa. Padecía por el deseo de tomarla en sus brazos y volver a hacerle el amor una vez más. Anhelaba escucharla mientras le cantaba canciones de cuna a su hijita, oír su sonora carcajada, tocarla...

Se obligó a dejar de rememorar el pasado. Su vida había terminado en el momento en que su esposa y la niña fueron arrebatadas de su lado, abatidas por disparos como animales, pero él tenía que continuar... tenía que seguir buscando e indagando hasta encontrar a cada uno de los demonios responsables. Sólo entonces podría parar.

Dejando escapar un suspiro de cansancio, se dispuso a acostarse, y volvió a repasar metódicamente las notas tomadas hasta el momento. Quería encontrar algo que se le hubiese escapado, pero no tuvo suerte. Lleno de frustración, arrojó el cuaderno al suelo y se dejó caer sobre las almohadas.

Oh, Kathleen, si alguno de nosotros tenía que morir, ¿por qué no fui yo?

Se durmió pensando en su esposa, pero soñó con Grace.

17

Cole no supo qué lo despertó. Estaba profundamente dormido, y de pronto se encontró totalmente despierto, tenso como un arco. Tenía el sueño ligero, incluso cuando dormía en su propia cama, en su casa de Rosehill, y siempre escuchaba los sonidos más insignificantes. Esta vez no fue así: no oyó nada anormal, pero así y todo tomó su revólver y fue hacia la puerta.

Tal como esperaba, no había nadie acechando en el pasillo. Cerró la puerta y fue hasta la ventana para observar la calle, pensando que tal vez alguno que había bebido algunas copas de más estaba armando jaleo. La calle se hallaba desierta.

Una suave brisa le acarició la cara. Bostezó de forma audible, y pensó volver a la cama y seguir durmiendo, pero entonces divisó el pálido resplandor anaranjado que teñía el horizonte y se dio cuenta de que ya estaba amaneciendo. El sol empezaba a iluminar el negro firmamento. Maldición, qué rápido que había llegado la mañana. Todavía tenía sueño y le parecía que acababa de cerrar los ojos.

Se estaba poniendo viejo, supuso. Estiró los brazos, y fue en busca de un sorbo de agua antes de vestirse. Como todavía estaba oscuro dentro de la habitación, encendió la lámpara de queroseno. Su reloj de bolsillo se encontraba sobre el armario, junto a su brújula, y no fue hasta que echó una mirada a la hora cuando se dio cuenta de que aún se encontraba en plena noche.

—¿Qué demonios...? —murmuró.

Se dio la vuelta para contemplar una vez más los rayos de luz ambarina... y echó a correr.

Todavía estaba tratando de ponerse la camisa y de abrocharse los pantalones cuando exclamó en mitad del pasillo:

—¡Despierta, Daniel! ¡Tenemos problemas!

De inmediato, se abrió la puerta de la habitación de Ryan. Éste se precipitó al pasillo, blandiendo su revólver. Estaba medio dormido y a medio vestir.

—¿Qué pasa?

—Fuego.

—¿Dónde? —preguntó Daniel, al tiempo que volvía a entrar en su cuarto para terminar de vestirse.

—Puede estar muy lejos, cerca de las montañas, pero no lo creo... la luz se ve demasiado cerca. Puede ser al final de la calle... ¡Oh, Dios, la pensión!... Tú no crees... —gritó Cole, mientras bajaba volando la escalera.

Daniel iba tras él. El conserje nocturno estaba profundamente dormido en su silla, con la cabeza apoyada sobre los brazos cruzados en el mostrador. Daniel saltó por la baranda al tiempo que le gritaba que tocara la alarma contra incendios. Sobresaltado ante el brusco despertar, el conserje se golpeó la cabeza contra la lámpara y tiró la silla cuando se puso de pie de un salto.

—¿Qué...? ¿Qué dice usted? —exclamó.

—¡La alarma contra incendios! —rugió Daniel, mientras atravesaba el vestíbulo a la carrera y se lanzaba detrás de Cole—. ¡Haga sonar la alarma contra incendios!

Alcanzó a Cole en la esquina. Siguieron corriendo a la par, acompañados por el único sonido producido por sus botas al golpear contra el suelo y su respiración entrecortada al correr hasta el límite de su resistencia. Iban por la mitad de la calle, cuando los alcanzó el olor del humo. Corriendo como si el fuego les pisara los talones, doblaron y vieron las llamas. La planta baja del edificio era un infierno incandescente. Ardientes brasas rojas, como ojos diabólicos, saltaban desde las ventanas y flotaban en el cielo de la noche. Jirones de cortinas, ennegrecidas por el hollín, salían ondulando por las ventanas ante cada nueva oleada de la densa humareda, y la recientemente pintada madera blanca se ampollaba y quebraba ante la intensidad del calor.

Afuera no había nadie.

Cole y Daniel saltaron la cerca al mismo tiempo y atravesaron corriendo el jardín delantero. Daniel se dirigió a la parte trasera de la casa, esperando encontrar una manera de entrar a través de las llamas, mientras que Cole lo hizo por el lado opuesto.

En ese momento se abrió de golpe la puerta de entrada, y pudieron ver a Jessica, que salía caminando hacia atrás, encorvada por la cintura, arrastrando a Grace hasta un lugar seguro.

Su amiga no se movía. Daniel alcanzó el porche antes que Cole, y levantó a la inconsciente joven en sus brazos. A la parpadeante luz de las llamas, pudo ver la sangre que manaba de su sien izquierda. Algo la había golpeado violentamente, y teniendo en cuenta la pérdida de sangre, Daniel pensó que había sido terriblemente afortunada por estar viva. La sostuvo apretada contra su pecho, y bajó de prisa los escalones hasta el patio, donde la acostó con cuidado en la hierba.

Jessica bajó tras él, y luego se detuvo. Llamando a gritos a Caleb, daba vueltas en círculos, buscando frenéticamente al niño y a Tilly, cuando Cole saltó por la baranda y la arrojó al suelo.

Cayeron ambos violentamente, y Jessica se quedó sin aliento. Fue nuevamente arrojada de espaldas sobre la hierba. No podía respirar con normalidad ni lograba comprender qué estaba pasando, ni por qué. Todo lo que atinaba a pensar era en Caleb, y en encontrarlo a tiempo para rescatarlo. ¿Dónde estaba?

Trató de rodar para ponerse de pie y correr a buscar a su pequeño, pero se encontró con que Cole la aplastaba contra el suelo. Él comenzó a golpearle las piernas con la palma de la mano, mientras le gritaba a Daniel, pidiéndole ayuda. Ella gritó a su vez, y renovó sus esfuerzos por quitárselo de encima.

Las llamas comenzaban a lamer el bajo de su vestido. Cole estaba tratando de apagarlas y de quitarle el vestido antes de que se quemara. Cuando ya había logrado hacerla rodar, llegó Daniel, presto a ayudarlos.

Los dos hombres comenzaron a rasgar sus ropas. Gritando una y otra vez el nombre de Caleb, Jessica luchó por ponerse de pie, pero no le permitieron moverse hasta que Cole pudo finalmente romper los hombros del vestido y Daniel quitárselo.

Cole la levantó. Jessica se recogió la falda y siguió gritando:

—¡No puedo encontrar a Caleb! ¡Tiene que ayudarme a encontrarlo! ¡Está con Tilly...! ¡Ella lo estaba sacando de la casa cuando fui a buscar a Grace! Estaban junto a mí en la escalera. ¿Dónde están? ¡Tengo que encontrarlos!

Logró soltarse y trató de volver a entrar en la casa, pero Cole la aferró por detrás. Forcejeó como una fiera para liberarse, clavándole las uñas en el brazo y dándole pateadas en las piernas.

—Yo lo encontraré —le prometió él—. ¿Me escucha, Jessie? Yo lo encontraré. Quédese con Grace. ¿Puede hacerlo?

Su tono sereno logró calmar su histeria.

—Sí, sí. Me quedaré con Grace. Por favor, dése prisa.

—¡La anciana y el niño todavía están dentro! —le gritó Cole a Daniel. Tomó a Jessica por los hombros y la obligó a darse la vuelta para que lo mirara a la cara—. ¿Dónde están sus habitaciones?

Ella señaló la ventana del medio, sobre el porche.

—La de Tilly es la del medio. Caleb y yo estamos al lado de ella... a la izquierda... al lado del árbol.

Daniel ya se había subido al tejado. Se había izado apoyándose en el alero del porche. Con el tacón de su bota, rompió el cristal de la ventana del medio y dio un salto hacia atrás, para evitar las llamas y el humo que comenzaron a salir por ella. Luego se arrojó de cabeza hacia el interior.

Un segundo después, el tejado del porche se derrumbó. Cole había corrido hasta el otro lado de la casa para tratar de entrar por las ventanas de la planta baja, pero no pudo acercarse mucho porque el calor era demasiado intenso. Con los ojos ardiendo y lagrimeantes, retrocedió hasta el nudoso árbol más cercano a la casa. Sus gruesas ramas se inclinaban sobre el alero, y tuvo la esperanza de poder trepar por ellas hasta llegar lo suficientemente cerca como para saltar al tejado.

Comenzó a trepar. Instantes después, se balanceó hacia fuera y cayó sobre el tejado. Por la ventana apareció Daniel, con Tilly, envuelta en una manta, echada en su hombro. Antes de que Cole pudiera ayudarlo, Daniel saltó, pasó por la abertura, y corrió hacia el otro lado del tejado, donde las ramas eran más bajas y resultaba más fácil agarrarse a ellas.

—¡Caleb no estaba con Tilly! ¡Sal enseguida de aquí! —le gritó a Cole—. ¡El tejado está a punto de derrumbarse!

Sin prestar atención a la advertencia, Cole se dirigió hacia la ventana que había señalado Jessica. Por ella asomaban lenguas de fuego que silbaban y chisporroteaban, pero el miedo no hizo sino darle más fuerzas. Estaba tan condenadamente asustado de no poder encontrar al niño que imprudentemente siguió el ejemplo de Daniel y se echó de cabeza al interior de la habitación.

Lo sorprendió descubrir que el suelo estaba todavía intacto. Con un golpe sordo, cayó sobre su hombro derecho, giró sobre sí mismo y se puso de pie. Una compacta pared de negra humareda se alzaba ante él, lo que lo obligó a caer de rodillas. Sobre su rostro cayó una lluvia de cenizas, que se le metieron en los ojos y le provocaron un ardor tal que ya no pudo ver dónde se encontraba. Tampoco pudo seguir respirando, y el calor infernal que reinaba en el cuarto le hizo sentir que se le estaba disolviendo la piel. Cayó al suelo boca abajo, y aspiró una gran bocanada de aire relativamente fresco. Luego comenzó a reptar. Había unos treinta centímetros de aire entre los tablones del suelo y la densa, mortífera humareda. Aspirando con fuerza una nueva bocanada, gritó llamando a Caleb.

Su voz se perdió en el infernal crepitar del fuego. Lentamente avanzó hacia la salida. No podía ver nada, pero esperó tropezar con algún armario en su avance. Todo dormitorio contaba con uno, y sabía que cada vez que su hermanita se asustaba por algo se escondía allí dentro. Rogó a Dios que Caleb hubiera hecho lo mismo.

Luego pensaba revisar la cama, pero fue lo que encontró primero. Con sus manos golpeó contra la cabecera, se deslizó a lo largo de toda su extensión, y describiendo un arco con el brazo alzado, lo pasó por toda la superficie.

No encontró nada.

Cada segundo que pasaba acercaba el momento de la muerte del niño. Cole elevó una plegaria silenciosa, rogando por la ayuda de Dios mientras pasaba la mano por debajo de la cama. Cuando ya estaba a punto de alejarse, frustrado, sintió que Caleb le aferraba la mano.

El niño lo soltó tan rápidamente como lo había agarrado. Cole, rodando sobre su hombro, se deslizó por debajo de la cama, avanzó y dio con el niño. Caleb se había acurrucado contra la cabecera. Tanteando, Cole encontró una de sus piernecitas, y tiró de ella con suavidad.

Pudo escucharlo llorar quedamente y hacer sonidos de succión con el pulgar metido en la boca, y pensó que era lo más maravilloso que jamás había escuchado, ya que significaba que Caleb estaba indemne.

Alzó al niño en sus brazos y cayó sobre sus rodillas. Caleb se arrojó hacia delante y soltó su camisón, que estaba atascado en uno de los tablones. Por entre ellos surgió una dentada lengua de fuego, en el preciso momento en que Cole sacaba a Caleb de allí.

—Vamos a salir de aquí —le susurró al pequeño, con voz áspera y ronca por el humo.

Tuvo intención de envolver a Caleb en una manta, pero, cuando quiso alcanzarla, vio que desde el techo caían sobre ella ascuas incandescenters. Con impresionante rapidez, la manta se incendió y se consumió. Desesperado, Cole obligó al niño a meter la cabeza debajo de la suya, esperando así poder protegerlo con su propio cuerpo.

Calculó que sólo contaba con un par de segundos para poder salir. El cuarto estaba cercándolo con las llamas, que aparecían por entre las tablas del suelo y bajaban desde el techo.

Y entonces las paredes comenzaron a moverse como si hubieran adquirido vida propia. Temblando, se inclinaron hacia delante, y permanecieron un instante quietas; luego, con un horroroso sonido sibilante, volvieron lentamente a retroceder antes de volver a adelantarse una vez más. Era lo más aterrador que había visto en su vida. Pudo oír el corazón del incendio latiendo detrás de esas paredes. Con cada latido, absorbía cada soplo de aire que podía encontrar.

Cole se arrodilló, aspiró profundamente, se puso de pie y corrió hasta la ventana. El monstruo le pisaba los talones. Escuchó a sus espaldas un ruido atronador, sintió que el suelo temblaba bajo sus pies,y se arrojó por la abertura en el momento en que ésta cedía. Las paredes estallaron al siguiente latido. Astillas de vidrio y brasas encendidas salieron volando por la ventana. La fuerza de la explosión golpeó violentamente a Cole y lo arrojó hacia delante, pero logró darse la vuelta en el aire, para caer de espaldas y no aplastar al niño en su caída. El calor que irradiaba el tejado le quemó la piel, y supo que contaba apenas con segundos antes de que toda la casa sucumbiera. Tambaleando, se volvió hacia un lado y hacia el otro, buscando desesperadamente una vía de escape. Las llamas, como culebras ardientes, avanzaban crepitantes hacia él desde abajo y por el alero que tenía sobre su cabeza. El fuego había bloqueado la salida que había usado Daniel con Tilly, y Cole supo que no podría volver por el camino por el que había entrado desde el lado opuesto, ya que las tres ramas más cercanas estaban a demasiada altura como para poder alcanzarlas con el niño en brazos.

Estaba atrapado.

Pudo escuchar el sonido de la alarma de incendios. Entonces sintió que lo llamaba un agudo silbido. Se volvió hacia el lugar de donde provenía el sonido, justo cuando Daniel volvía a silbar. Parpadeando para poder ver algo entre la densidad del humo negro, Cole lo divisó, a horcajadas sobre la gruesa rama.

Estaba condenadamente lejos. Imposible llegar hasta allí.

No había ninguna otra alternativa.

—Agárrate fuerte, Caleb —le susurró. Aspirando con fuerza, saltó a través del anillo de fuego que tenía delante, lanzando un rugido. Pudo sentir la madera que crujía bajo sus pies y las vigas que se desplomaban a sus espaldas, pero siguió corriendo hasta sentir que sus pulmones estaban a punto de estallar.

Daniel lo vio acercarse. Cuando Cole aún se encontraba en medio del tejado, se acostó sobre una de las ramas, aferrándose con las piernas a otra rama más baja. Sosteniéndose con fuerza con su brazo izquierdo a la rama que lo sostenía, se estiró todo lo que pudo, extendiendo la mano derecha hacia Cole.

Era un acto de fe. La distancia entre el extremo del tejado y la mano de Daniel era más que considerable. Cole tuvo la sensación de volar, y por un fugaz instante eso fue exactamente lo que hizo. Se arrojó de cabeza, en la oscuridad de la noche, tratando de alcanzar a Daniel.

Las manos de ambos se encontraron. Y se sostuvieron.

Cole cerró los ojos y dejó escapar un suspiro de alivio.

Daniel lanzó un gemido por el peso que se le colgó de la mano, pero lo sostuvo con firmeza. Cuando Cole dejó de balancearse y Daniel estuvo seguro de que no lo dejaría caer, se inclinó hacia abajo para tomar a Caleb y dejar que Cole pudiera bajar por la rama más baja. El pequeño gritaba, y Daniel lo abrazó suavemente contra su cuerpo. Pocos segundos después, todos se hallaban sobre tierra firme, escapando hacia un lugar seguro.

Jessica corrió hacia Daniel para tomar a Caleb, pero Cole la interceptó. Levantándola por la cintura, lo tomó y siguió corriendo para alejarse de la casa en llamas.

En el instante preciso en que alcanzaron a Grace y a Tilly, las paredes y el tejado de la casa se desplomaron. El tropel de vecinos que se acercaban corriendo con cubos llenos de agua se detuvo en seco para observar el asombroso espectáculo de fuegos artificiales desplegado ante sus ojos. Las chispas alcanzaban una altura de quince metros, para luego caer en forma de espiral en un arco restallante y crujiente, tan impresionante que muchos hombres no pudieron dejar de lanzar exclamaciones de sorpresa y espanto.

Fue una noche que ninguno de ellos jamás olvidaría.

El reportero se acercó corriendo para encontrar a alguien a quien entrevistar, en tanto John Cletchen, el fotógrafo, instalaba su equipo para poder apresar la imagen de la destrucción antes de que el fuego la consumiera por completo.

Tilly se hallaba sentada sobre la hierba, llorando en silencio. Grace permanecía inconsciente, pero Tilly le había levantado la cabeza, que ahora descansaba sobre su regazo. Acariciaba suavemente la frente de Grace mientras seguía llorando. Daniel se arrodilló al lado de las dos mujeres. Torpemente, palmeó la espalda de Tilly, tratando de consolarla, pero su atención se concentraba en Grace. Observaba su respiración y daba gracias a Dios ante cada hálito que exhalaba.

¡Parecía tan joven, tan inocente y vulnerable! Daniel gritó, pidiendo que alguien fuera en busca del médico. El sonido de su voz sobresaltó a Grace, que dio un respingo. Daniel casi había llegado a convencerse de que su corazón estaba fuera del peligro de sucumbir ante ella, pero entonces Grace abrió los ojos y lo miró. El corazón de Daniel comenzó a batir con fuerza contra su pecho, y sus propios ojos se anegaron de lágrimas de alivio.

En el nombre de Dios, ¿qué le estaba pasando? No podía dejar de atenderla. Suavemente, la alzó en sus brazos y se puso de pie.

—¿Daniel? Tiene la cara sucia.

—Sí, lo sé. ¿Cómo se siente?

—Me duele la cabeza —respondió ella—. No sé bien por qué —agregó, con expresión confundida. Extendió la mano y la pasó por la mejilla de Daniel—. ¿Qué ha hecho para ensuciarse tanto?

Se volvió para que ella pudiera ver lo que quedaba de la casa. Sin embargo, la mujer no apartó la mirada de él, de modo que le explicó:

—Ha habido un incendio.

Entonces ella volvió la cabeza, gimiendo por el dolor que le provocó el movimiento. Abrió muy grandes los ojos con incredulidad y repentinamente sintió que se le aclaraba la mente.

—¿Dónde están Jessica, Tilly y Caleb?

—Están bien —la tranquilizó él—. Todos salieron a tiempo de la casa. No hubo heridos... salvo usted. ¿Recuerda lo ocurrido?

Ella apoyó la cabeza contra el hombro de él.

—No, no recuerdo. Por favor, bájeme. Necesito...

—Lo que necesita es ver a un médico —paseó la mirada ansiosamente por encima de la multitud, dispuesto a volver a gritar pidiendo la presencia del doctor, cuando éste apareció de pronto delante de la gente que contemplaba el fuego. Rebecca lo arrastraba hacia donde se encontraban Grace y Tilly.

—¡Daniel! —lo llamó Grace, volviendo a atraer su atención—. ¿Cómo salí de la casa?

—Jessica la sacó. Si no lo hubiera hecho... Cole y yo jamás habríamos podido rescatarla a tiempo.

—Ella me salvó la vida.

—Así es.

Como Grace se echó a llorar, Daniel la apretó contra sí, procurando consolarla.

Jessica también estaba llorando. Tenía a Caleb en sus brazos, y se sentía tan aliviada y agradecida de que su pequeño estuviera ileso que no dejaba de besarlo y abrazarlo. Totalmente recuperado de su aventura, Caleb comenzó a retorcerse para que lo bajara y pudiera irse a jugar.

Rebecca los encontró en medio de la muchedumbre.

—¡Dios mío, Jessica, podrías haber muerto! —gritó, mientras alzaba al niño—. ¿Te encuentras bien?

Jessica se obligó a dejar de llorar para poder contestarle a su amiga.

—Sí, estoy bien, pero Grace está herida. Debió de caerle una viga en la cabeza —explicó.

—El doctor la está examinando —le contó Rebecca—. ¿No se acuerda de nada?

—No sé —respondió Jessica—. ¿Puedes vigilar a Caleb? No dejes que se aparte de tu vista. Tengo que buscar a una persona.

—Jessica, primero es preciso que te cubras. ¿Dónde está tu bata?

—Se prendió fuego —dijo Jessica, al tiempo de darse vuelta para buscar a Cole.

—Ya encontraré algo para que te pongas encima —prometió Rebecca.

Jessica no la oyó. Había logrado finalmente divisar a Cole y corrió hacia él. Éste se encontraba de pie, bien apartado de la multitud, observando cómo la casa era devorada por las llamas. Parecía exhausto, y estaba cubierto de hollín de pies a cabeza.

Jessica pensó que era el hombre más guapo que había visto en toda su vida.

—¡Cole! —gritó.

Se detuvo frente a él y se limitó a mirarlo a los ojos. De pronto, le pareció inmenso. El fuego que ardía a sus espaldas no hacía sino aumentar la ilusión, ya que rodeaba a Cole de un dorado halo luminoso. Parecía como si Dios lo hubiera bendecido como premio al coraje demostrado ante semejante peligro.

—¿Deseaba algo? —preguntó él, confundido ante la maravillada mirada de alegría que vio en los ojos de ella.

Ella se acercó más aún con la intención de agradecerle el haberle salvado la vida a Caleb, pero cuando llegó hasta su lado el simples *gracias* le pareció insuficiente y lo abrazó con fuerza.

Cole se dobló por el impacto, e instintivamente la rodeó con sus brazos.

De puntillas de pie, ella se colgó de su cuello, susurró *gracias* y lo besó apasionadamente.

Claramente, no fue un beso casto, y Cole no estaba dispuesto a dejar pasar la oportunidad sin sacar toda la ventaja posible. Podría haber seguido besándola indefinidamente, si no la hubiera sentido temblar como una hoja. Entonces se echó hacia atrás y trató de apartarse de ella, pero Jessica se apretó contra él aún con más fuerza, que era todo el estímulo que Cole necesitaba. Volvió a besarla una vez más y la sostuvo contra su cuerpo.

Jessica ocultó la cabeza en el hueco de su cuello y comenzó a sollozar. Toda la emoción contenida que había reprimido hasta entonces pareció hacer eclosión. Cole apoyó la barbilla en su cabeza, mientras ella seguía murmurando su agradecimiento una y otra vez.

Él la besó suavemente en la frente.

—No tiene nada que agradecerme.

El momento no iba a ser olvidado, ya que el fotógrafo había capturado la escena de la pareja abrazándose apasionadamente —él, cubierto de hollín, y ella, vestida apenas con un delgado camisón.

La fotografía apareció a la mañana siguiente en la portada de la *Rockford Falls Gazette.*

18

El aspecto de Grace desesperó a Rebecca. Tenía la sien izquierda severamente hinchada por el golpe recibido. Era un milagro que hubiera sobrevivido.

Daniel la había acostado sobre una manta que había proporcionado uno de los vecinos, y permaneció arrodillado a su lado mientras el médico la revisaba. Por lo general, Rebecca no era tímida, pero la gravedad de la herida la había dejado sin aliento. Daniel tuvo la impresión de que iba a desmayarse y le indicó que se sentara, pero ella estaba resuelta a hablar primero con Grace.

—¿Cómo te sientes, Grace? —le murmuró, con voz temblorosa por el miedo.

Grace contempló a la mujer que se erguía sobre ella. No pudo evitar advertir que no tenía ni un pelo fuera de su lugar. Rebecca no había salido corriendo a ver el incendio como habían hecho todos los demás, vestidos tan sólo con batas y zapatillas de estar en casa. No, ella estaba totalmente compuesta. El sencillo vestido negro se adecuaba a la ocasión, pero en comparación tenía el rostro blanco como el papel.

—Ya me siento mucho mejor —respondió Grace—. Me pondré bien, Rebecca. No debes preocuparte por mí.

Rebecca se recogió la falda y se arrodilló junto al doctor Lawrence.

El médico palmeó suavemente la mano de Grace.

—Se va a poner bien —prometió—. Tiene mucha suerte. Todavía no sé muy bien cómo se golpeó, pero me imagino que el techo se le cayó encima.

El médico se puso trabajosamente de pie. Su siguiente comentario fue dirigido a Daniel:

—Podría haber muerto, alguacil.

Rebecca se inclinó sobre Grace.

—¿Recuerdas qué fue lo que ocurrió? —preguntó.

—No, no puedo acordarme de nada.

Rebecca hizo un gesto de comprensión.

—Mejor así. De lo contrario, tendrías horribles pesadillas. La pobre Jessica vivió lo peor del incendio, pero gracias a Dios tú dormiste todo el tiempo.

Los ojos de Grace volvieron a llenarse de lágrimas.

—Me salvó la vida. De no ser por ella, yo habría muerto.

Rebecca le apretó la mano.

—No llores, por favor —le susurró—. Ya pasó todo, y todos estáis a salvo.

—¿Dónde está Jessica? —preguntó Grace.

—Fue hasta la carreta con el alguacil Clayborne a buscar algo de ropa limpia —informó el doctor Lawrence—. Me parece que será mejor que le eche un vistazo.

Grace intentaba ponerse de pie. Poniéndole la mano detrás de la espalda, Daniel la ayudó a hacerlo. A Grace todavía le palpitaba tanto la cabeza que apenas podía concentrarse.

—Gracias a Dios, anoche recogimos nuestras ropas. Todas nuestras pertenencias están en la carreta, salvo lo que íbamos a ponernos mañana. La carreta no se incendió, ¿verdad?

—No, no, quédate tranquila —le aseguró Rebecca.

El fuego seguía ardiendo, pero la calle detrás del mismo estaba a oscuras. Alguien encendió una antorcha. Caleb se hallaba sentado sobre el regazo de Tilly cuando el hombre se acercó por el patio con la intimidante antorcha en la mano. Aterrado, Caleb comenzó a gritar, llamando a su madre. De inmediato, Rebecca corrió hasta él y lo tomó en sus brazos, apretándolo fuerte para tranquilizarlo.

Daniel detuvo al hombre de la antorcha y le indicó que retrocediera.

Grace procuró permanecer de pie. Se apoyó sobre el brazo del médico para no caer, pero estaba tan mareada que el mundo pareció girar a su alrededor.

—¿Qué cree que está haciendo? —murmuró Daniel—. Siéntese antes de volver a desmayarse.

—Está blanca como el papel —le dijo el doctor—. Haga lo que le dice el alguacil

—Debo encontrar a Jessica. Tengo que hablar con ella.

—Yo la buscaré —le dijo Daniel.

Se encaminó hacia la parte trasera de casa, y vio que Jessica venía hacia él. Evidentemente, había oído llorar a su hijo, ya que había dejado caer las ropas limpias que había recogido de la carreta, y corría hacia él. Cole, que iba tras ella, advirtió que el suelo estaba cubierto de escombros y desechos, y le gritó advirtiéndole que se fijara bien por dónde caminaba, ya que los fragmentos de vidrio desparramados por el suelo podían atravesar la fina suela de las zapatillas que llevaba.

Daniel llamó a Cole y luego se detuvo a esperarlo. Bajó la vista y vio en el suelo dos botellas de leche vacías. Durante toda la semana anterior había llovido mucho, pero, sin embargo, las dos botellas estaban limpias. Intrigado, levantó una. El olor a queroseno todavía era intenso, y cuando miró en el interior del recipiente, pudo ver los residuos en el fondo.

Se las mostró a Cole. Éste olió una de ellas, y asintió con un gesto.

—Cuando llegamos aquí, me di cuenta de que no parecía haber un lugar de inicio del fuego. La parte de atrás de la casa ardía con tanta intensidad como la delantera. Parecía que toda la casa ardía a la vez.

—Quien haya hecho esto debió de rodear la casa con un círculo de queroseno.

—¿Piensas que la banda Blackwater es la responsable? Pudieron leer el artículo en el diario, y un incendio en plena noche es una forma más que segura de librarse de un par de posibles testigos. Rebecca ha sido afortunada al no mudarse aquí.

—Podría ser la siguiente de la lista —dijo Daniel en tono sombrío—. Tendremos que vigilarlas muy de cerca a las tres, y en cuanto hayan descansado un poco, van a decirnos la verdad.

—¿Piensas decirles que el fuego fue provocado?

Daniel tomó la botella de manos de Cole, y puso las dos en el suelo, al lado de un árbol.

—Todavía no —dijo—. No quiero asustarlas más de lo que ya están.

Cole paseó la mirada por los restos de la casa.

—¡Qué noche más infernal! —murmuró.

—Dispersemos a la gente —dijo Daniel—. Aquí hay demasiadas personas. No me gustan las multitudes.

Los alguaciles pudieron oír a Rebecca dando órdenes, mientras volvían hasta el jardín delantero. La joven se había adelantado y se había hecho cargo de la situación de forma categórica. Semejaba un jefe militar que no estaba dispuesto a aceptar negativas, y la turba sobre la que ejercía su autoridad respondía como nuevos reclutas. Hacían todo lo que les ordenaba.

Jessica y Grace se preguntaban qué habrían hecho si su amiga no se hubiera dedicado a organizar a los vecinos. Algunos fueron enviados a sus casas a traer mantas para las mujeres y el niño. Al doctor Lawrence se le solicitó que le ofreciera su casa a Tilly hasta que ella pudiera arreglar otra cosa. A un grupo de hombres se les encomendó llevar la carreta hasta el hotel, y se designó una brigada para que trajera agua y apagara los restos del incendio antes de que se propagara por el prado circundante.

A nadie se le permitió permanecer sin hacer nada. Había trabajo que hacer, y Rebecca estaba decidida a resolverlo lo más rápidamente posible.

Media hora después, el extenuado grupo se dirigió al hotel. A pesar de las vehementes protestas de Grace, Daniel insistió en llevarla en brazos. Cole hizo lo propio con Caleb, quien antes de que llegaran a la acera ya estaba profundamente dormido. Rebecca sugirió la idea de que esa noche Jessica y el niño ocuparan el cuarto de uno de los alguaciles, y Grace el otro. Como el hotel estaba completo, los dos hombres tendrían que dormir afuera.

Cole y Daniel tenían otras intenciones. No estaban dispuestos a perder de vista a las mujeres. Daniel pensaba montar guardia en el vestíbulo, y Cole se quedaría arriba vigilando los pasillos, pero esos planes se modificaron cuando se toparon con el comisario Sloan, que salía furtivamente del hotel.

Daniel le contó lo ocurrido y le ordenó quedarse frente a la puerta del cuarto de Rebecca. Sloan se apresuró a aceptar la orden, ya que se sentía profundamente avergonzado por no haberse enterado del incendio. Había estado ocupado en otros menesteres, y a juzgar por su expresión presumida y satisfecha, Cole y Daniel adivinaron exactamente lo que había estado haciendo.

El conserje nocturno quedó anonadado ante la visión de esos hombres y mujeres cubiertos de hollín, pero igualmente se mostró muy solícito. De inmediato, despertó a dos camareras para que prepararan los cuartos. Todos se dieron un baño. Mientras tomaba el suyo, Caleb no solamente se despertó, sino que demostró estar lleno de energía. La breve siesta que había dormido camino al hotel lo había reaminado bastante.

Jessica y Grace estaban muertas de cansancio, y se quedaron dormidas tan pronto como apoyaron la cabeza en la almohada. Daniel colocó una silla contra la puerta del cuarto de Grace, y enseguida se quedó dormido sentado, con la mano apoyada en la culata de su pistola.

Cole se situó al otro lado, estirándose lo largo que era en su silla, frente al cuarto de Jessica. Podía oír a Caleb, parloteando en su media lengua. Después de algunos minutos, se abrió la puerta y por ella salió corriendo el niño.

Cole lo volvió a llevar junto a su madre, pero se detuvo en la entrada al ver a Jessica. Estaba dormida boca abajo, con los brazos extendidos a los costados. Parece que estaba demasiado agotada como para cubrirse con las mantas y se le había subido el camisón por encima de las rodillas. Tenía un hermoso trasero y hermosas piernas. Cole advirtió que también tenía muy lindos pies, y se preguntó si tendría cosquillas.

Jessica volvió la cara hacia el rayo de luna que se filtraba por la ventana. Cole contempló su boca, recordando lo dulces que habían sido sus labios cuando lo había besado. Todavía podía sentirla, apretada contra su cuerpo, y todo lo que deseó fue meterse en la cama con ella y...

Borró los pensamientos que le afluían a la mente. Esa noche la pobre mujer había atravesado el infierno, y estaba fuera de lugar que se perdiera en lucubraciones tan eróticas. Además, era un alguacil de los Estados Unidos, puesto que acarreaba responsabilidades.

No podía dejarse llevar por sus impulsos, no importaba lo imperiosos que fueran.

Caleb comenzó a agitarse en sus brazos, sacando a Cole de sus fantasías. El niño estaba mojado. Cole encontró enseguida pañales secos y acostó al niño sobre la cama al lado de Jessica.

—Noo —canturreaba Caleb una y otra vez. Levantó la piernecita, golpeando a Cole en uno de sus brazos, y trató de deslizarse hacia el suelo.

—Oh, no, tú no vas a ningún lado —susurró Cole—. Te voy a cambiar y luego te irás a dormir.

Ató cuidadosamente las cintas de los pañales, levantó a Caleb, luego tomó su camisón y lo pasó por los brazos del niño. Éste no dejó de parlotear y sonreír mientras Cole lo llevaba hasta el angosto catre que habían traído para él, lo acostaba, arropado, y abandonaba silenciosamente la habitación.

Enseguida volvió a tener a Caleb detrás de él. Jessica oyó que Cole refunfuñaba por lo bajo, y se tapó la boca para que no la oyera reír. Se había horrorizado al encontrarlo en su habitación, pero luego escuchó susurrándole a su hijo y se dio cuenta de que sus intenciones eran honorables. Cole era un buen hombre, y tanto ella como su hijo estaban completamente a salvo junto a él.

Se quedó dormida, llena de las mejores intenciones de ir en busca de Cole.

Caleb terminó durmiendo un par de horas en el regazo de Cole, se despertó farfullando su media lengua y luego volvió a dormirse sobre el hombro de Daniel. Sobra decir que los alguaciles no descansaron demasiado.

19

Daniel tuvo que ir a la oficina de telégrafos a las siete de la mañana siguiente.

Cole se encontró con Sloan en el vestíbulo del hotel, y le ordenó que contratara a dos ayudantes para que colaboraran cuidando de las mujeres. Aguardó allí hasta que, pocos minutos después, volvió el comisario acompañado de Robert York y John Carver. Los dos hombres iban fuertemente armados y tenían aspecto peligroso. Convencieron a Cole de que sabían lo que hacían, y rápidamente los puso al corriente de lo que se esperaba de ellos. Jessica y Rebecca permanecerían en sus cuartos hasta que los alguaciles regresaran para charlar con ellas. A Grace se le había ordenado quedarse en cama hasta que esa tarde el doctor la examinara.

—No permitan que suba nadie más que el doctor Lawrence —les indicó—. York, quédese frente a la puerta de Jessica. Carver, ocúpese de Rebecca, y Sloan, usted vigile a Grace.

—Pero todavía no he bebido mi café de la mañana —se quejó Sloan—. ¿No podría ir hasta el comedor y conseguir algo para comer?

—No —contestó tajantemente Cole—. Va a quedarse frente a la puerta de Grace.

La falta de descanso hizo que Cole se mostrara más malhumorado que de costumbre, pero Sloan tuvo la astucia suficiente para no contrariarlo.

Cole le pidió las llaves de la cárcel, y hacia allí se dirigió, cruzando el pueblo. Al llegar, lo recibió una bocanada de aire viciado y dejó la puerta abierta para permitir que se ventilara. Sentía que todo olía a humo, lo que probablemente fuera la causa de su falta de apetito.

Daniel llegó casi a las ocho. Llevaba una jarra con café en una mano y un fajo de telegramas en la otra.

No perdió el tiempo contándole a Cole lo que había sabido.

—Han capturado a uno de los integrantes de la banda Blackwater.

—¿Dónde lo encontraron?

—Estaba escondido en una de las cuevas al otro lado de la frontera de Texas. Lo han llevado hasta Blackwater.

Cole se dirigió hacia un estante adonde había tazas limpias y tomó una.

—¿Está vivo? —preguntó.

—Más o menos —respondió Daniel—. El comisario de Maple Hills le acertó un par de disparos. Dio con él por un afortunado golpe de suerte. El tipo estaba abatido por la gripe, pero así y todo ofreció resistencia. Ruego a Dios que viva lo suficiente para asistir al juicio. Maldición, daría cualquier cosa por estar ahora allí. Apenas puedo esperar para hablar con él.

—No creerás que va a decirte nada...

—Oh, sí, sí que lo creo. Va a decirme exactamente lo que quiero saber.

—¿Todo lo que quieres hacer es hablar con él o tienes algo más en mente? —preguntó, sereno.

—Eso depende del desarrollo del juicio. No va a escaparse —dijo Daniel. Sacudió la cabeza, y agregó—: El juez Rafferty no lo va a permitir. Si este hombre es uno de los tipos de Blackwater, lo va a mandar a la horca.

—Hablas como si conocieras al juez personalmente.

—Es así —confirmó Daniel—. En Texas todos lo conocen, o al menos han oído hablar de él. Rafferty se ha ganado la reputación de inflexible. La gente piensa que logra hacer quedar al juez Cyrus Burns, *el Verdugo*, como un santo. No te cruzas en el camino del juez Rafferty y sigues respirando. También tiene un interés personal en todo este asunto —agregó—. Rafferty perdió a un amigo en un atraco en Kansas. Ambos se conocían de toda la vida, y Rafferty tomó su muerte muy a pecho. Busca venganza.

—Entonces está involucrado a nivel personal. Un abogado hábil podría solicitar un cambio de juez.

—Puede ser, pero no tendría éxito —dijo Daniel—. Rafferty representa a la ley en el oeste de Texas. Afortunadamente, también es un hombre honesto. Diablos, si no lo fuera, a estas alturas ya habría permitido que lincharan al tipo.

—¿Crees que han tenido problemas?

—Sí, así es.

Cole reflexionó un instante y luego preguntó:

—¿Qué dicen los otros telegramas?

—Son todos de Rafferty. Parece que se instaló en la oficina de telégrafos y estaba de humor comunicativo. Quería saber si teníamos alguna pista y le telegrafié diciéndole que existía la remota posibilidad de un testigo. Se aferró a eso. Le conté que tal vez una mujer haya estado escondida ese día en el banco, que pensamos que es una de estas tres, pero que ninguna está dispuesta a admitirlo.

—¿Y qué contestó?

—Quiere que llevemos a las tres a Blackwater. Dice que puede sonsacarles la verdad.

—¿Tiene la autoridad necesaria para obligarnos a llevarlas?

Daniel se apoyó contra la pared.

—Sí, y no —respondió—. Estamos cumpliendo una tarea especial, así que no tenemos por qué obedecer sus instrucciones.

—¿Pero...?

—Rafferty cuenta con algunos amigos poderosos en Washington. Puede ejercer presión para obligarnos a hacer lo que quiere. No quiero enfadarlo, así que voy a dejar que crea que cooperaremos. Le prometí que hoy sabríamos con seguridad si contamos o no con una testigo.

—¿Y lo sabremos?

—Demonios, sí, lo sabremos.

—Grace puede no encontrarse todavía en condiciones de hablar. Quizá debamos esperar.

—Entonces, hablaremos con ella por la tarde. Por la noche sabremos si tenemos o no tenemos testigo.

Cole murmuró una obscenidad. Había divisado a Rebecca en la acera de enfrente. Iba ataviada con un vestido de color rosa y llevaba una sombrilla a rayas rosas y blancas. Estaba tan encantadora que interrumpía el tránsito al detenerse todos los hombres para contemplarla. Su guardián, Carver, iba tras ella, mirando en todas direcciones.

—Allí viene Rebecca —dijo Cole—. ¡Ah, demonios, se ha detenido a hablar con el reportero!

Ryan miró hacia fuera.

—Estaba rondando fuera de la oficina de telégrafos cuando yo estaba allí, y cuando salí, entró corriendo. Probablemente, ya está enterado de todo, y a juzgar por la expresión de Rebecca, sospecho que ya le ha dicho que han capturado a uno de los de la banda.

—¿Cómo lo saben?

Daniel se volvió hacia Cole.

—¿Cómo saben qué?

—Que el hombre que atraparon es uno de los de la banda.

—Llevaba una gran cantidad de dinero encima.

—¿Y con eso qué? Mucha gente lleva encima grandes sumas de dinero cuando sale de viaje.

—Es verdad —concedió Daniel—. Pero también le encontraron una copia de la *Rockford Falls Gazette* en las alforjas. Tiene la fecha del día del asalto.

—Sigue siendo una prueba circunstancial, ¿no te parece?

—¿Mencioné que trató de matar al comisario antes de ser atrapado?

Cole negó con un gesto.

—No, no lo mencionaste. Entonces, no va a librarse de esto tan fácilmente. Lo acusarán de intento de asesinato.

—Pero yo quiero acusarlo de los atracos. Si es un miembro de la banda, va a hablar conmigo y me va a decir toda la verdad. Quiero todos los nombres.

—¿Cómo piensas convencerlo para que hable?

—Ya se me ocurrirá algo —replicó Daniel—. Todo sería más fácil si hubiera un testigo que lo identificara...

—Yo no me haría demasiadas ilusiones, Daniel. Estas mujeres bien pueden habernos contado la misma historia por razones totalmente diferentes. Tú piensas que dos de ellas se han confabulado para proteger a la tercera. Yo no estoy tan seguro. Se me ocurre que no sabemos nada relevante acerca de ellas, y creo que ya es hora de que investiguemos su pasado.

—No aceptaré como cierto nada de lo que nos digan hasta que no lo hayamos verificado.

—Bien —replicó Cole. Volvió a mirar por la ventana en el preciso instante en que Rebecca golpeaba al reportero en el brazo con su sombrilla. Aun a la distancia que los separaba, Cole pudo observar lo pálida y descompuesta que estaba. Sin prestar atención a lo que hacía, Rebecca se recogió las faldas y se lanzó corriendo a la calle, en donde casi se dio de cabeza contra un carro y un caballo. Carver la sostuvo justo a tiempo.

Instantes después, entró como una tromba en la oficina, ordenándole a su guardián que la esperara en la puerta. Cole y Daniel aguardaron a que recobrara el aliento.

Daniel le ofreció una silla, pero ella declinó el ofrecimiento y comenzó a pasearse por la oficina. Era evidente que se hallaba sumamente agitada.

—¿Por qué han designado a un guardián para que me siga? —preguntó.

—Para protegerla —respondió Cole.

—¿Pero por qué cree que necesito ser protegida?

—Después del incidente que tuvimos la otra noche, pensamos que era mejor contratar a guardianes para las tres, sólo para asegurarnos de que nadie trate de molestarlas.

—¿El guardián la incomoda? —preguntó Cole.

—No —contestó ella—. Estoy molesta, pero no a causa de él, ya que se limita a cumplir con su trabajo.

—¿Y entonces, qué es lo que la molesta? —volvió a preguntar Cole.

—Esta mañana ese odioso reportero me ha dado la más alarmante de las noticias. Me dijo que habían capturado a uno de los integrantes de la banda Blackwater. ¿Mentía o decía la verdad?

Como miraba a Daniel, éste se adelantó para responderle:

—Sí, es verdad. Uno de ellos ha sido atrapado.

—¿Vivo o muerto? —preguntó Rebecca.

—Vivo —respondió Daniel—. Pero gravemente herido.

—¡Ojalá se muera! —susurró ella, bajando la cabeza—. No, no debería decir eso. Sólo que ya ha habido tantas muertes, y si él es uno de los responsables, debería pagar por sus crímenes. ¿Se sabe su nombre?

—No sé si las autoridades saben cómo se llama —dijo Daniel—. No lo pregunté.

—¿Van a traerlo a Rockford Falls para juzgarlo?

—No, lo han llevado a Blackwater, Texas.

—¿Está muy lejos de aquí?

—Sí —respondió Cole.

Rebecca pareció aliviada.

—Bien —murmuró—. No tengo por qué temer que se escape y venga a buscarnos a Jessica, a Grace y a mí.

Se desplomó sobre una de las sillas y comenzó a abanicarse con su pañuelo.

—El asesino ha confesado sus crímenes, ¿verdad?

—No, no lo ha hecho.

—¿Pero están seguros de que pertenece a la banda? No lo dejarán salir, ¿verdad?

Parecía aterrada ante esa posibilidad. Daniel se apresuró a tranquilizarla.

—No lo dejarán salir —le aseguró.

Ella clavó la mirada en su falda.

—¡Oh, Dios, me tiemblan las manos! No estoy acostumbrada a esta clase de agitación y esta semana que ha pasado ha sido infernal. Primero, los asesinatos en el banco; luego, fui señalada en el periódico como testigo, y por último el incendio de anoche... Es demasiado. Sencillamente es demasiado —dijo, y se le quebró la voz.

Daniel se sentó en el borde del escritorio frente a ella.

—Sé todo lo inquietante que es, pero...

—¡No, no lo sabe! —exclamó ella—. ¡Estoy tan... asustada!

Después de reconocer su temor, rompió a llorar, ocultando el rostro entre las manos.

—He sido una cobarde, pero ahora voy a hacer lo correcto. No es preciso que sigan molestando a Jessica y a Grace, porque...

No siguió. Daniel se inclinó hacia ella, procurando demostrarle comprensión, en tanto Cole le alcanzaba un vaso de agua.

—Venga, beba esto —sugirió.

Rebecca se secó la cara con su pañuelo y levantó la vista hacia él.

—Traten de comprender. No quería que nadie supiera... Estoy prometida al más maravilloso de los hombres. Es un hombre de negocios respetable, muy cuidadoso de las apariencias. Un escándalo sería su ruina. Le llevó cinco años animarse a proponerme matrimonio. Pensé que podría volver a casa y simular que no había pasado nada. Terminarían por atrapar igualmente a esos hombres. Mi prometido se codea con una clase sumamente sofisticada y rica. ¿Pueden comprender por qué he guardado silencio?

—Rebecca, ¿qué pretende decirnos? —preguntó Cole.

—Yo soy su testigo. Cuando la banda Blackwater entró en el banco, me escondí debajo del escritorio. El bolso que encontraron es mío.

Los dos alguaciles trataron de contener la reacción provocada por esta confesión. Una profunda oleada de alivio inundó a Cole, que se sintió culpable por eso. Estaba condenadamente contento de que la testigo no fuese Jessica.

Daniel sintió que lo recorría la excitación. Rebecca estaba allí, y, con la ayuda de Dios, había visto a todos los delincuentes.

—Intentarán matarme, ¿no es así? —susurró.

—Nosotros la protegeremos —prometió enfáticamente Cole.

—Tratarán, pero ellos hallarán la forma de silenciarme.

—No dejaremos que nadie la lastime —le aseguró Daniel.

Ella se volvió a secar las lágrimas antes de continuar.

—Sé que debí haber hablado antes, pero estaba terriblemente asustada. Sólo pretendía imaginar que no había pasado nada, y seguí deseando que los atraparán... de una forma u otra. No es propio de mí actuar tan cobardemente.

—Estaba asustada —dijo Cole.

—Sí —asintió ella—. Y ahora las pobres Jessica y Grace se han visto involucradas en esta pesadilla por mi culpa. Ninguna de las dos estaba en el banco a la hora del cierre. Lo sé porque yo estaba allí, y si hubiera tenido el coraje de hablar antes, no tendrían que seguir viviendo en medio del temor.

—A usted la vieron en el banco en ese mismo momento, pero más temprano —le recordó Cole.

—Sí, estuve allí, pero regresé más tarde. Tenía que completar algunos asuntos. Pensé que podía ir hasta el banco, y...

Una expresión de derrota se le reflejó en la cara.

—Voy a ir a Blackwater con ustedes, y observaré al hombre que capturaron —dijo en un susurro—. Si es uno de los miembros de la banda Blackwater, lo identificaré y seré testigo en el juicio.

Antes de continuar, se secó otra lágrima que le corría por la mejilla.

—Les ruego que Jessica y Grace puedan seguir con su vida. Quieren marcharse del pueblo esta misma tarde, lo antes posible, y me parece que se lo deberían permitir —agregó—. No tendrían que seguir siendo acosadas o castigadas a causa de mi cobardía. No se preocupen pensando que la banda va a venir a buscarlas. He reflexionado largamente sobre la cuestión y creo haber encontrado la solución perfecta para que puedan quedarse en paz.

—¿Y cuál es esa solución? —preguntó Daniel.

—Voy a decirle al reportero de la *Gazette* que la testigo soy yo. Estoy segura de que mañana sacará la noticia en primera plana.

Daniel sacudió la cabeza. Cole dejó su taza de café y se acercó a ella.

—No podemos dejarla hacer una cosa así —dijo.

—¡No pueden impedírmelo! —exclamó ella—. Voy a proteger a Jessica y a Grace lo mejor que pueda. Por mi culpa están metidas en esta pesadilla. Con un poco de suerte, alguno de los de la banda leerá la entrevista y dejarán en paz a esas pobres muchachas inocentes.

—Yo sí puedo impedírselo —contraatacó Daniel—. Usted *no* va a hablar con ningún reportero. ¿Me ha entendido?

—Pero tengo que informarles a todos que ni Grace ni Jessica estaban allí. ¿Es que no lo comprenden? En el pueblo todos las tratan como a leprosas, y no han hecho nada malo.

Parecía al borde de la histeria. Rápidamente, Cole trató de tranquilizarla.

—Usted tampoco hizo nada malo, Rebecca. Simplemente, estaba en el lugar equivocado, en el momento equivocado.

—¿Saben Grace y Jessica que usted ha venido a confesar? —preguntó Daniel—. Cuando Sloan las encerró a las tres juntas en la celda, ¿les dijo que la testigo era usted? ¿Por eso las tres contaron la misma historia?

Ella pareció sorprendida.

—Las dos estaban muy asustadas. Recuerdo haberles dicho exactamente lo que les pensaba decir a ustedes. ¿Por qué? ¿Ellas contaron lo mismo?

Ninguno de los dos alguaciles le respondió.

—¿Les dijo que había visto el atraco y a los asesinos? —volvió a preguntar Cole.

—No, no lo hice, pero supongo que lo sabían. Al no decirles a ustedes lo que sospechaban, estaban protegiéndome. Son dos personas de buen corazón y querían ayudarme. Me gustaría hacer el equipaje y estar lista en una hora para irme lo antes posible.

Con un imperceptible gesto de la cabeza, Daniel le indicó a Cole que salieran a la calle. Dejaron la puerta abierta, pero hablaron en voz baja para que Rebecca no pudiera oírlos.

—No tiene que acercarse al reportero —murmuró Daniel.

—Estoy de acuerdo —dijo Cole—. Sin embargo, tiene razón en cuanto a partir de inmediato. Lo mejor será que dejemos este pueblo lo antes posible.

—Yo quería esperar...

—¿Esperar qué? —lo apremió Cole.

—El alguacil Cooper y un par de ayudantes vienen desde Salt Lake City a colaborar con nosotros. Deberían llegar de un momento a otro, y pienso dejarlos a cargo de la protección de Grace y de Jessica mientras nosotros escoltamos a Rebecca hasta Blackwater.

—¿Y si mientras tanto Jessica y Grace quieren marcharse de Rockford Falls? ¿Van a estar a salvo?

—Sí —le aseguró Daniel—. Cooper y sus ayudantes irán con ellas para asegurarse de que nadie las moleste.

—¿Confías en este Cooper?

—Sí —dijo Daniel—. Es un buen hombre. He trabajado con él en otros casos. Confía en mí. Sabe lo que hace.

Rebecca rompió a llorar otra vez, lo que atrajo nuevamente hasta su lado a ambos hombres.

—Van a venir a buscarme, ¿no es verdad?

Cole quiso poder mentirle, pero Daniel fue más rápido y totalmente franco:

—Sí, probablemente vengan por usted, pero no vamos a dejar que la toquen.

—Tenemos que partir. Ya mismo —exigió Rebecca—. No quiero quedarme aquí ni un minuto más. Es demasiado peligroso —añadió, al borde del pánico.

—Antes de tomar ninguna decisión, es preciso que nos cuente exactamente lo que sucedió desde el exacto momento en que entró en el banco.

—No, debemos partir enseguida. Les diré todo lo que quieran una vez que estemos en el tren, a salvo.

—Rebecca, necesitamos conocer los detalles ahora —insistió Daniel.

La joven sollozaba abiertamente y estaba temblando. Apretándose las manos, murmuró:

—Fue horrible. Recuerdo que llevaba prisa y no quería tener que volver a esperar en la fila. Mientras estaba esperando, no hablé con ninguno de los demás clientes. El banco estaba a punto de cerrar y los cajeros iban muy lentos. Me preocupó no poder terminar con todos mis trámites. Ay, Dios, Franklin me ayudó, y ahora está muerto. Lo conocí en la iglesia y era un hombre sumamente bondadoso.

Antes de que pudiera seguir hablando entró corriendo un mensajero del hotel. Se trataba de un muchacho larguirucho con la cara picada de viruela.

—Alguacil Ryan, lamento interrumpir, pero este mensaje que debo entregarle es muy urgente.

Mientras le entregaba a Daniel el sobre sellado, se quedó mirando a Rebecca.

—¿Por qué está llorando? —preguntó.

Nadie le respondió.

—Señora, ¿hay algo que pueda hacer para que se sienta mejor? —insistió.

Ella negó con la cabeza. El chico se encogió de hombros y luego le preguntó a Daniel si debía aguardar a que le diera una respuesta.

Antes de contestarle, Daniel leyó cuidadosamente el contenido.

—Dígale a la señorita Winthrop que estaré allí dentro de un rato.

—Dijo que era urgente, alguacil —repitió el mensajero—. Quiere marcharse del pueblo. Así me lo dijo antes de que el médico entrara en su cuarto para examinarla.

—Vuelve al hotel y dile que estaré allí tan pronto como termine con un par de cosas que tengo que hacer.

—No es *señorita* Winthrop —dijo el mensajero al tiempo que se encaminaba hacia la puerta—. Es *lady* Winthrop. Tiene título nobiliario —agregó, con aires de importancia—. Me lo ha dicho el conserje de la noche.

Daniel no le estaba prestando atención. Observaba a Rebecca, que usaba el pañuelo de Cole para enjugarse las lágrimas. Apenas se cerró la puerta detrás del muchacho, Daniel comenzó a bombardearla con preguntas.

—¿Cuántos hombres había en el banco?

—Siete —contestó ella—. Eran siete hombres. No les vi la cara a todos.

—Comience por el principio y cuéntenos todo —le indicó Cole.

Ella inclinó la cabeza, cerró los ojos y les dio un preciso informe de lo ocurrido en el interior del banco. Cuando terminó, volvió a llorar desconsoladamente aferrándose a la mano de Cole.

—Revivir esa pesadilla es casi tan horroroso como estar allí...

Cole le dio unas palmaditas en la mano.

—Sabemos lo difícil que es esto para usted —le aseguró, con un gesto de simpatía.

—Ha sido una ayuda enorme para nosotros —dijo Daniel.

Cole estuvo de acuerdo y asintió.

—¿Tienes alguna pregunta que hacerle? —le preguntó Daniel.

—No, nos ha dicho todo lo que necesitamos saber.

Rebecca se puso de pie, aspiró con fuerza para serenarse y dijo:

—Los van a atrapar a todos, ¿verdad? Prométanme que lo harán.

—Se lo prometemos —respondió Cole.

Daniel la acompañó hasta la puerta.

—¿Por qué no descansa un poco antes de comenzar a hacer el equipaje? —le sugirió.

—Le guste o no, me marcho de este pueblo hoy sin falta —lo amenazó ella—. Si tiene algo de delicadeza, no les dirá a Jessica y a Grace que soy yo la testigo porque sólo lograría hacerlas sentir mal, y no quiero que me odien por no haber hablado antes.

—Estoy seguro de que ambas comprenderían muy bien la razón de su silencio, pero no se preocupe, Cole y yo no planeamos contárselo. Y nos marcharemos hoy —le prometió.

—Gracias. Estaré lista en una hora.

El guardián estaba esperando para acompañar a Rebecca de vuelta al hotel. Le sugirió cambiar de camino y tomar una de las calles paralelas. Iba armado hasta los dientes, con un par de pistolas de seis disparos y un revólver. Daniel se fijó en la forma en que observaba la calle mientras avanzaban y decidió que Rebecca estaba en buenas manos.

—¿Qué es eso tan urgente que quiere Grace? —le preguntó Cole.

—Su nota sólo dice que quiere hablar conmigo en el hotel antes de abandonar el pueblo. Cree que va a levantarse de su lecho de enferma y va a conducir una carreta. Esa mujer ha perdido los sesos que Dios le dio.

—Sin embargo, está totalmente decidida —dijo Cole—. Si se lo permitimos, me parece que lo va a hacer pase lo que pase.

—No vamos a dejarla ir a ninguna parte sola —dijo Daniel—. Cooper va a retener aquí a las dos mujeres hasta que haya sido capturado hasta el último de los integrantes de la banda Blackwater.

—Eso podría llevar un tiempo del demonio.

—No lo creo —dijo Daniel—. Si la banda se entera de la existencia de Rebecca, vendrán por ella, y, si Dios quiere, vamos a atraparlos a todos.

—Piensas usarla como cebo, ¿verdad?

—Voy a llevarla sana y salva hasta Blackwater.

Cole expresó su acuerdo con un gesto.

—Creía que Rebecca era la testigo, pero era sólo una intuición. No... no es verdad. Deseaba que no fuera Jessica.

—Puedo entender la razón. Ya es bastante con lo que tiene, criando sola a ese niño.

Cole estaba mirando por la ventana.

—¿No me dijiste que Grace quería verte en el hotel?

—Eso es lo que decía su nota —contestó Daniel.

—Está cruzando la calle, con Sloan pisándole los talones.

—¡Hijo de...!

Daniel corrió hacia la puerta al tiempo que Grace se acercaba por la acera. La tomó de la mano y la metió dentro de la oficina.

—Por Dios, ¿qué está haciendo levantada?

Su preocupación por el bienestar de la joven era evidente en su expresión de ansiedad. Pensó que parecía un cadáver viviente, y esperaba que se desmayara en cualquier momento. Tenía el lado izquierdo de la cara aún levemente hinchado. Daniel tuvo ganas de alzarla en brazos y llevarla de vuelta al hotel. La atrajo hasta su lado y miró hacia la calle. Sloan estaba recostado contra el poste para atar los caballos.

—Tenía que verlo —le explicó ella—. El comisario estaba desayunando en el comedor, de modo que me deslicé por la puerta lateral.

—La vi bajar los escalones por el rabillo del ojo —interrumpió Sloan—. Tuve que dejar por la mitad la comida para salir tras ella.

Grace trataba de no perder la paciencia.

—Daniel, debo hablar con usted. Lo siento si no es conveniente, pero es terriblemente importante. —Antes de seguir hablando, paseó la mirada por toda la oficina—. ¿Todavía no ha llegado Jessica? Usted nos dijo que viniéramos hoy a primera hora.

—York la acompañó hasta la casa del doctor Lawrence. Fue a ver a Tilly —dijo Sloan—. Llevó al niño con ella.

—¿Pero qué tienen en la cabeza las tres? —exclamó Cole—. Tres testigos potenciales, paseándose por el pueblo despreocupadamente. Basta para hacerle perder la paciencia a un santo. Voy hasta la casa de Lawrence y llevaré a Jessica de vuelta al hotel. —Con los ojos puestos en Sloan agregó—: Y si tengo que arrastrarla, por Dios que lo haré.

El comisario se apartó del camino de Cole y lo observó cruzar la calle. Daniel le cerró la puerta en la cara, dejándolo fuera para otorgarle mayor intimidad a Grace y que así pudiera hablar con tranquilidad.

—¿Por qué Cole está tan molesto?

—Está enfadado porque usted, Rebecca y Jessica nos dificultan mucho la tarea de protegerlas.

—Pero no piensan que alguien pueda atacarnos a plena luz del día...

Daniel la interrumpió.

—Voy a acompañarla de vuelta al hotel.

—No —contestó ella—. Necesito contarle algo. Es importante, Daniel.

Trató de soltarse de la mano del alguacil, porque le parecía un signo de debilidad aferrarse al hombre, pero no pudo lograrlo. Estaba tan asustada que apenas podía pensar con claridad. Lo que estaba a punto de hacer cambiaría su futuro de forma inexorable y todos sus sueños quedarían destruidos. No obstante, no tenía alternativa. Debía hacer lo correcto.

—Muy bien, Grace —cedió Daniel finalmente—. ¿Qué quería contarme?

—Yo soy su testigo —barbotó ella—. Yo era la que estaba escondida en el hueco del escritorio.

La única reacción que mostró Daniel fue apretar aún más las mandíbulas.

—¿Usted es la testigo? —repitió.

—Sí. Lamento mucho no haber tenido el coraje necesario para presentarme antes, pero tenía mucho miedo. Jessica y Rebecca ya se habían marchado del banco. Dijeron la verdad. Yo no, y ahora resulta que he provocado toda clase de terribles problemas. Las dejará marcharse, ¿verdad?

Daniel no le contestó. Sentía en las entrañas que estaba mintiendo. Cuanto más lo pensaba, más enfadado se sentía.

—¿Cuántos hombres eran?

Sin vacilar, ella respondió:

—Siete.

Sus ojos se llenaron de lágrimas. Daniel sintió de pronto el deseo de consolarla y de sacudirla al mismo tiempo. No cedió a ninguna de las dos tentaciones.

—Muy bien, la llevaré de vuelta al hotel y podrá contarme todo.

—¡Pero me preocupan Jessica y Rebecca! —insistió Grace—. Creo haber encontrado la manera de que las dejen en paz.

Daniel adivinó lo que se avecinaba y dejó escapar un gemido.

—Oh, diablos, no habrá hablado con el reportero, ¿verdad?

La pregunta la sorprendió, ya que la idea se le acababa de ocurrir.

—No, pero querría hacerlo —dijo—. Pensé que podría ir hasta la redacción del periódico y pedir a los periodistas que publiquen la verdad en el periódico de mañana. Estoy segura de que les encantará escuchar lo que tengo que decir.

—¡No va a hablar con ningún reportero! —le espetó Daniel, al tiempo que le apretaba la mano para que supiera que hablaba en serio.

Grace quedó azorada ante su estallido de rabia. Daniel estaba furioso, se dio cuenta, porque sus ojos azules se habían vuelto fríos como el hielo. Inclinó la cabeza.

—Creí que quedaría satisfecho con mi confesión. No comprendo su enfado, Daniel.

Éste lanzó un profundo suspiro.

—Grace —dijo—, ¿está diciéndome la verdad?

Ella logró soltarse de su mano y dijo:

—Hay otra cosa que quiero contarle.

—¿Sí?

—El incendio... no fue accidental —dijo, tartamudeando—. Recuerdo bien lo que sucedió, y recuerdo... manzanas.

—¿Manzanas? —repitió él, evidentemente sin comprenderla bien.

Grace asintió.

—No podía dormir. No es raro en mí —añadió—. Nunca duermo de un tirón. Me pareció escuchar un ruido en la planta baja. Parecía un tintineo de copas.

—No entiendo.

—Ya sabe... cuando se brinda con otra persona y se chocan las copas... ése era el sonido que creí escuchar.

—¿Y entonces qué hizo?

—Tilly no se sentía bien, y no quise molestarla, de modo que me puse la bata y las zapatillas, y bajé para investigar. Si alguien llamaba a la puerta no pensaba abrirle, por supuesto. A cualquiera que fuese le diría que volviera por la mañana. Cuando llegué al vestíbulo, vi que la ventana del comedor estaba abierta de par en par. El viento hacía ondear las cortinas. Me alarmé, porque recordaba muy bien haberla cerrado antes de acostarme y fui la última en irme a la cama.

—¿Qué hizo luego?

—Fui al comedor a cerrar la ventana, y entonces sentí el olor a petróleo.

—¿Quiere decir a queroseno?

—Sí, queroseno —asintió ella—. Pasé la mano por el antepecho de la ventana y vi que estaba cubierto de combustible. Tuve la impresión de que alguien lo había tirado allí.

—¿Y qué sucedió?

—Después de cenar, Tilly había puesto un cesto con manzanas que le había regalado una de sus hijas sobre la mesa de la cocina.

—¿Y qué tienen que ver las manzanas con el incendio?

—Sentí olor a manzanas. Sé que suena disparatado, pero me parece que alguien estaba comiendo una. Quise correr arriba y despertar a Jessica y a Tilly, pero de pronto el miedo me paralizó. Pude sentir en mis brazos la brisa que venía de la puerta que comunica la cocina con el comedor. Escuché el chirrido que hacen las bisagras, y supe que alguien se acercaba. Pude sentirlo venir hacia mí. Me di la vuelta y comencé a gritar, pero no sé si salió algún sonido de mi boca.

—En ese momento la golpearon, ¿verdad?

—No recuerdo haber sido golpeada. Sólo recuerdo que me di la vuelta, y luego su imagen, Daniel, inclinado sobre mí, tumbada en la hierba. Si Jessica no me hubiera encontrado y me hubiera arrastrado hasta afuera, habría muerto en el incendio. Soy la testigo que buscaba, Daniel —volvió a decir, en un murmullo—. No quiero que nadie lastime a Jessica ni a Rebecca. Son inocentes.

Daniel no pudo resistir el deseo de tocarla. Extendió la mano y le secó una lágrima que le corría por la mejilla.

—Usted también es inocente, Grace.

Se miraron largamente a los ojos. Daniel se sintió dominado por un imperioso deseo de protegerla. No había podido hacerlo con su esposa y su hija, porque no estaba allí presente. En ese mismo instante tomó la decisión de no perder de vista a Grace. Cualquiera que tratara de lastimarla, primero tendría que vérselas con él.

—Daniel, ¿se siente bien?

—Sí, estoy bien.

—Parece terriblemente... enfadado.

—No quiero que le pase nada, Grace.

La aferraba fuertemente por los hombros en actitud protectora. Estaba causándole daño, pero ella sabía que si se lo decía haría que se sintiera mal. Suavemente, le soltó las manos y las sostuvo entre las suyas.

—No me va a pasar nada —dijo.

—Voy a protegerla.

—Sí, lo hará —estuvo ella de acuerdo—. Y yo debo proteger a Jessica y a Caleb.

Daniel alzó una ceja intrigado.

—¿Por qué? —preguntó.

—Ella arriesgó su vida por mí —respondió ella.

—¿Y Rebecca? ¿También se siente responsable por ella?

—En cierto sentido, sí. Ha sido muy bondadosa y considerada.

Daniel le rodeó los hombros con su brazo.

—Vamos. La voy a llevar a casa, señorita Winthrop. No, eso no es correcto —bromeó—. Debo decirle lady Winthrop, ¿no es así?

—No, Daniel, Grace a secas. La buena y vulgar Grace.

—¡Ah, Grace, nada de lo relacionado con usted es vulgar! ¡Nada de nada!

20

El niño estaba en su línea de fuego. Quería matarlo primero, pero no podía ceder al impulso porque entonces la madre tendría tiempo para buscar refugio, y ella era su objetivo principal. Era ineludible que ella muriera. A su lado iba caminando un ayudante del comisario, fuertemente armado y alerta, dispuesto a disparar si se le daba la oportunidad.

El señor Johnson, acostado boca abajo, cambió de posición, resuelto a esperar que los tres cruzaran la calle. Desde su posición sobre el tejado del almacén, tenía una clara vista de la calle que tenía debajo, y con su winchester no podría errar. *Paciencia,* se dijo al sentir que lo recorría un cosquilleo de excitación. Primero el guardián, luego la mujer, por último el niño. Uno, dos, tres, así de fácil.

La expectativa lo excitaba. El estremecimiento que lo recorría antes de matar era comparable a estar con una mujer. No, era mejor que eso, pensó. Mucho mejor.

Se estaban tomando su tiempo, paseándose por la acera, tontamente ignorantes y benditamente inconscientes de que les quedaban pocos segundos de vida. Su verdugo lanzó una risita infantil, mientras aguardaba su oportunidad.

Jessica iba discutiendo con su guardián acerca de su punto de destino. Ella quería dirigirse a la cárcel, pero el guardián quería llevarla al hotel. El hosco ayudante que Sloan había contratado era un hombre más bien ordinario, que tenía un único orgullo: su bigote en forma de manillas de bicicleta. Los largos pelos que adornaban su labio superior se curvaban hacia fuera y trepaban a cada lado de su nariz. La crema que usaba los dejaba rígidos y endurecidos, de manera que cuando hablaba el bigote no se le movía.

Jessica tomó a Caleb de la mano para bajar a la calzada. York, a su vez, la había aferrado por el codo y trataba de marcarle el camino. En la calle que rodeaba la parte trasera de la casa del médico no había tránsito, ya que era una vía muerta que terminaba en un establo detrás de la curva. Cuando Caleb quiso echar a correr, Jessica se aseguró de que no hubiera peligro y lo dejó escapar.

Caleb divisó a Cole cuando éste acababa de dar la vuelta a la esquina y cruzaba la mitad de la calle. El niño comenzó a correr hacia él. Trastabilló dos veces, pero rápidamente recobró el equilibrio y siguió corriendo. Jessica y York apuraron el paso para alcanzarlo. Caleb parloteaba, y Jessica sonreía como orgullosa madre que era mientras contemplaba las monerías de su niño. Cuando éste se encontró a tres metros de Cole, alzó los bracitos y gritó "¡Upa!", con una voz que resonó en toda la calle.

El señor Johnson se puso de rodillas, apuntó con el winchester y disparó. El guardián cayó al suelo. Como un pichón en una práctica de tiro, él, que había estado fracciones de segundos antes caminando tranquilamente, cayó muerto de forma fulminante.

Jessica lanzó un alarido. York yacía con la cara contra el barro. La bala le había atravesado el corazón, tal como se lo había propuesto el señor Johnson. Él jamás erraba.

Jessica cayó de rodillas y forcejeó para dar la vuelta al guardián boca arriba y poder auxiliarlo. Había sangre por todas partes.

—¡Señor York! —gimoteó—. No... no... señor York...

Llorando, buscó la pistola dentro de la cartuchera de York, y acababa de sacarla cuando una bala mordió el polvo a su lado. Volvió a gritar, dejó caer el arma y luego volvió a recogerla.

—¡Agáchese! —bramó Cole, que se acercó corriendo. Los disparos salían del tejado del almacén, pero no lograba distinguir la posición exacta del tirador. Siguió gritándole a Jessica que se alejara de la calle, que se agachara, pero ella no le prestaba atención.

Miraba a hurtadillas el tejado, mientras levantaba la pistola con las dos manos y trataba de disparar. Temblaba tanto que estuvo a punto de dejar caer el arma una vez más, y cuando finalmente logró disparar, la bala hizo añicos el cristal de la ventana del segundo piso del almacén.

El sonido de los disparos asustó a Caleb, que echó a correr hacia donde estaba su madre.

—¡No! —gritó Jessica, desesperada.

El señor Johnson la observó correr hacia el pequeño. Estaba jugando con ella. Estaba pasándolo tan bien que no pudo resistir jugar un poco al gato y al ratón. Gozaba tanto con la expresión de terror reflejada en el rostro de la joven que deseaba prolongar la excitación. El niño había reanudado la carrera. Eso estaba bien. El señor Johnson sonrió, mientras consideraba nuevamente la posibilidad de matar al niño antes que a la madre para, así, poder ver su expresión. Era indispensable ser muy preciso.

Ella se movía con demasiada rapidez para su gusto. *No podemos permitirlo,* pensó, con una risa ahogada al tiempo que disparaba a la tierra que Jessica tenía por delante. Ella se detuvo en seco. "Eso está mejor", susurró, pero ella volvió a ponerse en movimiento, y tuvo que volver a disparar para que se quedara quieta. Jessica recibió una lluvia de tierra en la cara.

Maldición, la mujer echó a correr una vez más. Que Dios la bendiga, pensó el señor Johnson, y desde luego que tendría muy pronto la oportunidad de hacerlo, si es que iba directamente al cielo. ¿Sería tan pura como parecía? El señor Johnson sinceramente lo dudaba. No existían las mujeres puras, y él no pensaba despachar a esta mujer al cielo o al infierno enseguida. Primero tendría que sufrir. Ésas eran sus reglas, no las de Dios, pero él se consideraba tan todopoderoso como Él porque tenía también el poder de decidir quién vivía y quién moría.

—Se terminó el tiempo —murmuró, mientras apuntaba el cañón del rifle directamente al corazón de Jessica.

Sólo habían transcurrido unos segundos desde el primer disparo, pero a Cole le pareció una eternidad hasta que pudo alcanzar a Jessica. Voló sobre ella, arrojándola al suelo. Luego rodó sobre sí mismo para colocarse encima de ella, con las pistolas desenfundadas y preparadas, al tiempo que escudriñaba bajo el radiante resplandor del sol para localizar su objetivo.

Allí... en el ángulo del tejado... un destello metálico.

—Te tengo... —musitó, una décima de segundo antes de abrir fuego.

El segundo disparo dio en el blanco. El pistolero se irguió, tambaleando hacia atrás y hacia delante, cayó de rodilla, y se precipitó al suelo. Cole le disparó tres veces más mientras caía hacia su muerte.

A la vez que se ponía de pie y comenzaba a avanzar hacia el criminal, mantuvo la atención fija en él. Su furia estaba completamente fuera de control. Los gritos de Caleb resonaban en sus oídos. El pequeño estaba sentado en el barro, llamando a su madre.

Tambaleando, Jessica corrió hacia él. Se encontraba demasiado débil para alzarlo, de modo que se arrodilló a su lado. El niño se aferró a sus faldas y se apretó contra su cuerpo. Jessica lo envolvió en sus brazos y comenzó a mecerlo suavemente, sin poder controlar los sollozos.

Desde la cárcel, Daniel había escuchado los disparos y se acercó corriendo todo el camino hasta la casa del doctor Lawrence. Encontró a Jessica y a Caleb en la calle, se agachó al lado de ellos hasta estar seguro de que se encontraban bien y reanudó la carrera hasta llegar donde estaba Cole, de pie al lado del pistolero abatido. Jadeante, Daniel vio cómo Cole daba la vuelta al cadáver de una patada, y lo ponía boca arriba. Al pistolero se le habían roto todos los huesos de la cara al caer. Las lesiones eran tan importantes que ni su propia madre lo hubiera reconocido.

—¿Sabes quién es? —preguntó Daniel.

Cole negó con la cabeza.

—Tal vez Rebecca pueda decírnoslo... si es capaz de reconocerlo. Probablemente sea uno de los de la banda.

—Sí, bueno, Grace me dijo que estuvo en el banco a esa hora. Jura que la testigo es ella.

Cole se quedó atónito ante la novedad.

—¿Cuál de las dos dice la verdad?

—Maldita sea, no lo sé —murmuró Daniel. Se agachó al lado del cadáver y comenzó a revisarle los bolsillos en busca de alguna identificación.

Cole aguardó unos minutos para estar seguro de que su furia se había calmado. Lentamente, cruzó la calle y fue hasta donde estaba Jessica, inclinada, abrazando a su hijito. Cole la rodeó con sus brazos y la ayudó a levantarse. Ella trató de apartarse de él. Cole advirtió la pistola de seis disparos que aún aferraba en su mano y se la quitó rápidamente, arrojándola al suelo, lejos de él.

Caleb trató de acercarse a él, pero Jessica no pudo soltarlo. Todavía temblaba y respiraba de forma entrecortada.

—¿Por qué demonios no se agachó cuando se lo indiqué? —le preguntó Cole con frialdad.

Lo que dijo y cómo lo dijo, logró confundir a Jessica. No podía afirmar si estaba enfadado, o no.

—¿Qué ha dicho? —preguntó.

—Le he pedido que me explique por qué no buscó refugio cuando se lo ordené —repitió Cole.

—Está enfadado.

—Sí, lo estoy.

—Tiene ganas de gritarme, ¿no es verdad?

—Sí, me gustaría —reconoció él—. Pero no lo haré. Le haría mal a Caleb, y además gritarle es inútil. La próxima vez, Jessica, haga lo que le ordeno. No puedo protegerla si no me obedece.

—¿La próxima vez? —exclamó ella, gritando.

Caleb se echó a llorar una vez más.

—¡Ay, diablos, mire lo que ha hecho! —murmuró Cole.

Daniel se reunió con ellos. Sin pensar en lo que hacía, tomó al niño de los brazos de Jessica, volviéndose para que no pudiera ver el cadáver que había detrás de ellos.

—Pobrecito mi niño —susurraba, mientras le daba suaves palmaditas.

Ya calmado, el pequeño apoyó la cabeza en el hombro de Daniel y se metió el pulgar en la boca.

—¿Has encontrado alguna identificación? —le preguntó Cole.

—No —respondió Daniel—. Sus bolsillos estaban vacíos.

Jessica buscó la mano de Cole. Finalmente comprendió cabalmente lo que le había dicho.

—No hice lo que me ordenó porque no podía pensar. Sólo quería proteger a mi niño de ese demente.

—Comprendo —dijo él—. Pero, Jessica, no puedo...

Ella lo interrumpió al tiempo que le apretaba la mano:

—Si mi conducta lo molestó o lo ofendió, le pido disculpas, pero le aseguro que volvería a hacer lo mismo. Nadie va a lastimar a mi hijo. Dios santo, no puedo... no puedo dejar de pensar... lo que pudo haber ocurrido. Podría haber matado a Caleb.

Cole no tuvo necesidad de atraerla hacia sí. Jessica se arrojó a sus brazos, anhelando desesperadamente ser consolada.

Él la abrazó con fuerza.

—No va a echarse a llorar, ¿verdad? —dijo con voz ronca—. Si lo hace, Caleb se va a poner muy mal.

—No, no voy a llorar, pero usted no entiende —dijo ella en un murmullo—. Tengo la culpa de que el pobre señor York haya muerto. ¡Era un hombre tan amable! Si no fuera por mí, seguiría con vida.

—¡Sshh! —ordenó él—. Nada de lo ocurrido es culpa suya. ¡Pobrecita! Ya pasó todo. Sé que fue aterrador.

—No comprende.

—¿Qué es lo que no comprendo, cariño?

Él pareció más sorprendido que ella por la palabra. Lo que le resultó más asombroso fue la facilidad con que la pronunció.

—Yo no sé disparar esa pistola.

—Lo hizo muy bien.

—No, no es así —lo contradijo ella—. Y tengo que aprender a hacerlo.

—Jessie, sé que el desastre estuvo cerca, pero liquidé a ese bastardo. Puedo protegerla. Tenga un poco de fe en mí, y déjeme cumplir con mi trabajo.

—Tengo fe en usted, pero tengo que saber cómo proteger a mi hijo.

Daniel llevó a Caleb junto a su madre.

—¿Ella está bien? —preguntó a Cole.

—Sí, sólo está impresionada.

—Fui yo —barbotó Jessica—. Yo estaba allí.

—¿Qué? —preguntó Daniel.

De pronto Cole se dio cuenta de lo que trataba de decirles.

—Déjeme adivinar —murmuró.

Jessica miró a Daniel por encima del hombro de Cole.

—Yo soy su testigo.

—Oh, diablos —dijo Daniel, acompañando el juramento con un profundo suspiro.

Caleb repitió prestamente lo que acababa de escuchar.

—¿Y ahora, qué? —preguntó Cole, mientras abrazaba a Jessica con más fuerza. Ella se había acercado a él voluntariamente y no pensaba soltarla.

—¿Qué está pasando aquí? —se preguntó Daniel, frunciendo los labios.

—¿Sabes lo que creo? —dijo Cole. Apretó a Jessica contra sí antes de agregar—: Que el hueco de ese escritorio estaba más concurrido que el demonio.

21

La oficina de la cárcel estaba repleta de representantes de la ley. El alguacil Jack Cooper, jefe de operaciones en Salt Lake City, y sus dos jóvenes ayudantes, Spencer y Cobb, acababan de llegar a Rockford Falls. Los tres hombres habían tenido una dura jornada a caballo, y se encontraban cansados y cubiertos de polvo.

Cooper era un buen amigo de Daniel. Ambos habían trabajado juntos en varias investigaciones, aunque en ninguna había habido mujeres involucradas, y todos los casos habían sido mucho menos complicados que éste. Al igual que Daniel, Cooper estaba acostumbrado al peligro o al comportamiento extraño de los criminales. Una vez le había tocado escoltar a prisión a un autoconsagrado ministro de afectada labia que había asesinado brutalmente, y luego mutilado, a dieciséis hombres pelirrojos, porque afirmaba que su color de cabello los señalaba como engendros del demonio. El chiflado seudoreligioso vivía citando las Escrituras, insistía en que escuchaba la palabra de Dios todos los días a las doce en punto del mediodía y se negó a aceptar abogado para su defensa. El Señor, declaró, se haría presente y prestaría testimonio a favor de él. Irónicamente, el juez que intervino en el caso resultó tener la cabellera tan anaranjada como una zanahoria, y no perdió el tiempo en recomendarle al jurado que mandaran a la horca al culpable.

Cooper ya lo había visto todo. Las profundas arrugas que rodeaban sus ojos castaños y su cabello prematuramente encanecido le conferían un aire de senador, más que de alguacil. Nada lograba perturbarlo. Después de leer las notas tomadas por Daniel, arrojó la libreta sobre el escritorio y se sentó. Sus dos ayudantes se apoyaron contra la pared detrás de él.

—Tengo la impresión de que estáis permitiendo que estas tres mujeres manejen la investigación —señaló, estirando sus piernas lo largas que eran y cruzando los pies después.

Cole escuchó el comentario cuando entraba a la oficina. Acababa de regresar del hotel.

Daniel lo presentó a Cooper y a sus dos auxiliares.

—Éste es el alguacil Clayborne —dijo—. Es nuevo en este trabajo.

Los ayudantes se apresuraron a acercarse y le estrecharon la mano. Spencer, que se quedó pasmado, le preguntó:

—¿Su nombre de pila es Cole? ¿Usted es *ese* Clayborne?

—Sí —respondió Cole.

—He escuchado muchos comentarios sobre usted, señor.

—¿Ah, sí? —dijo Cole, preguntándose qué sería lo que había escuchado.

—Sí, señor —confirmó Spencer. Mirando al otro auxiliar, le informó, en un susurro—: Clayborne es toda una leyenda en Montana.

Cobb se mostró debidamente impresionado. Cooper advirtió que Cole ponía los ojos en blanco con exasperación y esbozó una sonrisa de comprensión.

—Muchachos, ¿por qué no vais hasta el hotel y os aseáis un poco? Comed algo y después podréis relevar un rato al comisario y a sus hombres.

—Bien, señor —dijo Spencer. Empujó a Cobb hacia la puerta, pero se detuvo un instante delante de Cole—: Alguacil Clayborne, ¿es verdad lo que se dice que sucedió en Springfield?

—No crea todo lo que oye —replicó Cole.

—Pero es verdad, ¿no? Mató a los cuatro integrantes de la banda de Murphy antes de que ninguno de ellos pudiera siquiera desenfundar, ¿no es así, señor?

—Vamos, Spencer —ordenó Cooper—. Estás fastidiando al alguacil Clayborne.

Cole se echó a reír. Después de que la puerta se cerrara detrás de los dos ayudantes, comentó:

—Parecen terriblemente jóvenes.

—Lo son —confirmó Cooper—. Pero son rápidos con el revólver y quieren ser representantes de la ley. Son más rudos de lo que parecen.

—He decidido cambiar de planes —terció Daniel, dirigiéndose a Cole—. Cooper va a acompañar a Rebecca hasta Blackwater, y nosotros dos llevaremos a Jessica y a Grace. Viajaremos en dos grupos separados, y todos nos reuniremos el martes en Red Arrow, salvo algún imprevisto.

—Por mí, está bien —accedió Cole.

—Me parecía mejor viajar todos juntos —intervino Cooper—. Pero, si Daniel cree que es más seguro que lo hagamos por separado, lo haremos así.

—Es inevitable que tres mujeres hermosas juntas atraigan la atención —dijo Cole.

—Cooper me acaba de contar que hay una orden firmada por el juez Abbott —le dijo Daniel.

—¿Quién es Abbott?

—Un juez de Salt Lake City —respondió Daniel—. El juez de Blackwater lo contrató para que colabore con él, y se asegure nuestra colaboración. Como estamos trabajando en misión especial, no tenemos por qué hacer lo que nos piden, pero creo que deberíamos hacerlo de todos modos. Una de estas tres mujeres presenció los asesinatos, y vive Dios que va a testificar.

—El juez de Blackwater está a punto de volverse loco —afirmó Cooper—. Y no lo culpo. Primero, Daniel le telegrafía diciéndole que es posible que tenga una testigo. Luego, las mujeres niegan haber estado allí, y por último todas se señalan como testigos. ¿Habéis descubierto cuál de ellas estaba realmente en el banco en el momento del atraco?

—Todavía no —respondió Daniel—. Pensé que lo sabría una vez que cada una me explicara los detalles de lo sucedido.

—¿Pero...? —lo apremió Cooper.

—Todas tienen su propia versión. Es enloquecedor.

—Si tuvierais que aventurar un nombre, ¿cuál de ellas apostaríais que estaba realmente allí?

—Rebecca —dijeron Cole y Daniel al unísono.

—Interesante —comentó Cooper.

—Los detalles que nos relató son convincentes. Pudo describir a algunos de los hombres, e incluso sabía un par de nombres.

—Jessica todavía no ha podido decirnos demasiado. Todavía está muy conmocionada por el tiroteo.

—Os diré algo —dijo Cooper—. Estas mujeres sí que me intrigan. Puedo entender por qué todas negaban haber estado allí. Estaban asustadas, y seguramente enteradas de la carnicería que habían realizado los muchachos de Blackwater con aquel otro testigo. Lo que no entiendo es por qué luego todas cambiaron su declaración para afirmar que sí estuvieron allí.

—Daniel piensa que decidieron aunar fuerzas —dijo Cole—. El comisario Sloan las encerró a las tres juntas en una celda, y cree que allí fue donde elaboraron su plan.

—¿Qué sabéis de ellas? ¿Habéis examinado sus antecedentes?

—No sabemos demasiado... todavía —respondió Daniel—. Estoy investigando a cada una. Es un proceso lento, y seguramente llegaremos a Blackwater antes de tener la información. Conozco algunos detalles, pero eso no ha sido verificado.

—¿Como cuáles? —preguntó Cooper.

—Según la gente que la conoce en Rockford Falls, Rebecca nació en la ciudad de New York, y vivió allí, junto a sus padres y sus primos en una casa de vecindad. Nueve personas se hacinaban en un apartamento de dos dormitorios. Su padre y su madre murieron jóvenes a causa del alcoholismo. Rebecca es una autodidacta, y hace cosa de tres años se mudó a San Luis y rompió las relaciones con su familia. Conoció a un hombre de negocios, con el que piensa casarse en el otoño. Va a la iglesia todos los domingos y trabaja en la biblioteca.

—Si tiene novio, probablemente esté tratando de protegerlo. Debe de saber que la banda podría usarlo para llegar hasta ella —señaló Cooper—. ¿Y qué me decís de Grace y de Jessica? ¿Qué sabéis de ellas?

—Todavía no sé nada sobre Grace, excepto el hecho de que vino de Inglaterra y que quiere comprar un rancho. Telegrafié a varios contactos en Londres, pero aún no he recibido respuesta.

—¿Y Jessica? —insistió Cooper.

—Su madre murió hace dos años. El padre abandonó a la familia cuando ella era pequeña. Jessica vino desde Chicago para ayudar a su tía en la crianza de su bebé. La tía era hermana de la madre, y ella es la única pariente que queda.

—Hablas como si la tía hubiese muerto. ¿Es así? —preguntó Cooper.

—Sí, efectivamente —respondió Daniel—. Murió al dar a luz por culpa de una hemorragia. Ella y el marido habían estado casados quince años sin tener hijos, y finalmente quedó embarazada. El marido, sin embargo, no quería tener al pequeño. Después de la muerte de su esposa, no se quedó en el pueblo ni siquiera el tiempo necesario para darle su nombre al bebé. Se marchó al día siguiente del nacimiento, y nadie ha sabido de él desde entonces.

—¿Qué le ocurrió al niño? —preguntó Cooper.

—Le ocurrió que Jessica se hizo cargo de él —informó Daniel—. Es muy joven, pero está haciendo un trabajo de mil demonios criando sola al niño.

—Para una mujer sola, resulta una carga demasiado pesada de asumir —comentó Cooper.

—Jessica está a la altura de las circunstancias —dijo Cole esta vez—. Es una mujer fuerte.

—Parece que sí —estuvo Cooper de acuerdo—. Su niño podría ser una buena razón para guardar silencio si la testigo fuese ella. Probablemente, sería capaz de llegar a cualquier extremo para protegerlo.

—Tal vez Grace también tenga alguien a quien proteger —dijo Cole.

—Los tiene —confirmó Daniel—. Sus padres.

—¿De dónde obtuvisteis toda esta información?

—De Tilly MacGuire —contestó Daniel—. Como te acabo de decir, todavía no ha sido verificado. Esta dama es una mina de información. Parece saber todo acerca de cada uno de los habitantes de este pueblo y de todos los que lo visitan. Ha sido de gran ayuda.

Cooper se puso de pie y se desperezó.

—¿Cuándo piensas partir para Blackwater? —preguntó.

—No puedo hacerlo hasta mañana. El doctor quiere que Grace se quede un día más en cama. No estaría bien que partieras sin dormir al menos. Tienes un aspecto lamentable.

—Tú tampoco estás muy bien, Daniel.

—Estoy bien —replicó éste—. Cole, ¿cuándo vas a llevar a Jessica?

—Aguarda un momento —dijo Cole—. No puedo llevar a Caleb con nosotros. Es imposible.

Daniel coincidió con él.

—¿Y qué vas a hacer?

Cole ya había pensado en el asunto.

—No quiero dejarlo aquí. Todos saben quién es su madre —explicó—. Quiero esconderlo, y creo que tengo el lugar ideal.

—¿Estás pensando en Rosehill?

—¿Qué es Rosehill? —preguntó Cooper.

—Mi rancho —respondió Cole—. Allí vive mi madre, y mis hermanos siempre se dan una vuelta por allí. Mamá Rose ahora está en Escocia con una de mis hermanas y su marido, y no regresarán hasta dentro de un mes.

—¿Y entonces dónde vas a dejar a Caleb?

—En casa de Tom y Josey Norton.

Daniel sonrió.

—Eso está muy bien, Cole. Tom no permitirá que le suceda nada malo al niño, pero Josey puede llegar a matarlo con sus comidas.

—Ése es un riesgo que tenemos que asumir —replicó Cole—. Voy a decirle a Tom que desaparezca con el niño durante un tiempo. Si Jessica resulta ser la testigo, no quiero que la banda Blackwater persiga a su hijo.

Fue hacia el mapa que estaba desplegado detrás del escritorio de Daniel.

—¿Dónde queda Red Arrow? —preguntó—. Jamás lo he oído nombrar.

—Si parpadeas, ya no podrás distinguirlo —le respondió Cooper—. Es un diminuto agujero en la Tierra, y el sitio donde el ferrocarril da la vuelta. El pueblo alardea de contar con una taberna, un prostíbulo y un establo. En Red Arrow hay que dormir a la intemperie porque no hay hoteles. Es un lugar olvidado de la mano de Dios.

—Está rodeado de profundas cavernas —agregó Daniel—. Es un páramo, pero es muy bello.

—Creo que dejaré a Jessica al cuidado de Spencer y Cobb mientras llevo a Caleb hasta la casa de los Norton. Luego volveré por ella.

—No va a funcionar —dijo Daniel.

—Es más seguro para ella.

—Igual no va a funcionar.

—¿Por qué no? —preguntó Cole.

—Porque Jessica querrá ir contigo.

A Cole la idea no le gustó nada.

—Va a entorpecerme y a retrasarme —arguyó—. Y como ya he dicho, así es más seguro. Una vez que haya dejado a Caleb con los Norton, me propongo tomar un atajo a campo traviesa. Es un camino muy duro.

—No estás casado, ¿verdad, hijo? —preguntó Cooper.

—No, no lo estoy, y desde luego que no soy su hijo. Usted es mayor, Cooper, pero no tanto como para ser mi padre.

El aludido se echó a reír.

—Yo jamás me casé —admitió—. Daniel no me dejaría participar en esta investigación si tuviera familia. Sólo acepta solteros, por si alguno resulta muerto por un disparo. Mi hermano, no obstante, sí está casado.

—¿Oh, sí? —dijo Cole, preguntándose por qué Cooper estaría contándole cosas sobre su familia.

—Sí, así es —afirmó éste—. Tiene cinco niñas y dos varones, y puedo asegurarte que, si se te ocurriera tratar de separar a alguno de esos siete niños de su madre, deberías atravesar el infierno. ¿Cómo lo vas a hacer para separar a Caleb de su madre?

Cole no preveía ninguna complicación.

—Me limitaré a explicarle la situación —dijo, sencillamente.

Se detuvo al ver la expresión de escepticismo en el rostro de Cooper y volvió a la carga para defender su posición.

—Sé que a Jessica no le gusta que la separen de su hijo, y espero que discuta al respecto, pero al final comprenderá. He llegado a conocerla muy bien en los últimos dos días, y estoy seguro de que, después de que le explique toda la situación, se mostrará más que razonable.

22

Jessica amenazó con matarlo. Se mostró cualquier cosa menos razonable. Cole había supuesto que, dada su condición de alguacil de los Estados Unidos, ella haría cualquier cosa que él le ordenara. Ése fue su primer error. Permitir que se acercara a su revólver fue el segundo. Cole no había advertido la arrogancia de sus presunciones hasta que ella se apoderó de su arma y amenazó con hacerle un agujero en su negro corazón si se atrevía a tocar a su hijo.

Después de preparar su mochila, Cole se había dirigido hasta el cuarto que ella ocupaba en el hotel, había golpeado a su puerta, y cuando ella lo dejó pasar —manteniendo la puerta abierta para que la persona designada para protegerla pudiera ver que no sucedía nada inapropiado—, le había explicado rápidamente que iba a llevar a Caleb al Norte y que ella debía esperar en Rockford Falls hasta que él regresara, y luego tenía que viajar a Texas.

Por suerte, Caleb había seguido durmiendo a lo largo de toda la susurrada discusión que siguió a su explicación. El niño dormía hecho un ovillo en el catre, con los labios húmedos y entreabiertos. Parecía un ángel, aunque el fuego que ardía en los ojos de su madre era cualquier cosa menos angelical. Jessica se comportaba como una osa decidida a proteger a su osezno.

—Está loco si piensa que le voy a permitir que se lleve a mi hijo.

—Jessica, deje de jugar con mi revólver. Puede dispararse. Devuélvamelo.

El ayudante Spencer entró en la habitación.

—¿Necesita ayuda?

Cole negó con la cabeza.

—No, está bien, no pasa nada.

Jessica permanecía a los pies de la cama, con el revólver apuntando al suelo. Estaba nerviosa y malhumorada, y sus ojos se hallaban rodeados de oscuras ojeras. La tensión vivida comenzaba a manifestarse en ella.

—Tiene que ser razonable, Jessica —dijo Cole.

Ella sacudió la cabeza.

—No pienso ir a Blackwater, y usted no va a tocar a Caleb.

—Sé lo difícil que le resulta entregarme a su hijo, pero le prometo que va a estar bien y que lo van a cuidar mucho.

—Salga de aquí.

Él ignoró la orden y, en cambio, se sentó en la silla que estaba al lado de la cama. Deliberadamente rozó con su brazo el de ella al pasar a su lado, y hubiera podido quitarle fácilmente el revólver, pero no lo hizo.

—Le he dicho que se vaya.

—No me voy a ninguna parte hasta que atienda mis razones.

Ella pasó la mirada del ayudante a Cole, y volvió a mirar hacia abajo. Cole tenía otro revólver en la cartuchera, lo que lo convertía en armado, y peligroso, y Spencer tenía la mano apoyada en la culata del suyo.

—No puedo decidir a cuál de los dos voy a disparar primero.

Spencer miró a Cole para ver qué pensaba hacer con la amenaza de Jessica.

Cole pasó por alto su mirada, y mantuvo los ojos clavados en Jessica.

—Por favor, márchese antes de que haga algo de lo que pueda arrepentirme.

—Spencer —dijo al auxiliar—, cierra la puerta. Jessica y yo vamos a mantener una conversación privada.

—No, no vamos a hacer nada de eso —susurró ella.

—¿Está seguro de que no quiere que me quede, alguacil Clayborne? —preguntó Spencer, con la mano apoyada en el picaporte.

—Estoy seguro.

Spencer pareció desilusionado. Cole aguardó hasta que se cerró la puerta y luego le indicó a Jessica que se sentara. Ella negó con un gesto y siguió de pie, observándolo.

Cole le sonrió. La verdad era que no podía apartar los ojos de ella. Jessica se había cambiado de ropa y parecía aún más bonita que una hora antes. Llevaba un vestido de un desvaído color miel, que seguramente habría sido dorado en sus buenas épocas. El vestido, ostensiblemente raído en los codos y con los puños deshilachados, probablemente había llegado al fin de su vida útil, pero en ella todavía parecía hermoso. Su pelo estaba recogido en un moño sobre la nuca con un fino lazo blanco, pero se le habían soltado algunos mechones que le caían en rizos sobre las orejas. Desbordaba femineidad y sensualidad, y cuando se acercó a él vino rodeada por una suave esencia de lilas.

Maldición, pero también era otra cosa.

—¿Qué está mirando? —le preguntó a Cole.

—A usted —respondió—. Es usted una hermosa mujer, Jessica.

El piropo la dejó sin aliento. Esta vez Cole no le ordenó que se sentara; se lo pidió.

—Quiero que oiga bien lo que le voy a decir, y si cuando termine de hablar todavía tiene ganas de dispararme, no se lo impediré.

—Sabe bien que no le voy a disparar —murmuró ella, al tiempo que le devolvía el revólver—. Me gustaría —se apresuró a aclararle—. Pero no lo haré. El ruido despertaría al pequeño.

Cole se echó a reír.

—Usted es pura espuma, Jessica.

—No puede obligarme a ir a Texas.

—Sí que puedo —la contradijo él, esta vez con tono firme e inflexible.

Ella se cubrió el rostro con las manos.

—No he hecho nada malo. ¿Por qué no nos deja tranquilos a Caleb y a mí?

—Sabe que no puedo hacerlo.

Jessica apoyó la cabeza en su hombro y se echó a llorar silenciosamente. Cole sacó un pañuelo del bolsillo y se lo alcanzó. No le pidió que dejara de llorar porque supuso que debía liberarse de la tensión que la embargaba, pero odió saber que él era parte de las razones que la afligían.

Transcurrieron varios minutos antes de que Jessica recobrara el dominio de sí misma. Cole la abrazó tiernamente, sintiendo lo suave que se sentía su cuerpo contra el de él.

—Ya sé que no ha hecho nada malo —susurró—. El juez de Texas quiere que se presente en Blackwater.

—Pero ¿que ocurrirá con Rebecca y con Grace? —exclamó ella—. ¿Ellas van...?

—Cállese, que va a despertar al niño —le recordó él—. No se preocupe por sus amigas. Daniel se ocupará de ellas.

—¿Cómo puedo no preocuparme?

—Confíe en mí —le pidió él.

—Lo intento. Pero no puedo dejar de pensar en Rebecca y en Grace. Están en peligro por culpa mía, ¿verdad?

—Sí, lo están. Sus nombres fueron publicados en el periódico como potenciales testigos, y pienso que los hombres que asesinaron a todas esas personas inocentes no se detendrán hasta haberlas atrapado a cada una. Puedo entender por qué ninguna de las tres quiso reconocer que había estado allí, pero...

Ella se echó a llorar. La sola visión de sus lágrimas hizo que Cole se sintiera como un canalla. Instintivamente, comenzó a acercarse a ella, pero se obligó a detenerse.

—No me gustan las mujeres que lloran —dijo, en cambio.

—Entonces debe de odiarme. Lloro todo el tiempo. Sin embargo, no lo hago frente a Caleb. Le haría daño. A veces... por la noche, me tapo con las mantas para que nadie me oiga y lloro sin parar.

Él le pasó el brazo por los hombros y la acercó hacia sí.

—No me gusta lo que estoy oyendo. ¿Por qué llora de noche?

—Tengo miedo.

—¿De qué?

—De fracasar.

—Su vida es muy dura, Jessica.

—Oh, no. Mi vida junto a Caleb es maravillosa —replicó ella en un susurro—. Estoy muy contenta. Sólo que... a veces estoy cansada. Todo andaba bien hasta el día en que fui al banco. Estoy lista para contarle todo lo que pasó, si lo desea —agregó—. Entonces me creerá. Sé que le mentí. No debería haberle dicho que no había estado allí, pero trataba de proteger a Caleb.

—Voy a ayudarla a proteger a su hijo. He encontrado un lugar seguro para él, Jessica. No puede llevarlo con usted a Blackwater, y sabe que no tiene más remedio que ir.

Finalmente, ella aceptó lo inevitable.

—Sí, lo sé. ¿No lo puedo dejar con Tilly? Lo quiere, y lo va a cuidar bien. Caleb la conoce. No tendría miedo, ni se sentiría abandonado.

Cole rechazó de plano la sugerencia.

—Jessie, aquí todos saben de quién es hijo Caleb, y sería muy fácil quitárselo a Tilly. Es una anciana. No quiero que Caleb se quede en Rockford Falls.

—¿Y por qué querría alguien atrapar a Caleb?

—Mantener a su hijo como rehén sería una buena manera de asegurarse su silencio durante el juicio.

—¡Oh, Dios!

—Jessica, he pensado en un matrimonio que lo cuidará muy bien. Permítame que le hable de ellos. Son gente mayor... como abuelos...

Cole pasó más de quince minutos contándole todo lo que sabía sobre los Norton. Se explayó acerca de los antecedentes de Tom, acentuando el hecho de que era muy buen tirador y hombre de la ley, pero no mencionó la falta de habilidad de Josey en la cocina. Una vez que le hubo contado todo lo que sabía sobre ellos, Jessica ya no se mostraba tan contraria a la idea.

—¿Dijo que siempre quisieron tener niños? —preguntó.

—Sí.

—Si usted tuviera un hijo, ¿lo dejaría con los Norton?

—Sí —volvió a decir él sin titubear.

—Tengo que conocerlos antes de tomar una decisión. Si no me gustan y no me parecen buenos para cuidar a Caleb, no lo dejaré con ellos.

Estaba decidida a ir con él, y nada que pudiera decirle Cole la haría cambiar de opinión.

—¿Cuándo partimos? —preguntó ella—. Me refiero hacia el Norte, con Caleb.

—Ay, Jessie, no empiece a llorar otra vez. Todo va a salir bien. Quiere estar segura de que el pequeño va a estar bien, ¿no es así?

—Sí, sí, por supuesto que sí. Es sólo que no conozco a los Norton, y yo...

Cole se dirigió hacia la puerta.

—Prepare poco equipaje, Jessica. Una maleta para usted y otra para Caleb.

—Antes de irme a ningún lado tengo que hablar con Grace.

—Eso no puede ser.

—¿Vamos a volver a Rockford Falls después de dejar a Caleb?

—No, nos iremos directamente a Texas.

—¿Y mis cosas? Todo lo que poseo está cargado en la carreta de Grace.

—He ordenado que la lleven a la caballeriza. Su propietario cuidará de ella. Usted sabe montar, ¿verdad?

—Sí —respondió, aunque no mencionó que no lo hacía muy bien—. Antes de partir, me gustaría comprar un revólver, y querría que me enseñara a usarlo. Quiero llegar a tener puntería.

A él no le gustó enterarse de que Jessica quisiera poseer un arma.

—Hay que apuntar y luego disparar —dijo—. Eso es todo. De todas maneras, no es necesario que lleve un arma.

—Sí, lo es —se opuso ella—. ¿Me enseñará a usarla?

—Ya ha disparado el revólver de York.

—Quiero afinar la puntería —porfió ella.

Cole no perdió el tiempo discutiendo la cuestión.

—Partiremos en cuanto Caleb se despierte. ¿Y ahora qué pasa? —preguntó, al verla negar con la cabeza.

—Primero tiene que comer.

—Bueno —accedió Cole—. Después de que Caleb coma, nos iremos. Podría llevar algo de la comida que a él le gusta —creyó prudente añadir.

—¿Cuánto tiempo nos llevará llegar hasta la casa de los Norton?

—No demasiado —prometió él—. Y, Jessie, no quiero que le diga a nadie dónde pensamos llevar a Caleb. Ni siquiera vuelva a mencionar el nombre de los Norton, porque podría escucharlo quien no debe, ¿comprende?

—Sí.

Ya llegaba a la puerta cuando ella volvió a llamarlo:

—¡Cole!
—¿Sí?
—Prométame que nada va a ocurrirle a mi hijo.
—Se lo prometo.

Tercera Parte

Y todo tiempo evocado es pesar olvidado,
La escarcha se ha fundido, y las flores han brotado...

23

Rebecca se hallaba sentada en el banco de piedra que había en el patio trasero del hotel. A su lado se encontraban sus maletas. Era un lugar tranquilo y seguro, y a esa hora del día también resultaba muy recoleto, ya que a ninguno de los otros huéspedes le atraía la idea de aventurarse bajo el ardiente sol del mediodía. El jardín estaba rodeado por los cuatro costados por un alto muro de ladrillos y por un cerco de vegetación perenne. Spencer y Cobb montaban guardia junto a la puerta que lo comunicaba con la galería, mientras que su jefe, el alguacil Cooper, se paseaba nerviosamente por el lugar. Impaciente por ponerse en marcha, esperaba el coche de alquiler que habían solicitado.

A Rebecca le preocupaba que Jessica y Grace la vieran partir.

Tras controlar la hora, echó una mirada a la puerta.

—Me hace sentir muy mal no despedirme de Grace y de Jessica, pero no quiero que sepan que voy a Texas a reconocer al hombre que han apresado. Se preocuparán por mí —agregó—. Espero que no nos encontremos con ellas al salir del hotel.

—No debe preocuparse por eso —dijo Cooper—. Ninguna de las damas la verá irse.

—¿Cómo puede estar tan seguro?

—A Grace le ordenaron permanecer en cama hasta mañana, y el alguacil Ryan ha apostado un guardia en su puerta. No la dejará salir ni le permitirá recibir visitantes.

—¿Y Jessica?

—Se marchó con el alguacil Clayborne hace dos horas.

—¿A qué se refiere con "se marchó"? ¿Dónde ha ido? —exclamó Rebecca—. ¿Tenía que hacer algún trámite? ¿Regresará hoy?

—No.

—¿Dónde está?

—Está en buenas manos —replicó Cooper—. No se preocupe por ella.

—¿Cuánto hace que se fue? ¿Dijo usted un par de horas?

—Sí —respondió Cooper—. Nosotros debíamos haberlo hecho a la misma hora, pero nos llevó tiempo encontrar un coche decente. ¿Está segura de que no puede ir a caballo hasta la estación de ferrocarril?

—Estoy segura. Crecí en la ciudad, alguacil, y como ya le he explicado, no tengo la menor experiencia en eso de montar. Me rompería el cuello.

—Muy bien, entonces —dijo él—. Ya no ha de faltar mucho para que llegue el coche. Debemos esperar.

—Todavía no me ha dicho dónde ha ido Jessica.

Cooper cruzó los brazos sobre el pecho y la miró. No quería poner en evidencia el efecto que ella estaba causándole, pero, Dios, era difícil dejar de mirarla. Era una mujer increíblemente hermosa, y el sol, al iluminar su dorado cabello, la hacía aparecer como envuelta en un halo. Al ver por primera vez su rostro angelical estuvo a punto de caer redondo. Pensó que Daniel debería haberle advertido de su hermosura para poder estar preparado.

Spencer y Cobb estaban completamente encandilados por las tres mujeres. Desde que las conocieran, no hacían sino comportarse como jovenzuelos que acababan de descubrir al sexo opuesto. Era condenadamente desagradable.

Bajando lentamente la mirada, le pidió a Rebecca que le repitiera la pregunta.

—Quiero saber dónde van Jessica y Cole.

—No conozco su lugar de destino.

—Al Norte —exclamó Spencer.

Cooper lo fulminó con una mirada que le insinuaba claramente no volver a pronunciar ni una palabra más.

—Cole y Jessica van a llevar al niño a la casa de unos amigos.

—¿Amigos de Cole? —preguntó ella—. Debe de ser así —aventuró—. Los amigos de Jessica están en Chicago... excepto Grace y yo. Somos amigas íntimas. ¿Por qué consideró necesario llevar lejos a Caleb? ¿Y por qué no quiere decirme dónde han ido? ¡Usted es un alguacil, por el amor de Dios! Debería saberlo.

—Lo siento, pero no lo sé —dijo Cooper.

—Sólo me preocupo por ella.

—Ustedes tres se han hecho muy amigas, ¿verdad?

—Nos acercaron circunstancias más bien trágicas y descubrimos que tenemos mucho en común.

Cooper sintió pena por ella. ¡Parecía tan desolada y vulnerable!

—Va a volver a ver muy pronto a sus amigas —le prometió.

—¿Sí? —preguntó ella con ansiedad—. ¿Cuándo?

—Jessica y Cole, y Grace y Daniel, van a alcanzarnos.

Ella frunció el entrecejo, confundida.

—No entiendo. ¿Me está diciendo que Jessica y Grace también van para Texas?

—Sí.

—Pero ¿por qué? La testigo soy yo.

—Ya lo sé —replicó Cooper—. Sin embargo, tenemos que mantener a salvo a las otras dos mujeres hasta el momento del juicio. Una vez que usted ya haya dado su testimonio, esta odisea habrá terminado. Hasta entonces, las tres necesitan protección. Además, el juez Rafferty quiere verlas a las tres.

—¿Cuándo las veré?

—Van a reunirse con nosotros en Red Arrow —respondió él—. Probablemente lleguemos allí antes que Cole y Jessica, pero podrían sorprendernos y alcanzar nuestro tren.

—¿Eso quiere decir que Red Arrow es la última parada? ¿Significa que voy a tener que seguir hasta Blackwater a caballo?

Su preocupación lo obligó a sonreír.

—Puede cabalgar conmigo, o si no trataré de encontrar una calesa en alguna parte.

Ella se miró las manos y susurró:

—Esto está todo mal. Si yo me hubiera presentado antes, Grace y Jessica no estarían viviendo esta pesadilla.

—¿Por qué no dijo la verdad desde el principio? ¿Tenía miedo?

—Sí —respondió ella.

—Señora, puede meterse en problemas muy serios por mentirle a un representante de la ley —terció el auxiliar Cobb. Su amigo Spencer asintió con un gesto.

—Podría ir a la cárcel por eso —añadió éste.

—¿Y qué importancia tiene? —preguntó Rebecca—. Ya estoy en problemas. Esos criminales van a perseguirme, y si sobrevivo a eso será por milagro. No entiendo cómo no lo han intentado todavía. ¿ A qué esperan? ¿Por qué no han tratado de silenciarme?

—Debe de ser que han estado ocupados —dijo Daniel, que había aparecido en la puerta.

Bajó los escalones y le alargó un telegrama a Cooper.

—Han asaltado otro banco —informó—. A unos ciento diez kilómetros al sudeste de aquí.

Cooper lanzó un juramento.

—¿Fue un robo limpio? —preguntó.

—No —respondió Daniel, con expresión torva.

—¿A qué se refiere con "robo limpio"? —preguntó Rebecca a Cooper.

El que se dio la vuelta para responderle fue Daniel.

—Me ha preguntado si había víctimas.

Rebecca se puso pálida.

—¿Cuántos fueron los muertos? —preguntó.

—Tres hombres —dijo Daniel—. Todos empleados del banco.

—¡Pobres hombres! —dijo ella en un murmullo.

Daniel llevó a Cooper hasta uno de los rincones del jardín. En voz baja, le dijo:

—En este atraco hubo algo diferente.

—¿Qué? —preguntó Cooper.

—Todos las mesas del banco estaban patas arriba, y sobre una de las paredes habían pegado una copia de la *Rockford Gazette*. Estaba cubierta de sangre.

—Nos están diciendo que saben que tenemos una testigo.

Daniel asintió.

—Salgamos de aquí lo antes posible, como si nos persiguiera el mismísimo diablo.

24

Viajar con un niño pequeño no era difícil: era una pesadilla. No sabía estarse quieto. La mayor parte de lo que decía no tenía sentido aparente, pero igualmente esperaba que se le respondiera, y Cole tenía la certeza de que el niño parloteaba sin cesar sólo por escuchar el sonido de su propia voz resonando por el bosque. *No* todavía era su palabra favorita. La susurraba, la gritaba, la gemía y la cantaba, y cuando hicieron un alto para pasar la noche, Cole estaba seguro de haberla oído al menos doscientas veces.

Ya era casi el crepúsculo cuando finalmente acamparon en una zona aislada, junto a un lago en forma de herradura. Éste estaba rodeado por salientes de roca erosionada, algunas de ellas de hasta quince metros de altura, que brindaban eficaz protección contra la lluvia y el viento. Más importante aún era el hecho de que nadie podría acercarse furtivamente por allí durante la noche. El campamento sólo contaba con una vía de acceso: el sendero que bordeaba el lago.

Mientras Cole se ocupaba de los caballos, Jessica le dio la cena a Caleb. El niño estaba más interesado en explorar lo que lo rodeaba que en comer, y su madre no tuvo más remedio que obligarlo a alimentarse.

A Cole no le preocupaba todo el escándalo que pudiera armar el niño porque estaba seguro de que nadie los seguía. Había vuelto dos veces sobre sus propias huellas para asegurarse. El pequeño necesitaba correr y jugar. Se había visto forzado a pasar casi todo el día sentado en el regazo de su madre, pero parecía dispuesto a recuperar el tiempo perdido. Lleno de vitalidad, corrió en círculos desde un extremo a otro del claro, parloteando a toda velocidad. Cada tanto estallaba en carcajadas por alguna clase de bromas que sólo otro niño de su edad podría comprender. Sus hombros subían y bajaban por el regocijo.

El pequeño era un encanto, a pesar del jaleo que armaba porque Jessica no le permitía meterse en el agua. Ésta desplegaba toda su energía para convencerlo, pero, por alguna razón, cuando se lo dijo Cole, Caleb lo hizo. Le ordenó que se sentara y el niño se apresuró a sentarse. Caleb ya se quitó los calcetines y los zapatos y se sentó sobre una de las monturas, mientras contemplaba cómo Cole cepillaba a los caballos. Se le había subido la camisita por encima de la barriga y los pañales se le habían deslizado hasta más abajo de las caderas, pero parecía un niño absolutamente feliz.

Por el contrario, su madre mostraba un aspecto lamentable. Estaba claramente extenuada. A Cole le recordó la muñeca de trapo de su hermanita después de quedar expuesta mucho tiempo a la lluvia y al sol. Tenía el cabello apelmazado, su blusa blanca estaba cubierta de polvo y de la mermelada de frutillas con la que Caleb la había embadurnado mientras comía sus bizcochos, y sus mejillas aparecían manchadas de tierra. Aun así, seguía siendo condenadamente atractiva, demasiado para su propio bien... y para la paz de espíritu de Cole.

Jessica estaba demasiado cansada como para pensar en comer, pero Cole logró convencerla de que necesitaba alimentarse. La presionó de la misma forma que ella había utilizado con su hijo, aunque tuvo la astucia suficiente como para no mencionarlo. Dado el estado de ánimo que la embargaba, el comentario no le habría causado ninguna gracia.

Cole estaba famélico, así que se tomó dos raciones de jamón, guisantes, bizcochos y galletas. Mientras comía, no dejó de observarla. Si su gesto ceñudo era una señal, definitivamente estaba de pésimo humor. Después de tolerar su impenetrable silencioso durante varios minutos, se dio por vencido y le preguntó qué le pasaba.

—¿Por qué no me avisó que íbamos a hacer noche a la intemperie? Debería habérmelo advertido.

—Si lo hubiera hecho, ¿habría habido alguna diferencia?

Ella comenzó a asentir, pero se detuvo.

—No lo sé —dijo—, pero habría insistido en que eligiera un lugar más seguro.

—Éste es el más seguro que he podido encontrar —replicó él—. Nadie puede sorprendernos desde la retaguardia, y si se acerca alguien por el sendero, puedo escucharlo.

—No me refiero a eso —dijo ella—. Y ahora ha encendido fuego. No puedo estar en tres lugares al mismo tiempo.

Cole no sabía a ciencia cierta qué era lo que la irritaba tanto. Se apoyó contra el muro de piedra y la contempló.

—Necesitaremos el fuego más tarde —le explicó—. Va a hacer frío por la noche. Siempre es así aquí, en las montañas.

Jessica se pasó los dedos por el pelo y cerró los ojos.

—¿Tenía que acampar al lado de un lago? —preguntó.

—Los caballos necesitan agua, Jessie, y nosotros también —intentó razonar él.

A ella no pareció importarle si su explicación tenía o no lógica.

—¿No se da cuenta de la tentación que el agua significa para Caleb? Esta noche no podré pegar un ojo, preocupada como estaré por él. ¿Qué puede pasar si se despierta y se pone a dar vueltas por ahí? Puede perderse en el bosque, o ahogarse, o toparse con una serpiente...

—Jessica, tranquilícese. No voy a dejar que le pase nada.

Ella pareció no escucharlo.

—Podría caerse al fuego, o pisar una brasa encendida —continuó—. ¿En qué estaba pensando?

Aunque podía comprender bien sus preocupaciones, lo ofendió que no confiara en él para cuidar de ella y de su hijo.

—No voy a permitir que se queme, se ahogue, lo muerda una serpiente o se pierda.

—Así y todo, me preocupa —insistió ella. Miró a su alrededor hasta encontrar a Caleb y asegurarse de que estaba bien; lo vio escarbar en la tierra con un palito que el niño había encontrado y dirigió su mirada al lago. Bajo la evanescente luz del crepúsculo, el agua parecía estar en llamas. El refulgente destello anaranjado ofrecía una vista encantadora.

—¿Sabe lo que pienso? —dijo Cole, volviendo a atraer su atención.

—No, ¿qué? —preguntó Jessica, lanzando un suspiro de cansancio.

—Que necesita un baño.

Ella se volvió rápidamente hacia él.

—Perdón, ¿qué ha dicho?

—Decía que necesita un baño. Quítese la ropa y métase en el lago. Le hará bien. Está cansada y acalorada, y el agua la hará sentirse mejor. Venga, Jessica. Me llevaré a Caleb y permaneceré de espaldas si le preocupa su pudor, pero en estas circunstancias es preciso ser práctico.

Ella miró hacia el lago.

—No estoy preocupada por mi modestia. Sé bien que no se aprovechará de las circunstancias. No puede.

Si ella no hubiera agregado el último comentario, hubiese tomado sus palabras como un cumplido, ya que significarían que confiaba en él.

—¿No puedo? —repitió, intrigado—. ¿Por qué no puedo?

—¿Aprovecharse de nuestra situación?

—Sí.

La sonrisa de Jessica fue deslumbrante. Era una mujer muy especial, y Cole advirtió que cada vez le resultaba más difícil mantener las manos lejos de ella.

—Porque es un representante de la ley de los Estados Unidos —le recordó ella pacientemente.

—¿Y con eso qué quiere decir? —la urgió él.

—Quiero decir que ha asumido un compromiso. Está aquí para protegerme, no para... —Estuvo a punto de decir *flirtear*, pero cambió de idea—: ...ya sabe.

Cole no pudo decidir si quería echarse a reír o lanzar un gemido. Frustrado, apretó los dientes, entendiendo finalmente lo que ella sugería. Decidió dejar las cosas claras.

—Jessica, contrariamente a lo que pueda imaginar, a los representantes de la ley no nos castran cuando prestamos juramento. Renunciar al sexo no es un requisito para este trabajo.

Ella abrió los ojos con sorpresa.

—¿Está diciendo...?

—Eso estoy diciendo.

Esperaba que se sonrojara, o al menos que cambiara de tema. Jessica, en cambio, se encogió de hombros.

—No pienso preocuparme —anunció. Se quedó largo rato contemplando el lago y luego agregó nerviosamente—: ¿Debería?

Cuanto más pensaba Cole en la conversación y en las extravagantes opiniones de Jessica, más exasperado se sentía.

—Ya le avisaré cuando deba preocuparse, ¿de acuerdo?

—De acuerdo —respondió ella, riendo.

—¿Va a ir a nadar o no? —preguntó él—. Caleb, deja de tirar tierra y ven aquí.

El niño tiró el palo y se acercó a la carrera. Cole lo sentó sobre sus rodillas y le quitó la camisita.

—¿Está muy hondo aquí? —preguntó Jessica.

—No lo sé —respondió Cole, mientras desataba las tiras de los pañales de Caleb—. Probablemente lo esté en medio del lago. ¿Por qué? ¿No sabe nadar?

—No muy bien —reconoció ella—. No he tenido mucha práctica.

—¿No nadaba cuando era niña?

Ella negó con la cabeza.

—No tenía mucho tiempo para frivolidades.

—¿Por qué no tenía tiempo? —preguntó Cole, mirándola.

—Tenía mucho que hacer.

Por su tono de voz, Cole adivinó que no quería hablar sobre su infancia. De haber sido un hombre sensible, habría aceptado la sugerencia y cambiado de tema. La sensibilidad, sin embargo, no era una de sus cualidades.

—¿Qué tenía que hacer?

Jessica lanzó un suspiro.

—Ayudaba a mi madre a atender la tienda donde trabajaba..., una tienda de ropa para señoras —aclaró—. Cuando era más pequeña, me quedaba con los vecinos o colaboraba en la escuela. No tenía mucho tiempo para jugar.

—Estaban las dos solas, ¿verdad? ¿Su padre se había marchado?

—Sí, se había ido.

—¿Sabe dónde está?

—Oí decir que había muerto, pero no sé si es cierto. ¿Va a echar a Caleb ahora al agua?

—Sí.

—¿Lo tiene bien agarrado? —preguntó—. Si está mojado se le puede resbalar.

Cole se quitó la camisa y la tiró a un lado. Luego se quitó la cartuchera y se puso de pie. Ella se apresuró a volver su atención hacia el lago, pero no antes de advertir lo musculoso de su pecho y de sus bíceps. Tenía la piel muy tostada, lo que indicaba que había pasado muchas horas al sol con medio pecho desnudo. La mata de vello rojizo que lo cubría descendía hasta su bajo vientre, y, Dios, no debía haberlo mirado tanto. Cole era un hombre realmente apuesto. Tendría que haber estado ciega para no reparar en sus azules ojos de acero, pero lo que lo hacía más atractivo para ella era la forma en que trataba a su hijo. Mostraba una paciencia digna de Job. Era suave y considerado con Caleb, y nada de lo que hiciera el pequeño parecía molestarlo.

Sería un padre maravilloso. Apenas la asaltó ese pensamiento, lo desechó. No necesitaba ni a Cole ni a ningún otro hombre, se recordó. Ella y Caleb se estaban arreglando muy bien tal como estaban.

—Me gustaría haber podido hablar con Grace antes de partir. Le prometí ayudarla con su rancho. Me ofreció trabajo allí y me pareció un lugar ideal para ver crecer a mi hijo. Tendría mucho espacio para correr.

—¿Y qué podría hacer usted en un rancho?

Jessica se enderezó y se puso rígida.

—Podría hacer un montón de cosas. Jamás le he tenido miedo al trabajo duro —añadió.

—No es preciso que se enfade. No pretendía ofenderla o desafiarla. Simplemente, sentía curiosidad.

—Grace debería estar enterada de lo que pasa. Tendría que haberle dicho que se adelantara y se fuera sin Caleb y sin mí, y que luego nos reuniríamos con ella en Denver. Está viviendo bajo una enorme presión y el tiempo se le acaba.

Cole no comprendió a qué se refería, pero Jessica se negó a explicárselo mejor.

—Si Grace desea que conozca sus asuntos personales, ya se los contará. Debería haber retirado mis cosas de la carreta. Espero que Grace no se sienta obligada a cuidarlas.

—Deje de preocuparse —le ordenó él—. Estará bien y usted volverá a verla muy pronto.

En ese instante, la atención de Jessica se vio requerida por Caleb, que se arrojó en sus brazos. Estaba totalmente desnudo, y olía realmente mal.

—Voy a buscar el jabón —anunció.

—¡Jessie!

—¿Sí? —contestó ella, mientras bajaba al niño de su falda.

—Debería cerrar los ojos un momento.

Jessica no preguntó por qué. Se limitó a apretar fuertemente los ojos. La curiosidad, sin embargo, pudo con ella y no logró evitar preguntarle:

—No se habrá quitado toda la ropa, ¿verdad?

—Claro que sí —respondió Cole alegremente—. Caleb y yo estamos como vinimos al mundo.

Ella deseó poder mirar. Se convenció de que era sólo curiosidad, porque nunca había visto con anterioridad a un hombre desnudo. Realmente debía mirar, ya que era madre. Espió, pero con un solo ojo. Quedó desilusionada al comprobar que había tardado demasiado. Todo lo que alcanzó a ver fue la espalda de Cole y sus muslos al entrar al agua. Le pareció sumamente extraño que estuviera tostado de pies a cabeza. ¿Qué era lo que hacía este hombre? ¿Trabajaba a la intemperie desnudo? La posibilidad era tan absurda que no pudo menos que sonreír.

Caleb le rodeaba el cuello con sus dos bracitos y le hablaba alegremente al oído. No parecía en absoluto asustado, y Jessica de pronto deseó fervientemente estar con ellos en el agua.

En cambio, fue en busca del jabón. Mientras revolvía dentro de la maleta, escuchó un chapoteo, inmediatamente seguido por el agudo chillido de alegría del pequeño. Nada parecía asustar a Caleb, lo que significaba que se sentía seguro, confió Jessica.

—Hasta ahora va bien —susurró. A Caleb no le había perjudicado su falta de experiencia como madre. Cada día aprendía un poquito más, y tenía la esperanza de que cuando el niño tuviera cinco o seis años, ya se sentiría cómoda con el papel que había asumido. Siempre encontraría motivos para preocuparse, ¿pero acaso no le sucedía lo mismo a todas las madres? Deseaba hacer todo lo mejor para su hijo, para que creciera con un bagaje de recuerdos entrañables y un elevado concepto de su propia valía. Al contrario de los restantes hombres de su vida, Caleb contaría con valores que lo sostuvieran en su futuro.

—Jessie, traiga el jabón.

Ante el sonido de la voz de Cole, se sobresaltó. Con la masa informe del jabón de rosas que había hecho ella misma, se dirigió hacia la orilla.

—¿Lo tiro?

—¡Sí! —respondió él.

Jessica apuntó, pero se desvió casi tres metros. Cole llegó a alcanzarlo antes de que se hundiera hasta el fondo del lago.

—¡Tira como las chicas! —le gritó.

—Soy una chica —replicó ella, mientras se quitaba los zapatos y se sentaba en la hierba.

También se quitó las medias, pero llegaría sólo hasta ahí, mientras tanto Cole permaneciera en el lago. No habría sido correcto hacer lo que tenía ganas de hacer. Una madre no debía mostrarse retozona. De modo que se dedicó a observar cómo Cole enjabonaba a su hijo de pies a cabeza y jugaba con él, ansiando todo el tiempo participar en sus juegos.

Sintió que el corazón se le detenía al ver que Cole arrojaba a Caleb al aire y lo dejaba hundirse en el agua. Antes de que pudiera gritarle una advertencia, Cole ya lo había rescatado y aguardaba a que dejara de escupir agua para volver a arrojarlo.

Caleb lo estaba pasando muy bien, y disfrutaba a fondo. Jessica se sentó en la orilla con los pies hundidos en el agua fresca, hasta que ya fue de noche. La temperatura comenzó a bajar rápidamente. Tomó una toalla para Caleb y esperó a que Cole se acercara nadando y le devolviera a su hijo.

Al niño le temblaba el labio inferior a causa del frío, pero así y todo protestó cuando ella lo sacó del agua. Quería volver a meterse. Jessica lo llevó hacia el fuego y lo preparó para irse a dormir. En medio de la manta que ya había extendido anteriormente acostó a su niño. En cuanto se acomodó en su lugar, Caleb tomó su juguete, se metió el pulgar en la boca y cerró los ojos.

—Si quiere meterse en el agua, vaya, que yo lo vigilaré, Jessica —dijo Cole a sus espaldas.

—Gracias —susurró ella.

—Estoy vestido —le anunció, con una voz en la que se podía distinguir un asomo de risa.

Apenas, pensó ella. Cole sólo llevaba un par de cómodos pantalones de ante. Tenía el pelo mojado, peinado hacia atrás y el pecho cubierto de brillantes gotas de agua.

La idea de un baño sonaba maravillosa. Aguardó hasta que Caleb estuviera profundamente dormido y luego tomó ropa limpia, jabón y una toalla. Se alejó una buena distancia del campamento para que Cole no pudiera verla, dejó las prendas al lado del lago y se quitó lentamente la ropa que llevaba puesta. Le dolía cada músculo del cuello y los hombros, y de pronto se sintió tan cansada que casi ni se dio cuenta de lo que estaba haciendo. La frescura del agua le pareció un bálsamo contra su piel desnuda. Suspiró profundamente mientras se adentraba cautelosamente en el lago, probando con la punta del pie para cerciorarse de que el fondo rocoso no fuera a desaparecer súbitamente.

Era celestial. Ni siquiera le importó el frío, pero cuando terminó de enjabonarse y lavarse la cabeza, tenía las puntas de los dedos arrugadas como ciruelas pasas.

Habría sido muy agradable enfundarse en su camisón, pero eso habría sido incorrecto estando Cole presente, naturalmente, de manera que se puso una camisa limpia y un vestido gris oscuro, que era por lo menos dos veces más más grande que el que normalmente usaba. Como mucha de su ropa, era un vestido de segunda mano. Jessica no había tenido tiempo de adaptarlo porque por las noches solía encontrarse demasiado extenuada de tanto correr tras Caleb todo el día. Mientras se metía el vestido por la cabeza, se prometió por enésima vez ser más organizada y se encaminó hacia el campamento.

Caleb estaba profundamente dormido con la espalda apoyada contra el cuerpo de Cole. A Jessica le pareció que éste también dormía. Se encontraba boca arriba, con la cabeza apoyada sobre una de las monturas a guisa de almohada.

Jessica se sentó al lado del fuego. Se quitó los zapatos, recogió los pies debajo del cuerpo y comenzó a desenredarse el pelo con la ayuda de un cepillo. Adoraba este momento de la noche, cuando todo ya estaba en calma y podía contar con algunos minutos para ella sola. Sabía que debía dormir, porque el día siguiente prometía ser tan agotador como el que terminaba, pero disfrutaba tanto de la soledad que no pensaba en lo más práctico. El calor del fuego entibió su rostro. Con un movimiento de cabeza, se acomodó el cabello por detrás de los hombros y se inclinó hacia las llamas.

—Va a prenderse fuego —le advirtió Cole.

Ella retrocedió con un salto.

—Creí que estaba dormido —dijo en voz baja para no despertar a Caleb.

—No es necesario que susurre. Su hijo está fuera de combate. Nada podría despertarlo.

—Ha tenido un día largo y extenuante —coincidió ella, sonriendo.

Quedaron en silencio durante algunos minutos y luego Cole volvió a hablar:

—Es usted una buena madre, Jessica.

Ella dejó el cepillo en el suelo.

—No, no lo soy, pero lo intento —respondió—. Jamás había estado en contacto con bebés en toda mi vida, y sé que he cometido varios errores con Caleb. Ahora ya me siento más relajada y confío en no haber hecho nada que pueda perjudicarlo de forma irreparable. Lo he malcriado, es cierto, pero no me importa. Los bebés necesitan que los mimen.

—El niño necesita un padre —comentó Cole—. ¿Piensa buscarle uno?

La respuesta de ella fue rápida y categórica.

—No, no pienso hacerlo. Caleb tenía padre, que lo abandonó, ¿lo recuerda?

—¿Como la abandonó su padre a usted?

Jessica no contestó a la pregunta.

—Jamás me casaré —dijo, en cambio—. Sería una complicación demasiado grande.

—¿Tiene idea de lo difícil que será criar a Caleb sola, sin ayuda?

—Nos arreglaremos.

Cole mantuvo la mirada fija en el fuego durante largo rato, meditando sobre las circunstancias de la vida de Jessica. Era demasiado joven para tener semejante opinión acerca de los hombres y del matrimonio.

—No todos los hombres se marchan.

—La mayoría lo hace.

—No, la mayoría *no* lo hace —la contradijo él—. Usted tiene agallas. Se lo concedo, pero debe mostrarse más práctica. Es una mujer muy bonita y habrá muchos hombres que la pretendan.

Estás hecha para el amor, pensó para sus adentros, pero no lo dijo. No quería darle la falsa impresión de que estaba interesado en ella. Por supuesto que tenía interés en hacerle el amor, y sabía que podía llegar a pasar una noche inolvidable, pero no estaba interesado en el matrimonio.

—¿Qué le hace suponer que necesito ayuda para criar a Caleb? —preguntó ella.

Cole prefirió ignorar la pregunta.

—Me gusta el color de su pelo —dijo en cambio.

El cumplido la dejó atónita.

—¿De veras? A muchos hombres no les gusta el cabello castaño.

—¿De dónde ha sacado esa loca idea? De todas maneras, cuando un hombre se fija en una mujer, no le mira el cabello.

—¿Y entonces qué mira?

—Todo el conjunto —dijo él, sonriendo—. Nos fijamos en cada curva que muestra desde el cuello hacia abajo.

Jessica enrojeció y tuvo que hacer un esfuerzo para no echarse a reír.

—No debería hablar de esa manera.

—¿De qué manera? Me limité a contestar su pregunta. Su cabello no es castaño, dicho sea de paso. Es de color canela.

A Jessica le incomodó ser el centro de atención. No estaba bien que Cole le llenara la cabeza con zalamerías que no eran ciertas. Ella no era bonita como él había afirmado. Era una mujer vulgar y sensata.

—¿Por qué no se ha casado? —preguntó a Cole.

—Nunca he tenido ganas —respondió él—. Además, trabajando en lo que trabajo, no se puede pensar en el matrimonio.

—¿Pero por qué nunca ha tenido ganas? —lo acicateó ella.

—No me agrada la idea de estar atado. No me gustan las ataduras.

Ella coincidió con él.

—Lo entiendo. A mí tampoco.

—Es usted muy joven para obstinarse en esas ideas.

—¿Trata de llamarme cínica? Lo soy, bien lo sé.

—Ya aparecerá el hombre indicado para hacerle cambiar de idea.

—Y una mujer indicada podría cambiar la suya –contraatacó ella.

Cole la contempló largamente, y luego clavó la mirada en el fuego. Su rostro mostraba una expresión de melancolía que la desconcertó, y se preguntó en qué estaría pensando.

Se puso de pie, dejó a un lado su cepillo, y comenzó a revolver dentro de su maleta en busca de uno de los lazos que usaba para recogerse el cabello. Luego se sentó al lado de Caleb.

—Decidí atar la muñeca de Caleb a la mía. Si intenta levantarse, me despertará.

—Jessie, no es preciso. Yo lo escucharé.

Jessica no deseaba correr el riesgo. Ató el lazo amarillo a la muñeca izquierda de Caleb y luego lo aseguró a la suya. Tras asegurarse de que podría dormir tranquila, se acostó y cerró los ojos.

—No podría pegar un ojo si siguiera preocupada por él.

Menos de un minuto después, ya estaba profundamente dormida. Cole agregó más ramas al fuego y luego se acercó al niño y le desató el lazo que tenía atado a su muñeca. Jessica había dejado una larga tira entre ambos para que el niño pudiera moverse, pero a Cole le preocupaba que pudiera enredársele en el cuello. No quería correr riesgos. Además, estaba seguro de poder oírlo si se despertaba. Cuando estaba lejos de casa, jamás dormía toda la noche de un tirón y lo despertaba cualquier ruido por insignificante que fuera.

Jessica suspiró entre sueños y se dio la vuelta, justo de cara a él. Cole contempló su adorable rostro, sabiendo en lo más hondo de su corazón que, si existiera la mujer adecuada para él, ésa sería Jessica, y la revelación lo molestó.

Todo podría complicarse mucho, y él odiaba las complicaciones.

Se acostó de espaldas; desperezándose cerró los ojos y dejó que el frío aire de la noche aplacara el fuego que ardía en su interior, mientras se recordaba los principios filosóficos básicos que regían su vida.

Nada de ataduras.

25

El comisario Norton y su esposa Josey vivían en una casa de madera de dos plantas, situada en Grant Lane, muy cerca de la plaza principal de Middleton, donde se encontraba la cárcel de Tom. Tres escalones de piedra conducían hasta la puerta de entrada, y en el porche podían verse tres mecedoras recientemente pintadas de negro. También negros eran los tiestos llenos de flores estivales rosadas y rojas que bordeaban los escalones. Los laterales de la casa estaban cubiertos de hiedra trepadora. Aunque pequeña, la casa era encantadora.

Aunque ya estaba oscuro, Cole insistió en ir hasta la puerta trasera. Llevaba a Caleb en uno de sus brazos y con el otro prácticamente arrastraba a Jessica con él.

—Estoy segura de que ya se han ido a la cama. Es muy tarde.

—No es tan tarde —la contradijo él—. Y si se hubieran ido a la cama no habrían dejado todas las luces encendidas. Vamos, Jessie. Tenemos que hacer esto.

Cole trató de llevarla hasta el sendero de grava, pero ella se lo impidió y le tiró del brazo.

—Si esta gente no me gusta, no dejaré a Caleb con ellos. ¿De acuerdo?

Él apeló a toda la paciencia que le quedaba.

—Ya hemos hablado de esto. Hace dos horas que manifesté mi acuerdo con eso, ¿lo recuerda?

—Sólo quería que no se le olvidara.

Él le rodeó los hombros con el brazo y la apretó contra sí.

—Todo va a salir bien, tal como se lo prometí.

Estaba a punto de golpear a la puerta cuando ella le pidió que aguardara un momento. Se acercó a Caleb y le pasó los dedos por el pelo, tratando de peinarlo. El niño esquivó rápidamente la maniobra de su madre.

—¿Lista?

Jessica aspiró con fuerza.

—Sí —contestó—. Espero que no los estemos molestando. Es tarde —repitió tercamente.

Los Norton se sintieron sumamente emocionados al recibir la visita, y no se mostraron en absoluto molestos. Josey acababa de lavar los platos de la cena y Tom estaba tomando su segunda taza de café.

Cole hizo avanzar a Jessica con un suave codazo, al tiempo que entraba tras ella con Caleb en sus brazos en la cocina de brillantes colores.

Al instante, Josey se puso a revolotear en torno del niño, al que le había acometido un súbito ataque de timidez y escondía la cabeza en el cuello de Cole.

—Vaya, qué muchacho tan apuesto, y mira esos rizos, Tom. No sabía que tenías familia, Cole, y esta bella señora debe de ser tu esposa. Encantada de conocerla —añadió.

—No soy su esposa —aclaró Jessica—. Pero éste es mi hijo. Se llama Caleb.

Tom Norton se adelantó para estrechar la mano de Cole y acercó una silla para él y otra para Jessica.

—Sentaos, y contadme qué rayos estáis haciendo en Middleton. No pensarás que va a haber otro atraco, ¿verdad?

—No —respondió Cole, mientras se sentaba y sentaba a Caleb sobre sus rodillas—. Hemos venido para hablar con usted.

—¿Oh, sí? —comentó Tom—. El otro día estaba pensando en ti. Sí, señor. Veo que sigues llevando la estrella. ¿Entonces, significa que has decidido convertirte definitivamente en representantes de la ley?

—Sólo por ahora —contestó Cole. Le agradeció a Josey la taza de café que había colocado frente a él y se volvió hacia Cole.

—No he sido alguacil tanto tiempo como para saber si me gusta el trabajo o no. —Tras hacer este comentario, se volvió a mirar a Jessica. Ésta escudriñaba minuciosamente a Josey, y parecía medir cada uno de los movimientos de la afectuosa mujer.

Caleb estiró la mano para tomar la taza de café. Pero, antes de que Jessica o Cole pudieran reaccionar, Josey se apresuró a alejarla del pequeño.

—¿Puede comer un bizcocho el niño? Acabo de hacer unos que están bien recientes. Sin embargo, tienen nueces, y a algunos niños no les gustan las nueces. ¿Y un poco de leche? Tengo bastante.

—Creo que le encantará comer algunos bizcochos con leche —respondió Jessica—. Pero va a ensuciar. ¿No le importa?

—No, claro que no. Es demasiado pequeño para no manchar —dijo Josey—. ¿Ya habéis cenado? Podría freír...

—No, no, ya hemos comido —se apresuró a decir Cole—. Pero gracias por el ofrecimiento.

—No tengo nada de hambre, gracias —dijo Jessica.

—Tom, ¿podría hablar una palabra a solas con usted? —le pidió Cole a Tom.

El comisario lo condujo hasta la sala de estar. Caleb todavía sentía desconfianza del ambiente desconocido que lo rodeaba, y no quiso soltarlo. Se lo dio a Jessica, le guiñó un ojo y salió de la cocina.

Jessica rodeó al niño con sus brazos y lo sostuvo con actitud protectora contra su cuerpo. La cocina estaba limpia. Advirtió que no había ni una mota de polvo por ninguna parte. Evidentemente, Josey era una buena ama de casa, pero si ella y Tom accedían a ocuparse de Caleb, ¿podría seguir el ritmo del niño? ¿Y tendría la paciencia necesaria?

Deseó contar con más tiempo para enterarse de todo lo que quería saber. Debía confiar en el juicio de Cole, pero era un hombre y no tenía en cuenta las cosas que preocuparían a una madre. Él confiaba en los Norton. Ella no, al menos todavía, y no pensaba dejar a un niño inocente en manos de inmorales.

Sin embargo, no parecían ser monstruos. La bondad que podía percibirse en los ojos de Josey indicaba a las claras que amaba a los niños. Ya se había encariñado con Caleb, y él estaba familiarizándose rápidamente con ella. Desde luego que todavía tenía el pulgar metido en la boca, pero sonreía.

¿Pero qué podía saber él? Era apenas un crío. Le correspondía a ella cerciorarse de que fuera bien atendido. Pero ¿cómo iba a dejarlo con cualquiera? Nadie lo amaría como ella lo amaba.

Josey puso un plato con bizcochos sobre la mesa. Sirvió dos vasos de leche, uno grande para Jessica y otro más pequeño para Caleb, y luego se sentó frente a ella y exhaló un profundo suspiro.

—Hoy hizo mucho calor, ¿verdad?

—Sí, así es —coincidió Jessica. Le sonrió a Josey mientras sostenía con fuerza a Caleb, que pugnaba por bajarse de su regazo—. Tiene usted una casa encantadora.

—Sólo ha visto la cocina —respondió Josey con una risita.

—¿Tienen hijos?

—No, no tenemos. Siempre quisimos tener una familia numerosa, pero no hemos recibido esa bendición. He cuidado a toda una pandilla de sobrinos y sé cómo atender bebés, pero conservo el anhelo de criar uno propio.

—Todavía puede tener niños. ¿Cuántos años tiene?

Era una pregunta muy indiscreta, pero a Josey no pareció importarle.

—Soy demasiado mayor para empezar a tener niños. Vaya, voy a cumplir cuarenta y siete años el mes que viene. Me suena raro que me haga semejante pregunta.

—Fue una grosería —reconoció Jessica—. Y le pido disculpas si le parezco una maleducada, pero es que tengo tan poco tiempo para tomar una decisión, y yo...

No pudo continuar. Si trataba de explicarle, se echaría a llorar. Aspiró profundamente varias veces para recuperar la serenidad antes de seguir interrogando a Josey.

Ésta la observaba atentamente. Advirtió lo pálida que estaba Jessica y lo tristes que eran sus ojos. Deseaba preguntarle si tenía algún problema, y en ese caso, si había algo que Tom y ella pudieran hacer para ayudarla, pero antes de que pudiera decir nada Jessica volvió a hablar.

—¿Se considera una persona paciente?

—Perdón, ¿cómo dice?

—¿Es paciente?

—Tom parece pensar que lo soy —respondió Josey.

—¿Qué suele hacer cuando se enfada?

Josey se echó hacia atrás, apoyándose en el respaldo de la silla. Estaba absolutamente perpleja ante las extrañas preguntas que le formulaba su huésped.

—Limpio.

—¿Qué ha dicho? —preguntó Jessica, sin comprender.

—Limpio —repitió Josey—. Cuando algo me sienta muy mal, friego los suelos, limpio las paredes y hago todo lo que sea necesario hasta que se me pasa el enfado. Luego hablo de ello con Tom. ¿Va a decirme por qué me está haciendo todas estas preguntas?

Los ojos de Jessica se llenaron de lágrimas.

—Sí, se lo explicaré en cuanto Cole termine de hablar con su esposo. ¿Guarda la lejía debajo del fregadero?

—¿Si hago qué?

—Si guarda la lejía debajo del fregadero.

—Cielo santo, no —contestó Josey—. Como le dije antes, suelo cuidar a mis sobrinos. Hay un par de ellos que tienen más o menos la edad de su niño. Ya caminan y hacen travesuras, pero no tienen noción del peligro. La lejía podría matarlos, de modo que la guardo fuera de su alcance. Tiene problemas, ¿no es así, Jessica?

—Sí —reconoció ella en un susurro—. Lamento haber sido tan... suspicaz, pero necesito saber.

—¿Saber qué?

—Ya se lo explicará Cole —replicó Jessica—. Pero le prometo que no la hostigaré con más preguntas.

Josey se inclinó hacia ella y le palmeó la mano.

—Tiene junto a usted a un hombre fuerte y bueno para ayudarla a superar ese problema.

—Cole es un alguacil, y forma parte del problema. Si no fuera por él, no estaría camino de Texas.

El gesto ceñudo que mostraba Josey se hizo más profundo.

—Pues entonces me parece que tendré que esperar a que Tom me diga lo que sucede. Este niño hace ya más de cinco minutos que está esperando sus bizcochos —dijo, cambiando deliberadamente de tema al ver que Jessica volvía a estar al borde de las lágrimas—. ¿Por qué no lo suelta y le deja tomar uno? ¿Ya sabe beber de un vaso?

Jessica volvió su atención a Caleb. Le acercó el vaso de leche y le dijo que le mostrara a Josey lo bien que bebía. Se estaba explayando sobre sus habilidades, cuando Caleb derramó toda la leche.

Josey se echó a reír.

—Habitualmente es Tom el que hace esas cosas —comentó. Secó la leche derramada con un trapo y sostuvo el vaso de Jessica para que Caleb pudiera beber su leche.

El niño ya estaba listo para bajarse y explorar la cocina. Jessica fue tras él, cerrando cajones para que no pudiera vaciarlos.

—Siéntese y déjelo jugar —sugirió Josey.

—Le destrozará la cocina —le advirtió Jessica—. Caleb es un niño muy curioso.

Josey abrió las puertas de los armarios.

—A mis sobrinos les gusta jugar con mis ollas y sartenes. Así —dijo al ver a Caleb que se agachaba para alcanzar una de las cucharas de madera.

Jessica volvió a sentarse al lado de Josey, y mientras ambas seguían conversando y conociéndose mejor, Caleb armó un buen jaleo golpeando con su cuchara las cacerolas. En apenas diez minutos se había encariñado con Josey lo suficiente como para permitirle que lo alzara y le diera un beso.

En ese momento entraron Tom y Cole en la cocina. Cole le hizo un gesto afirmativo con la cabeza.

—Josey, tú y yo vamos a cuidar durante un tiempo a este muchachito —anunció Tom.

Dando palmaditas al niño que tenía en brazos, Josey miró a Jessica.

—No me extraña que me haya hecho semejantes preguntas. Me sentiré sumamente orgullosa de cuidárselo —agregó—. Y ni Tom ni yo dejaremos que le ocurra nada.

—Jessica es testigo de un delito y se dirige a Texas para declarar —dijo Tom—. Cole piensa que no sería buena idea llevarlo con ellos.

—¿Cuándo crees que regresaréis? —preguntó Josey a Cole.

—No lo sé —respondió éste—. Tal vez dos semanas... o más.

—¡Va a olvidarse de mí! —gimió Jessica.

Todos se volvieron hacia ella.

—Por supuesto que no la olvidará —le aseguró Josey—. No dejaremos que lo haga.

Tom sugirió que Jessica y Cole pasaran allí la noche para que a Caleb le resultara más fácil la adaptación. Jessica le permitió a

Josey bañar a Caleb, pero revoloteó todo el tiempo en torno de ella como una gallina. Josey, efectivamente, sabía tratar a niños pequeños. Llenó un barreño con agua caliente y dejó que Caleb chapoteara a gusto mientras lo enjabonaba.

—Es muy buena con él —reconoció Jessica.

Fue detrás de Josey mientras ésta subía la escalera y se dirigía al cuarto de huéspedes. Caleb, envuelto en una gruesa toalla, espiaba a su madre por encima del hombro de Josey.

—Siempre duerme con un muñeco de trapo. Está en su maleta —dijo Jessica—. Oh, y odia las zanahorias. Si trata de obligarlo a comerlas, las escupirá.

—No haría nada semejante —aseguró Josey—. Yo también las odio. Sé que va a preocuparse, no importa todas las seguridades que pueda ofrecerle, pero le prometo que voy a querer a este niño como si fuera mío. ¿Por qué no va un rato abajo y deja que Caleb se acostumbre a estar conmigo? Si necesito ayuda, la llamaré.

—Sí, buena idea —accedió Jessica. También era una prueba. Acostar a Caleb requería resistencia y paciencia. Siempre que estaba muy cansado, le costaba mucho dormirse. En ese momento estaba agotado, lo que era segura señal de que se avecinaban problemas. Jessica dejó la maleta sobre la cama y cerró la puerta tras ella.

Cuando llegó abajo, encontró a Cole de pie junto a la ventana, observando hacia fuera. Lo miró brevemente antes de volverse y darle la espalda.

—¿Qué le pasa?

Jessica comenzó a pasearse por la habitación.

—Es todo culpa suya —murmuró—. ¿Es que no ve que todo esto me está destrozando el corazón?

Él comenzó a acercarse a ella, pero Jessica lo detuvo alzando la mano.

—No puedo dejarlo. Lo siento, pero así es. Se sentirá perdido sin mí, y tendrá miedo, y se sentirá desdichado, y...

Como si se burlara de ella, los ecos de las carcajadas de Caleb resonaron por las escaleras. Cole sacudió la cabeza.

—No parece desdichado.

—No pienso seguir con esto. Ya he tomado una decisión —afirmó ella.

Se volvió para encaminarse hacia la escalera, pero Cole la aferró de la mano y la atrajo hacia sí.

—¡Tom! —llamó—. Jessica y yo saldremos a caminar un poco.

La forma como le apretaba la mano le indicó que era mejor no discutir. Dejó que la llevara hasta el patio trasero. Cole no se detuvo hasta que llegaron a unos arbustos que los separaban de la calle y les otorgaban algo de intimidad.

—Ahora, escúcheme... —comenzó a decir Cole.

Ella lo cortó tajantemente.

—No se atreva a hablarme en ese tono. No voy a dejar a mi hijo en manos de extraños. Lo siento, Cole, pero así son las cosas.

Jessica trató de liberar su mano, pero él se lo impidió y en cambio la atrajo hacia él hasta que quedó apretada contra su pecho. Quedaron con las caras separadas por escasos centímetros. Cole se disponía a darle un duro sermón por mostrarse tan obstinada, pero entonces vio las lágrimas en sus ojos y desistió. No era momento para sermones.

—Sé lo difícil que es eso, pero...

—No, no lo sabe. No es madre.

—No, no lo soy —convino él—. Tiene que ser razonable. Conozco a Tom Norton, y le aseguro que es de confianza. Cuando mataron a Luke MacFarland y a su esposa, él y Josey quisieron adoptar a sus niños.

—¿Y por qué no lo hicieron?

—Porque los parientes de Luke no se lo permitieron. Se distribuyeron los niños entre ellos.

—¿Separaron a los hermanos? —susurró ella.

—Sí, pero Tom trató de que permanecieran juntos. Le digo que es una buena persona. Como su esposa. Josey me cuidó cuando estuve enfermo. Yo era un desconocido para ella, pero aun así me atendió hasta que me recuperé. Los Norton no van a permitir que le ocurra nada malo a su hijo. Lo van a tratar con amor, Jessie, y nosotros no podemos llevarlo con nosotros. Usted lo sabe, ¿verdad?

—No voy a ir a Texas.

—¿Es indispensable que se muestre tan terca? Esto ya se nos ha escapado de las manos. Tiene que ir, y Caleb debe quedarse.

—¡Odio todo esto! —dijo ella llorando.

Él la rodeó con sus brazos y la sostuvo contra sí.

—Ya lo sé.

—Estoy empezando a odiarlo también a usted, Cole Clayborne. Todo esto es culpa suya.

—Muy bien. Es culpa mía —murmuró él. Apoyó la barbilla sobre la cabeza de Jessica y la mantuvo abrazada, acariciándola, hasta que se tranquilizó. No pudo evitar darse cuenta de lo bien que se sentía al tenerla en sus brazos.

Jessica no podía dejar de pensar en el peligro que había corrido Caleb cuando mataron a York, su guardaespaldas. Podrían haber asesinado también a su hijo.

Los Norton lo mantendrían a salvo. En el fondo de su corazón sabía que era así. Se apartó bruscamente de Cole.

—Nada de esto es culpa suya. Sólo está cumpliendo con su trabajo. También tiene razón. Caleb tendría que quedar aislado del peligro.

Enderezó los hombros, dio media vuelta y se dirigió al interior de la casa.

Josey los aguardaba sentada a la mesa de la cocina. Quería contarle a Jessica que Caleb se había dormido tranquilamente, pero, cuando vio el dolor reflejado en el rostro de la pobre madre, se puso de pie y fue hacia ella.

—Voy a cuidar bien a su muchacho. Se lo prometo, Jessica. Tom y yo lo trataremos como si fuera nuestro propio hijo.

—Quiero agradecerles que acepten hacerse cargo de él y sé que no tengo derecho a preguntarle...

—Puede preguntar todo lo que se le ocurra. Si puedo, le contestaré todo lo que quiera.

—Si no regreso...

—No diga eso —la interrumpió Josey.

—Va a regresar —dijo Cole a sus espaldas.

Jessica ignoró los comentarios.

—Si no regreso, Josey, ¿se ocupará de la educación de mi hijo?

Josey miró a Cole por encima de la cabeza de Jessica. Éste hizo un gesto afirmativo.

—Sí. Tom y yo lo adoptaremos y lo criaremos. Tiene mi palabra.

—Gracias —dijo Jessica, con voz carente de inflexiones—. También querría que le cambiaran legalmente el nombre para que no se sintiera siempre un extraño. Quiero que sea de la familia.

—Jessica, por el amor de Dios, deje ya de hablar de esa manera. No va a sucederle nada.

—Tengo que hacer los arreglos necesarios, por si acaso. Se lo debo a Caleb.

Josey la comprendía muy bien.

—Lo haremos todo legalmente —le prometió—. Le doy mi palabra de honor.

Jessica la tomó de la mano.

—Una última promesa, Josey, y estaré lista para marcharme. Por favor, nunca lo abandone.

26

Daniel se encontraba dividido entre dos responsabilidades. Su obligación principal consistía en acompañar a Grace a Texas, que era exactamente lo que estaba haciendo, pero también quería ir hasta el pequeño poblado de Clarkston, donde había tenido lugar el último asalto, en busca de pruebas que pudieran ayudarlo en su investigación.

No podía enviar a Cooper al banco en su lugar, ya que estaba con Rebecca asegurándose de que llegara a Texas sana y salva. Ambos habían partido rumbo a la estación hacía aproximadamente una hora, no sin antes que Cooper despachara a sus dos jóvenes e inexpertos ayudantes a Clarkston para colaborar con el comisario del lugar. Rebecca había insistido en enviar un telegrama al hotel de Salt Lake City, donde había efectuado reserva de habitación para cancelarla y avisar a sus amigos de que sus planes se habían trastocado, y en cuanto salió de la oficina de telégrafos y subió a un coche acompañada por Cooper, partieron.

Cooper le había sugerido a Daniel que tanto él como Rebecca podrían aguardar a que Grace estuviera en condiciones de viajar para que ambas pudieran irse con él y así permitirle a Daniel dirigirse hacia Clarkston, pero Daniel se negó. Cada una de ellas estaba convencida de ser la única que había confesado haber presenciado el atraco, y estaba decidido a mantenerlas separadas durante el viaje hacia Red Arrow, ya que no quería que tuvieran la oportunidad de organizar más planes descabellados. Aunque personalmente estaba convencido de que la verdadera testigo era Rebecca —era la que había dado detalles y descripciones precisos que probaban su presencia en el lugar—, dejaría que el juez de Blackwater decidiera por su cuenta cuál de las tres decía la verdad.

No había visto a Cole antes de que se marchara con Jessica y Caleb. Habían partido más o menos una hora después de que el pistolero tratara de matarla. Daniel todavía no conocía el nombre del muerto, pero estaba seguro de que era uno de los miembros de la banda Blackwater. Los informes anteriores afirmaban que eran siete. Uno estaba preso en Blackwater, otro ya estaba muerto, gracias a la pericia de Cole, y todavía había cinco dando vueltas por alguna parte... aguardando la oportunidad, creía Daniel, de silenciar a las tres mujeres.

Había otra razón para que no quisiera que Cooper llevara a Grace con él, pero era un motivo que Daniel jamás estaría dispuesto a reconocer. A pesar de que confiaba totalmente en la idoneidad de Cooper para hacer su trabajo, no quería perder personalmente de vista a Grace. Creía que nadie podría protegerla tan eficazmente como él. También debía admitir el hecho de que se sentía atraído por ella y tenía la esperanza de que, al llegar a su punto de destino en Red Arrow, ya hubiera superado ese curioso e inexplicable capricho.

Esa noche, Daniel se quedó en Rockford Falls y durmió en una silla ante la puerta del cuarto de Grace. A la mañana siguiente, bajó temprano, pero no tenía la intención de dejar el pueblo hasta la tarde, cuando llegara la diligencia.

Grace, sin embargo, tenía otros planes. Daniel acababa de volver de la casa de baños, donde se había aseado y puesto ropa limpia, y se encontraba en la galería, conversando con el doctor Lawrence, cuando vio a Grace bajando las escaleras. Iba ataviada con una falda rosada y una blusa haciendo juego, y llevaba sus guantes blancos y su sombrero en la mano. Se dirigió directamente hasta el escritorio del gerente para informarle que se marchaba. Sloan iba detrás de ella, llevándole la maleta.

A Daniel no le gustó el gentío que se agolpaba en el vestíbulo del hotel. Muchas personas dejaban sus habitaciones en ese momento y el ambiente era un poco caótico. Rápidamente se colocó al lado de Grace y le ordenó volver arriba.

—Puede descansar hasta la tarde, cuando llegue la diligencia.

—No quiero descansar más. Me siento bien —insistió ella—. ¿Ha cambiado de idea con respecto a llevarme a Texas?

—No.

—Ya me parecía, pero tenía que preguntárselo. Es preciso que hablemos, Daniel.

—Arriba.

—No, arriba no. Ahora, en este preciso instante, y luego espero que me lleve a la cárcel.

—La voy a llevar a Texas —le susurró, mientras prácticamente la arrastraba hasta un rincón del vestíbulo.

—El comisario Sloan me dijo que han apresado a un hombre en Blackwater y que creen que es uno de los de la banda. ¿Es verdad?

—Sí.

—¿Y por qué no me lo dijo? —preguntó ella—. Jamás habría...

—¿Jamás habría qué?

—Le mentí —dijo ella—. Yo no soy su testigo. Sólo lo dije para proteger a Rebecca y a Jessica. Estuvo mal de mi parte, y lo lamento. Por favor, no se enoje conmigo. ¿Tendré que permanecer mucho tiempo en la cárcel?

—No tiene por qué ir a la cárcel —volvió a musitar él.

—Pero le mentí a un representante de la ley.

—Las tres no han hecho otra cosa que mentir —dijo él—. Honestamente, no sé a cuál creer.

—Ahora le estoy diciendo la verdad. Yo no estuve allí.

—A estas alturas, ya no me interesa si estuvo o no. El juez ha ordenado que las tres vayan a Blackwater, y allí iremos en cuanto llegue la diligencia.

—¿Por qué van también las otras?

—Le acabo de explicar que el juez quiere verlas a las tres.

—¿Me meterá en la cárcel por mentir?

La mera idea de Grace tras las rejas era tan indignante que moderó parte de la furia que lo embargaba.

—Tiene usted cosas más importantes por las que preocuparse que la cárcel. Vamos, suba y aguarde en su habitación a que llegue la diligencia.

Ella negó con la cabeza.

—Si debo ir...

—Debe.

—No quiero esperar la diligencia. ¿No podemos ir a caballo? El comisario me dijo que eso sería más rápido porque podríamos tomar acortamientos.

—Atajos —la corrigió Daniel, con una sonrisa.

Una mujer entrada en años y en carnes se estaba abriendo paso entre la muchedumbre, dirigiéndose hacia Grace. Daniel la vio por el rabillo del ojo y se puso frente a ella.

—Perdón —dijo la mujer—. Por favor, quítese de mi camino. Querría hablar con lady Winthrop.

Grace dio a Daniel un ligero codazo y se adelantó.

—Buenos días —la saludó.

La mujer trató de hacer una torpe reverencia.

—Es un honor conocerla —respondió—. Me llamo Winifred Larson —agregó, enrojeciendo—. Y no pude dejar de ver su encantador sombrero. ¿Podría decirme dónde lo compró? Me gustaría tener uno igual. ¿Le importaría si lo miro de cerca?

Grace le sonrió y le alcanzó el sombrero. La copa de paja estaba cubierta de encaje y flores, y en uno de sus lados ostentaba dos plumas color púrpura.

—Es exquisito —declaró Winifred—. Debo tener uno igual. Tengo un vestido púrpura, sabe, y quedaría fantástico con él.

Un hombre alto y delgado, con cabello que comenzaba a ralear, se reunió con ella. Winifred se apresuró a presentarlo.

—Éste es mi marido, Lionel —dijo. En voz baja, apremió a su esposo para que se inclinara frente a lady Winthrop.

—No es necesario —dijo Grace.

—¿Le molestaría decirme dónde compró esta maravillosa creación? —volvió a preguntar Winifred.

—Compré el sombrero de paja sin nada y el resto lo compuse yo misma —explicó Grace.

—¿Entonces no hay otro igual a éste?

—Ya me doy cuenta de a dónde quiere llegar —intervino el marido, lanzando una risita ahogada.

Grace no terminaba de comprender.

—¿Cómo dice usted?

—Cuando a Winifred se le mete algo en la cabeza...

—¿Puedo comprárselo? —exclamó la mujer—. ¡Sería tan maravilloso para mí tener una creación de lady Winthrop! Simplemente, debo tenerlo. ¿Cuánto pide por él? ¿Son suficientes cinco dólares?

Grace no podía creerlo. Echó una mirada a Daniel para ver su reacción y sonrió al verlo auténticamente confundido.

—La verdad, señora Larson, no he pensado en venderlo...

—Es una creación original, mamá —le susurró el marido de forma audible—, tienes que ofrecerle más.

—Sí, sí, tienes razón. Diez dólares, entonces. ¿Con eso será suficiente?

Daniel decidió que ya era hora de intervenir. Grace comenzaba a sonrojarse y supuso que se sentía incómoda.

—No creo que lady Winthrop quiera...

—Vendido —lo interrumpió Grace—. En diez dólares.

Prestamente, Lionel pagó el precio convenido. Ella se metió el dinero en el bolsillo, le deseó a Winifred que lo disfrutara y se despidió amablemente de los dos.

—¿No deberíamos ir ahora hasta los establos? —insinuó a Daniel.

Por el brillo en sus ojos Daniel supo que estaba decidida a salirse con la suya.

—Usted no está en condiciones de cabalgar. Debería sentarse en la diligencia y tratar de descansar.

—No necesito descansar.

Se sintió obligado a seguir discutiendo con ella durante algunos minutos antes de ceder. Muy en el fondo, seguía pensando que si se desviaban por los atajos y evitaban los caminos sinuosos, podrían llegar a la estación del ferrocarril a tiempo para tomar el último tren de la tarde. Si no, deberían esperar la salida del siguiente tren, que lo haría a la mañana siguiente.

Se quedó observándola mientras vacilaba. El oscuro cabello caía a ambos lados del rostro. Daniel apartó suavemente uno de los sedosos mechones para ver el hematoma que tenía en la sien. No parecía estar tan mal como la noche anterior.

Deslizó los dedos por el rostro de Grace.

—¿Está segura, Grace?

Ella le apartó la mano con delicadeza.

—Estoy segura.

Él la contemplaba con mirada intensa, y Grace pensó que trataba de detectar en ella algún signo de debilidad. Enderezó los hombros, sonrió y volvió a sugerir que se pusieran en marcha.

—¿Me da tiempo a pasar por la carreta? Tengo que buscar otro sombrero —explicó—. Una dama no debe mostrarse en público con la cabeza descubierta. No es correcto.

—¿Y entonces por qué vendió el que llevaba puesto?

—Daniel, eran nada menos que diez dólares.

Él sonrió.

—La sorprendió un poco, ¿verdad?

—En realidad, no tanto —reconoció ella—. Es el tercero que vendo desde que llegué sin proponérmelo. Las pobres mujeres que viven aquí no cuentan con tiendas como las que tenemos en Londres. Tienen que resignarse a encargar conforme a un catálogo y demasiado a menudo sucede que entre lo que encargan y lo que reciben hay una gran diferencia. Puede llegar a ser sumamente decepcionante.

—Ya lo creo que sí —replicó él secamente.

Grace se echó a reír.

—Los sombreros son muy importantes para las mujeres, pero no tanto para los hombres, ¿verdad?

—Vamos, entonces —dijo él—. Se llevó la carreta a los establos. Puede sacar otro sombrero de su equipaje allí mismo.

La tomó del brazo y trató de conducirla hacia la puerta, pero ella se resistió.

—Sería grosero de mi parte irme sin despedirme de Jessica y de Rebecca.

—Ellas ya se han ido. Jessica partió ayer con Cole para llevar a Caleb hasta la casa de unos amigos, y Rebecca lo hizo con el alguacil Cooper. Las volverá a ver en Red Arrow —le explicó, mientras levantaba su maleta, la volvía a tomar del brazo y se encaminaba nuevamente hacia la salida.

—¿Vamos a ir hasta los establos corriendo? —preguntó ella.

Inmediatamente Daniel aminoró el paso. Una vez que estuvieron afuera, toda su atención se concentró en la calle.

—¿Cree que podremos alcanzar a Jessica o a Rebecca?

—No.

—Sería agradable viajar con ellas en el tren.

—Aunque subiéramos al mismo tren, no les permitiría sentarse juntas.

—¿Por qué no?

—Ya se lo explicaré luego.

Ella soltó el brazo.

—Daniel, es de mala educación mirar hacia otro lado cuando se habla con alguien.

Ante la censura evidente en el tono empleado por Grace, Daniel no pudo menos que sonreír. Parecía una maestra enseñándole modales a un niño pequeño.

—Grace, estoy tratando de asegurarme de que nadie le pegue un tiro, pero si prefiere que la mire a usted...

—No, no, prefiero que mire la calle. ¿Cree que hay alguien esperando para dispararme?

—¿Aparte de mí?

—No tiene gracia.

Instantes después llegaban a los establos. La carreta estaba en el fondo, y hacia ella se dirigió Grace, revolviendo entre las cajas hasta encontrar tres sombreros que quería llevar con ella. Guardó dos en su maleta y se quedó con el tercero. Daniel la obligó a permanecer alejada de la puerta mientras iba a preparar su caballo.

El dueño del lugar, un hombrecillo regordete con cuello de toro y vientre prominente, se acercó para saludarla. Tenía una sonrisa franca y apestaba a caballo.

—Me llamo Harry y le daría la mano, señorita, pero está sucia. ¿Puedo ayudarla en algo?

Grace sonrió ante la ansiedad del muchacho.

—Sí, puede ayudarme —replicó.

—La señora necesita un caballo resistente— dijo Daniel. Estaba ensillando el suyo propio, un magnífico semental gris que se mostraba sorprendentemente tranquilo, pero no dejaba de vigilar a Grace.

Ella parecía estar completamente fuera de lugar.

—¡Todas esas fruslerías color rosa! —murmuró Daniel

La joven parecía vestida como para una recepción social, con ese sombrero ridículamente femenino y esos escarpines de piel tan poco prácticos. A Harry, no obstante, parecía gustarle mucho. Tenía la mirada completamente embelesada y trataba de acercarse a ella todo lo posible. Probablemente se debiera al exquisito perfume que de ella emanaba, pensó Daniel, pero no le interesaban las razones de Harry. Sólo quería que se apartara de Grace.

—¿Qué tal si le consigues un caballo para la señora, Harry? —gritó Daniel, con tono áspero.

—Su esposo es un tanto posesivo —le susurró Harry a Grace antes de volverse hacia Daniel—: ¡Le daré a su esposa el mejor caballo que encuentre!

Pocos minutos después, Harry volvió tirando orgullosamente de un capón de lomo hundido que Grace supuso que ya había perdido todos sus dientes. Evidentemente, el pobre animal ya había llegado al fin de su vida útil.

Grace le echó una mirada a la patética bestia y se negó cortésmente.

—No, gracias.

Harry se frotó la mandíbula, mientras pensaba qué caballo tenía para mostrarle.

—Acabo de heredar este establo, que pertenecía a mi hermano, y no estoy muy familiarizado con los animales —dijo—. Pero estoy pensando en una linda yegua. Le va a gustar mucho —prometió, al tiempo que se volvía y salía a buscarla—. Adivino que dirá que me reservaba lo mejor para el final.

Grace, cortés pero firmemente, rechazó también la pequeña yegua.

—¿Qué tiene de malo? —preguntó Harry.

—Sencillamente, no me sirve —repuso Grace—. Debería dejarla en el campo para que pastara libremente. Con esas patas escuálidas no resistiría un paseo hasta el final de la calle. ¿Puedo revisar los otros caballos?

Harry se irguió orgullosamente.

—No, no puede. Quédese aquí, que buscaré lo mejor que tengo y se lo traeré hasta aquí.

A Grace no le pareció buena idea recordarle que ya le había traído *lo mejor* de todo el lote. Aguardó pacientemente y cuando él le trajo un nuevo caballo con el lomo hundido, ella sacudió la cabeza.

Harry dejó caer las manos a ambos lados, dándose por vencido.

—Vaya usted misma, y revise, señora. La dejaré quedarse con el que quiera.

A Grace le llevó apenas un par de minutos descubrir un caballo resistente. Era una yegua briosa que Harry había ocultado en la parte de atrás del establo. Inmediatamente, trató de disuadirla de su elección.

—Se lo aseguro, es fuerte, pero muy arisca —le explicó—. No querrá que la dama monte esta yegua, ¿verdad? —preguntó, dirigiéndose a Daniel.

—¿Grace?

—¿Sí, Daniel?

—¿Puede dominarla?

—Sí que puedo.

—Bueno, la llevará hasta donde quiera ir —concedió Harry—. Pero...

Grace palmeó al animal en el flanco con su mano enguantada.

—¡Oh, es encantadora! Servirá perfectamente. ¿Cómo se llama?

—*Maldición.*

Grace abrió los ojos, sorprendida y disgustada.

—Harry, si no quiere vendérmela, sólo dígalo. No tiene por qué ser grosero.

—No era ninguna grosería. Así se llama —insistió Harry—. El dueño anterior me dijo el nombre después de haber cerrado el trato. Se lo digo simple y claramente: se llama *Maldición.*

—Ese nombre no me gusta —anunció Grace—. La llamaré *Daisy*.

Harry puso los ojos en blanco, exasperado.

—Me parece que no entiende, señora. No puede llamarla de cualquier manera, ya que sólo responderá al nombre de *Maldición.* ¿Todavía quiere quedarse con ella?

—Sí, por favor. Daniel, ¿no es encantadora?

Daniel trataba de contener la risa. Cuando Harry les dijo el nombre de la yegua, las mejillas de Grace se pusieron tan rosadas como su blusa. Ella creía que *Maldición* era encantadora, y él estuvo de acuerdo sólo para terminar con el asunto.

Tras aceptar el dinero que le pagó Daniel por la yegua y la montura, a Harry pareció ocurrírsele algo más.

—¿Está seguro de que su esposa podrá dominar a un animal tan fogoso?

—Está seguro —respondió Grace antes de que Daniel pudiera hacerlo.

Harry se dio por vencido.

—Muy bien, entonces le traeré una fusta. Va a necesitarla con esta endiablada yegua.

—No, muchas gracias —dijo Grace.

—Se lo repito, no va a andar a menos que la fustigue. Va a necesitar la fusta.

La discusión habría ido en aumento si Daniel no hubiera decidido intervenir. Resolvió que Harry seguía una línea equivocada de argumentación. Al hombre le daba miedo acercarse a la yegua. Rápidamente, Daniel la ensilló y la condujo hacia donde esperaba Grace.

En ese momento, Harry le rogaba a Grace. Ella se negaba en redondo a aceptar la fusta, aun cuando él le decía que se le regalaba.

—Ya es hora de ponernos en marcha —anunció Daniel. Amarró la maleta de Grace detrás de la montura y luego la alzó a ella para poder ajustar las riendas.

La sintió ligera como un manojo de plumas. Al verla ponerse el sombrero en la parte de atrás de la cabeza, no pudo ocultar una sonrisa. Blancos lazos de seda le caían por la espalda. Parecía que estaba a punto de salir a montar a caballo un domingo por el parque.

Las apariencias suelen engañar, bien lo sabía. Grace ya lo había sorprendido al demostrar tanto conocimiento sobre caballos, y al ver cómo se sentaba en la silla se dio cuenta de que no había exagerado un ápice al referirse a su experiencia.

—¿Por qué sonríe? —le preguntó ella.

—Podríamos tomar el tren a tiempo —respondió él—. En eso pensaba.

No había advertido que tenía una mota de polvo en la barbilla. Sin pensarlo dos veces, Grace se inclinó hacia él y se la quitó con un delicado gesto.

Daniel reaccionó como si le hubiese dado un golpe con un palo. Pegó un salto y se apartó de ella.

—Vamos —ordenó con aspereza—. Harry, ábrenos las puertas traseras. Saldremos por ahí.

—¿Cuánto tiempo estaremos en Texas? —preguntó Grace.

Daniel escuchó la pregunta cuando se disponía a montar en su caballo. Se detuvo, volviéndose hacia ella. Tenía el brazo apoyado como al descuido sobre la montura y la cabeza ligeramente inclinada hacia un lado; Grace pensó que era la viva estampa de los salvajes y rudos pistoleros que protagonizaban las historias del Lejano Oeste sobre los que tanto había leído. Los hombres de los páramos, como se los solía llamar, eran indómitos y no aceptaban ataduras. Fatigaban las llanuras en busca de peligro y aventuras, y dejaban tras de sí un buen número de corazones destrozados. ¿Daniel sería así?, se preguntó. Pensó que tal vez lo fuera. Parecía exactamente el tipo de hombre que jamás se asentaría en un lugar y formaría una familia.

—No tenemos forma de saberlo —le respondió Daniel, que se preguntaba por qué razón ella fruncía tan intensamente el entrecejo—. ¿Por qué necesita saberlo?

—Tengo otros compromisos —dijo Grace—. Personales. ¿Podría aventurar un período aproximado, por favor? De verdad, necesito saberlo.

—Nos llevará una o dos semanas llegar hasta Blackwater. según las dificultades que debamos superar —respondió él—. Luego deberá quedarse allí hasta que haya terminado el juicio y hayan atrapado a los otros bandidos...

—¿Por qué? —lo interrumpió ella—. Eso podría llevar meses.

—No la dejaré marcharse hasta saber que todos están tras las rejas y no van a salir a perseguirla.

Grace cerró los ojos.

—Muy bien, entonces —dijo—. Lo que me está diciendo es que vamos a quedarnos en Texas como mínimo algunas semanas y como máximo dos meses.

—Tal vez más —dijo Daniel.

La reacción de Grace lo sorprendió enormemente. Se le llenaron los ojos de lágrimas.

—Entonces, ya está.

—¿Ya está, qué? —preguntó Daniel, desconcertado por la tristeza que detectó en su voz.

Grace se sentía tan atribulada que apenas podía pensar en lo que decía.

—Todo terminó —murmuró—. Y he perdido.

—Grace, ¿de qué está hablando?

—No lo culpo, Daniel. De veras que no.

—¿Podría explicarse, por favor? —le requirió él—. Dígame por qué está tan abatida.

—¡Mi futuro! —exclamó ella—. Está arruinado. Incluso un mes es demasiado tiempo. ¿Es que no lo comprende? No, por supuesto que no, pero no importa. Todo es culpa mía por tener sueños tan tontos. Ya he perdido demasiado tiempo, y en todo ese tiempo no he sido capaz de asentarme. —Dejó escapar un largo suspiro de cansancio—. Debo detenerme un momento en la oficina de telégrafos antes de dejar el pueblo.

—No —se negó Daniel.

—Lo siento, pero insisto.

—Dígame por qué —pidió él.

—Cuando alguien tiene miedo de hacer algo, ¿no es mejor que se apresure a hacerlo lo antes posible y así ya dejará de temer?

Daniel no tenía ni idea de a qué se refería. Harry, sin embargo, parecía sí tenerla, ya que se adelantó para ofrecer su opinión.

—¿Se refiere a algo como sacarse una muela? —preguntó.

—Sí, es exactamente igual a eso.

—Lo que le está diciendo es que tiene que enviar un telegrama ahora para dejar de tener miedo —le dijo Harry a Daniel.

—No necesito un intérprete —gruñó Daniel—. Puede enviar el telegrama desde Blackwater. Ahora, vámonos.

Ella negó con la cabeza.

—Esperar sólo conseguiría retrasar lo inevitable.

Tras hacer esta declaración, hizo girar a la yegua y se encaminó hacia la salida principal. Daniel dejó escapar un juramento por lo bajo antes de ir tras ella.

Harry tomó las riendas y las sostuvo con firmeza.

—Su esposo se está enfadando, señora. ¿Qué es lo que tiene que hacer tan importante que no puede esperar?

Ella se deshizo en lágrimas.

—Tengo que casarme.

27

—No quiero hablar de eso.

—No me interesa si quiere o no —dijo Daniel—. Va a decirme por qué tiene que casarse.

Grace decidió no hacerle caso. Se reclinó contra el respaldo del asiento de su compartimiento privado y miró por la ventanilla el paisaje que dejaban atrás a toda velocidad. El tren avanzaba a una rapidez vertiginosa, y como se encontraban en el último vagón, se sacudían de un lado a otro cada vez que el tren aminoraba la velocidad y tomaba alguna curva. El movimiento le estaba provocando náuseas, y a juzgar por la tensión que rodeaba la boca de Daniel y su rostro grisáceo, tenía la impresión de que a él le ocurría lo mismo.

—¿Se siente bien?

—Estoy bien —farfulló él.

—No es preciso que sea tan brusco conmigo, Daniel.

Dentro del minúsculo compartimiento, estaban sentados frente a frente. Había lugar para cuatro adultos sentados, pero Daniel había ocupado todo el lugar disponible. Tenía las piernas estiradas sobre el asiento delantero, de modo que a ella le resultaba imposible salir sin pedirle que se apartara. No obstante, no pensaba ir a ninguna parte. La puerta tenía echado el cerrojo por dentro para que nadie pudiera entrar.

—Probablemente, esto sea totalmente incorrecto —señaló Grace.

—¿Qué es lo incorrecto?

—Viajar juntos. En Inglaterra provocaría un escándalo que un hombre sin compromiso y una mujer ocuparan el mismo compartimiento sin una señora de compañía.

—Soy alguacil —le recordó él—. Eso cambia las cosas.

—Sigue siendo un hombre.

—La última vez que me fijé, eso era —dijo él con una sonrisa.

Ella volvió a mirar por la ventanilla, no antes que él pudiera vislumbrar la sonrisa que se dibujó en su rostro.

—¿Ya está dispuesta a decirme por qué tiene que casarse?

—No, no lo estoy.

—¿Tiene problemas, Grace?

—Sí, supongo que sí —respondió ella, sin mirarlo.

Varias hipótesis se formularon en la mente de Daniel, pero Grace no era la clase de mujer que permitiría que ningún hombre la tocara antes de casarse. Era inocente, dulce y decididamente virginal.

—Está embarazada —aventuró él.

—¡Cielo santo, no! —tartamudeó ella—. ¿Cómo pudo pensar que...?

—Usted dijo que tenía que casarse, y dijo estar en problemas. Simplemente, até cabos, pero luego cambié de idea. El viaje a Texas es muy largo, Grace, al final terminará contándome lo que quiero saber. Bien podría hacerlo ahora.

—¡Ay, Daniel, no sabía que los hombres podían llegar a ser tan tercos! Muy bien, ha ganado. Le prometí a mis padres que me casaría con lord Nigel Edmonds si las cosas no funcionaban aquí. Y no han salido bien —agregó.

—Sigo sin comprender. ¿Qué es lo que no ha funcionado?

Grace hizo un mohín de exasperación.

—Mis padres son nobles, y por lo tanto ocupan un lugar destacado en la sociedad. También son francamente pobres, y les ha resultado sumamente difícil conservar las apariencias. Han hipotecado sus tierras y no han podido pagar los intereses. Están profundamente humillados.

—¿Alguien le ha insinuado a su padre que tal vez debería conseguir un empleo?

—¡Oh, no, eso sería imposible! Es noble —repitió ella.

—Con el título solamente no se come.

—No, es verdad —coincidió ella.

—Si no puede, o no quiere trabajar, entonces deberá vender sus tierras o lo que posea de valor.

—Precisamente por eso tengo que casarme.

—Todavía no lo entiendo.

—Todo lo que le queda a mi padre soy yo, Daniel.

Éste se inclinó hacia ella.

—¿Está diciéndome que la va a vender?

—No, no, por supuesto que no. No ha hecho más que arreglar un matrimonio conveniente para mí.

—¿Y este matrimonio solucionará sus problemas económicos?

—Sí, lo hará.

—Entonces la está vendiendo.

—¡No, no es así! —exclamó ella—. Los matrimonios arreglados que benefician a ambas familias han funcionado desde hace siglos. Mi padre no va a hacer nada malo. En realidad, ha tenido una paciencia extraordinaria conmigo. Le solicité un año de gracia, y tenía la esperanza... verdaderamente, soñaba, por tonto que fuera este sueño... que podría tener éxito aquí. Pensaba comprar tierra con la herencia de mi tío...

—¿Y obtener lo suficiente para seguir manteniendo a sus padres al mismo estilo al que están acostumbrados?

—No, ha sacado una conclusión equivocada. Mis padres son personas muy mayores. Cuando yo nací, ambos ya rondaban los cuarenta años —explicó—. Pero no están obstinados en salirse con la suya. Si el rancho hubiera podido mantenerlos, se hubieran marchado de Inglaterra para venir aquí, a vivir conmigo. ¿No es arriesgado por su parte? Le gustarían mis padres, Daniel. Tienen un gran sentido práctico, como usted.

—Usted no tiene edad para cargar con semejante responsabilidad.

—La edad no tiene nada que ver con todo esto. Mi futuro estaba decidido desde el mismo día en que nací.

—¿Por qué?

—Porque nací noble.

—Ya sé que es noble —replicó él, sonriendo.

—No, no comprende. Por nacimiento soy lady Grace Winthrop. El título acarrea ciertas responsabilidades, y humillaría a mis padres si no cumpliera sus deseos.

Daniel estaba apabullado ante las inmensas diferencias culturales que había entre ellos. Lo que era importante en Inglaterra carecía de relevancia en los Estados Unidos.

—Aquí los títulos nobiliarios no significan nada.

—Ya lo sé —dijo ella—. ¿Qué es lo que se valora aquí? ¿El dinero?

—Para algunos es así —concedió Daniel.

—¿Y para usted?

—El honor.

—¡Pero eso es exactamente lo que trato de decir! Lo que está en juego es mi honor. Debo hacer lo que corresponde.

—En los Estados Unidos es más importante la palabra de un hombre que su lugar en la sociedad.

—Para mí es fundamental actuar con responsabilidad —insistió Grace—. Tengo obligaciones muy concretas.

—¿Como comprometerse con un hombre que posee dinero y poder?

—Si eso ayuda a mi familia, pues entonces sí.

—No le agrada demasiado, ¿verdad, Grace?

Ella prefirió no responderle.

—No, no le agrada en absoluto —confirmó Daniel—. Si hubiera estado de acuerdo con lo que esperaban sus padres, no les hubiera pedido un aplazamiento. ¿Ama usted al hombre que le eligieron?

—Estoy segura de que aprenderé a amarlo. Parece una persona decente.

—¿Parece decente?

Grace enrojeció.

—No lo conozco muy bien. Sólo lo he visto una vez. Fuimos presentados en un baile de caridad, y debo reconocer que no me causó una gran impresión. De lo contrario no estaría hablando como hablo, ¿no le parece?

—No tiene nada de malo mostrarse sincera —le dijo Daniel—. Usted sí que debió de causarle una gran impresión a él.

—Parece que sí —asintió ella—. Al día siguiente del encuentro le envió una esquela a mi padre solicitándole una entrevista. Mi madre me contó que Nigel se enamoró de mí a primera vista, pero no creo en esas tonterías.

—Lo que yo creo es que fue lujuria a primera vista.

—No creo que debamos seguir hablando de esto. Me parece que lo incomoda.

—No estoy incómodo —afirmó Daniel—. Sólo me parece una barbaridad de parte de su padre.

—Daniel, los matrimonios arreglados de antemano son un hecho habitual en ciertas sociedades.

—Y usted es una hija muy cumplidora.

Grace se puso rígida.

—En realidad, sí lo soy. Fue maravilloso de parte de mis padres darme un año ...

—¿De postergación de la ejecución?

—Sabático —lo corrigió ella—. Quisieron que tuviera la oportunidad de realizar mis sueños. Tienen una enorme confianza en mí.

Los azules ojos de Daniel la indagaron profundamente.

—Pero usted no tiene demasiada confianza en sí misma, ¿no es así, Grace?

—Por supuesto que tengo.

—¿Y entonces por qué se da por vencida tan fácilmente?

—Porque tengo que ir a Texas —respondió ella—. No puedo estar en dos lugares a la vez. Ya he perdido cuatro meses, y el viaje a Texas podría durar dos meses más. No tendré vida hasta que hayan atrapado a todos los integrantes de esa horrible banda, porque usted va a insistir en protegerme, y eso podría llevar meses y meses.

—Está dándose por vencida —repitió él.

Daniel se acercaba mucho al blanco, y eso no le gustó nada. La hacía enfrentarse a algo que había tratado de ignorar: en cuanto el camino se ponía escabroso, ella tendía a renunciar.

—No soy de las que se dan por vencidas fácilmente.

—A mí me parece que sí.

—Oh, ¿qué sabe de esto? Para usted las cosas son muy distintas.

—Porque vivo en los Estados Unidos.

—Porque es un hombre —lo contradijo ella—. No tiene por qué casarse a menos que lo desee, y sinceramente dudo de que eso suceda alguna vez. No pertenece a la clase de hombres que sientan cabeza y forman una familia.

Daniel cambió de posición para poder estirar las piernas con más comodidad.

—Estuve casado.

Grace quedó estupefacta.

—¿Lo estuvo?

—Casi siete años —dijo él, asintiendo—. Teníamos una hija llamada Bridget.

Grace no le hizo más preguntas, pero el silencio que siguió no lo hizo sentir incómodo. No sabía por qué se había sentido impulsado a contarle su pasado, pero ya no podía seguir conteniendo las palabras.

—Ambas murieron... hace dos años.

—¡Lo siento tanto!

—Sí. Yo también.

Pronunció esas palabras sin la menor inflexión en la voz, como si se refiriera a dos extrañas, pero el dolor se hallaba presente en sus ojos, y era inconmensurable. Ella deseó acercarse a él, abrazarlo y brindarle todo el consuelo posible, y el único motivo por el que no lo hizo fue porque sabía bien que él no lo aceptaría.

No quiso que viera lo conmovida que se sentía, de modo que se volvió hacia la ventanilla.

Guardó silencio durante varios minutos y luego preguntó:

—¿Cómo se llamaba su esposa?

—Kathleen.

—Es un hermoso nombre. La amaba mucho ¿verdad, Daniel?

—Sí —respondió él sin vacilar—. La amaba. Todavía la amo.

—¿Cree que alguna vez volverá a casarse?

—No —respondió él.

—Con el tiempo...

—No me diga que el tiempo cura las heridas —la interrumpió él, sacudiendo la cabeza.

Grace no entendía por qué se había vuelto tan hostil

—No iba a decir eso.

—¿Qué iba a decir, entonces?

—Que con el tiempo podrá recordar a Kathleen y a Bridget con una sonrisa, porque evocará los momentos felices que pasó junto a ellas. El dolor no va a desaparecer jamás, pero se atenuará.

—¿Cómo demonios lo sabe?

Grace procuró ignorar la beligerancia ostentada por Daniel.

—No lo sé por experiencia propia. Es sólo una expresión de buenos deseos.

—Hace calor aquí dentro, ¿verdad?

Ella asintió, al tiempo que se acercaba a la ventanilla para abrir el cerrojo. Empujó y forcejeó, pero no lo consiguió.

—Me parece que está atascada —dijo.

Daniel se puso de pie, dio un buen empujón a la ventanilla, y ésta finalmente se abrió. Una ráfaga de aire caliente penetró en el compartimiento.

—Dígame, ¿cómo era Kathleen? —preguntó Grace.

—¿Por qué lo pregunta?

—Sólo por curiosidad, nada más.

Daniel apoyó los pies en el asiento contiguo al de Grace, y cerró los ojos. Tenía los brazos cruzados sobre el pecho, y parecía a punto de quedarse dormido.

—No se parecía en nada a usted —respondió—. En aspecto y actitud.

—¿Qué aspecto tenía?

—Era alta, de pelo castaño y ojos marrones, y tenía millones de pecas —explicó él—. Vivía preocupada por su peso, pero no tenía verdaderos motivos porque estaba perfecta tal como era. Kathleen era una mujer hermosa, por dentro y por fuera. Igual que su hija. Era idéntica a su madre.

Transcurrieron varios minutos antes de que Grace hiciera la siguiente pregunta.

—¿Cómo la conoció?

—Iba camino a Dillon y me detuve en la granja de su padre. Ella estaba trabajando en la huerta. Se encontraba arrodillada, arrancando malezas, con el sol iluminándola por detrás, y todo lo que tuvo que hacer fue alzar la vista, mirarme y sonreír. Creo que me enamoré de ella allí mismo y en ese mismo instante.

—Me encanta la jardinería —dijo Grace, creyendo que finalmente encontraba algo en común con Kathleen—. En mi jardín tenía las más hermosas flores, de todos los colores del arco iris.

Daniel negó con la cabeza.

—El jardín de Kathleen estaba sembrado con verduras. Ella había crecido en una granja y no tenía tiempo para cultivar flores.

Cultivaban cosas que pudiera llevar a la mesa. Usted creció en la ciudad, ¿verdad?

—También teníamos una casa de campo —señaló ella—. Íbamos allí cuando el calor de la ciudad se volvía insoportable.

Daniel se mofó de la idea.

—Kathleen no era una privilegiada, y desde luego que no tenía tiempo para pensar en el calor o en las relaciones sociales. Trabajaba de la mañana a la noche, no importaba cuál fuera el clima imperante. No tenía un ropero lleno de elegantes vestidos de baile, pero sí tenía mucho honor, coraje y lealtad.

—¿Y yo no? ¿Es eso lo que me está diciendo, Daniel? Ha dicho que Kathleen y yo éramos totalmente opuestas. Si ella tenía honor, ¿yo no lo tengo?

—Sólo digo que usted es diferente.

Ella lo miró fijamente a los ojos y le dijo.

—¿Se ha propuesto herirme premeditadamente?

Él no respondió. Grace volvió el rostro hacia la ventanilla para que no pudiera ver lo mucho que la habían lastimado sus insultos solapados. ¿Qué había hecho para que Daniel tuviera tan pobre opinión sobre ella, se preguntó, y por qué le importaba tanto la consideración de él?

Apretó los ojos con fuerza para contener las lágrimas. Si él llegaba a ver una sola lágrima, seguramente pensaría que era una pusilánime, y ella no lo era, sino que era una mujer fuerte y decidida. Por supuesto, jamás había arado ningún campo ni cultivado un huerto de verduras, pero eso no implicaba que no pudiera hacerlo.

El enfado atenuó su dolor. ¿Cómo se atrevía este hombre a emitir juicios tan descalificadores sobre ella?

—Lo siento, Grace. No me proponía ofenderla.

—Sí, se lo proponía —lo contradijo ella sin mirarlo.

—Maldición, no irá a ponerse a llorar, ¡verdad?

Ella volvió la mirada hacia él.

—No, no lo haré —contraatacó ella—. Sólo le pido que no me mienta. Quiso herirme a propósito, y lo menos que puede hacer es reconocerlo.

—De acuerdo, quise herirla. Cierre la ventana, por favor. Está empezando a hacer frío aquí dentro.

—Hace más calor que en el interior de un horno —lo contradijo ella.

—Ciérrela.

Grace se puso de pie, hizo lo que le indicaba y volvió junto a él.

—¿Se siente mal?

—No, no —murmuró Daniel—. Sólo estoy cansado.

—Hace pocos minutos tenía calor y ahora tiene frío.

Se sentó al lado de él, y antes de que Daniel pudiera impedírselo, le apoyó el dorso de la mano en la frente.

—Tiene fiebre, Daniel. Me parece que tiene gripe.

—Grace, vuelva a su asiento y déjeme en paz. Por favor.

Grace volvió a su asiento preocupada por él.

—Ahora entiendo por qué estaba tan hosco. No se siente bien.

En ese momento en que el tren tomó una nueva curva a toda velocidad, haciendo que el compartimiento se sacudiera de un lado a otro, el estómago de Daniel pareció a punto de saltar por la ventanilla.

—No estoy mostrándome hosco —gruñó—. He dicho todo eso para mantenerla alejada de mí. Fui estúpido y cruel, y no debería haberlo sido, pero es preciso que guarde las distancias, Grace. Así son las cosas. Por todos los santos, ¿por qué va tan rápido este tren?

—Ahora no va tan rápido. Está disminuyendo la marcha. Dígame qué puedo hacer para mantenerme apartada de usted. Estamos encerrados juntos en este compartimiento y usted no me pierde de vista. ¿Qué he hecho para ofenderlo tanto?

—¡Ah, demonios, Grace, usted no ha hecho nada malo. Es sólo que es tan condenadamente dulce y bonita.

Grace no supo qué pensar. Las palabras que acababa de decir Daniel eran lisonjeras, pero su tono hizo que sonaran como una especie de acusación. ¿Por qué lo enfadaba el hecho de que ella fuera dulce y bonita?

—Daniel, nada de lo que dice tiene sentido alguno.

Él pudo sentir cómo le subía la bilis hasta la garganta. Aspiró profundamente para tratar de aplacar al estómago.

—Mire, es muy simple, realmente.

—¿Lo es? —preguntó ella en voz baja.

—Sí —gruñó él—. No he deseado a ninguna mujer desde la muerte de mi esposa, pero últimamente... al menos, desde que la conocí, he...

Grace aguardó a que siguiera hablando, pero al ver que no lo hacía lo apremió diciéndole:

—¿Ha, qué?

Daniel calculó que tendría unos quince segundos como máximo para llegar a tiempo al lavabo del final del pasillo. Se volvió rápidamente hacia la puerta.

—La deseo, Grace. ¿Entiende ahora? Eche el cerrojo cuando salga y no deje entrar a nadie.

Grace quedó tan atónita que no pudo moverse. Él repitió la orden con un rugido y se quedó al lado de la puerta hasta que oyó el *click* que hizo él pestillo al cerrarse.

La primera vez que vomitó pudo llegar hasta al lavabo, pero no fue así en las siguientes. Lo hizo en el suelo y en el cubo que le alcanzó el revisor del tren. También pensó que había vomitado sobre la falda de Grace, pero esperó que sólo fueran imaginaciones. No se había sentido tan mal en toda su vida. La enfermedad le había quitado hasta la última gota de energía. Apenas podía levantar la cabeza, y no importaba cuántas fueran las mantas con que lo cubriera Grace, puesto que no conseguía entrar en calor.

Grace le improvisó una cama. Se sentó junto a él toda la noche, con la cabeza de Daniel en su regazo, poniéndole compresas frías y húmedas sobre la frente. Daniel tuvo la seguridad de que si ella no hubiese estado allí, él habría encogido y habría muerto.

A medianoche dejó de vomitar y se quedó dormido. Grace lo despertó al amanecer para avisarle que habían llegado a una estación y debían cambiar de tren. No tuvo idea de qué hizo para poder pasar de un compartimiento a otro, y le sorprendió comprobar que las maletas también habían sido trasladadas. ¿Las habría llevado ella? No, no era posible. Grace había tenido todo el tiempo las manos ocupadas sosteniéndolo a él, que había resultado ser completamente inútil, y cuando advirtió la facilidad del blanco que ella había ofrecido mientras se trasladaban de un tren a otro, volvió a sentir escalofríos.

En cuanto la puerta del nuevo compartimiento se cerró tras ellos, volvió a quedarse dormido. Despertó con la cabeza nuevamente en el regazo de Grace. Ella estaba apoyada contra la ventanilla con los ojos cerrados, y parecía serena y en paz.

Daniel trató de moverse con sigilo para no molestarla. Después de lavarse y cambiarse de camisa, se sentó frente a ella.

Vio que Grace también se había cambiado de ropa. Llevaba ahora una blusa blanca con un bonito broche en el cuello y una falda azul oscuro. También los zapatos eran diferentes. Los que tenía puestos hacían juego con su falda.

¿Cuándo lo había hecho, se preguntó Daniel, y por qué se habría tomado la molestia?

—Buenos días, Daniel. ¿Se siente mejor hoy?

—Sí, ya estoy mejor. ¿La he despertado?

—No, no dormía. Sólo descansaba. No tiene aspecto de estar mejor. Recuéstese y déjeme tocarle la frente.

—No se inquiete por mí, Grace. Estoy bien.

A ella no pareció afectarle en absoluto su malhumor.

—¿Dónde habré escuchado antes esas mismas palabras?

—¿Qué palabras?

—Toda la noche ha estado diciéndome que estaba bien, y no era así, naturalmente. Ahora, recuéstese.

En su orden se podía detectar un filo acerado, y Daniel terminó por obedecerla sólo para dejarla tranquila.

—Es usted una mujer muy terca —murmuró.

Ella apoyó el dorso de la mano sobre su frente, y frunció el entrecejo.

—No puedo afirmarlo —reconoció—. Si tiene fiebre, es muy poca. Sin embargo, será mejor que todavía no coma ni beba nada, o volverá a descomponerse. Tiene mucha suerte.

Daniel se recostó sobre el tapizado del asiento y cruzó los brazos.

—¿Cómo es eso?

—He tenido una gripe suave. Pudo haber sido mucho peor. Jessica se pasó tres días vomitando. Creí que se moría.

—Anoche tuve ganas de morirme —admitió él—. De paso, gracias por... ya sabe.

—No tiene por qué.

Intrigado, Daniel le preguntó:

—¿Por qué se ha cambiado de ropa? ¿Acaso se la arrugué? Me imagino que lo hice —se apresuró a decir antes de que ella pudiera responderle—. Sin embargo, parece un desperdicio. No va a verla nadie.

—Era necesario.

—¿Por qué?

Grace dejó escapar un suspiro.

—Me vomitó encima.

—Ay, Grace, perdóneme.

Ella se echó a reír.

—Daniel, no lo hizo a propósito.

—¿La ayudó el revisor del...? —No terminó de formular la pregunta porque ya ella estaba negando con la cabeza.

—No lo dejé entrar porque usted me hizo prometerle que no dejaría entrar a nadie, ¿se acuerda?

—No —reconoció él—. No recuerdo nada. Si el revisor no entró al compartimiento, ¿quién limpió el suelo?

—Yo.

Daniel pareció absolutamente desdichado, y Grace lamentó haberle dicho la verdad.

—¿Por qué no hablamos de otra cosa? —propuso.

—¿Como qué?

—Del tiempo —sugirió ella.

—Está bromeando.

—Es lo único que se me ha ocurrido. ¿Le molestaría que abriera la ventanilla y dejara entrar un poco de aire fresco?

Daniel se puso de pie y abrió él mismo la ventanilla. Sintió que la fresca brisa era un bálsamo sobre su piel. Volvió a sentarse y la miró fijamente.

—¿Quiere algo de comer o de beber? —le preguntó.

—¿Le parece que podría soportar verme comer o beber?

—Tal vez sea mejor que esperemos un poco.

Grace no había probado bocado desde la mañana anterior, y aunque estaba famélica, aceptó con un gesto.

—Esperaré con gusto.

—¿Le apetecería un vaso de agua? A mí, sí.

—Usted no va a beber nada —dijo ella, con ese tono autoritario que comenzaba a disgustarle intensamente.

—¿Por qué no?

—Sabe muy bien por qué no. Va a volver a descomponerse. No tengo ganas de ponerme a limpiar otro revoltijo como el de ayer.

—¿Y ahora quién es el malhumorado?

Parecía un oso. También ayudaba la barba crecida que oscurecía su mandíbula, su cabello desordenado y el faldón de la camisa, que llevaba por fuera. Tenía un aire definitivamente amenazador, pero, así y todo, seguía pareciéndole apuesto.

Él la deseaba. Grace no conseguía pasar por alto esta notable circunstancia, y deseaba fervientemente poder hablar con él del asunto. No se animó a decir ni una palabra, sin embargo, y menos aún con el estado de ánimo tan irritable que mostraba Daniel. Grace supuso que debía aguardar para sacar el tema a colación más adelante, y tal vez para entonces ya habría descubierto por qué la confesión de él la había dejado azorada y sin aliento.

No, no mencionaría el asunto porque sería poco delicado de su parte.

Daniel no tenía esos escrúpulos.

—Con respecto a lo que dije ayer...

—¿Qué?

—Ya sabe... que la deseaba.

Grace juntó las manos.

—No quiso decir eso. ¿Es eso lo que quiere decirme? Era un delirio a causa de la fiebre.

—No, quise decir exactamente lo que dije.

—¿Oh, sí? —sólo atinó a decir ella, confundida al ver lo directo que era Daniel. Ella le había ofrecido una salida decorosa, pero él no la había aceptado.

—Sí —dijo él—. Pero no pienso hacer nada al respecto, de modo que sáqueselo de la cabeza.

Grace se quedó con la boca abierta.

—¿Cómo dice?

Daniel se dio cuenta de que había metido la pata al ver el fuego que ardía en la mirada de Grace.

—Me refiero a que supongo que podría tomar lo que dije como un cumplido, pero no lo tome demasiado en serio porque no pienso hacer nada al respecto —insistió.

—Oh, sí, vaya cumplido. Me dice que me desea y luego me vomita encima.

Daniel se echó a reír.

—Lo siento de veras, Grace.

—¡Oh, váyase al demonio!

Él volvió a reír.

—Sí que la enfurezco, ¿eh? Creí que no era capaz de enojarse, pero vaya si lo es. Tiene usted todo un carácter bajo esa espesa capa de azúcar, lady Winthrop. Me preguntó qué pensaría el viejo Nigel de todo esto.

—¿Es preciso que sea tan exasperante?

—¿Todavía quiere mandar ese telegrama aceptando casarse con Nigel?

—¿Podría cambiar de tema, por favor?

—Seguro —accedió él—. ¿Quiere volver a hablar del tiempo?

—En realidad nunca hablamos del tiempo, pero no, ahora no quiero. Estaba pensando en Jessica y en Rebecca. Había esperado encontrarme con ellas al cambiar de tren, pero no he visto a ninguna de las dos.

—Es imposible que Cole y Jessica hayan podido alcanzarnos. Llevan un día de retraso con respecto a nosotros, y Cooper y Rebecca partieron ayer.

—Pero nosotros acortamos camino yendo a caballo, y ellos pudieron haber perdido el tren.

—Quizá, pero no es muy probable —dijo Daniel—. Yo también los busqué, pero no los vi.

—Claro que no. Estaba hecho un ovillo encima de mí. Apenas podía mantener los ojos abiertos.

—Estoy seguro de que su amiga está bien. No se preocupe. Cooper la mantendrá a salvo.

—¿De veras lo cree?

—Sí —insistió él—. Conociendo a Cooper, a estas alturas ya debe de haberle enseñado a jugar al póquer. Apuesto a que Rebecca lo está pasando en grande.

28

Rebecca estaba a punto de volverse loca. Creyó que podía llegar a perder el juicio si se veía obligada a permanecer encerrada con Cooper dentro del minúsculo compartimiento mucho tiempo más. Atento y atractivo como era, seguía intentando distraerla contra viento y marea, tratando de hacer que el tiempo pasara lo más rápidamente posible. Habían jugado varias horas a las cartas, habían conversado y luego almorzado la comida preparada que les había servido el camarero. Al final, el aburrimiento se había instalado definitivamente entre ambos, y todo lo que Rebecca deseó fue quedarse sola al menos algunos minutos. Al borde de la desesperación, pensó en alguna razón plausible para sacar a Cooper del compartimiento y le pidió que, por favor, le trajera la maleta marrón que el camarero había colocado en el vagón del equipaje para sacar de ella su medicina. Alegando una fuerte jaqueca, insistió en que, si no tomaba el tónico antes de que el dolor aumentara, debería apearse del tren en la siguiente estación e irse a la cama.

La mentira la hizo sentirse culpable porque él se estaba mostrando verdaderamente amable y comprensivo.

—Sé que debería haber guardado la medicina dentro de mi bolso, pero lo olvidé.

—¿Le duele mucho? —preguntó Cooper, preocupado.

—Ya es casi insoportable —respondió ella—. Si no lo corto de raíz ahora mismo, me sentiré mal toda una semana. El dolor se vuelve cegador.

Cooper no pudo mostrarse más solícito. Después de prometerle darse toda la prisa posible, le indicó echar el cerrojo cuando él saliera, que fue exactamente lo que Rebecca hizo. Luego se quedó de pie en medio del claustrofóbico cubículo y dejó escapar un suspiro de alivio al disfrutar por primera vez del lugar para ella sola y sentir el silencio y la tranquilidad maravillosa que la rodeaban. Necesitaba unos instantes a solas para poder pensar en el futuro y elaborar sus planes. Bien sabía Dios lo mucho que tenía que hacer y el tiempo escaso con que contaba.

Esperaba que Cooper estuviera ausente por lo menos quince minutos. El vagón del equipaje quedaba a tres coches del que ocupaban, y cuando llegara hasta él tendría que buscar entre todas las maletas hasta encontrar la de ella. Sin embargo, un minuto después de que se fuera, alguien llamó a la puerta.

—¿Y ahora, qué pasa? —murmuró, suponiendo que al alguacil se le había ocurrido una nueva indicación que darle antes de ir a buscarle la medicina. Se obligó a sonreír, soltó el cerrojo y la puerta se abrió de golpe.

Pareció explotar al chocar contra la pared, y luego volvió hacia delante. Rebecca no pudo ni gritar. Todo lo que llegó a ver al retroceder tambaleando fue el cañón de una reluciente pistola que apuntaba directamente hacia ella.

Cayó sentada en el asiento, con la mano apretada contra el pecho.

—¿Qué está haciendo aquí? —exclamó, jadeando de terror.

Como respuesta, el pistolero entró en el compartimiento y cerró la puerta de una patada. Iba vestido con un traje oscuro de hombre de negocios y zapatos de charol negro. No parecía un asesino.

—Levántate, perra —susurró.

Ella no se movió con la rapidez suficiente. Él la aferró del brazo y la atrajo hacia sí, presionando la pistola contra su vientre. Cuando la soltó, Rebecca trató de dar un paso hacia atrás, sacudiendo la cabeza en un silencioso ruego para que no le hiciera daño, pero él permaneció indiferente a su temor.

—Por favor —gimió Rebecca.

Su súplica no hizo sino exacerbar la excitación que lo embargaba.

—Eso es, perra, suplícame —canturreó—. Quiero que me ruegues.

Se acercó más a ella y le desgarró el vestido hasta la cintura, sonriendo de satisfacción cuando Rebecca lanzó un grito. Antes de que pudiera volver a cubrirse, el apoyó la mano en uno de sus senos y comenzó a apretarlo hasta que le dolió.

—No, no, eso no, por favor —susurró Rebecca.

El hombre arrojó la pistola al asiento, riendo, y la atrajo hacia él. Dejó correr los dedos por el cabello de la joven y aplastó su boca contra la de ella. Fue un beso pegajoso, ardiente, obsceno. Le mordió el labio inferior hasta hacerle brotar sangre, para luego lamer ávidamente las rojas gotas.

La besó una y otra vez, manteniéndola inmovilizada entre sus brazos a pesar de los forcejeos de la joven, y cuando finalmente la soltó, la miró a los ojos mientras tomaba su mano y la obligaba a acariciarlo en las zonas íntimas a través de sus pantalones.

—Te deseo.

Rebecca cerró los ojos, entregada, mientras se frotaba contra él. La risa que lanzó fue muy sugerente.

—Siempre me has deseado —dijo.

Él la abrazó con más fuerza mientras jadeaba en su oído. El sonido excitó aún más a Rebecca, que le rodeó el cuello con los brazos y volvió a frotarse provocativamente contra él.

—Me has estropeado la blusa. Eres un bruto.

—A ti te gusta.

La recorrió un estremecimiento.

—Sí, me gusta —susurró.

Él comenzó a besarla en el cuello. Rebecca ronroneó como un gato satisfecho.

—No deberíamos... el alguacil volverá enseguida... oh, Dios, qué maravilla...

Se echó hacia atrás para mirarlo a los ojos:

—Veo que has recibido mi telegrama. ¿Los muchachos están contigo?

Él volvió a besarla antes de responderle.

—Johnson está en Rockford Falls aguardando la oportunidad de matar a esas dos mujeres. Los otros ya han partido hacia Red

Arrow. Si Johnson no tiene éxito, ellos las matarán cuando bajen del tren. Estás segura de que es allí adonde se dirigen, ¿verdad?

—Sí, estoy segura —dijo ella, provocativa.

—¿Ya has podido descubrir cuál de las dos estaba en el banco?

—No —respondió—. Las dos están asustadas como ratoncillos, y ninguna se sinceró conmigo. Es una lástima que el incendio no acabara con ellas —agregó, mientras pasaba los dedos por la nuca del hombre—. Nos tomamos mucho trabajo.

—No refunfuñes —musitó él—. Si Johnson no puede terminar con ellas, mis otros muchachos se ocuparán de ello al llegar a Red Arrow.

—Y entonces yo me convierto en tu testigo.

La ronca voz de Rebecca lo llenó de deseo.

—Sí, sí —susurró—. ¡Oh, qué bien! ¡Muy bien!

Rebecca dejó correr la mano a lo largo del pecho del hombre hasta volver a acariciar una vez más el bulto que hinchaba sus pantalones. Sabía el efecto que provocaba en él, y se estremeció ante la sensación de poder que la inundó.

Él tomó sus faldas, pero ella negó con la cabeza.

—No, no debemos hacerlo —murmuró, mientras él ya comenzaba a arrancarle los botones—. No hay tiempo. Es demasiado peligroso.

—Haremos tiempo. Te deseo, Rebecca. Ahora.

Se rindió ante su seducción y dio un paso atrás para desnudarse frente a él. Tenía la blusa hecha jirones, rápidamente la apartó, luego se desabrochó la falda y la dejó deslizarse hasta el suelo.

—Somos unos tontos por correr semejante riesgo, Donald —dijo, mientras se soltaba las enaguas.

Él la contemplaba desvestirse respirando entrecortadamente. Esperó hasta que su cuerpo dorado quedó apenas cubierto por una ligera camisa de seda y encaje, y entonces lo ganó la impaciencia. Se echó encima de ella, le metió la mano entre los muslos y la empujó violentamente sobre el asiento. Ella se quitó con rapidez las enaguas, las tiró a un lado y se estiró a lo largo del asiento tapizado, abriendo las piernas y atrayéndolo hacia ella. El hombre se humedeció los labios, ansioso por la expectativa, y le miró codiciosamente los pechos. Se arrodilló entre los muslos de Rebecca.

No podía esperar ni un segundo más, porque sabía que podría estallar si no la poseía de inmediato.

—Sabes que me vuelves loco, ¿no es así, perra?

Rebecca se echó a reír.

—Oh, sí que lo sé —susurró—. ¿Quién hubiera pensado que un caballero tan pomposo y remilgado tuviera un apetito tan violento?

—¿Cuánto tiempo tenemos?

—Por lo menos quince minutos.

Donald estaba tratando de desabrochar torpemente los botones de sus pantalones cuando se oyó un golpe en la puerta. ¿Había echado el cerrojo? No lo podía recordar. Dio un salto y se volvió justo en el momento en que Cooper abría la puerta.

—Rebecca, le dije que cerrara... —empezó a decir, mientras abría la puerta de par en par. Quedó tan estupefacto al verla totalmente desnuda que se detuvo en seco. Parecía no terminar de comprender la escena que tenía lugar frente a sus ojos.

Donald permanecía expectante detrás de la puerta, esperando a que el alguacil entrara, mientras buscaba frenéticamente la pistola guardada en su bolsillo.

—¿Qué demonios...? —murmuró Cooper, al tiempo que penetraba en el interior del compartimiento.

Rebecca se irguió, apoyándose sobre el codo, con el corazón latiendo locamente contra su pecho, y contempló a Donald, rogándole en silencio que se pusiera en acción. Cooper siguió la dirección de su mirada, y se dio la vuelta en el preciso instante en que Donald se adelantaba.

—¡Hijo de puta! —aulló Cooper.

Rebecca sintió pánico. Divisó la pistola de Donald, abandonada en el asiento, y rodó sobre sí misma hasta lograr alcanzarla. La aferró con fuerza y disparó.

Cooper iba a desenfundar cuando lo alcanzó la bala. La fuerza del impacto fue tan violenta que lo arrojó al pasillo, donde golpeó contra el panel de vidrio. Como consecuencia del golpe el cristal se estremeció.

Rebecca se puso de pie, tambaleándose. Para evitar gritar nuevamente, se tapó la boca con la mano y volvió a disparar. En esta segunda ocasión apuntó demasiado alto. Cooper todavía seguía deslizándose hacia el suelo. La bala no lo alcanzó, pero hizo añicos el cristal. Los fragmentos cayeron en forma de lluvia sobre el cuerpo del alguacil.

—¡Oh, Dios... oh, Dios! —gimió Rebecca—. ¿Lo he matado? Comprueba si lo he matado, Donald. ¡De prisa, Donald!

Rugiendo como un animal acorralado, Donald se lanzó al pasillo. Miró ansiosamente de un lado a otro para asegurarse de que no venía nadie.

—Si aún no ha muerto, le falta poco —murmuró—. Deja de llorar y vístete. Debemos bajarnos del tren.

—Sí, sí —dijo ella, volviéndose para hacer lo que le ordenaba.

Donald arrastró rápidamente al inconsciente alguacil hasta la puerta de comunicación entre los vagones, dejando una estela de sangre detrás de ellos. Cuando logró abrir la puerta, el tren estaba aminorando la marcha para tomar un puente tendido sobre un negro lago. Pudo distinguir un pequeño pueblecito a lo lejos, al otro lado del lago. Se inclinó, levantó el cuerpo de Cooper, protestando por el peso, y luego lo empujó y de una patada lo arrojó al vacío. Se quedó allí, mirando, mientras el tren traqueteaba sobre el puente, y sonrió al oír el ruido producido por el cuerpo de Cooper al estrellarse contra la superficie del lago.

No lo había visto nadie. Estaba seguro, y también dudaba de que alguien hubiera escuchado los disparos, porque el ruido que hacía el tren al circular por las vías ahogaba cualquier otro sonido.

Una vez más, había escapado de la muerte. La excitación le corrió por las venas, y comenzó a respirar sofocadamente por la euforia que lo dominaba. Creyó ver algún movimiento por el rabillo del ojo, pero no estuvo seguro. Se volvió preventivamente, para evitar que se le viera la cara, y luego volvió lentamente hasta el compartimiento de Rebecca. La alfombra ya había absorbido la sangre, y parecía que las manchas habían estado allí desde tiempo atrás. Nadie podría afirmar que eran recientes, a menos que se arrodillara y comprobara la humedad.

Esta vez, Donald recordó echar el cerrojo. Rebecca aún no se había vestido. Sus ropas permanecían amontonadas en el asiento al tiempo que trataba de guardarlas apresuradamente dentro de la maleta. Él la aferró por detrás, la aplastó contra la pared y la poseyó con violencia.

Nadie escuchó sus gritos.

29

La partida no fue simplemente dolorosa sino que resultó ser toda una agonía. Cuando se despidió de Caleb, Jessica sintió que el corazón se le desgarraba en mil pedazos. Sin embargo, no dejó escapar una sola lágrima, y tampoco lo hizo el niño. No pareció afectarlo el hecho de que su madre se marchara, ya que se había encariñado rápidamente con Josey y Tom Norton. Cuando ella lo besó para despedirse, se retorció entre sus brazos, no la despidió con la mano, ni siquiera le echó una mirada mientras ésta se dirigía a la puerta. Estaba demasiado ocupado haciendo estragos en la cocina de Josey.

Jessica sorprendió a Cole. Él sabía que ella no iba a hacer una escena frente al niño, pero esperaba que, tan pronto se hubieran alejado, se echaría a llorar. Cole incluso tenía preparado un discurso del estilo *es por su bien,* pero Jessie no hizo nada de eso. Se mantuvo seria, pero con los ojos secos a lo largo de todo el viaje.

Se merecía un premio por aguantar tan bien toda la situación. Cabalgaron sin pausa durante todo el día, deteniéndose solamente dos veces para dejar descansar un momento a los caballos, y al atardecer, la joven se encontraba física y emocionalmente agotada.

Cuando ya caía el sol, Cole detuvo su caballo junto al de ella, y se regañó a sí mismo en silencio por haberla obligado a resistir semejante presión. Evidentemente, Jessica no era un jinete experimentado, y la larga jornada debió de resultarle sumamente difícil, a pesar de lo cual no se quejó ni una sola vez.

—Alcanzaremos el tren en Edwardsville mañana por la mañana —dijo Cole—. Es un pueblo que queda a unos ocho o nueve kilómetros de aquí. Dudo de que encontremos un alojamiento lujoso allí, pero al menos podrá dormir en una cama decente —le explicó—. O podríamos también tomar un desvío y dormir a la intemperie, junto a las cascadas.

—¿No estará pensando en volver a Rockford Falls? —preguntó ella, adelantándose a negar con la cabeza ante la mera posibilidad.

—Ya estamos muy lejos de Rockford Falls —le aseguró él—. El sitio en el que estoy pensando tiene una pequeña caída de agua que desemboca en un estanque claro y azul. Es realmente aislado.

—¿Cuánto deberíamos desviarnos para llegar allí? —preguntó ella con voz cansada, mientras se apartaba un mechón de la cara y advertía lo sucias que tenía las manos. Un baño se le antojaba un lujo asiático.

—Unos dos kilómetros desde aquí —respondió él—. Si dormimos a la intemperie, podríamos levantarnos más temprano.

—¿A usted qué le gustaría hacer?

Cole siempre prefería dormir a la intemperie, bajo las estrellas, lejos del bullicio y las muchedumbres y toda la congestión de una gran ciudad, pero no pensaba presionar a Jessica. Debía ser su decisión, no la de él.

—Lo que usted decida estará bien para mí. —contestó.

—Me encantaría darme un baño.

—Estoy seguro de que encontraremos un lugar adecuado en Edwardsville.

—Pero preferiría dormir a la intemperie. ¿Es verdaderamente aislado ese lugar junto a la cascada?

—Sí, lo es.

—Entonces podré practicar.

—¿Practicar, qué?

—Ya lo verá —dijo ella—. No lo podré hacer sola y va a tener que ayudarme.

Cole alzó una ceja.

—¿Esa práctica implica contacto corporal?

Estaba tomándole el pelo y esperó que se ruborizara. Ella, sin embargo, no lo hizo, y en cambio asintió a lo que él decía.

—Oh, sí, tendrá que rodearme con sus brazos. Por lo menos, creo que deberá hacerlo. No estoy muy segura, no tengo experiencia.

Cole azuzó a su caballo, obligándolo a trotar y se dirigió hacia una estrecha hondonada. Jessica lo seguía.

La mente de Cole pasaba de un pensamiento licencioso a otro. ¿Qué rayos querría practicar Jessica?

Miró hacia atrás, por encima de su hombro:

—Esta práctica... ¿requiere aislamiento?

Ella ocultó una sonrisa.

—Ya lo creo que sí.

—¿Por qué?

—Porque voy a hacer mucho ruido. Si hubiera gente alrededor, me daría vergüenza.

Cole sostuvo las riendas y aguardó a que ella se pusiera a la par. Pudo vislumbrar la chispa que bailoteaba en sus ojos y supo que era de malicia.

—No está hablando de lo que yo creo, ¿verdad?

Ella parpadeó y Cole se echó a reír.

—¿De qué cree que estoy hablando? —preguntó Jessica inocentemente.

—De sexo.

—¡No! —exclamó ella, antes de lanzar también una carcajada.

—A los hombres no nos gusta que nos tomen el pelo, Jessie. No lo olvide.

Volvió a ponerse a la cabeza de la marcha. Ella fue tras él, como había venido haciendo a lo largo de las últimas ocho horas. No pronunció palabra durante largo rato, pero finalmente la curiosidad pudo con ella.

—Cole.

—¿Sí?

—¿Se quedó desilusionado?

—¿Por qué?

—Porque no estaba hablando de sexo.

—No —farfulló él—. No es nada.

Jessica dejó caer los hombros y sintió una punzada de aguda decepción.

—¿Entonces nunca ha pensado en eso... conmigo?

Cole no podía creer que estuvieran manteniendo semejante conversación. ¿Es que acaso ella no se daba cuenta del efecto que le provocaba? Probablemente no, pensó. Era evidente que era inocente, pero no seguiría siéndolo mucho tiempo más si seguía haciendo preguntas tan personales.

—Sí —admitió—, he pensado en ello.

—¿Y?

—¿Y qué? No va a suceder, Jessica.

—No, por supuesto que no —se apresuró a coincidir ella—. Pero la verdad es que yo también he pensado en eso, y más de una vez.

Cole casi se cayó del caballo.

—¿Puede dejar de hablar del tema?

—No es necesario que me grite. Sólo trataba de ser sincera. Es muy fácil hablar con usted, o al menos lo era hasta que se enfadó, y el hecho de reconocer que he pensado en hacer el amor con usted no es ningún delito. No voy a hacer nada al respecto. Ni siquiera sabría cómo.

—Entonces no tendré que preocuparme de que vaya a cometer ninguna tontería.

—¿Como cuál?

Cole no le respondió. Se juró no decir ni una palabra más ni mirar para atrás, por lo menos hasta que se hubiera quitado de la cabeza el deseo de bajarla del caballo, arrancarle las ropas y hacerle el amor.

—Espero que el agua sea cálida —comentó Jessica.

Él esperaba que fuera fría... helada.

A Jessica el último tramo se le antojó como de diez kilómetros, y cuando llegaron a la cascada estaba absolutamente extenuada.

Cole la ayudó a desmontar. Sus manos se demoraron en su cintura mucho más tiempo del necesario, y ella se apoyó en él, agradeciéndole la ayuda. Le temblaban tanto las piernas que se hubiese caído sentada si él no la hubiera sostenido.

Jessica alzó los ojos para darle las gracias, advirtió las mandíbulas fuertemente apretadas de Cole y se apartó de él a toda prisa. Era obvio que continuaba irritado por sus comentarios tan fuera de lugar.

Decidió ignorarlo hasta que se le pasara el malhumor. El paisaje que la rodeaba la cautivó de inmediato, ya que todo era un estallido de verdor y exuberancia. Trató de aliviar la rigidez que le agarrotaba las piernas dando un paseo por la orilla del estanque. La cascada no tenía nada que ver con la caída de agua de Rockford Falls. Era mucho más pequeña y menos imponente, aunque igualmente encantadora. Una continua corriente de agua fluía desde el borde rocoso de los acantilados, y al caer en el estanque, las gotas de agua, actuando como prismas, atrapaban los rayos del sol poniente y lo refractaban en un deslumbrante arco iris de mil colores.

Mientras Cole se ocupaba de los caballos, Jessica montó el campamento donde irían a pasar la noche. Después de juntar algo de leña para el fuego, extendió los sacos de dormir y dispuso la merienda que les había preparado Josey.

—¡La comida está lista! —anunció.

—Comeré más tarde —le respondió Cole.

Terminó de cepillar a los caballos y los dejó pastar por la suave hierba que cubría el terreno. El sonido del agua que corría por las rocas era tranquilizador, y demasiado invitante como para resisitirse a él, de modo que mientras Jessica comía, fue hasta uno de los laterales de la cascada, se quitó toda la ropa y se metió debajo del chorro cristalino.

El agua helada lo ayudó a sacarse a Jessica de la cabeza, y entonces logró recordar por qué no debía tocarla. Las ataduras, se recordó. Era una mujer decididamente deseable, pero implicaba ataduras. Además, no era la clase de mujer que un hombre puede llevarse a la cama y luego abandonar sin más. Se merecía algo mejor que eso, alguien mejor que él, precisó. ¿Por qué, entonces, se sentía tan molesto e indignado cuando la imaginaba junto a otro hombre? No tenía derecho a mostrarse posesivo, y sin embargo, eso era exactamente lo que sentía.

—¿Piensa quedarse en el agua toda la noche?

La pregunta lo arrancó de sus sombríos pensamientos. Salió del agua, se secó un poco y se puso los pantalones. Al regresar al campamento, corrió los sacos de dormir hacia la pared rocosa para que los protegiera en caso de que lloviera, juntó toda la leña que ella había recogido, prendió un fósforo para encender el fuego y luego se sentó sobre el saco de dormir para comer.

Como ya sabía que la comida la había preparado Josey, no le sorprendió comprobar que sabía horrible. Jessica no se había quejado del sabor, pero, a juzgar por la cantidad que había dejado sin tocar, le había merecido la misma opinión.

Jessica se había comido todas las pastillas de menta que Josey había puesto en la mochila. Todavía mascaba una de ellas cuando fue en busca de ropa limpia, una toalla y jabón. Se quitó las ropas sucias, entró en el agua, utilizando la cascada como cortina para evitar que Cole pudiera verla. Estaba fría, pero no era intolerable. Se puso de espaldas y caminó hacia atrás con los ojos cerrados, levantándose la mata de cabello que le cubría la nuca para permitir que el agua cayera sobre su cuello dolorido. El suave masaje le alivió la tensión, y en unos minutos ya se sintió totalmente relajada. Era absolutamente celestial.

Cole se sentía como si estuviera en el purgatorio, y no podía culpar de eso a nadie más que a sí mismo. No debería haber mirado cómo se bañaba. Fue un error y un abuso de confianza. Sin embargo, no pudo obligarse a darse la vuelta, y si eso lo convertía en un mirón o en un libertino, pues mala suerte. Jessica era increíblemente adorable. Permanecía con el talle estirado debajo del agua, y cada uno de sus movimientos estaba lleno de gracia y de sensualidad. La miró mientras se enjabonaba el cuello y los brazos; luego no tuvo más remedio que cerrar los ojos mientras luchaba contra el deseo de zambullirse y reunirse con ella. Tal vez, después de todo, las ataduras no fueran tan malas. Desechó el pensamiento y volvió a abrir los ojos. La erótica escena era tan incitante que apenas podía respirar. Todo su cuerpo reaccionó, tensando y endureciendo cada uno de sus músculos ante el deseo y la urgencia que sentía de tocarla.

Se sintió inundado por una marea de pensamientos lujuriosos, y se dio cuenta de que si no se controlaba iba a meterse en problemas muy serios. Lanzó un ronco gruñido y se estiró sobre su saco de dormir, con las manos cruzadas bajo la cabeza. Tenía el sueño ligero, de modo que si ella llegaba a necesitarlo todo lo que tenía que hacer era llamarlo.

Contó vacas; contó corderos. Luego comenzó a enumerar las infinitas maneras en que deseaba hacerle el amor.

—Cole, ¿está dormido?

—No —le respondió, sin abrir los ojos.

—¿Sucede algo malo? Su voz suena muy ronca.

—Estoy bien. ¿Qué quiere?

—Quería saber si le molestaría que hiciera algo de ruido.

—¿Haciendo qué?

—Tirando al blanco.

Cole se sentó de un salto y vio la pistola que tenía sobre la falda.

—¿De dónde ha sacado eso?

—Me la dio Tom Norton.

—Póngala donde estaba.

—Quiero aprender a tirar con cierta puntería.

—No, no hará nada de eso.

—Voy a aprender a protegerme sola. No me gustan especialmente las armas, y hubiera querido no ser nunca propietaria de una, pero la banda Blackwater lo ha cambiado todo. Soy la responsable de cuidar de mí y de mi hijo, y no voy a permitir que nadie nos haga daño.

—Séquese el cabello y váyase a dormir.

Jessica se echó hacia atrás la húmeda mata de pelo, abrió la caja de balas que le había comprado Tom y comenzó a cargar la pistola.

Cole trató de no perder los estribos al verla disparar a un blanco imposible. Lo estaba sacando de sus casillas al cometer una y otra vez los mismos errores, y cuando ya no pudo soportarlo más, se puso de pie y se dirigió hacia la joven.

Se colocó detrás de ella, le rodeó la cintura con un brazo, la atrajo hacia él y luego le sostuvo la mano que tenía el revólver.

—¿A qué le está disparando, exactamente?

—Al árbol que está directamente frente a nosotros. ¿A qué creía que le disparaba?

—A las estrellas. Apunta demasiado alto, cariño.

Cole pasó los siguientes veinte minutos enseñándole a disparar, y de verdad detestó todo ese tiempo. Ella no debía aprender algo semejante. Ella debería estar en un salón, bebiendo té, con Caleb jugando a sus pies. Era una dama, y las damas no usaban revólveres.

Cometió el error de manifestarle su opinión. Ella discrepó vehementemente.

—Ya he admitido que no me agrada la idea de tener un revólver, pero tendré que hacerlo hasta el día en que el último miembro de la banda Blackwater esté preso, y si eso implica que deje de ser una dama, pues dejaré de serlo.

—Sí que es bonita cuando se enfada. Los ojos le refulgen.

—Muchas mujeres llevan armas para... ¿Qué dice?

Al hablar, se dio la vuelta para mirarlo, y se topó con su barbilla.

—He dicho que es muy bonita —repitió Cole.

El piropo logró ponerla nerviosa.

—Gracias —tartamudeó, antes de apartar la mirada para poder concentrarse—. Las mujeres que viven en el bárbaro Oeste deben llevar armas porque hay toda clase de... ¿Qué está haciendo?

Cole se había inclinado y tenía la nariz hundida en el cuello de Jessica.

—La estoy besando, pero no quiero interrumpir su exposición. ¿Qué estaba diciendo?

—Que hay animales salvajes... como osos, y otros depredadores... y... —Hizo una pausa para exhalar un suspiro e inclinar la cabeza hacia un lado para que él pudiera explorar su cuello con más comodidad. La dulce calidez de la respiración de Cole contra su piel le producía una sensación maravillosa que la hizo estremecer. Sabía que debía impedirle que se tomara semejantes libertades, que era precisamente lo que iba a hacer, se prometió a sí misma, pero dentro de unos minutos.

—¿Depredadores? —repitió él, al ver que ella no seguía hablando.

—Sí, hay muchos depredadores.

—¿Dónde?

Jessica había perdido el hilo de su pensamiento.

—No lo sé... en alguna parte.

Cole rió suavemente.

—La he distraído, ¿verdad?

Formuló la pregunta al tiempo que la tomaba en sus brazos y la volvía hacia él, inclinando la cabeza para darle un beso en los labios. Su cuerpo, no obstante, tenía otras ideas. En el preciso instante en que Jessica le rodeó el cuello con sus brazos, la apretó fieramente contra él hasta que sus senos quedaron aplastados contra su pecho, y la besó con avidez. Su boca se adueñó de la de ella, su lengua la penetró, y durante un largo instante en el que ninguno de los dos respiró, le hizo el amor con su boca. El cuerpo de Jessica se amoldaba perfectamente al suyo, como si hubiera sido hecha para él. Era dulce, sensual y encantadora.

E inocente. El recuerdo lo ayudó a recobrar el juicio. En realidad no pudo obligarse a soltarla, pero le permitió respirar. Tirando muy suavemente del labio inferior de Jessica con los dientes, la obligó a volver a abrir la boca para besarla profunda y ardientemente, y luego la liberó.

Jessica, sin embargo, no estaba dispuesta a permitirle que se alejara de ella. Temblorosa de deseo, lo besó a su vez con todo el ardor y la pasión contenida que ardían en su interior. Se convirtió en la agresora, imitando la forma erótica como él la acababa de besar, tímidamente al principio, pero con mayor audacia cuando él volvió a rodearla con sus brazos. Cole gruñó roncamente cuando la lengua de ella tocó la suya.

Dios, qué dulce era. Sabía a caramelo. Su entrega lo perturbó, y supo que si seguía, no podría resistirlo y le haría el amor. Ella era demasiado candorosa como para pensar en las consecuencias.

Alguno de los dos debía pensar en el mañana, y sabía que eso le correspondía a él.

Con delicadeza, la obligó a soltarlo y se apartó.

—No debería haber hecho lo que hice —dijo con voz ronca.

Todavía aturdida, Jessica lo contempló alejarse de ella.

—Me alegro que lo haya hecho —susurró—. Quería saber lo que se sentía...

Cole se volvió rápidamente hacia ella:

—No soy ningún experimento, Jessica.

Jessica pudo ver la ira que reflejaba su mirada y su postura. Dio un paso hacia él, luego se detuvo.

—No, no lo es. Sólo quería besarlo durante un tiempo muy largo.

—Sí, bueno, pero no va a volver a ocurrir.

—¿Por qué no?

Cole no podía creer que ella tuviera necesidad de preguntarlo.

—Sabe bien dónde llevan los besos, ¿verdad?

Ella asintió lentamente.

—Claro que sí, pero como yo nunca...

Él la cortó de plano, ya que la conversación le molestaba por su deseo de volver a tocarla, y si lo hacía, sabía que no podría detenerse.

—Vamos a mantenernos alejados el uno del otro, ¿lo ha entendido?

Jessica asintió, más luego sacudió la cabeza.

—En el nombre del cielo, ¿cómo lo vamos a hacer? Viajamos juntos.

—Limítese a dejar las manos quietas. —Después de darle esa orden, se echó a reír. Jamás había dicho palabras semejantes a ninguna mujer, y no podía creer que se las hubiera dirigido a Jessica.

Es la maldita insignia, se dijo. Lo había vuelto magnánimo.

Jessica entrelazó las manos.

—Si eso es lo que quiere, por supuesto que lo obedeceré con gusto.

Cole se sintió repentinamente furioso con ella.

—No, no es lo que quiero. Lo que deseo es quitarle la ropa, arrojarla al suelo y hacerle todas las cosas que he soñado hacerle.

Jessica abrió los ojos como platos.

—¿Usted ha soñado conmigo?

—Olvídelo, Jessie.

—Yo también he soñado con usted. Cole, ¿quiere hacer el amor conmigo?

—No, el amor no —la corrigió él—. Sólo sexo. ¿Comprende la diferencia? Si tuviéramos sexo, mañana por la mañana se daría cuenta del error que cometió y lo lamentaría el resto de su vida.

Jessica sintió que la furia comenzaba a bullir en su interior.

—¿Y usted? ¿Usted también se daría cuenta de que había cometido un error?

—Sí, así es.

—¿También lo lamentaría el resto de su vida?

—Lo lamentaría, pero no por mucho tiempo. ¿Entiende ahora? No significaría tanto para mí.

Jessica divisó el revólver sobre la hierba, lo recogió y pasó frente a Cole.

—De todos los arrogantes y presumidos...

—Estoy siendo sincero, Jessie. La mayoría de los hombres mentirían para llevarse a la cama a una mujer como usted.

—¿Una mujer como yo?

Él la siguió hasta el claro donde habían comenzado a practicar.

—Sí —dijo—. Como usted... inocente, pura y atractiva como el demonio. Con un cuerpo como el suyo, no puede permitirse el lujo de ser tan cándida. Es peligroso y estúpido.

—¿De modo que soy una estúpida? Ser inexperta no significa ser estúpida.

Dejó la pistola sobre el saco de dormir y lo miró fijamente.

—Contésteme una pregunta y luego no tocaremos más el tema.

—¿Qué pregunta?

—¿Qué le hace pensar que yo lo lamentaría el resto de mi vida? ¿Es porque soy una mujer o porque soy estúpida?

—¿Está diciéndome que no lo lamentaría?

Ella no respondió.

—Sí que lo haría —continuó él—. A las mujeres les gustan las ataduras.

—¿Ataduras?

—El compromiso —explicó Cole—. A los hombres, no.

—¿Entonces, a todos los hombres casados les ataron una correa al cuello como si fueran perros y los arrastraron al altar?

Cole pensó que la imagen era perfecta.

—Sí, probablemente sea así.

—¿A su cuñado lo obligaron a casarse con su hermana?

Cole había olvidado que le había hablado de su familia.

—¿Se refiere a Mary Rose y a Harrison?

Antes de que Jessica pudiera contestar, negó con la cabeza.

—Harrison quiso casarse con ella.

Jessica se sentó y comenzó a desatarse los zapatos. Él permaneció de pie junto a ella, contemplándola, mientras trataba de descubrir cómo habían llegado a discutir tan acaloradamente.

—Mire, Jessie, lo que quiero decir es...

—Que no quiere ninguna atadura.

—¡Exactamente! —exclamó, casi gritando.

—Tranquilícese, Cole. Yo tampoco quiero —dijo en un susurro—. No quiero casarme, y no lo voy a hacer jamás —agregó, enfatizando con un movimiento de cabeza.

—Cualquier día de éstos se casará —predijo él, y de inmediato frunció el entrecejo, molesto ante la sola idea.

—¿Porque así la vida sería mucho más fácil?

—Sí, sería más simple, y también porque para Caleb sería bueno tener un padre.

—Ni mi hijo ni yo necesitamos un hombre para sentir que tenemos una familia. ¡Oh, cómo me hace enojar, Cole! Es igual que la mayoría de las personas que conozco, que depositan en mí todas sus expectativas y sus convicciones.

—Es muy difícil ser madre soltera.

—Sé que lo es, pero soy feliz... auténticamente feliz, y si me casara con cualquiera sólo para adquirir respetabilidad, me sentiría muy desdichada y no podría culpar a nadie más que a mí misma.

—¿Respetabilidad? ¿Y qué tiene que ver eso?

—No tiene importancia.

—Usted lo ha traído a colación. Dígame qué ha querido decir.

—En cuanto los extraños descubren que no estoy casada, y que nunca lo he estado, suponen que Caleb es mi hijo natural, y entonces...

Él la urgió a continuar explicándose.

—¿Y entonces qué?

—Se sienten impulsados a hacerme saber lo que piensan al respecto.

Él la miraba con total atención.

—¿Y cómo lo hacen? Déme un ejemplo.

Ella se encogió de hombros y fingió que todas las humillaciones que había padecido no habían significado nada para ella.

—Cuando Grace y yo fuimos a comprar suministros para nuestro viaje, una mujer me abofeteó en pleno rostro cuando se enteró de que no estaba casada. Llevaba conmigo a Caleb, y cuando nos preguntó de quién era hijo, Grace le dijo que era mío.

Cole estaba indignado por lo que oía.

—¿Y usted qué hizo?

—Saqué a Caleb fuera.

—Lamento que no le devolviera un buen golpe.

Ella sonrió.

—Quería hacerlo, pero no cedí a la tentación porque no hubiera sido propio de una dama, y Caleb estaba conmigo. No quería que viera a su madre comportándose de esa manera. Sin embargo, Grace se encargó de ella —siguió diciendo, mientras se tapaba la boca con la mano y lanzaba una risita—. Fue digno de ver. La vi por el escaparate.

Cole sonrió ante lo que preveía que iba a contarle.

—¿Qué hizo?

—Tomó una regla del mostrador y arrinconó a la mujer contra la pared apuntándole con ella. No la golpeó, pero logró hacerla morir de vergüenza con su sermón, y cuando terminó, la mujer no paraba de llorar. Era francamente ridículo. Grace era la mitad del tamaño de la otra. Más tarde nos reímos del asunto.

—Pero todavía le duele, ¿verdad?

Jessica no le contestó.

—Grace es la primera amiga de verdad que tengo —dijo, en cambio—. Haría cualquier cosa por ella.

—Y ella por usted, ¿no es así?

—Sí, en efecto —asintió ella—. ¿Usted tiene amigos íntimos?

—Mi familia —respondió Cole—. Estoy muy apegado a mis hermanos. A veces me sacan de las casillas, pero mataría a cualquiera que intentara lastimarlos.

Jessica no lograba imaginar cómo sería eso de tener hermanos, y le rogó que le contara cómo había crecido en el seno de una familia numerosa. Quedó boquiabierta al enterarse de que ni sus hermanos ni su madre estaban unidos por vínculos de sangre.

Cole pasó más de una hora hablándole de su infancia, compartiendo con ella algunas anécdotas graciosas y otras conmovedoras. La calidez que podía ver en sus ojos y en su voz le señalaban lo mucho que amaba a su familia, y cuando terminó con su relato, Jessica sintió más agudamente que nunca el dolor de su propia soledad. Anhelaba ser parte de algo... y ser amada.

—Nos juntamos para formar una familia —dijo Cole—. Y jamás se me ha ocurrido pensar que alguno pueda abandonarme. Eso es lo que usted cree que pasa siempre, ¿verdad?

—La experiencia me ha enseñado a no confiar en nadie.

—¿Y su amiga Grace?

—Oh, tengo una confianza implícita en ella.

—¿Y Rebecca?

—No la conozco muy bien, pero tal vez podría llegar a confiar en ella. Ha sido muy bondadosa con Caleb y conmigo.

—Las tres han sido muy leales entre sí.

—Ninguna de las dos supuso que Caleb era un hijo ilegítimo —comentó ella, sentándose y estirando los brazos por encima de la cabeza para aliviar la tensión.

—He decidido que, una vez que Grace y yo lleguemos a Denver, diré a todo el mundo que soy viuda.

—Una mentira sólo conduce a otra, y ésa a otra más —dijo Cole—. Mire el lío que armaron las tres al mentir acerca de quién era la testigo que buscábamos. Si todas se hubiesen presentado y nos hubieran dicho la verdad antes de que ese reportero convirtiera el tema en título de portada, la vida sería muchísimo menos complicada ahora. El juez no habría insistido en que Daniel y yo las lleváramos a todas hasta Blackwater, y supongo que Grace y usted ya estarían camino de Denver.

—Ya le dije que la testigo era yo —le recordó Jessica—. ¿Grace y Rebecca también van para Blackwater?

—En este momento se dirigen hacia allí.

Jessie quedó asombrada por lo que oía.

—¿Por qué no me lo dijo antes?

—Usted dejaba a su hijo con extraños. Ya tenía bastante con eso —respondió él.

—¿Y por qué el juez quiere vernos a las tres? Le he dicho que la testigo soy yo.

—Si, muy bien, pero lo mismo han dicho Grace y Rebecca.

—¡Pero eso es imposible! —exclamó ella.

—Las tres vinieron a vernos para decirnos que cada una era la que se escondía debajo del escritorio.

—¡No!

—Sí.

—No me extraña que no me creyera. No me dejó contarle lo que había pasado en el banco. Yo lo intenté.

—No quería escuchar más mentiras.

Ella aspiró profundamente para serenarse y no montar en cólera, ya que se daba cuenta de que él tenía todo el derecho de dudar de ella. Ya le había mentido con anterioridad.

—¿Por qué mentirían Grace y Rebecca?

—Dígamelo usted.

Jessica pensó un largo rato antes de aventurar una opinión.

—Grace debe de sentir que tiene que protegerme... Sabe que yo haría lo mismo por ella, pero sigo sin entender las razones de Rebecca.

—Ella no mintió, Jessie. Ella es nuestra testigo. Ahora, duérmase. Estoy cansado y no tengo ganas de discutir.

Jessica se acostó y se puso de costado para poder contemplar el fuego. Tenía la cabeza llena de preguntas. Cole se había mostrado muy seguro de que la testigo era Rebecca, y no se daba cuenta del motivo.

—¡Cole!

—¿Y ahora qué quiere?

—Vi al hombre que estaba en el tejado del edificio en Rockford Falls..., el que mató al señor York y a quien traté de disparar, pero se me cayó el revólver.

—Lo recuerdo. ¿Qué pasa con él?

—Lo había visto antes y lo reconocí.

Cole dejó escapar un suspiro de cansancio.

—¿Dónde lo vio?

—En el banco. Su nombre es Johnson. El señor Johnson. Lo vi matar a todas esas personas inocentes.

30

Le contó todo. Recordaba cada palabra pronunciada, cada risa, cada grito. Mientras le relataba la progresión de los hechos, empezando por su zapato desatado, se mantuvo serena, sin llorar. Demasiado serena, pensó Cole, ya que su voz estaba completamente desprovista de emoción alguna. Él no le formuló ninguna pregunta, y cuando terminó de hablar, Jessica se puso de pie y se encaminó hacia el estanque.

Cole no sabía si quería estar sola o no, pero no le importó porque se sentía apremiado por ir a su lado. Ella permanecía quieta, con los brazos cruzados, con la postura rígida, y cuando trató de rodearla con sus brazos, Jessica se apartó de un salto.

—¡No!

Ignorando sus protestas, Cole se puso frente a ella, obstruyéndole la vista del lago, y la tomó en sus brazos por la fuerza.

—No necesito que me consuele —dijo Jessica, malhumorada, lo que constituía la primera demostración de algún tipo de emoción desde que comenzara a contar toda la verdad. Se alegró y la abrazó con más fuerza.

—Pero es que yo necesito hacerlo —le dijo con suavidad.

Jessica forcejeó para liberarse y finalmente Cole la soltó.

—Es que usted no entiende. ¡Fui tan cobarde! Debería haber hecho algo, pero no hice nada. Dejé que sucediera. Me limité a mirar.

Aspiró profundamente para lograr controlarse y alzó la mano para detenerlo cuando él hizo el intento de acercarse nuevamente a ella.

—Muy bien, coincidiré con usted si así lo desea —dijo Cole—. Debería haber hecho algo para evitarlo. Ahora dígame, ¿qué podría haber hecho?

Ella sacudió la cabeza.

—No lo sé. Tenía tanto miedo que no pude pensar con claridad. ¡Dios mío, cuando entraron en el banco en lo único que pude pensar fue en mi estúpido dinero! Debería haber...

—¿Qué? —insistió él—. ¿Qué podría haber hecho? Podría haber muerto igual que Franklin y los demás. ¿Eso es lo que la hace sentir culpable? ¿Que usted sobrevivió y ellos no? ¿Piensa que debería haber salido gateando de su escondite para arrodillarse junto a los otros y dejar que la mataran también a usted?

—No, pero tal vez... si hubiera gritado, alguien me podría haber escuchado desde la calle...

—Basta. —Volvió a tomarla enérgicamente en sus brazos y le alegró comprobar que ella ya no se resistía—. No podía hacer nada.

—Usted sí habría hecho algo —susurró Jessica contra su pecho.

—Sí, tal vez sí —concedió él—. Si hubiera tenido un revólver, pero me habrían matado. No podría haber terminado con todos.

—Pero lo habría intentado. Yo no.

—¿Tenía un arma para disparar contra todos ellos?

—No, pero...

—No había nada que pudiera hacer. Y en algún lugar de esa cabeza suya sabe que es verdad.

Temblando, ella lo rodeó con sus brazos y se apretó contra él.

—Quiero...

—¿Qué, cariño? —le preguntó él, inclinándose para darle un beso en la frente.

Ella ocultó la cabeza bajo su barbilla y cerró los ojos. Esa noche necesitaba la fuerza de Cole, y también anhelaba desesperadamente su consuelo... y su amor.

—Debería tratar de dormir —dijo él mientras la alzaba cuidadosamente en sus brazos y regresaba hacia donde habían acampado. La dejó en el suelo y se arrodilló a su lado, mirándola con gesto preocupado.

—Todo va a salir bien —le dijo, para convencerse a sí mismo más que para convencerla a ella.

Comenzó a ponerse de pie, pero ella lo retuvo sosteniéndole la mano:

—Duerma conmigo —le pidió con un murmullo.

Aparentemente, Cole no mostró ninguna reacción a su súplica. Interiormente, sintió como si su corazón se le hubiera caído hasta la boca del estómago.

—No —respondió con voz ronca, en tanto su deseo por ella amenazaba con superarlo.

A la luz del fuego, el cabello de Jessica parecía de un rojo vibrante, y todo lo que quiso fue poder deslizar los dedos a través de esa sedosa mata e ir bajando por su dulce y suave cuerpo...

—No puede ser.

—Sólo un ratito —rogó ella—. No quiero estar sola.

—No está sola. Estoy a menos de un metro de usted. Le aseguro que no es una buena idea.

—¿Por qué no?

—¿Necesita que se lo deletree? Bien, quiero estar junto a usted, pero no precisamente para dormir.

—Quiere hacerme el amor.

—¡Diablos, sí!

Los ojos de Cole se habían vuelto de un intenso azul, y la mano que ella sostenía entre las suyas se cerró en un puño.

—No quiero que haga nada que no tenga ganas de hacer —dijo Jessica, girándose hacia el otro lado—. Buenas noches.

Cole no se movió. Se quedó allí, de rodillas, luchando en una silenciosa guerra durante lo que pareció toda una eternidad, hasta que finalmente capituló.

Se tendió al lado de ella, cerró los ojos y trató de fingir que Jessica no estaba allí.

Pasara lo que pasara, se juró, no la tocaría. Desde luego, un hombre tenía disciplina hasta cierto punto, e indudablemente ella lo estaba acicateando hasta el límite, pero no se daba cuenta de lo que hacía. Ella lo necesitaba, se recordó, pero no de la manera física como él la necesitaba a ella. Se sentía sola y anhelaba contacto humano.

Lo estaba matando. Su cabello le hacía cosquillas en la nariz, y cuando trató de apartar los sedosos mechones, Jessica se acomodó sobre su brazo, usándolo como almohada. Esa noche olía a rosas, lo que de pronto le trajo añoranzas de su hogar. Eso es, se dijo. Se pondría a pensar en todas las cosas que quería hacer una vez que estuviera de vuelta en Rosehill.

Sustraerse a lo que le estaba pasando no iba a resultarle tan simple.

—Cinco minutos, Jessie. Me quedo junto a usted sólo cinco minutos. —Al oír el sonido de su propia voz, no pudo menos que hacer una mueca.

Evidentemente, a ella no le molestaron en absoluto sus bruscos modales. Siempre de espaldas a él, se acomodó de manera tal que su trasero quedó apoyado en el hueco de su entrepierna.

Un sudor frío le cubrió la frente. Sintió que estaba atravesando el infierno al tener tan cerca a una mujer a la que tanto deseaba y no poder tocarla. Su único consuelo consistió en saber que ya nada podría ser peor.

Estaba equivocado. Jessica se agitó contra él y sintió que lo atravesaba una espada al rojo vivo de deseo.

—No se mueva —le ordenó—. Duérmase de una vez.

Siempre indiferente ante su rudeza, Jessica le tomó la mano y le colocó el brazo alrededor de su cintura. Cole no pudo evitar apretarla contra él y acurrucarse aún más cerca. Su mano descansaba bajo sus senos, y todo lo que tenía que hacer era extender sus dedos hasta tocar su suave...

La erótica imagen quedó interrumpida cuando Jessica trató de darse la vuelta entre sus brazos.

Él le había prometido cinco minutos. Debió de haber estado loco, pero le había dado su palabra, de modo que comenzó a contar los segundos que faltaban. Que Dios lo ayudara; si lograba pasar un minuto entero sin besarla, supuso entonces que le resultaría posible pasar toda una vida.

Quería pasar toda la vida con ella.

La revelación lo dejó estupefacto. Se dio cuenta de que había tratado de ignorar esa verdad durante mucho tiempo, pero que muy en el fondo lo había sabido desde siempre, y la aceptó. Incluso podía señalar el momento exacto en el que supo que la amaba. Fue cuando el bastardo de Johnson se encontraba sobre aquel tejado con su rifle, tratando de matarla. Cole jamás había sentido furia semejante.

Mientras corría hacia ella, pensando que podía llegar a tiempo para salvarla, la posibilidad de perderla lo aterraba. Después de que hubo pasado todo, siguió sintiéndose tan conmovido por el miedo que reaccionó con enfado, no con amor.

Si eso era el amor verdadero, no quería saber nada de él. Sin embargo, no quería volver a separarse de ella jamás en la vida.

Pareció la cosa más natural del mundo besarla en el hombro, en el cuello, en la oreja. Continuó diciéndose que debía parar ese tormento, pero sus sentidos le respondían. ¡Ella olía tan bien, y era tan suave!

¿Habían transcurrido cinco minutos? Quizás ella ya estaba dormida, pensaba con desesperación, y se aferró a esa esperanza como el que se sujeta a una cuerda colgada de un precipicio.

Ella intentó darse la vuelta en sus brazos de nuevo.

—No se mueva —le susurró.

—Quiero darle un beso de buenas noches.

Su corazón saltó al oír el tímido y susurrado ruego.

—No —contestó rápidamente.

—Por favor.

Él suspiró con su rostro escondido entre la cabellera de Jessica.

—Si me besas, te juro que no pararé. Ahora, déjame en paz, y duérmete.

Pero de nuevo se acercó a su cuello, burlándose así de su propio ultimátum. Le encantaba el contacto de la piel de ella contra su boca, como le gustaba el leve ronroneo que ella emitía, parecido a un jadeo, pero más dulce.

Jessica se mantuvo totalmente inmóvil durante varios minutos, y cuando se dio la vuelta entre sus brazos sabía exactamente lo que hacía y dónde la conduciría. Ignorando las consecuencias que sobrevendrían, le acarició el rostro, lo miró profundamente a sus hermosos ojos y luego dejó que su mano se deslizara hasta su nuca.

—Quiero esta única noche contigo... sólo esta noche.

—¡Jessica! —susurró él, con voz teñida de angustia—. No sabes lo que dices... mañana lo lamentarás...

—Te necesito, Cole. Ámame esta noche.

Cole no pudo resistir más. Buscó su boca con avidez, desesperado por el deseo de hacerla completamente suya.

Durante largo rato le hizo el amor con su boca, mientras su mano le acariciaba el seno a través de la ropa. Jessica comenzó a tirar de los botones de la camisa de Cole.

—Despacio, cariño —susurró, mientras hundía el rostro en su cabellera—. O si no...

Quería que esa primera vez fuera perfecta para ella, pero la ansiedad de Jessica lo excitó de tal forma que le resultó imposible seguir sus propias instrucciones. Con manos temblorosas le quitó las prendas que la cubrían, y cuando soltó las tiras de su camisa y se la quitó por encima de los hombros, la súbita visión de sus pechos desnudos lo obligó a lanzar un gemido ronco. La agonía de haberla deseado durante tanto tiempo se mezcló con el éxtasis que sintió al cubrirla con su cuerpo y sentir su tersa piel contra la de él.

El suspiro de placer que dejó escapar Jessica lo trastornó. Las caricias de ella se volvieron tan audaces como las de él, y cuando con sus uñas le arañó los muslos, sintió un goce tan exquisito que creyó poder morir.

Quiso besar cada centímetro de su piel, y eso fue precisamente lo que hizo, estimulado por sus gemidos de placer. Cuando le deslizó la mano entre los muslos, ella trató de apartarlo, mas él no hizo caso y pronto fue recompensado cuando ella comenzó a suplicarle que no se detuviera.

La respuesta apasionada de Jessica fue comparable a la de él. Cole le besó el ombligo, sonriendo cuando la oyó respirar profundamente, y luego comenzó a descender para saborearla toda.

—¡Ahora, Cole! —gritó Jessie.

Estaba más que lista para recibirlo, pero él quiso prolongar esa bendita agonía hasta que ella estuviera tan abrumada de deseo que no advirtiera el dolor que le provocaría su penetración.

Cuando se arrodilló entre sus muslos, ella comenzó a retorcerse.

—Mírame —exigió él, con la voz temblorosa por la pasión—. Esto es para siempre.

—Por favor...

—Dilo —le ordenó, con sus ojos clavados en los de ella mientras esperaba.

—¡Para siempre! —gritó ella.

Su boca buscó la de ella en un beso devorador mientras se preparaba para hacerla suya. Su penetración fue delicada pero rápida; a medida que avanzaba dentro de ella, hundió la cara en su fragante cabellera y cerró los ojos, entregándose.

Ella era exactamente como había soñado: perfecta. La oyó gritar, supo que la había lastimado, y permaneció dentro de su cuerpo sin moverse, dándole tiempo para que se adaptara a él. Le murmuró al oído millones de palabras de amor, pero, urgido como estaba por su propio deseo enloquecedor, no supo si lo que decía tenía algún sentido.

¿Cómo era posible que algo que dolía tanto pudiera ser a la vez tan maravilloso? Fuera de control, Jessica quiso pedirle que se detuviera, a la vez que tampoco quería que se apartara de ella.

—Todo será distinto en un minuto —le prometió Cole.

Parecía estar sin aliento. Entonces ella se dio cuenta de que estaba jadeando. Le rodeó el cuello con sus brazos, y el simple movimiento le provocó una profunda oleada de placer. Se movió de nuevo, le oyó gemir y comprendió que a él le gustaba tanto como a ella.

Cole se apartó lentamente y luego volvió a arremeter.

—¿Vas a dejar ya de burlarte de mí? —gritó ella.

Cole lanzó una risita ahogada.

—Sólo trataba de ser gentil.

—Basta ya —pidió ella—. Quiero...

Él la obligó a callar con otro beso, y volvió a moverse dentro de su cuerpo. La pasión de ella lo conmocionó. Jamás había estado con ninguna mujer que se mostrara tan sincera y abierta con su propio deseo, y el hecho de que se entregara a él con tantas ganas y con todo el amor de su corazón fue seguramente la causa de que él perdiera completamente el control.

Decidido a lograr que el acto durara todo lo posible, trató de aminorar su ritmo. Ella no se lo permitió, y cuando arqueó su cuerpo bajo el suyo, entre los dos pareció encenderse un brillante fuego.

Su amor fue salvaje, libre, más allá de todo lo que había conocido hasta el momento. La sintió tensarse en torno de él, la oyó gritar su nombre, y cuando ella alcanzó el orgasmo, la penetró profundamente y alcanzó el suyo.

Su entrega fue completa: cuerpo, alma y corazón. Cayó rendido sobre el cuerpo de Jessica, sin fuerzas para moverse.

Ella lloraba silenciosamente. Pudo sentir sus lágrimas sobre el hombro, y finalmente levantó la cabeza para mirarla.

—Te he hecho daño, ¿verdad, mi amor?

Se sintió culpable y se acusó de ser demasiado brusco y salvaje. Era la primera experiencia de Jessica, y debería haber sido más cuidadoso, mucho más tierno...

—Jessie, di algo, por favor...

Su ansiedad la arrancó del aturdimiento. Abrió los ojos y lo miró fijamente, y la calidez que pudo ver en ellos la hizo temblar por el estallido de amor que la sacudió.

—Oh, no, no me has lastimado... Bueno, sí, pero no... Fue... deslumbrante.

Él sonrió con arrogante satisfacción. Dios, cómo la amaba. Jessica todavía tenía los ojos brillantes por la pasión, y la boca roja e inflamada por sus besos. Parecía estar completamente satisfecha y contenta consigo misma, ¿y cómo era posible no amar a semejante mujer?

—Sí, fue deslumbrante. —Sin querer se apartó de ella—. Pero...

Ella le tapó la boca con la mano.

—No —susurró—. Sin arrepentimientos.

Se acomodó en sus brazos y apoyó la cabeza sobre su hombro.

Nada era para siempre.

Cerró con fuerza los ojos para no llorar. ¡Cómo deseaba poder creerle! No, él la amaría, bien lo sabía, hasta el día siguiente, o hasta el otro, o hasta el año siguiente, pero finalmente, inevitablemente, se marcharía.

—Yo también te amo —murmuró. Para siempre.

31

Lo había seducido. Jessica, de pie junto a la orilla del lago, asumió la realidad de lo ocurrido. La verdad fue seguida de otra, aún más estremecedora que la primera: no estaba arrepentida. Durante el resto de su vida atesoraría en su corazón el recuerdo de sus caricias y sus palabras de amor. Tenía que bastarle.

Cole se acercó a ella por detrás, la rodeó con sus brazos y la besó en el hombro.

De inmediato supo que algo andaba mal, porque la sintió ponerse rígida.

—Dime qué te pasa.

—Ya es de día. Eso me pasa.

—No, se supone que deberías decir *buen* día, no *ya es de* día —dijo él, mientras la obligaba a darse la vuelta en sus brazos.

Cuando intentó besarla, Jessica evitó su boca.

—Muy bien, Jessie, dime de qué se trata todo esto.

—Anoche...

Al ver que no seguía hablando, Cole la tomó de la barbilla, haciendo que levantara el rostro hacia él para poder estimar cuál era su estado de ánimo. Era evidente que estaba molesta y Cole supuso que sabía la razón.

—Estás arrepentida de lo ocurrido, ¿verdad?

Ella negó vehementemente con la cabeza.

—No, ya te lo dije anoche. Jamás me arrepentiré.

Él la apretó contra su cuerpo y volvió a tratar de besarla, pero Jessica giró la cabeza y terminó besándola en la oreja.

—Por favor, no hagas que esto sea más difícil de lo que ya es —rogó ella—. Con lo que ocurrió anoche ya es suficiente.

—Tenemos todo el futuro para los dos.

Jessica clavó la mirada en el cuello de Cole y procuró mantenerse firme en su decisión.

—Deberíamos partir. Si no nos damos prisa perderemos el tren.

Él no se movió. Permaneció donde estaba, abrazándola, mientras aguardaba pacientemente a que volviera a mirarlo a los ojos.

—No vamos a ninguna parte hasta que no me digas qué pasa dentro de esa cabecita tuya.

—Mira, Cole, ya tuvimos lo de anoche, pero ahora debemos... irnos.

Finalmente, Cole comprendió a qué se refería.

—No crees que fueran ciertas todas las cosas que te confesé anoche, ¿no es así? De eso se trata todo esto. Crees que te dije que te amaba sólo para que me permitieras ponerte la mano encima.

—Yo te deseaba y tú me deseabas. Fue una decisión de los dos.

—Sí, lo fue.

—Y no me arrepiento. No espero ningún compromiso por tu parte, y yo no te ofrezco tampoco ninguno.

Cole no podía creer lo que oía.

—¿Estás diciéndome que no deseas ninguna clase de vínculos?

—Sí.

—¡Por todos los...!

Jessica dio media vuelta y corrió hacia donde aguardaban los caballos. Cole fue tras ella, la tomó de la cintura, y la acomodó sobre la silla. Al sentarse en la montura, Jessica hizo una mueca de dolor que él no pudo menos que advertir.

—¿Vas a poder cabalgar hoy?

—Sí, desde luego.

—Jessie, sé que anoche te hice daño.

—Pero ya estoy bien.

Su rubor logró disipar algo del enojo que sentía. ¡Jessie era tan dulce, tan adorable, y tan exasperante! Apoyó la mano en su muslo.

—¿Puedes mirarme, por favor?

Ella levantó lentamente la mirada. La ternura que pudo ver en los ojos de Cole fue una dura prueba para su decisión. Deseó poder arrojarse en sus brazos y estar así eternamente.

—¿Sí? —preguntó con voz queda.

—¿Me amas?

Cole le apretó el muslo hasta que, finalmente, ella respondió:

—No te voy a mentir, Cole. Sí, te amo, pero...

Él la interrumpió:

—¿A cuántos hombres les has dicho que los amabas?

—No se lo he dicho a nadie más que a ti.

A Cole se le iluminó el rostro con una sonrisa.

—Bien. Es todo lo que quería saber.

Su paso mostró una cadencia definitivamente arrogante mientras se alejaba y montaba en su caballo. Lo vio acomodarse en su silla, tomar las riendas, acercarse a ella, y antes de que pudiera apartarse, su mano ya había rodeado su cuello y la atraía hacia él. De pronto, todo lo que existió fue la boca de Cole adueñándose de la suya, su lengua, penetrando profundamente y su beso apasionado.

Cuando por fin la soltó y vio su mirada de perplejidad, asintió, satisfecho.

—Escúchame bien, mujer—. Así es como quiero que me beses cada mañana. Quiero mucho más que eso, pero empecemos por el beso.

—¿Durante cuánto tiempo, Cole?

No advirtió que había expresado su pensamiento en voz alta hasta que se escuchó decirlo.

—Durante el resto de nuestra vida, y la tuya va a ser realmente corta si sigues con esos pensamientos alocados.

—No puedes saber lo que estoy pensando.

—Por supuesto que puedo —se jactó él—. Es como mirarme al espejo. —Sacudió la cabeza, con gesto de desaprobación—. Mi hermano Adam solía decirme que me pagarían con la misma moneda.

—¿Qué cosa te pagarían con la misma moneda?

—Esta actitud mía de no querer ataduras —respondió él—. Es muy irritante saber que tú sientes lo mismo.

—¡Y así es! —insistió ella.

—Lo que estás haciendo es golpear primero.

—¿Y eso qué significa?

—Estás tan segura de que yo te dejaré que te anticipas a mi abandono y me dejas tú a mí. ¿Tengo razón?

No le dio tiempo a responder y volvió a arremeter.

—Bueno, nena, tengo una noticia para ti: eso no va a pasar. No me voy a ir a ninguna parte y tú tampoco. Lo digo en serio. Esto es para siempre, Jessie, y te recuerdo que tú me prometiste lo mismo.

Jessica pensó que no era posible sentirse más desdichada de lo que se sentía en ese momento. Su experiencia le señalaba que incluso las promesas más fervientes eran falsas. Cole ahora la amaba, pero con el tiempo dejaría de hacerlo.

—No quiero que te quedes conmigo sólo por lo que pasó anoche. Te pedí una sola noche, y eso es lo que me diste.

—¿Es que piensas agradecérmelo?

Algo en el tono de él le insinuó que no respondiera.

—Ya es hora de que nos vayamos —dijo, en cambio.

—Me estás haciendo perder la paciencia —susurró Cole.

Él no volvió a pronunciar palabra durante casi una hora. En repetidas oportunidades volvió la cabeza para mirarla por encima del hombro y asegurarse de que estaba bien, y Jessica advirtió que su expresión iba haciéndose cada vez más hostil.

Sabía que lo había ofendido, pero lo mejor era terminar con eso lo antes posible. Se dijo que lo único que estaba haciendo era protegerse y proteger a su hijo, porque si le entregaba su corazón no haría sino darle las armas para poder destruirla. No podía correr ese riesgo. Sin embargo, la sola idea de toda una vida sin él la hacía sentir profundamente desgraciada, y no sabía cómo mitigar ese dolor. Odiaba sentir miedo y amar a Cole la aterrorizaba porque implicaba tener que confiar en él.

¿Por qué no habría evaluado todas las consecuencias antes de seducirlo? Porque quería saber cómo era sentirse amada. Santo Dios, ¿qué había hecho?

—Jessie, lo hemos hecho todo mal.

Ella permaneció en silencio, con los ojos clavados en la espalda de Cole y el corazón a punto de romperse en pedazos, al tiempo que esperaba que le dijera que finalmente había recuperado la cordura.

Cole comenzó a hablar sin darse la vuelta, mientras se disponía a sortear la última loma que los separaba del pueblo donde debían subir al tren.

—Tuvimos nuestra noche de bodas antes de la boda. Lo hemos hecho al revés, eso es todo. Si tenemos tiempo, lo arreglaremos cuando lleguemos al pueblo.

—¿Y qué piensas hacer?

—Buscar un pastor.

Jessica se quedó con la boca abierta.

—No pienso casarme contigo.

—No te lo estoy pidiendo.

—Menos mal, porque yo...

—Te estoy comunicando que vamos a casarnos. Tú tomaste esa decisión al entregarte anoche a mí.

No procuró ocultarle el malhumor que sentía, pero sí su preocupación. Si no se hubiese conocido tan bien, podría haber pensado que estaba asustado. La revelación de que la amaba lo había conmovido hasta lo más profundo, y no sabía qué hacer para convencerla de que su amor era auténtico... y eterno.

—Caleb...

—Seré un buen padre.

—No quiero hacerlo sufrir. Él se encariñará contigo, y luego... —La severa mirada que Cole le echó por encima del hombro la obligó a interrumpirse.

—Es mejor que sepas algo sobre mí.

—¿Qué? —preguntó Jessica.

—Siempre gano.

32

De los ciento veintitrés pasajeros a bordo del tren que se dirigía al Sur, sólo uno resultó estar mirando por la ventanilla en el preciso instante en que el alguacil Cooper fue arrojado al agua, pero con uno ya era más que suficiente. Mildred Sparrow, una dama vivaracha de edad avanzada y carácter sedentario, viajaba sentada en un incómodo asiento de madera del último vagón del tren, junto a su esposo, George. Éste, que se dejaba caer sobre ella, dormía profundamente, usando su hombro como almohada. Mildred iba despierta, admirando en silencio el encantador paisaje, hasta que de pronto prorrumpió en gritos dignos de una demente. Se impresionó tanto que a duras penas pudo relatarle a su esposo lo que acababa de presenciar. George no le creyó. Insistiendo en que se había quedado dormida y había soñado que veía cómo arrojaban a un hombre al vacío, abrió la ventanilla y sacó la cabeza para echar un vistazo por sí mismo.

No vio nada. No obstante, no iba a resultar tan sencillo acallar a Mildred. Armó un escándalo, y la única manera que encontró el revisor de tranquilizarla fue prometerle que detendría el tren para investigar. Él también estaba convencido de que Mildred se había dejado ganar por su imaginación.

Aproximadamente a unos quinientos metros del pueblo más cercano, el tren se detuvo, haciendo chirriar los frenos. El conductor condujo a los curiosos a través de un yermo páramo hasta una colina desde la que se dominaba el lago. Más de veinte incrédulos hombres y mujeres constituían su séquito, que habría sido aún más numeroso si muchos no se hubieran negado a bajar por el temor de tropezar con alguna serpiente.

Cuando llegaron hasta la cima de la colina, el conductor ya estaba sin aliento. Miró hacia abajo, y lanzando una exclamación ahogada, susurró:

—¡Santo Dios, es cierto!

El grupo permaneció con las cabezas inclinadas en una silenciosa plegaria mientras observaban cómo un pescador sacaba un cuerpo de las profundidades del lago.

Black Creek Junction era un tranquilo pueblecito situado en medio de la desolada y aislada llanura. Hasta donde alcanzaba la vista, era imposible distinguir un árbol, un matorral, ni siquiera una flor. La única vanidad del pueblo la constituían las puestas de sol. Todos los días, cuando el sol bajaba hasta el horizonte, rayos de luz de color anaranjado caían sobre el terreno de arcilla colorada, y el cielo de poniente estallaba en mil colores, ofreciendo a los espectadores la ilusión de que el horizonte se hallaba en llamas. Aquellos que solían demorarse en la plaza del pueblo juraban que podían ver las llamas bailoteando sobre el terreno. Era una vista espectacular, a la que añadía un toque de magia el viejo Towers cuando tenía ganas de acompañarla con las notas de su violín. Los aldeanos les contaban a los forasteros que efectivamente habían visto a las fluctuantes lenguas de fuego seguir el ritmo de las notas del violín.

Grace estaba fascinada por el magnífico espectáculo del crepúsculo, fenómeno que contemplaba desde la ventanilla del tren.

A pesar de que no deseaba apartarla de la ventanilla, Daniel no tuvo más remedio que mostrarse práctico.

—Tenemos nada más que una hora para comer y estirar las piernas.

La mención de la comida le recordó a Grace lo hambrienta que estaba. Se puso los guantes, el sombrero y siguió a Daniel por el pasillo.

—¿Siempre usa guantes para ir a todos lados?

—Una dama siempre debe llevar guantes en público.

Daniel sonrió y sacudió la cabeza. Era tan correcta, a veces hasta el ridículo, y tan dulce... Señor, sí que era dulce. Se preguntó si sería igualmente correcta en la cama. En cuanto lo asaltó este pensamiento, lo apartó de su mente.

—¿Cree que podrá comer algo? —le preguntó Grace—. ¿Su estómago ya se ha mejorado?

—Deje de preocuparse por mí. Estoy bien.

La cena había sido dispuesta en el apeadero, un edificio de dos pisos cercano a la estación. Daniel ni siquiera había llegado a alejarse un paso del tren cuando oyó que lo llamaban.

—¿Alguacil Ryan?

Se volvió, para ver que un hombre robusto con las piernas arqueadas corría hacia él.

—¿Sí? —respondió, al tiempo que cruzaba el brazo sobre la puerta del vagón para impedirle a Grace bajar del mismo.

—Me pareció que tenía que ser usted, ya que es tan alto, y todo eso. El revisor me dio una buena descripción suya. Me llamo Owen Wheeler y soy el comisario de este pueblo. Los que me conocen me llaman *Bobcat.** Puede llamarme así, si gusta —dijo, mientras estrechaba la mano de Daniel—. Es un gran placer conocerlo.

—¿En qué lo puedo ayudar, comisario?

Bobcat divisó a Grace detrás de Daniel, se tocó el ala del sombrero a modo de saludo y dijo:

—¡Hola, señora!

—Hola, señor Bobcat.

—El viejo Bobcat a secas, ése soy yo —replicó—. No es necesario que me llame *señor*.

—¿Cómo le pusieron ese apodo? —preguntó Grace, con curiosidad.

—Hace un tiempo, perseguí a un gato montés y tuve que luchar con él —respondió el comisario con una sonrisa—. Las cicatrices que me cubren la barriga lo prueban. Si quiere verlas...

—No, no, está bien. Le creo —se apresuró a decir Grace.

El comisario parecía incapaz de apartar los ojos de Grace, y esa falta de educación molestó sobremanera a Daniel.

---

* Gato montés, lince *(N. de la T.)*.

—¿Lo puedo ayudar en algo? —volvió a preguntar, irritado.

Bobcat asintió enfáticamente.

—Tenemos algunos problemas por aquí. Se los comenté al revisor, que me dijo que había visto su insignia, y entonces pensé que tal vez podría echar una mano.

—¿Cuál es exactamente su problema? —preguntó Daniel, con la esperanza de que el comisario fuera al grano de una buena vez.

—Ayer, Billy, el hijo de Gladys Anderson, sacó a un hombre del lago. En lugar de estar trabajando en los establos como debía, el muchacho decidió ir a pescar, pero esta vez resultó una suerte que fuera tan haragán. Si Billy no hubiera estado allí, el hombre se habría ahogado, ésa es la verdad. Billy también vio cómo ocurrió.

—¿Vio cómo ocurrió qué?

—Billy estaba sentado en su bote, observando el paso del tren por el puente, cuando de pronto vio salir de un vagón a un hombre volando que de inmediato se hundió en el lago. El pobre tipo se dio un buen golpe y se hundió profundamente, pero Billy lo rescató, y entonces se dio cuenta de que le habían disparado. Me parece que lo arrojaron del tren.

Grace quedó horrorizada.

—¡Qué terrible! —exclamó—. ¿Se recuperará ese buen señor?

Bobcat meneó sombríamente la cabeza.

—El doctor dice que está muy mal, señora. Realmente mal. La bala lo atravesó de lado a lado, así que el médico no tuvo que extraerla, pero se le ha infectado la herida. Supuse que querría saberlo, alguacil, ya que el moribundo es uno de los suyos.

Daniel se apresuró a ayudar a Grace a bajar del tren.

—Llevaba una insignia —explicó Bobcat—. Y el revisor me dijo que se llamaba Cooper. ¿Lo conoce?

—¿Dónde está? —preguntó Daniel, con voz cortante por el miedo y la furia.

—En el interior del apeadero. El médico no nos permitió moverlo de ahí. Está en uno de los dormitorios de la planta de arriba. Está luchando por sobrevivir, pero el doctor no cree que lo logre.

Conmovido por lo que acababa de oír, Daniel tomó a Grace del brazo y apretó el paso rumbo al edificio. El comisario iba a su lado.

—¿Ha interrogado a alguno de los demás pasajeros del tren? —preguntó Daniel.

—Sí, lo hice —respondió el comisario—. Una mujer lo vio volar por encima del puente, pero no divisó nada más. Tampoco nadie escuchó el disparo —agregó, jadeante—. Una de las ventanillas resultó destrozada por una bala, de manera que supongo que los disparos fueron dos. El segundo fue el que atravesó al alguacil.

Daniel abrió la puerta del apeadero de par en par y se introdujo en su interior como una tromba. Paseó la mirada sobre toda la gente que, sentada a una larga mesa, aguardaba a que le sirvieran la cena. Sin soltar la mano de Grace, divisó la escalera en uno de los extremos de la sala y hacia allí se dirigió.

Mientras subían por los angostos escalones, se volvió para preguntarle al comisario:

—¿Y la mujer que viajaba con el alguacil Ryan? ¿Dónde está?

—No había ninguna mujer.

—Sí que había —musitó Daniel.

—El revisor me dijo que viajaba con una mujer, y algunos recuerdan haberla visto subir al tren. Debió de estar al principio del viaje, pero cuando el tren se detuvo había desaparecido. Ésa es la pura verdad.

—¿Y sus cosas? —preguntó Grace—. ¿No encontraron ninguna maleta o cartera?

—No, señora. No encontramos nada. El compartimiento estaba vacío, y no había nada que demostrara que allí había habido alguna mujer.

Llegaron al final del pasillo, donde los esperaba el médico. Saludó a Daniel con un gesto, abrió la puerta del dormitorio y entró en él.

—Grace, espera aquí junto al comisario —dijo Daniel—. Comisario, no permita que suba nadie, ¿de acuerdo?

—¿Qué quiere que haga si alguien intenta subir?

—Dispárele.

El comisario abrió los ojos con estupefacción. Grace esperó a que Daniel entrara en el cuarto de Cooper antes de inclinar la cabeza y elevar una silenciosa plegaria por la recuperación de su amigo.

—¿La mujer desaparecida era la esposa del alguacil Cooper? —preguntó Bobcat.

—No —respondió ella—. No eran parientes. El alguacil Cooper la acompañaba a Texas.

—¿Y, entonces, dónde diablos está?

Grace sacudió la cabeza.

—No lo sé —susurró.

Un estremecimiento le recorrió el cuerpo. Rebecca había desaparecido.

Que Dios se apiadara de ella.

33

Daniel se mantuvo al lado de su amigo durante toda la noche. Cooper, sumido en un sueño intranquilo, tenía pesadillas y murmuraba cosas acerca de monstruos y traidores que no tenían sentido alguno.

Grace se ocupó de las cuestiones prácticas. Le pidió al revisor que bajara el equipaje de ellos dos del tren, ordenó que se le enviara a Daniel una bandeja con comida por si le volvía el apetito, y se quedó haciéndole compañía al comisario Bobcat, sentados ambos junto a la pequeña mesita redonda del pasillo, frente a la habitación donde descansaba Cooper.

Mientras Grace y él cenaban, el comisario Bobcat no cesó de hablar. La comida era insulsa pero abundante, y una hora más tarde Grace se sintió incapaz de precisar en qué había consistido. Su mente estaba totalmente dominada por el temor que sentía por la suerte del alguacil Cooper y de Rebecca.

El médico salió de la habitación de Cooper alrededor de las nueve de la noche. Sacudió pesarosamente la cabeza, comentándole al comisario que no se había producido mejoría de importancia.

—He hecho un corte en la herida, cerca de las costillas, para que drene la infección, aunque no sé qué beneficio puede traerle eso ahora. El hombre está ardiendo de fiebre. Le preparé una infusión de hierbas que le haría muy bien, si tan sólo pudiera despertarlo y obligarlo a beberla.

—¿No puede despertar al alguacil Cooper? —preguntó Grace, con la voz temblorosa de preocupacion.

—No, señora, no puedo —respondió el médico. Se frotó la barbuda mandíbula y agregó—: El pobre hombre no hace más que delirar, y desvariar, y vociferar acerca de monstruos.

—Parece que el pobre ha perdido el juicio —comentó Bobcat.

El médico coincidió con el diagnóstico de su amigo.

—Parece que sí. No creo que esta noche pueda hacerse nada más. Voy a irme a casa y ver si puedo dormir un par de horas. Luego volveré a echarle un vistazo. Señora, si no le molesta que se lo diga, se nota que se encuentra terriblemente cansada. ¿Por qué no busca una cama que tenga sábanas limpias y trata de descansar un poco?

—Ya hemos preparado el cuarto contiguo al de su paciente. Es el único que tiene cerrojo.

Después de que el médico hubo bajado las escaleras, Bobcat se volvió hacia Grace.

—Siento un gran orgullo de poder auxiliar al alguacil Ryan, y ahora que sé que usted necesita protección, montaré guardia frente a su puerta con mi rifle cargado.

—¿Le parece necesario? El tren partió hace horas y las únicas personas que hay aquí son los propietarios del lugar.

—Por supuesto que me parece necesario. Los tipos de la banda Blackwater no van a golpear a su puerta ni van a pedirle que los deje pasar para pegarle un tiro. Tratarán de deslizarse subrepticiamente. Vamos, no discuta conmigo. Vaya a su cuarto y duerma un poco. Yo me quedaré fuera, vigilando.

Grace no discutió. El cuarto que le habían asignado estaba parcamente amueblado. Había en él una cama, con cabecero de madera, una cómoda y tres ganchos sobre la pared para colgar la ropa. Grace puso sus guantes y su sombrero sobre la cómoda, y volvió a salir al pasillo.

—Voy a entrar un momento para ver a Daniel —le avisó al comisario, mientras pasaba velozmente frente a él antes de que pudiera impedírselo—. No tardaré.

No llamó antes de entrar, ya que sabía que Daniel la mandaría de vuelta a su cuarto. Entró directamente y cerró la puerta con cuidado tras ella.

Daniel estaba de pie junto a la ventana, pero cuando la oyó entrar se volvió. La sorpresa que se reflejó en su rostro fue rápidamente reemplazada por un gesto de reprobación.

—¿Qué está haciendo aquí? Debería estar preparándose para irse a la cama. Mañana va a tener que levantarse muy temprano.

—Me gustaría ayudarlo a cuidar de su amigo.

—No hay nada que pueda hacer.

Se le veía demacrado y vencido. Parecía como si hubiera aceptado la muerte de Cooper y estuviera velándolo. Grace quiso alentarlo a conservar la esperanza, pero creía que nada que pudiera decirle lo haría cambiar de actitud.

—Está agotado —le dijo, en cambio—. ¿Por qué no trata de dormir un poco? Yo me quedaré con el alguacil Cooper. Usted todavía no se ha recuperado del todo de su gripe.

—No insista —gruñó Daniel.

Grace abandonó el intento de hacer entrar en razones a ese hombre obstinado y volvió su atención hacia Cooper. Éste estaba dormido, boca arriba, en la cama doble, cubierto hasta la cintura apenas con una sábana. Permanecía inmóvil como un muerto. Un grueso vendaje le rodeaba el torso, manchado aquí y allá con brillante sangre roja. Tenía la piel de un sucio color tiza, y a la débil luz de las lámparas situadas a ambos lados de la cama, daba la impresión de que su fin estaba muy próximo.

—¿El doctor no pudo despertarlo para obligarlo a beber su medicina?

—No. Respira con suma dificultad.

Grace se puso manos a la obra. Se desabrochó los puños, se remangó hasta los codos, fue hasta la jofaina y se lavó las manos.

—¿Qué se propone hacer?

—Daniel, trate de no enfadarse conmigo, ¿de acuerdo? Sé lo preocupado que se siente por su amigo, pero mostrarse hostil conmigo no lo va a ayudar. Para responder a su pregunta —siguió diciendo—, voy a tratar de bajarle la fiebre.

—¿Qué la hace pensar que puede lograr lo que el doctor no pudo?

—Voy a intentarlo. Eso es todo. Tengo algo de experiencia en la atención de enfermos. Mi abuela estuvo enferma mucho tiempo.

—¿Qué le sucedió?

—Murió.

—Eso habla muy bien de su experiencia como enfermera.

Grace perdió los estribos.

—¿Puede dejar de mostrase sarcástico? No tengo ni el tiempo ni las ganas de discutir con usted. Venga aquí y ayúdeme. Por las buenas o por las malas, el alguacil Cooper va a beber la medicina.

—No creo...

Ella no lo dejó terminar.

—O me ayuda o se aparta de mi camino. ¿Entendido?

Daniel se quedó atónito ante su estallido de ira. Era la segunda vez que perdía la compostura. Lady Winthrop, decidió, tenía un lado oscuro. El descubrimiento lo hizo sonreír.

Entre ambos se las compusieron para obligar a Cooper a beber casi toda la medicina. Luego, Grace acercó una silla al lado de Cooper y comenzó a aplicarle compresas frías sobre la frente.

—La fiebre que tuvo usted era tan alta como la de Cooper —señaló.

—Puede ser, pero yo no tenía un agujero de bala en el costado ni me devoraba una infección. El doctor dice que eso es lo que terminará matándolo.

—¿Cuándo se hizo tan pesimista? —preguntó ella.

—Cuando mi esposa y mi hija fueron acribilladas en un banco.

La horrorosa revelación la dejó estupefacta. Dejó caer la compresa que tenía en las manos y contempló a Daniel pasearse intranquilo frente a la ventana. No sabía qué decirle, pero sí entendía que no debía echarse a llorar frente a él porque tenía la certeza de que esa reacción suya no haría más que irritarlo.

Ninguno de los dos pronunció una palabra durante más de una hora. Finalmente, Grace rompió el silencio:

—¿Se culpa de lo ocurrido?

—Sí.

—¿Por qué?

—Porque no estaba allí para protegerlas —respondió Daniel, en un susurro—. Por eso.

—Comprendo.

—¿No va a llevarme la contraria?

Grace sacó el trapo mojado de la jofaina, lo escurrió y lo apoyó suavemente en la frente de Cooper.

—¿Qué espera que le diga, Daniel? Ya ha llegado a una conclusión, y se ha condenado porque no pudo evitarlo. ¿Estoy en lo cierto?

—Ni siquiera estaba en el pueblo cuando murieron.

—¿Estaba trabajando?

—Sí.

—Pero, si hubiera estado en el pueblo, ¿habría ido usted al banco en lugar de su esposa? ¿Habría hecho eso?

—No lo sé. No quiero hablar del tema. —Se dejó caer en la silla frente a la cama—. Debería haber estado allí, y no estuve. Es tan simple como eso.

—¿Usted siempre le hacía los trámites bancarios a su esposa?

—No —respondió Cole, negando con la cabeza.

—¿Hacía otras diligencias?

—¿Como cuáles?

Grace se encogió de hombros:

—Como ir de compras al almacén, o...

Daniel la interrumpió, impaciente:

—No, todas las compras las hacía Kathleen.

—Entiendo.

—¿Qué es lo que entiende, Grace? Ilumíneme.

Ella pasó por alto su agresividad.

—Si hubieran matado a su mujer y a su hija mientras iban de compras, o sencillamente cuando caminaban por la calle, usted seguiría culpándose. Creo que sé por qué. Es porque usted es un representante de la ley y su deber es proteger a los inocentes.

—Así es. Debería haber impedido que pasara.

—¿Cómo? ¿Quedándose día y noche junto a su familia, sin permitir que se alejaran nunca de su vista?

—Yo no he dicho eso.

—Sí, lo ha dicho.

Daniel agachó la cabeza. Le ardían los ojos. Se los frotó con la mano. Luego cogió la lámpara que estaba sobre la mesa y le bajó la llama. El resplandor anaranjado lo estaba irritando.

—No necesita toda esta luz, ¿verdad?

—No.

Grace acariciaba la frente de Cooper a la vez que pensaba en la conversación que estaban manteniendo. Todavía no se había recobrado de la impresión de saber que su familia había sido asesinada.

—Me sorprende que no haya devuelto su insignia —comentó—. O que no se haya emborrachado hasta morir. Algunos lo hacen.

—Yo no. Quise morir, pero me imaginé que me llevaría demasiado tiempo emborracharme hasta lograrlo. Una noche, tomé mi revólver, lo apoyé contra mi sien...

—Basta. No quiero escucharlo.

Daniel no advirtió que la estaba destrozando al contarle lo que había tratado de hacer. No sabía cuánto significaba para ella. ¿Cómo iba a saberlo? Desde el mismo instante en que se conocieron, ella se había comportado de manera fría y con una compostura terriblemente desalentadora. Las damas jamás revelaban sus verdaderos sentimientos. Era inaceptable que los demás presenciaran un estallido de furia, de pasión o de alegría. Grace había sido muy bien educada por expertos, y había veces que ni ella misma sabía lo que realmente sentía.

—Es obvio que no tuve el coraje necesario para suicidarme —siguió diciendo Daniel secamente—. Todavía estoy aquí, ¿no?

—El coraje no tiene nada que ver con esto —exclamó ella—. Suicidarse es una forma cobarde de escapar. Lo que requiere valor es seguir adelante.

—Tal vez —concedió él—. Incluso pensé en provocar a Cole hasta conseguir que me pegara un tiro, pero eso fue antes de conocer todas esas historias de las que es protagonista. Es mucho más honorable que yo —agregó.

—El comisario Sloan me contó que le disparó a una mujer en Abilene. ¿Es verdad?

—Oh, la bala tan sólo la atravesó sin herirla de gravedad —replicó Daniel.

Ella emitió un sonido ahogado.

—Era la única manera de alcanzar al hombre que iba a matarla —añadió Daniel.

—¿Entonces, era necesario?

—Sí, lo era.

—Daniel, ¿todavía piensa en... eso?

Él entendió a qué se refería.

—No, ya no he pensado más en eso. Inmediatamente después de enterrar a mi familia me asaltaron pensamientos de suicidio. Estaba completamente fuera de mis cabales.

—Sí, bien puedo creerlo.

—Me imagino que alguna razón para que aún siga vivo debe de haber.

—Yo pienso lo mismo —susurró Grace.

Daniel se sintió conmovido al ver que ella estaba preocupada por él. Hacía mucho tiempo que nadie se preocupaba por su bienestar. El mundo había sido un lugar frío y hostil durante los últimos dos años... hasta la llegada de Grace.

—Cuando todo esto termine...

—¿Sí, qué? —lo apremió ella.

Él sacudió la cabeza.

—Nada, no importa.

Grace había estado sentada junto a Cooper tanto tiempo que le dolía la espalda. Apartó a un lado la jofaina, y se puso de pie para estirarse. Lo que necesitaba, resolvió, era un poco de aire fresco.

La ventana se encontraba al lado de donde estaba Daniel. Cuando intentó pasar frente a él para abrirla, se acercó a ella y la tomó de la mano.

—Iba a abrir la ventana...

Con suavidad, él la obligó a sentarse sobre sus rodillas. El gesto la sorprendiò enormemente, entonces le rodeó el cuello con los brazos antes de poder darse cuenta de lo que estaba haciendo. Luego, espantada, se echó atrás.

—¿No quiere que abra la ventana?

—Quiero que se siente aquí conmigo.

—Seguramente esto no es muy correcto.

—Y usted siempre es muy correcta, ¿no es así?

El anhelo que pudo ver en los ojos de Daniel fue su perdición. Le acarició suavemente la mejilla con la punta de los dedos.

—Trato de serlo —respondió—. ¿Puedo hacerle una pregunta?

—Todas las que quiera.

Lo que Daniel quería era estrecharla entre sus brazos y quedarse así toda la noche. No sabía qué le pasaba, pero suponía que toda la conversación acerca de Kathleen le había provocado sentirse solitario y melancólico. No, eso no era cierto, se vio forzado a admitir. Era Grace la que lo hacía sentirse así. Desde el preciso instante en que entró en la cocina de Tilly MacGuire y la vio de pie junto al fregadero, había deseado tomarla en sus brazos.

Ya estaba cansado de luchar contra la atracción que ejercía sobre él.

—Grace, eso que le dije en el tren... acerca de que la deseo. ¿La ofendió?

Ella no contestó. Daniel le tomó la barbilla con la mano y dejó correr perezosamente el pulgar por su labio inferior.

—¿La ofendió? —volvió a preguntar.

Ella lo miró fijamente. Los ojos de Daniel la cautivaban, entonces se preguntó si acaso él tenía alguna idea de lo asombrosamente atractivo y varonil que era.

—Discúlpeme... ¿qué me ha preguntado?

Él rió por lo bajo.

—¿En qué estaba pensando?

—En lo atractivo que es usted —reconoció ella—. Me alegro de que me desee —agregó impulsivamente—. Pero yo no soy Kathleen.

—No, no lo es.

—No la puedo sustituir.

—Yo no quiero que la sustituya. Sólo quiero...

—¿Qué?

—A usted, Grace. Sólo a usted.

Su mano se deslizó hasta la nuca de ella y la atrajo hacia sí.

—Quiero besarla. ¿Puedo hacerlo?

A ella le encantó que le pidiera permiso.

—Sí, Daniel. Yo también quiero besarlo. He esperado mucho tiempo.

Él se quedó atónito ante su sinceridad, y sintió una punzada en el pecho cuando ella le rodeó tímidamente el cuello con sus brazos.

Su boca se adueñó de la de ella en un beso que nada tenía de correcto. Su caricia fue posesiva, violenta casi, y aun así hubo una gran ternura en la forma como la obligó a responderle. Con su lengua recorrió toda la dulzura escondida en su boca.

Fue un beso largo y profundo, pero cuando terminó, no le resultó suficiente y deseó más.

Grace se apartó de él y se dirigió hacia la ventana, contemplándola con mirada ausente hasta que por fin recordó lo que había ido a hacer. Le temblaban las manos y le requirió un considerable esfuerzo abrir el pestillo y levantar la ventana.

Cuando pasó junto a Daniel, deseó que él volviera a aferrarla, pero no lo hizo. Tenía los ojos cerrados y la cabeza apoyada contra el respaldo de la silla.

Grace volvió a ocupar su sitio junto a Cooper. Daniel durmió hasta bien entrada la noche. Se despertó con un sobresalto cuando Cooper comenzó a agitarse. Grace estaba sentada en la cama, tratando de calmarlo. Su tono suave y sereno obró el milagro, y pocos minutos después Cooper volvía a estar tranquilo.

—¿Qué tal está? —preguntó Daniel en voz baja.

—No lo sé con certeza —respondió ella—. Está muy inquieto, pero me parece que la fiebre ya no es tan alta.

—Yo me quedaré junto a él, Grace. Debería tratar de dormir un poco. Parece extenuada.

—Dentro de un momento trataré de descansar —prometió ella—. Ahora mi mente está funcionando a toda máquina. He estado pensando en Rebecca. ¿Cree que puede estar viva? Rezo para que así sea.

—Lo dudo —contestó él—. Yo también me he hecho muchas preguntas. No puedo imaginar por qué el compartimiento estaba vacío. No tiene sentido.

—No comprendo.

Daniel se inclinó hacia delante y se tomó las rodillas con ambas manos.

—El revisor dijo que el compartimiento en que habían viajado Rebecca y Cooper parecía como si no hubiera estado ocupado.

—Sí, lo recuerdo.

—¿Y entonces, dónde está la ropa de Rebecca?

—Las cosas de Cooper también habían desaparecido, ¿verdad?

—No —replicó él—. Sus alforjas estaban en el vagón del equipaje.

—Tal vez arrojaron los bolsos de Rebecca por la ventanilla —sugirió Grace.

—El comisario me aseguró que sus hombres y él mismo registraron toda la zona. Buscaban a Rebecca, y deberían haber encontrado su equipaje. No fue así.

—Tal vez los que dispararon a Cooper le permitieron tomar sus maletas —dijo Grace—. Eso sería una buena señal, como si demostraran que planean mantenerla con vida, ¿no cree?

—¡Pero es imposible que quisieran hacer algo semejante! —arguyó Daniel—. Deberían querer silenciarla lo antes posible.

—¿Porque creen que es la testigo?

—Claro.

—¡Qué horror! —dijo Grace por lo bajo—. ¡Pobre Rebecca! Ni siquiera estuvo allí.

Dicho comentario tan realista atrajo la atención de Daniel.

—A Cole y a mí nos dijo que era ella.

—¿Que ella era qué? —preguntó Grace, claramente desconcertada.

—Rebecca nos dijo que había sido testigo del asalto. Nos contó un pormenorizado relato de lo ocurrido, y nos dio la descripción de los hombres que vio.

—No pudo hacerlo —comentó Grace, sacudiendo la cabeza.

—Pudo y lo hizo.

—Recordará que le dije que yo también estuve en el banco. Probablemente Rebecca intentó protegernos a Jessica y a mí, y por eso mintió.

—¿Por qué supone que mintió?

Antes de que Grace pudiera responderle, agregó:

—Jessica también nos dijo que la testigo era ella. No nos dio verdaderos detalles, aunque Rebecca sí lo hizo. Nos contó todo.

Ella volvió a sacudir la cabeza.

—No, eso es imposible.

—Le digo que nos aportó detalles muy concretos —insistió Daniel—. ¿Cuál es el problema?

—Que no tiene sentido, ése es el problema.

Era exasperante. Daniel apeló a toda su paciencia y le preguntó:

—¿Por qué no tiene sentido?

—Porque ella no pudo haberles dado detalles. Prometí que guardaría silencio... di mi palabra... pero eso era antes... y ahora...

—Grace, ¿qué trata de decirme?

—Rebecca no es la testigo. Es Jessica.

34

Daniel hervía de furia.

—¿Se da cuenta de lo que me dice? Le juro por Dios que si me está mintiendo...

—Le digo la verdad —insistió Grace—. Jessica fue la que estuvo en el banco durante el atraco, no Rebecca.

Daniel comenzó a pasearse por la habitación como un animal enjaulado. Se dijo una y otra vez que gritarle a Grace no lo conduciría a nada, pero las ganas de hacerlo eran casi irresistibles. Aspiró profundamente y le preguntó en un tono escalofriantemente suave:

—¿Por qué no nos dijo antes la verdad? ¿Por qué, en el nombre de Dios, esperó tanto tiempo?

—Le prometí a Jessica que no diría nada a nadie. Le di mi palabra.

—¡Santo Dios! —murmuró él. Se pasó las manos por el cabello y se desplomó sobre la silla.

—Trate de entender —le rogó ella—. Jessica estaba aterrada.

—¿Rebecca sabe que la testigo es Jessica?

—No, no lo sabe.

—¿Está segura?

—Sí. —Grace se dio la vuelta para no tener que ver la furia reflejada en el rostro de Daniel. Jamás lo había visto tan enfadado, y la asustaba—. ¿Comprende ahora por qué me he quedado así de perpleja cuando me ha dicho que Rebecca les había dado tantos detalles?

—¡Ay, Grace! —susurró él, mientras trataba de controlar su enfadado.

—Daniel...

Él la cortó en seco.

—Dígame cómo sabe que Jessica estuvo en el banco —le exigió.

—Yo me quedé cuidando a Caleb —explicó ella—. Ya lo había llevado al banco con ella ese mismo día, más temprano, y el niño estaba molesto e intranquilo. Jessica lo acostó y luego regresó al banco.

—¿Por qué?

—Había tratado de cerrar la cuenta de su tía, pero se dejó olvidado un documento en la mesa de la cocina de Tilly. Por eso tuvo que volver.

—¿Y entonces qué pasó?

—Fue terrible —murmuró Grace—. Vino corriendo todo el camino desde el banco, y cuando llegó a la puerta trasera, comenzó a vomitar. A duras penas conservaba alguna coherencia —agregó—. Traté de calmarla, pero estaba loca de pánico. La obligué a acostarse, y me quedé junto a ella hasta que Caleb se despertó.

—¿Tilly estaba allí?

—No. Había salido a hacer unas diligencias. Le dije que Jessica tenía la gripe y que debía permanecer en cama y descansar. —Por su mejilla se deslizó una lágrima, que se secó con ademán impaciente—. Me quedé cuidando a Caleb durante el resto del día, y cuando llegó la hora de irse a la cama, lo llevé arriba y encontré a Jessica haciendo el equipaje como una loca. Quería abandonar Rockford Falls esa misma noche, pero finalmente logré convencerla de que se quedara.

—¿Le dijo exactamente lo que había pasado en el banco?

—Sí, lo hizo. Después de que Caleb se durmió, salimos al porche y me lo contó todo, salvo los nombres de los ladrones.

Daniel perdió los estribos.

—¿Está diciéndome que conoce sus nombres?

Grace juntó las manos. Se daba cuenta del error que había cometido al guardar el secreto y de lo mucho que había agravado su culpabilidad el hecho de decir que la testigo había sido ella. Daniel no la perdonaría jamás. La arrestaría y la metería en la cárcel, pero no creía que eso fuera tan terrible como la culpa que sentía en ese momento.

—Escuchó que el hombre que daba las órdenes llamaba a los otros por su nombre. No los vio a todos... ni escuchó todos los nombres... sólo algunos.

—¿Por qué, en el nombre de Dios, no nos dijo nada a Cole ni a mí?

Desesperada por hacerle comprender, se puso de pie para implorarle:

—No podía confiar en nadie.

—Confió en usted.

—Sí, lo hizo. Sin embargo, no sé si lo hubiera hecho de no encontrarme yo en la cocina cuando volvió del banco. Vi cómo se encontraba. No podía controlar el pánico, y en lo único que podía pensar era en mantener a su hijo a salvo. ¿Puede culparla? Yo habría hecho lo mismo.

Daniel hizo un gesto afirmativo, porque podía entenderlo.

—¿Y luego qué sucedió?

—Jessica estaba segura de que las autoridades... ustedes... apresarían a esos hombres y no necesitarían ningún testigo. Ansiaba desesperadamente creer eso.

—Cuando ella pensó escapar... ¿le sugirió usted que se fueran juntas?

—Sí.

—¿Cuándo se dio cuenta de que había olvidado el bolso?

—No se percató hasta que nos enteramos de que se había encontrado uno debajo de una mesa.

—¿Por qué estaba vacío?

—Cuando los ladrones entraron al banco, Jessica se guardó el dinero en el vestido. Temía que se lo quitaran. No pensó que iban a...

—¿Hacer una masacre?

—Así es.

Daniel cerró los ojos un instante.

—Si Jessica no hubiera olvidado el bolso, Cole y yo jamás nos habríamos enterado de que había presenciado todo.

—Yo no sé si ella se habría presentado a declarar o no —dijo Grace—. Y, sin embargo, el bolso no era de ella. Era mío. Me lo pidió prestado para guardar el dinero y traerlo a casa.

—¿El bolso era suyo? —Daniel no sabía por qué esa información lo había enfurecido, pero así fue—. La verdad es que Jessica y usted han obstruido esta investigación desde el comienzo. Debería encerrarlas a las dos en una celda para que envejecieran juntas.

—¿Podría bajar la voz, por favor? Va a despertar a Cooper.

—¡Queremos que se despierte! —rugió Daniel.

Grace decidió que ya había aguantado bastante su malhumor y se encaminó hacia la puerta.

—No voy a permitir que me grite, Daniel. Sé que lo que he hecho está mal, y si quiere arrestarme, hágalo.

—Grace...

—Me doy cuenta de que debería haber convencido a mi amiga para que dijera la verdad, pero no puedo modificar el pasado.

—Vuelva aquí.

Grace estaba demasiado cansada como para discutir, de modo que hizo lo que le ordenó.

—Me gustaría irme a la cama.

—Está demasiado abrumada como para descansar.

—¿Cómo sabe lo que siento?

—Lo veo reflejado en su rostro. Sé que no debería haberle alzado la voz, y lo lamento, pero no voy a disculparme por mi enfado. Yo perdí a las únicas dos mujeres que amé y jamás podré amar, y no me interesa lo asustada que pudo haber estado Jessica. Usted y ella deberían haberse presentado a declarar.

El impacto de lo que acababa de decir fue devastador para Grace. Por primera vez se dio cuenta de lo mucho que le importaba su opinión. Le había dicho que nunca podría volver a amar, y ella se estaba enamorando de él. No podía permitirlo. Sólo una tonta se enamoraría de un hombre que no podía entregarle su corazón.

—¿Por qué me besó? —preguntó.

La pregunta lo sorprendió.

—Porque deseaba hacerlo.

Ella se cruzó de brazos.

—Jamás vuelva a hacerlo. Prométamelo.

Él no estaba dispuesto a hacer una promesa que no pensaba cumplir, de manera que guardó silencio hasta que ella lo apremió.

—Quiero su palabra, Daniel.

—No.

—¿No? ¿Quiere decir... después de lo que acaba de ocurrir... que tal vez quiera besarme de nuevo?

—Sí, y lo haré.

—¿Ya has adivinado todo, Daniel? —los interrumpió la áspera voz de Cooper.

Daniel se puso de pie de un salto.

—¡Estás despierto!

Grace corrió a su lado.

—¿Cómo se siente?

—Como si estuviera en medio de una batalla. ¿Qué pasa con los dos, peleando frente a un moribundo?

Daniel sentía tanto alivio de ver despierto a su amigo que su rostro se iluminó con una ancha sonrisa.

—Lamento haberlo molestado —dijo Grace, con los ojos llenos de lágrimas.

—No deberías gritarle a una dama —dijo Cooper a Daniel antes de volverse hacia Grace—: Y usted debería habernos dicho lo que sabía. Vamos, no llore, encanto.

—No vas a morir, ¿verdad, Cooper? —preguntó Daniel.

Cooper se habría echado a reír si hubiera tenido las fuerzas necesarias. Se sentía débil y agotado como un viejo caballo de tiro.

—Supongo que no —dijo—. Te pregunté algo —le recordó a Daniel—. Ven, ayúdame a sentarme, tráeme un vaso de agua y dime si ya has adivinado lo que sucedió.

Grace se apresuró a colocar dos almohadas detrás del alguacil mientras Daniel lo levantaba. Enseguida le alcanzó un vaso de agua y acercó su silla a la cama.

Grace puso su mano en la frente de Cooper, sonrió al notar que ya no estaba caliente y luego se disculpó cortésmente, intentando abandonar la habitación para que pudieran tener una charla privada.

—Grace, vuelva aquí —ordenó Daniel.

Cuando ella se dirigió a la silla que se encontraba frente a la de él, Daniel sacudió la cabeza y con un gesto le indicó que se acercara a su lado.

—¿No vas a presentarme a la señora? —preguntó Cooper.

—Me llamo Grace Winthrop —dijo ella, e instintivamente comenzó a hacer una reverencia.

—Es lady Grace Winthrop —le dijo Daniel a su amigo—, y ya sabe quién eres tú, Cooper.

Cooper dio unas palmadas sobre la cama, al lado de donde se sentaba Daniel.

—Venga, siéntese conmigo, encanto.

—Ella no es tu encanto.

—¿Oh, no? —preguntó el alguacil, bebiendo un largo trago de agua fresca.

—No, no lo es —repitió Daniel—. Es *mi* encanto.

Grace tambaleó y se desplomó a los pies de la cama. Estaba demasiado asombrada por su comentario para discutir. ¿Acaso todos los hombres tenían tan poco criterio? Daniel la había besado, luego le había gritado y después le dijo lo más ridículamente romántico que había escuchado.

Sencillamente, tenía que alejarse de él antes de que la volviera loca.

—Cooper se vanagloria de ser un hombre que sabe tratar a las mujeres —señaló Daniel.

—*Soy* un hombre que sabe tratar a las mujeres —lo corrigió Cooper.

Daniel se arrellanó en su silla, relajándose. Su amigo iba a recuperarse. Ya era hora de hablar sobre lo ocurrido. Estaba prácticamente seguro de haberlo adivinado todo, pero necesitaba confirmación.

—Ahora dime, Cooper, ¿el disparo lo efectuó Rebecca o fue otra persona?

A Grace le impactó tanto semejante pregunta que se puso de pie de un salto para protestar.

—No puede hablar en serio, Daniel. No es posible que suponga que la dulce Rebecca tenga algo que ver con esto. —Por su mente pasaron imágenes de Rebecca acunando a Caleb. Recordó lo asustada y preocupada que se había mostrado al llegar a la casa de Tilly después del incendio. ¿Qué habrían hecho ellas si Rebecca no se hubiera hecho cargo de todo en ese momento de necesidad? No, pensó Grace, Daniel estaba equivocado.

—Rebecca fue quien disparó —dijo serenamente Cooper—. Nunca me lo hubiera imaginado, ni una sola vez lo sospeché. También había un hombre con ella, pero apenas pude verlo antes de ser arrojado al pasillo. Mientras caía, volvió a dispararme. Lo último que recuerdo es el sonido de cristales rotos.

Grace se quedó tan atónita que no fue capaz de decir nada.

Cooper le contó a Daniel todo lo que pudo recordar, incluyendo el hecho de que Rebecca estaba desnuda.

—Abrí la puerta y me quedé tan sorprendido al verla que supongo que vacilé antes de desenfundar la pistola. Esos segundos casi me cuestan la vida. Debería haber estado preparado para cualquier eventualidad.

Grace cayó de espaldas sobre la cama.

—¿Ella es miembro de la banda? —exclamó con voz sofocada, tratando de aceptar la revelación—. ¡El incendio! —exclamó—. ¿Ella lo provocó? ¿Fue la que me golpeó? —Después de hacer todas estas preguntas, se quedó temblando.

Daniel hizo un gesto de asentimiento.

—Es lo más probable —dijo—. A menos que alguno de los hombres estuviera con ella, pero no lo creo. Todo lo que tuvo que hacer Rebecca fue rociar todo el contorno de la casa con queroseno y encender un fósforo. Estaba muy segura de sí misma —agregó, dirigiéndose a Cooper—. Entró en la casa...

Grace volvió a ponerse de pie de un salto.

—¡Y se sirvió una manzana! —exclamó—. Trató de matarnos a todos... a Tilly, a Caleb, a Jessica... y vestía de negro, Daniel. ¿No es así? Siempre iba vestida de negro.

Daniel advirtió que cuando Grace volvió a sentarse en la cama, Cooper hizo una mueca de dolor. Ella no se daba cuenta de que cada vez que se movía le provocaba molestias. Conociendo a Cooper como lo conocía, sabía que no le diría nada. Con delicadeza, obligó a Grace a levantarse y la sentó en el apoyabrazos de su propia silla.

Ella prácticamente no advirtió que la había cambiado de lugar por lo absorta que estaba ante la horrorosa revelación de la traición de Rebecca.

—Es una actriz de primera —comentó Cooper.

Grace trató de levantarse, pero Daniel le rodeó la cintura con su brazo y se lo impidió.

—Sí, es una actriz excelente —coincidió Grace—. Se mostraba complaciente y obsequiosa, y la creí mi amiga. ¿Puede creerlo, Cooper? Creí que era mi amiga.

—Lo siento por ella —dijo Cooper, asintiendo.

—Todo fue una gran mentira, ¿verdad? Fingió estar sumamente preocupada por Jessica y por mí, e insistió en que nos mantuviéramos unidas.

—¿Eso fue cuando estuvieron juntas en la cárcel? —preguntó Daniel.

—Sí —respondió Grace—. Nos dijo lo que les iba a contar a ustedes. Lo repitió una y otra vez hasta que lo memorizamos.

—¿Trató de descubrir cuál de las dos era la testigo?

—No, no lo hizo.

—Probablemente ya había decidido matarlas a las dos.

Grace se estremeció visiblemente.

—Casi tuvo éxito. Si Cole y usted no hubieran llegado, todos hubiéramos muerto. Jessica jamás habría abandonado la casa sin Caleb, Tilly y yo, y el humo la habría abatido.

—En el primer atraco... ¿no quemaron hasta los cimientos del banco?

—Sí —respondió Daniel—. Al principio pensamos que alguien estaba tratando de encubrir un desfalco. El director nos juró que el balance se hacía a diario. Se registraba hasta el último centavo —agregó—. Y nosotros realizamos un control exhaustivo de todos los empleados. Todos resultaron estar limpios.

—Alguacil, ¿podrá perdonarme alguna vez? —imploró Grace—. Si tanto Jessica como yo le hubiéramos dicho la verdad a Daniel, nadie le hubiera disparado. Todo esto podría haberse evitado.

—Ésa es una de las formas de verlo —le respondió Cooper—. Pero también hay otra. Si las dos hubieran dicho la verdad desde el principio, Rebecca no hubiese dicho que ella era la testigo que buscábamos. Se hubiera ido alegremente con sus amigos y habría dejado que se hicieran cargo de Jessica. Podríamos no habernos enterado nunca de que estaba involucrada.

—¿Entonces no estuvo tan terriblemente mal que Jessica y yo ocultáramos la verdad?

—Grace, si lo que está esperando es que se lo agradezca, le aviso que eso no va a suceder —dijo Daniel—. Debería haberme dicho la verdad.

Su pensamiento se concentraba en Rebecca.

—Dejé que se me escapara de las manos —murmuró.

—Yo me eché atrás para complacerla —reconoció Cooper—. Incluso dejé que... Ah, Daniel, le dije que Grace y Jessica iban a encontrarse con ella en Red Arrow, e incluso la dejé enviar un telegrama. Me dijo que quería avisar a sus amigos que no se reuniría con ellos, pero ahora sabemos que eso era mentira. Si vais a Red Arrow, os estarán esperando.

—¿Y Cole y Jessica? —susurró Grace—. ¡Van a caer en una trampa!

A Daniel no pareció inquietarle mucho esa posibilidad. Sus ojos mostraron un brillo inusitado y se frotó las manos, expectante.

—¿En qué está pensando? —le preguntó ella—. ¿No se siente preocupado por ellos?

—No, porque para llegar a Red Arrow deben pasar necesariamente por aquí —le explicó—. Y están por lo menos a un día de nosotros. Tal vez, dos.

—Entonces no vamos a ir a Red Arrow. ¿Piensa tomar un atajo hasta Blackwater?

Grace asentía con la cabeza ante su propia conclusión cuando él la contradijo:

—¡Oh, no, vamos nomás a Red Arrow!

—¡Pero estarán esperándonos!

—¡Eso espero!

Cooper había estado escuchando la conversación con los ojos cerrados. No se molestó en abrirlos para preguntar:

—Tienes un plan en mente, ¿verdad?

—Sí —respondió Daniel—, pero te involucra, Cooper.

—Daniel, ha sido seriamente herido, y justo ahora le ha bajado la fiebre —protestó Grace.

—No tendrá que hacer demasiado esfuerzo —prometió él.

—¿Y qué quieres que haga? —preguntó Cooper.

Daniel esbozó una sonrisa.

—Quiero que te mueras.

Cuarta Parte

...Y al amparo del verde follaje

flor a flor comienza la primavera.

35

Durante dos largos días con sus noches, cuatro integrantes de la banda Blackwater aguardaron impacientes para tender una emboscada a las mujeres que bajaran del tren en Red Arrow. Tres de ellos montaban guardia en la estación, mientras que el cuarto se ocultaba en las sombras como apoyo, por si acaso no tenían éxito en su misión.

Diariamente llegaban dos trenes, uno a las diez de la mañana y otro a las seis de la tarde. Los hombres efectuaban un minucioso registro. Después de que los pasajeros se habían apeado, realizaban un nuevo examen a los vagones para asegurarse de que las mujeres no estuvieran escondidas en ellos.

Las horas comprendidas entre las llegadas de ambos trenes las pasaban en la cantina del pueblo. Los cuatro bebían whisky copiosamente, pero ninguno llegaba a embriagarse. El señor Robertson, sin embargo, un día se pasó un poco de la raya, y los demás tuvieron que ayudarlo a solucionar los problemas que causó. Robertson culpó de su falta de control al aburrimiento, porque seguramente ésa era la razón de haber llevado a la poco atractiva ramera llamada Flo a una de las cavernas de las afueras y apuñalarla allí. No tenía intención de matarla, sino tan sólo de asustarla un poco; al menos, eso creía cuando comenzó a torturarla mientras la mantenía sujeta a la montura, pero una vez que tomó su cuchillo y empezó a cortarla, los gritos que lanzó la pobre mujer lo excitaron tanto que no pudo parar.

Sus amigos lo ayudaron a enterrar el cuerpo, y salvo el hecho de que tuvieron que escuchar a Robertson jactarse de que la había hecho chillar como a un cerdo, todos procuraron olvidar el incidente. Después de todo, Flo no era más que una prostituta, y nadie la iba a echar de menos.

Como todavía no habían tenido noticias de Johnson, dieron por sentado que no había podido matar a la mujer. Robertson les había dicho que deseaba que el jefe estuviera con ellos, porque era mucho más listo que todos y seguramente sabría dónde se ocultaban las mujeres. Sin embargo, no estaba, porque tanto él como su amante se habían ido al Sur para sacar a Bell de la cárcel.

La tercera mañana de su vigilancia, escucharon comentarios acerca de que un alguacil de los Estados Unidos llamado Cooper había sido asesinado. Alguien le había pegado un tiro y lo había arrojado del tren. Al comisario de Red Arrow le había llegado un telegrama, advirtiéndole que debía estar alerta ante la aparición de cualquier sospechoso. Éste tuvo la mala ocurrencia de confiarle la noticia al dueño de la cantina, quien se lo contó a todos los que entraban en su bar a beber una copa.

Los cuatro hombres pensaron que era un buen motivo para una celebración. Se sentaron a una mesa del rincón y entre los cuatro se bebieron una botella de Rabbit Rye.

Robertson, sin embargo, con los ojos irritados por la falta de sueño, no estaba de humor para festejos.

—¿Por qué tardan tanto esas mujeres? De acuerdo con los cálculos que hizo el jefe debían haber llegado en el tren de ayer o el de anteayer.

Acababa de pronunciar estas palabras cuando entró a la cantina un viejo con largos cabellos desgreñados y un hedor rancio que recordaba a una mofeta.

Se dirigió pavoneándose hasta la barra y se derrumbó sobre el mostrador.

—Dame un trago, Harley. Acabo de ver algo realmente extraordinario, y ya te lo contaré en cuanto me humedezca el gaznate.

El cantinero, un hombre de brazos musculosos y encía superior desdentada, que nadie había advertido porque jamás sonreía, se inclinó hacia su cliente y lo miró con los ojos entrecerrados.

—¿Hoy tienes dinero, Gus?

Como respuesta, el viejo enclenque y contrahecho arrojó una moneda sobre el mostrador.

—¡Ya lo creo que sí! —alardeó—. Hoy tengo un montón de dinero, casi tres dólares completos.

—¿De dónde los has sacado? —preguntó Harley, al tiempo que le servía un trago de whisky muy aguado.

—Eso no te importa —respondió Gus—. ¿Quieres escuchar lo que he visto, o no?

—Soy todo oídos.

—Me parece que tenemos nuevas putas en el pueblo, y las dos que vi eran realmente muy vivarachas y lozanas. Las vi a las dos, y no consigo decidirme con cuál de las dos querría liarme primero. Tal vez con las dos.

—¿Estás borracho? —preguntó Harley.

—No, todavía no, pero tengo intenciones de estarlo tan pronto como me sirvas otro trago. Yo vi lo que vi —insistió—. Había dos hombres con ellas —agregó, antes de beber un largo trago. En su avidez por aplacar su sed insaciable, se le derramó licor por la cara, que se apresuró a tratar de recoger con el dorso de la mano para después lamerla con voracidad—. Las tenían bien escondidas, pero yo las vi. Estaba buscando a Flo. No la encontré —dijo—. Pero sí vi a las mujeres.

—¿De qué estás hablando, viejo chivo? Aquí no ha venido ninguna puta nueva. Me habría enterado. ¿O acaso yo no controlo este pueblo?

—Sí, Harley, ya lo creo que sí.

—Muy bien —accedió con un gruñido—. Y te digo una cosa, no he contratado a ninguna puta nueva.

—Yo te digo lo que he visto. Dos hombres las tenían escondidas en una de las cavernas que están al sur del pueblo. Quizás esos hombres están pensando en hacerte la competencia e instalar un nuevo burdel en el pueblo.

Harley dio un fuerte golpe en el mostrador.

—Vamos a averiguar este asunto —susurró—. Ahora que Flo se ha marchado, bien podría buscar algunas mujeres nuevas. ¿Dijiste que había dos hombres con ellas? ¿Sólo dos?

—Eso es lo que he dicho —asintió Gus—. Y no muy listos. Esos dos tipos dejaron solas a las dos chicas, encerradas en la caverna, pero una de ellas debió de sentir curiosidad porque asomó la cabeza para echar un vistazo. Entonces la otra también quiso mirar, y así pude ver a las dos —agregó, con una risita—. Lindas y jóvenes, y muy airosas.

Harley estaba que trinaba. Estaba considerando la posibilidad de ir hasta la caverna para secuestrar a las mujeres cuando Robertson entró en la cantina.

El olor de Gus evitó que Robertson se acercara demasiado.

—Cuéntame lo que viste, viejo —le ordenó, acariciando el mango de su puñal—. Quiero saber todo acerca de esas mujeres.

Hacía mucho tiempo que Gus no era el centro de la atención de nadie, de manera que se regodeó repitiendo su historia, pero antes de que pudiera describir a las mujeres en detalle, Robertson se dirigió hacia donde estaban sus amigos y los instó a acompañarlo. Todos abandonaron la cantina.

Estuvieron ausentes largo rato, casi tres horas, y cuando regresaron, Gus no estaba visible. Robertson quiso ir a buscarlo, pero los otros lo obligaron a desistir. Se colocaron en su mesa del rincón para discutir la situación.

Instantes después, hizo su aparición Cole, abriendo de par en par las puertas de la cantina. En cuanto Harley divisó la insignia que ostentaba sobre el chaleco, tomó la pistola que tenía oculta debajo del mostrador.

—Ponga las manos sobre el mostrador, donde pueda verlas —le ordenó Cole. Se estaba mostrando inusitadamente cortés. Para sus adentros, hubiera deseado que el cantinero sacara el arma y luego borrarle de un disparo esa expresión insolente que mostraba su cara, pero ahora que era representante de la ley sabía que no podía dar rienda suelta a todos sus deseos.

—El comisario me ha hablado de ti, Harley —dijo Cole—. Me ha dicho que estás convencido de que controlas este pueblucho de poca monta.

—Es verdad —se jactó Harley—. Yo lo controlo.

—También me ha dicho que mataste a un hombre por la espalda.

—El comisario no pudo probar que fui yo —respondió el cantinero, con la cara roja de furia—. No quiero problemas.

Los cuatro sentados a la mesa del rincón observaban cuidadosamente a Cole. La atención de Cole se concentró en ellos, pero aun así no dejó de advertir que las manos de Harley colgaban a los lados.

—Te he dicho que pusieras las manos donde pueda verlas. Hazlo ya.

La fuerza de su voz, añadida a su peligrosa mirada, debió de convencer a Harley de hacer lo que se le ordenaba. Evidentemente, el cantinero estaba evaluando las posibles consecuencias, porque su mirada iba y venía de los hombres del rincón al alguacil.

Observando cuidadosamente a Cole, puso una mano sobre el mostrador y se quedó esperando.

—No pensaba dispararle —mintió—. Después de todo, usted es un representante de la ley, y no quiero problemas. Es sólo que, como tengo un espejo nuevo...

Antes de que Harley pudiera siquiera pestañear, Cole desenfundó la pistola y disparó al espejo. Los fragmentos de vidrio llovieron sobre los hombros de Harley, que rugió una obscenidad y puso ambas manos en el mostrador.

Aparte de los cuatro hombres del rincón, había otros tres clientes en la cantina, que salieron corriendo en busca de un lugar más seguro. Cuando pasaron frente a Cole, éste se aseguró de que no estuvieran armados, ya que la idea de recibir un tiro por la espalda no le sentaba muy bien.

—¿Qué busca aquí? —inquirió hoscamente Harley.

—Es un asunto personal —respondió Cole, señalando con un gesto a los cuatro hombres del rincón.

El más alto de los cuatro se puso de pie.

—No lo conocemos, señor.

—Cuando termine con vosotros, me conoceréis —prometió—. Vamos, levantaos, lenta y tranquilamente. Muchachos, os llevo a la cárcel.

—No tiene ningún derecho a arrestarnos —protestó uno de ellos, que tenía la cara cruzada por una fea cicatriz—. No hemos hecho nada malo.

La atención de Cole se concentraba en el que tenía el puñal.

—¿Tú te llamas Robertson? —preguntó.

La pregunta suscitó una rápida reacción. A Robertson se le salieron los ojos de las órbitas.

—¿Y con eso, qué? —preguntó.

Cole no se molestó en dar explicaciones.

—¿Cuál de vosotros es Bell?

—Ninguno se llama así —respondió Robertson.

—Jamás hemos oído hablar de él —dijo otro.

—¿De qué se trata todo esto? —preguntó Robertson, con un tono que destilaba cordialidad—. Como ya le ha dicho mi amigo, no hemos hecho nada malo.

—No os estoy arrestando —dijo Cole—. Al menos, no todavía. Vamos a ir hasta la cárcel. Allí os espera una dama que va a echaros un vistazo.

La actitud de los hombres cambió drásticamente. De pronto, se volvieron como una manada de chacales acorralados.

—No sé de qué nos habla —protestó uno que aún no había hablado.

Robertson miró de reojo al hombre que tenía a su izquierda.

—Nos lo podemos cargar —insinuó.

—Intentadlo —dijo Cole, que finalmente dejó brotar algo de la furia que lo embargaba—. ¡Vaya si quiero que lo intentéis!

Cara Cortada lanzó una risita.

—¿Cuatro contra uno? Debe de considerarse muy veloz, alguacil.

Cole se encogió de hombros.

—¿Por qué no lo averiguáis? Voy a cargarme a cada uno de vosotros, y no os haré poneros de rodillas primero.

Cara Cortada se puso tenso y Robertson, pálido.

—Podemos liquidarlo —dijo Robertson, entrecerrando los ojos mientras estudiaba a su adversario—. ¿Se cree más rápido que un rayo?

Cole esbozó una sonrisa.

—No —contestó arrastrando las palabras—. A mí me dicen trueno. El rayo es él.

En la puerta trasera se hallaba Daniel. Los hombres se dieron media vuelta y luego volvieron a mirar a Cole. Estaban atrapados, y lo sabían.

—Tenéis cinco segundos para poner las armas sobre la mesa —dijo Daniel.

Robertson fue el primero en tratar de desenfundar su revólver. Al grito de "¡Ahora!", giró hacia la izquierda y cayó al suelo. Cole le disparó en el pecho justo cuando su mano alcanzaba su cartuchera. Los otros tres también habían echado mano a sus revólveres. Daniel mató a dos de ellos con sendos disparos, y le dejó el tercero a Cole, que le metió una bala en la garganta.

Cole comenzaba a guardar su revólver cuando vio al cantinero levantar su escopeta. Dispararon al unísono, y observó con rostro imperturbable cómo Harley caía desplomado sobre el mostrador. Su escopeta cayó estrepitosamente al suelo.

A Robertson no lo había matado. Éste se encontraba en el suelo, con la espalda apoyada contra la pared, gimiendo de dolor. De la herida que tenía en el pecho manaba un chorro de sangre.

Daniel se arrodilló a su lado.

—Dime el nombre del jefe.

Apoyó el cañón de la pistola en la sien de Robertson.

—Si quieres morir rápido, dime el nombre. Si no, vas a agonizar muy lentamente. —Comenzó a contar hasta diez.

Cole se acercó corriendo:

—¡No lo hagas, Daniel! ¡No merece misericordia!

Robertson se echó a llorar.

—¡Estoy herido! ¡Estoy grave! —lloriqueó—. ¡Vaya a buscar al doctor para que me cure!

Cole ignoró sus gimoteos. El odio que vio reflejado en los ojos de Daniel lo aterró, y supo que debía hallar la forma de aplacar esa furia antes de que fuera demasiado tarde.

—Baja el arma —le dijo con gran suavidad—. Jessica lo vio, Puede identificarlo.

La mirada de Daniel estaba teñida de angustia cuando miró a Cole. Luego sacudió la cabeza y presionó el revólver contra la sien de Robertson.

—No, ella sólo le vio los ojos y oyó su voz. Sin un nombre...

Cole le apoyó la mano en el hombro.

—Lo tenemos —le aseguró—. No lo hagas de esta forma. Tienes que mantenerlo con vida.

—¡No!

—Sí —contraatacó Cole—. No lo hagas de esta forma. No puedo dejar que lo mates.

—Pues entonces vete —exigió Daniel.

Con un inesperado movimiento, Cole apartó el revólver de la sien de Robertson.

—Estamos juntos en esto —le recordó a Daniel—. Los venceremos... a todos ellos.

De pronto, Daniel pareció recobrar la cordura. Con un estremecimiento, se puso de pie de un salto.

—Trae aquí a Jessica.

Cole negó con un gesto.

—No quiero que vea toda esta escena. Hay sangre por todas partes.

—Tiene que verlos para que podamos estar seguros.

En ese instante, apareció Gus, que se acercaba tranquilamente a la cantina hasta que se detuvo, tambaleando, al ver que lo apuntaban los revólveres de los dos alguaciles.

—¡Soy yo, nada más! —tartamudeó.

Tanto Cole como Daniel bajaron sus armas.

—Sí que me habéis dado un buen susto, apuntándome de esa manera —dijo Gus.

Trotó hasta el interior de la cantina con un aspecto de profunda satisfacción.

—Lo hice bien, ¿verdad? —dijo, esperando una felicitación.

—Sí, lo hizo muy bien —concedió Cole.

—Tenía miedo de que Harley no me creyera, pero cayó derechito en mis redes, y luego esos cuatro salieron corriendo. ¿Los seguisteis hasta la caverna?

—En efecto —respondió Cole

—Soy muy bueno para mentir —se jactó Gus—. Pero quiero haceros una sola pregunta más antes de dejaros seguir con vuestro trabajo. Me preguntaba... ¿de veras hay dos mujeres aquí?

—Sí, es verdad.

—¿Son putas jóvenes?

A ninguno de los dos alguaciles les gustó la pregunta. Gus se apresuró a alzar ambas manos en gesto de conciliación.

—No pretendía ofenderlas si es que no lo son —aclaró.

—Tú fuiste el que inventó esa mentira, no nosotros —le recordó Cole.

—Fue una buena mentira, ¿verdad? —dijo Gus, orgulloso—. ¿Dónde las tenéis escondidas?

—En el lugar más seguro del pueblo —contestó Cole.

—¡Gus, ven aquí y ayúdame! —chilló Robertson—. ¡Estoy muy malherido!

—No pienso ayudarte. Sé que le hiciste algo malo a Flo porque te vi salir del pueblo a caballo con ella. Era mi dulce y vieja chica, y sé que la lastimaste.

Gus advirtió que estaba dejando pasar una excelente oportunidad y corrió hacia la barra para llevarse dos botellas de whisky. Tres le parecieron aún mejor, y finalmente se apoderó de una cuarta. Salió detrás del mostrador dando un rodeo, con el botín aferrado contra su pecho, se detuvo para lanzar un escupitajo a la cabeza de Harley y luego se apresuró a dirigirse hacia la puerta, deseando fervientemente poder huir antes de que los alguaciles se percataran de su ratería.

Daniel y Cole revisaron los bolsillos de los muertos, buscando una identificación, mientras Robertson seguía lloriqueando como un bebé. El ruido que hacía lograba distraerlos. Frustrados por no poder encontrar nada de utilidad, Cole aferró a Robertson y le exigió que les dijera los nombres de sus amigos.

—¡No voy a decir nada! —exclamó Robertson, prácticamente aullando—. El jefe me mataría.

—Si no me los dices, seré yo quien te mate —lo amenazó Daniel.

Por el rabillo del ojo, Cole vio que Gus se demoraba en la puerta de entrada.

—¿Qué es lo que quieres? —le preguntó.

—¿Encontrasteis algún dinero en sus bolsillos? Yo le daría muy buen uso, aunque ya sé que me disteis tres dólares, pero detesto la idea de que los entierren con dinero encima.

—Puedes llevarte el whisky, Gus —intervino Daniel—. Pero eso es todo.

—Alguacil...

—¿Y ahora qué? —preguntó Cole.

—Me gustaría echarles un vistazo a esas mujeres. ¿Podría decirme en qué caverna las tiene escondidas?

—No están en ninguna caverna —dijo Daniel—. Están en la cárcel.

Gus hizo una mueca.

—Entonces no me interesa. Allí no pienso ir.

Daniel dejó a Cole a cargo de la vigilancia de Robertson, y fue en busca de Jessica. El comisario aguardaba frente a la puerta de entrada de la cárcel, y Daniel le pidió que fuera a buscar a un médico para Robertson.

—¿Está seguro de que quiere salvarlo? —preguntó el comisario.

—No, pero de todas maneras, tráigalo.

Jessica y Grace estaban sentadas frente al escritorio, pero ambas se pusieron de pie de un salto cuando vieron entrar a Daniel. Grace sintió tal alivio al ver que estaba vivo y entero que se arrojó en sus brazos.

Conmovido al comprobar lo mucho que necesitaba apretarla contra sí, la abrazó con fuerza.

—Escuchamos los disparos, pero no sabíamos... ¡Oh, Daniel, estoy tan contenta de que no te hayan herido!

—¿Cole está...? —comenzó a preguntar Jessica.

—Está bien.

Jessica se sintió tan aliviada después de la tensión vivida que tuvo que volver a sentarse. Daniel siguió abrazando a Grace hasta que ésta se serenó y dejó de temblar. Entonces advirtió que la que temblaba no era ella sino él. Había pasado por una situación límite y deseaba —no, necesitaba— contarle lo que había sucedido y cómo había estado a punto de atravesar la línea que dividía la ley de una *vendetta* personal. Grace sabría comprender el tormento que lo acosaba.

—¿Los habéis atrapado a todos, Daniel? —preguntó Jessica.

—No. Todavía nos falta uno. Vas a tener que echarles un vistazo, Jessica. Tres están muertos —agregó, con intención de prepararla para lo que iba a ver—. Detesto tener que pedírtelo, pero debo saber si son matones contratados o parte de la banda.

—Comprendo.

—Voy contigo —dijo Grace, ignorando el gesto negativo que le hacía Daniel con la cabeza.

—Preferiría que esperaras aquí.

Ella le dio unas palmaditas en el pecho.

—Ya lo sé, pero de todas formas voy con ella —insistió, y antes de que Daniel pudiera hablar, se dirigió hacia la puerta y la abrió—. Vamos, Jessica. Terminemos con esto de una buena vez.

Jessica tomó la delantera. Le preocupaba saber cómo iría a reaccionar ante la visión de los cadáveres, y no quería quedar mal delante de Cole. Era una mujer fuerte, se recordó. Podía hacerlo y lo haría.

Mientras caminaban hacia la cantina, la mano de Grace no dejó de rozar la de Daniel, pero no pudo apartarse de él. Tampoco podía dejar de mirarlo, y siguió haciéndolo para asegurarse de que no se fuera a desvanecer en el aire. Al oír los disparos sintió como se le detenía el corazón, y no fue sino hasta ese preciso instante cuando se percató de que lo amaba. No, no era verdad, pensó. Se había dado cuenta desde hacía mucho tiempo, pero se había negado a reconocerlo porque sabía las complicaciones y el dolor que le acarrearía. Él había sido sincero desde el principio: había amado a su Kathleen y a ninguna más.

—Daniel, sé que no es momento..., en realidad, es un momento terrible para decirte...

Él le prestaba escasa atención. Miraba atentamente a todos los edificios de ambos lados de la calle. Todavía había uno de los miembros de la banda suelto y no quería correr ningún riesgo.

—¿Decirme qué? —preguntó.

—Que me he encariñado contigo.

Pensó que él no había oído su susurrada confesión, ya que no demostró ninguna reacción, y se alegró de ello. No debería haber dicho ni una sola palabra, ya que no era en absoluto un momento adecuado. Debería haber esperado hasta que estuvieran tranquilos y a solas, y entonces admitir lo que sentía, pero la había acometido un fuerte impulso de decírselo en ese preciso instante, convencida de que recibiría una reprimenda.

—Sí, lo sé.

Era una respuesta tan arrogante que Grace no pudo menos que sonreír.

—¿Debería tratar de evitarte?

Daniel miró fijamente hacia delante y le respondió:

—No, no quiero que lo hagas.

—¿Y entonces? —preguntó ella, suspirando.

Jessica había aligerado el paso hasta literalmente llegar corriendo a la cantina. Desde luego la prisa no se debía a que quisiera ver la espantosa escena que la aguardaba, sino a que Cole estaba allí, y necesitaba desesperadamente corroborar que no se encontraba herido.

Al llegar, se detuvo, enderezó los hombros y luego abrió de par en par las puertas.

Enseguida divisó a Cole. Se hallaba apoyado contra la pared del fondo, contemplándola. La recorrió tal ola de alivio que empezaron a temblarle las piernas, y fue necesaria toda su fuerza de voluntad para no correr hacia él. Esperaba sentir miedo, y estaba preparada para ocultar su reacción, pero lo que la sorprendió fue la furia que sintió crecer en su interior. Tres hombres ya estaban muertos, pero tuvo el loco deseo de volver a dispararles.

Señaló al primero de los cadáveres.

—Éste estaba allí —dijo—. No oí su nombre, pero lo vi.

Fue hacia donde yacían el segundo y el tercero, sacudió la cabeza y dijo:

—No sé si éstos estuvieron o no en el banco. No les vi las caras.

Se volvió hacia el herido. Éste destilaba odio en la mirada y la observó fijamente. Jessica no retrocedió ni titubeó, devolviéndole la mirada sin expresión alguna.

—Sí, éste sí que estaba allí. Se llama Robertson.

Estaba más afectada de lo que imaginaba, ya que no se había percatado de que Cole se había acercado a ella y la tenía de la mano. La sostuvo con firmeza y le permitió que la acompañara afuera, en tanto Grace y Daniel se quedaban a esperar la llegada del comisario.

En cuanto se encontró en la calle se volvió hacia Cole.

—Hay otro más —le dijo—. Tú disparaste a Johnson, hay otro en la cárcel en Blackwater, y si los cuatro que están dentro eran todos miembros de la banda, sigue faltando uno.

—Y Rebecca —le recordó él.

—Y Rebecca —asintió ella—. Tengo muchas ganas de atraparla.

—Lo haremos —prometió él.

36

Llegar a Blackwater fue una carrera contra reloj, ya que Daniel los instó a darse toda la prisa posible. Estaba obsesionado con llegar de una vez a la cárcel para que Jessica pudiera decirles si el hombre que mantenían preso era Bell o no. No se había detenido a pensar qué haría a continuación, en el caso de que Jessica le confirmara que ése era el hombre que había matado a su pequeña.

Las mujeres no se quejaron por el paso forzado que tuvieron que mantener, pero el grupo hizo un alto cuando se puso el sol y acamparon a la vera de un límpido arroyo. Daniel había insistido en continuar, pero Cole se negó.

Mientras Grace y Jessica desenvolvían la comida que Cole había traído del pueblo, Daniel comenzó a pasearse de un lado a otro.

—Deberíamos seguir andando —dijo—. Esta noche hay buena luz de luna.

Cole volvió a sacudir negativamente la cabeza.

—Mira a Jessie y a Grace —le sugirió—. Están medio muertas. Y los caballos no están mucho mejor.

—Pero podríamos...

Cole lo cortó en seco:

—La idea es llevar a Blackwater una testigo viva, no muerta.

Daniel pareció entrar en razón.

—Sí, estás en lo cierto —dijo.

En tanto ayudaba a Cole con los caballos, no dejó de mirar a Grace y a Jessica. Ambas estaban cubiertas de polvo y parecían demasiado cansadas para moverse siquiera.

—Es posible que hoy las haya presionado demasiado —concedió.

Cole ya estaba pensando en el día siguiente.

—¿Le enviaste un telegrama al comisario de Blackwater?

—Sí, pero no recibí ninguna respuesta. Eso me preocupa.

—Llegaremos allí mañana por la tarde, y entonces tal vez podremos terminar con todo esto.

—No, todavía no podremos terminar —dijo Daniel—. Tenemos que atrapar a Rebecca y al jefe.

—¿Crees que el preso es Bell?

—Jessica lo vio y dijo que se había vuelto cuando el jefe lo llamara por su nombre. Como no era ninguno de los cuatro que estaban en la cantina, debe de ser él.

—Rebecca podría estar con Bell.

—No, seguro que se encuentra junto al que maneja el tinglado. Jamás se uniría a cualquiera de los subordinados.

—Tal vez, pero no te hagas muchas ilusiones.

Transcurrieron varios minutos en silencio mientras Daniel llevaba las monturas hasta donde decidieron acampar y Cole cepillaba a los caballos.

—Daniel, he estado pensando —dijo finalmente Cole.

—¿Sí?

—Si Jessica te confirma que se trata de Bell, no estarás pensando en hacer algo que luego puedas lamentar, ¿verdad?

—¿Qué harías tú si supieras que es el hombre que mató a tu esposa y a tu hijita?

Cole reflexionó largamente antes de contestar.

—Honestamente, no lo sé.

—Yo tampoco. No lo sabré hasta que lo vea.

—Si lo matas, te encerrarán, o pueden incluso mandarte a la horca.

—Me doy cuenta.

—¿Sabes qué cosa es peor que morir ahorcado?

—Hay muchas cosas peores que eso.

—Estar sentado en una celda, sabiendo que por tu culpa dos miembros de la banda se han escapado.

—Tú los atraparías.

Cole no tenía ganas de discutir la cuestión.

—¿Y qué pasa con Grace?

Daniel meneó la cabeza.

—No sé qué hacer con ella. No... me lo esperaba.

—Lo entiendo perfectamente.

—¿Como con Jessica?

—¿Soy tan transparente?

—No, pero ella sí —dijo Daniel—. Siempre te está mirando como si tuviera intenciones de matarte.

Cole sonrió.

—Es puro amor.

—¿Cómo puedes estar tan seguro? Todo aquel que te conoce quiere matarte.

—Vamos a casarnos.

—¿Ella ha accedido?

—No.

Daniel estalló en carcajadas, y lo sorprendió comprobar lo bien que lo hacía sentir bajar la guardia y relajarse por un momento.

—¿Y entonces qué piensas hacer para que se case contigo?

—¿Has oído hablar alguna vez de una boda a punta de pistola? —preguntó Cole con una gran sonrisa.

—No, pero tengo la sensación de que no me lo perdería por nada del mundo.

—Bien, porque va a ser requerida tu presencia.

—¿Por qué?

—¿Quién crees tú que sostendrá la pistola? —Y ambos se echaron a reír.

Grace se volvió para sonreírle a Daniel. Jessica y ella estaban sentadas a la orilla del arroyo, refrescándose los pies en el agua.

—¿De qué supones que se ríen? —le preguntó a Jessica.

—No lo sé. Estoy tratando de descubrir de dónde sacan fuerzas para eso. Yo estoy demasiado cansada, incluso para comer.

—Yo también.

Mientras regresaba al campamento, Jessica vio que Cole venía hacia ella. No sonreía, sino que tenía un semblante terriblemente serio, y cuando la alcanzó, no dijo ni una sola palabra. Se limitó a tomarla de la mano y a seguir caminando. Ella no tuvo más remedio que ir tras él si no quería caerse al suelo.

—¿Qué haces?

—Es preciso que estires un poco los músculos.

—Estoy demasiado agotada para caminar.

—No estoy pensando precisamente en caminar.

Jessica pensó que el corazón le dejaba de latir.

—¡Oh, no.. no estarás pensando en...!

—Puedo, si me dejas.

Ella trató de liberar su mano, pero lo hizo sin mucho entusiasmo, ya que cuando él la apretó con más fuerza terminó por ceder. Cole siguió caminando hasta que estuvieron bien lejos del campamento, y entonces se volvió hacia ella.

A la luz de la luna, la cara de Cole parecía dorada. Jessica contempló sus bellos y sorprendentes ojos azules y pensó que con toda seguridad era el hombre más apuesto del mundo. ¿Cómo era posible que un hombre así la amara? Ella era tan vulgar, tan común, mientras que él podía tener a la mujer que se le ocurriera. ¿Por qué la había elegido a ella?

—¿Todavía me amas? —le preguntó.

Cole no podía creer que ella tuviera necesidad de preguntárselo.

—¿Crees que puedo cambiar de idea con tanta rapidez? No, eso no te lo contesto —la previno—, porque puedo volverme loco. Sí, todavía te amo.

—¿Por qué?

Estaba verdaderamente perpleja. Cole la contempló con estupor, dándose cuenta de que ella no tenía ni idea de su atractivo. ¿Acaso nadie le había dicho lo perfecta que era?

—Jessie, cuando eras pequeña, ¿tu madre o tu padre no te dijeron nunca qué inteligente, lista, dulce, afectuosa...?

Podría haber seguido enumerando sus virtudes si ella no lo hubiese interrumpido:

—Mi padre nos abandonó cuando yo era muy pequeña. No recuerdo gran cosa de él, excepto que tenía que mantenerme alejada de su persona cuando estaba ebrio, y parecía que siempre tenía una copa en una mano y una botella en la otra.

—¿Y tu madre?

—Me parece que el abandono de mi padre la cambió, pero no puedo tener la certeza. Se secó por dentro. Solía decirme que tenía que mostrarse dura conmigo para que no cometiera los mismos errores que ella.

—¿Alguna vez te elogió?

—No lo recuerdo —respondió—. Quería a mi madre, pero no quiero ser como ella, y temo que ya sea demasiado tarde para cambiar.

—Tú no eres como ella —le aseguró él—. Tú no sabes ser dura.

Cuando ella trató de volver la cara, él la tomó de la barbilla y la obligó a volverse para mirarlo.

—Tú elogias a Caleb todo el tiempo. Te he oído decirle qué inteligente es y qué dulce...

—Los niños necesitan saber que los aman. Tienen que recibir constantes confirmaciones.

—Tú lo necesitas también, ¿verdad?

Jessica no respondió.

—¿Sabes qué fue lo que me atrajo de ti? —le preguntó Cole.

Ella hizo un gesto negativo con la cabeza.

—Cuando te conocí, estabas de pie detrás de la puerta de batiente de la casa de Tilly, ¿recuerdas?

—Estaba aterrada.

—Sí, sé que lo estabas. Bueno, pensé que eras la mujer más bonita de toda la región.

—¿En serio? —susurró ella, casi sin aliento—. Llevaba un viejo vestido desteñido.

Cole se echó a reír.

—No presté demasiada atención a lo que llevabas puesto. Traté de imaginarme qué había debajo. Tienes un cuerpo muy bien proporcionado, Jessie, y no podía esperar a ponerte las manos encima.

Cole no pudo creer lo que veía: Jessica se estaba ruborizando, y pensó que ésa era una de las más de cien razones por las cuales la amaba.

—Yo ya sentía curiosidad, porque había oído hablar de esa joven que había ido a visitar a su tía y terminó asumiendo la responsabilidad de convertirse en la madre de un recién nacido. ¿Sabes qué pocas mujeres habrían hecho lo que hiciste tú? La responsabilidad de criar sola a un niño es abrumadora, y la mayoría de las mujeres no habrían podido, o querido, asumirla. Lo habrían dejado en el asilo más próximo, para luego seguir su camino.

—No es ninguna carga. Caleb es la alegría de mi vida.

—¿Te acuerdas de lo que te conté acerca de cómo mis hermanos y yo nos convertimos en familia? En esa época yo formaba parte de una banda, y era terriblemente joven cuando encontré a Mary Rose en el callejón que considerábamos nuestro hogar. Yo iba camino del desastre —siguió diciendo—. Mary Rose me cambió la vida, al igual que a mis hermanos. Sin embargo, no crié solo a mi hermanita. Tuve tres hermanos que me ayudaron.

—Pero yo...

Antes de que pudiera continuar, Cole la interrumpió.

—Amo tu fuerza y tu coraje, y amo el hecho de que has logrado hacer aflorar lo mejor de mí. Ésas sólo son un par de razones. —Dulcemente, le tomó la cara con sus manos—. Yo no quería enamorarme de ti.

—¿Y entonces por qué no paras con esto? —preguntó ella con suavidad.

—Cariño, eso es como pedirme que deje de respirar. ¡Ay, Jessie, necesito tenerte en mi vida!

Se inclinó y comenzó a volverla loca besándole cada centímetro de su cuello.

—¿Qué haces para oler siempre a flores?

La pregunta era, sencillamente, demasiado difícil de responder. Pensó que debía detenerlo, aunque ladeó la cabeza para que la besara en el lóbulo de la oreja, que era un lugar sumamente sensible a sus caricias.

—Lo estás haciendo a propósito... Sabes lo mucho que me gusta... pero no podemos...

—Un beso, Jessie. Sólo uno.

Las manos de Jessica se aferraron a su falda, pero no protestó ni se apartó.

¡Era tan maravilloso, tan confortable estar en sus brazos! La seducción de las palabras de amor que decía Cole fue su perdición. Se puso de puntillas y se entregó gozosamente. La boca de Cole se movió, codiciosa, dentro de la de ella. La pasión fue instantánea, explosiva. Un solo beso no era suficiente para ninguno de los dos, y cuando la boca de él se apropió de la suya una y otra vez, se estremeció por el deseo que se adueñaba de ella.

No quería que se detuviera. Cuando Cole levantó la cabeza, ella se irguió y volvió a besarlo.

Él le impidió llegar más lejos. Le quitó las manos de la falda, la envolvió en sus brazos y procuró normalizar su respiración.

—No sabes cómo controlarte, ¿verdad, amor mío?

Parecía tan feliz que Jessica no consideró necesario pedirle explicaciones.

Poniéndole un brazo por encima del hombro, Cole la condujo de vuelta al campamento.

—Voy a tener que enseñarte a controlar el ritmo —dijo Cole. De sólo pensarlo, no pudo menos que sonreír.

Jessica trató de prestar atención a lo que le decía, pero sus besos le habían quitado la capacidad de pensar en otra cosa que no fuera en hacer el amor con él.

—No sé qué me pasa —dijo—. Yo solía ser una dama hasta que entraste en mi vida.

—Todavía eres una dama.

—La otra noche yo sabía lo que hacía. Prácticamente, te seduje, y me prometí que tendría una noche contigo, pero hace apenas un par de minutos ya estaba pensando en una noche más.

A Cole se le escapó un gemido.

—Jessie, es preciso que hablemos de otra cosa —dijo.

—¿Por qué?

Cole decidió mostrarse brutalmente franco.

—Porque ya estoy excitado, y molesto, y si sigues hablando de volver a hacer el amor, no seré capaz de contenerme hasta que nos hayamos casado.

—Cole...

Él la apretó contra sí:

—No te atrevas a preguntarme cuánto tiempo me quedaré contigo.

—No iba a preguntarte eso.

—Sí, ibas a hacerlo.

—¿Qué pasaría si no te doy lo que deseas, lo que mereces? Una esposa debería poder confiar en su marido, pero creo que yo nunca...? ¿Y si...?

Él no la dejó terminar.

—Entonces me imagino que estarás muy preocupada cada vez que me vaya de casa. No obstante, siempre volveré a ti y a Caleb, y tal vez dentro de veinte años seas capaz de comprenderlo. Yo me propongo que esto sea para siempre, y así traté de hacértelo entender. Y ya que estamos, tendrás que decirme que me amas antes de nuestra boda. Ahora, por favor, cambiemos de tema.

—¿Piensas que Caleb se encuentra bien?

—Sí —respondió él—. Probablemente, sentirá aversión hacia la comida frita hasta el fin de sus días, pero por supuesto que lo aman y lo están mimando.

—Yo tuve una agradable charla con Tom —comentó ella.

—¿De qué hablasteis?

—De ti.

Él la miró fijamente.

—¿Y qué te dijo?

—Sabía muchas historias acerca de ti.

—¿Como cuáles?

—Abilene.

Cole dejó caer los hombros.

—Tenía la esperanza de que nos casáramos antes de que lo descubrieras.

—Te comportas como si hubieses hecho algo malo.

—Le disparé a una mujer, Jessie.

Esperó que lo acribillara a preguntas o que le dijera que había hecho mal al tener la vida de la mujer pendiendo de un hilo.

—Fue muy inteligente de tu parte.

Cole se paró en seco.

—¿Qué?

—He dicho que fue muy inteligente de tu parte.

—Le disparé —le recordó él.

—Oh, no fue más que una herida superficial. Eres muy bueno con el revólver, ¿no es así?

—Jessie, actúas como si estuviéramos hablando del tiempo. No estás en absoluto impresionada, ¿verdad?

—Desde luego que no.

—El fin no justifica los medios.

—Te sientes culpable.

—Sí.

—Fue una solución práctica.

—Sí, pero...

—Le salvaste la vida.

—¿Y por qué me he sentido tan mal desde entonces? —Era la primera vez, desde que aquello sucediera, que reconocía la verdad ante alguien, incluso ante sí mismo.

Estaba exponiendo su alma ante Jessie dejándole ver su vulnerabilidad. Le mostraba al mundo un exterior duro e inflexible, pero por debajo de todos sus escudos había un hombre bueno y considerado que se preocupaba profundamente por los demás.

—Porque eres un hombre de honor —le dijo, al tiempo que se erguía para darle un beso. Luego lo tomó de la mano y volvió a ponerse en marcha—. Hoy Grace ha vuelto a vender otro sombrero.

—¿Qué? —preguntó Cole, confundido por el súbito cambio de tema.

—He dicho que hoy Grace ha vendido otro sombrero. ¿No es divino?

Jessica ya estaba lista para seguir avanzando, y ese lado práctico de su personalidad era una razón más que agregar a la lista cuando ella le volviera a preguntar por qué la amaba.

—¿A quién se lo vendió?

—A una mujer muy agradable... Bueno, al principio no era nada agradable, sino más bien hostil, pero Grace tiene la virtud de hacer sentirse cómoda a la gente, y a los pocos minutos ya estaban charlando como viejas amigas. Le pagó a Grace siete dólares. Creo que debería haberle pagado más, pero Grace dijo que era una mujer trabajadora y no podía dilapidar un solo centavo más. Al principio, Grace trató de regalárselo, pero luego se dio cuenta de que había de por medio una cuestión de orgullo. Fue un trato conveniente, ¿no te parece?

—¿Qué clase de trabajo puede hacer una mujer en ese pueblo de poca monta?

—Su oficina está encima de la cantina.

Cole sonrió.

—Ya sabes cómo se gana la vida esa mujer, ¿verdad?

—Sí, pero quería verte sonreír otra vez. Te preocupas demasiado.

Podría haber discutido con ella, pero en ese momento llegaron al campamento y encontraron a Grace durmiendo, por lo que no dijo nada. No obstante, le dio un beso de buenas noches y le gustó ver lo azorada que se quedó Jessica cuando se separó de ella.

Daniel prefirió ignorarlos. Grace estaba acurrucada a su lado, frente a él.

Después de que Cole moviera su saco de dormir al lado del de Jessica, Daniel colocó el suyo junto a Grace. Se durmió pensando en ella, y en algún momento de la noche sintió que lo tomaba de la mano. Por el momento, era suficiente.

37

Estaba a punto de alzarse el telón del último acto.

Rebecca se había vestido con gran esmero, eligiendo un virginal traje blanco con un recatado, aunque seductor, escote. Se veía lo suficiente como para asegurarse de que el juez, que había enviudado recientemente, no tuviera más remedio que mirarla. Donald le había dicho que tendría que convencer a Rafferty de la inocencia de Bell antes de que el comisario lo liberara.

Rebecca pensó incluso en llevar consigo una Biblia, mas luego cambió de opinión. No tenía que exagerar el papel que debía representar.

Terminó de cepillarse el cabello y se paró frente al espejo para admirarse. A los hombres les gustaban las mujeres que llevaban el pelo largo y suelto, y el suyo era excepcional. A la luz del sol, los brillantes rizos lucían como hebras de oro.

De pronto, la puerta del dormitorio se abrió inesperadamente y por ella entró su amante. Rebecca arrojó el cepillo sobre la mesa y se volvió hacia él.

—Te has arriesgado al venir aquí. ¿Alguien te ha visto?

—Por supuesto que no. Siempre soy muy cuidadoso. Vine por la parte de atrás —Rebecca, así vestida de blanco, le parecía una parodia de tal magnitud que tuvo ganas de echarse a reír. Realmente parecía pura e inmaculada.

—Donald, ¿pasa algo malo? Pareces perplejo.

—Perdóname —replicó él—. Estaba preocupado. Verte así, toda de blanco, me ha dejado estupefacto.

Ella sonrió.

—Pensé que era un toque ingenioso.

—Está bien, muy bien —dijo él antes de ir al grano—. Lamento que no hayas podido estar esta mañana en el tribunal para poder ver cómo hacía el ridículo el patético comisario de Maple Hills —le dijo, riendo—. Admitió bajo juramento que había sorprendido a Bell cuando se echó encima de él y sacó su revólver. Incluso admitió que no llevaba puesta su insignia y que no se identificó. Cuando el defensor de Bell terminó recordando a los miembros del jurado que su cliente había estado mortalmente enfermo durante todo ese tiempo, con una fiebre que ardía, se metió a los doce hombres en el bolsillo. Te juro que cuando se alejó del estrado todos contemplaban al comisario con mirada furibunda. Dudo de que sea reelegido.

Las noticias la conmovieron profundamente.

—¿Entonces, los cargos de intento de homicidio han sido retirados? —preguntó.

—Todavía no, pero lo serán esta misma tarde —le aseguró él—. El juez está alargando el juicio todo lo que puede.

—Si Bell va a ser liberado, no hay razones para que yo siga adelante con este fraude.

Él negó con la cabeza.

—Sigue siendo necesario que sigas con el plan —le dijo—. El juez está que arde por colgar a Bell. Sabe que tiene entre manos a un culpable, y si no puede sostener los cargos de intento de homicidio, lo mantendrá encerrado hasta que tú lo convenzas de que ese día Bell no estuvo en el banco.

—Muy bien, entonces —Rebecca se sentó frente a su tocador, y comenzó nuevamente a cepillarse el pelo—. ¿Qué vas a hacer con Bell? Ahora que la gente sospecha de él, se ha convertido en un problema.

—Lo voy a matar, por supuesto —respondió Donald.

—¿Se lo has dicho a los demás?

—Burton, Harris y Andrews lo saben.

—¿Y Robertson?

—Los muchachos me harán el favor de ocuparse de él. Fue idea de ellos, no mía. Burton dice que Robertson está perdiendo el control. Andrews lo llama *puñal feliz*.

Rebecca dejó el cepillo en el tocador y se volvió hacia él.

—¿Has tenido noticias de Burton?

—No empieces a fastidiar.

—Pero se suponía que te iba a telegrafiar después de matar a Grace y a Jessica. ¿Todavía no sabes nada de él?

—Estoy seguro de que ya han cumplido con su tarea. Siempre lo hacen —agregó, con una sonrisa—. Burton no pudo enviarme un telegrama.

—¿Por qué no?

—La oficina de telégrafos de aquí ha estado cerrada durante los últimos dos días. Se rompió el equipo —explicó—. No te preocupes. Lo comprobé para cerciorarme de que fuera verdad.

—¿En todo el pueblo nadie puede recibir telegramas?

—Oh, sí, pero son enviados al pueblo más cercano, que queda a más de treinta kilómetros de aquí.

—Entonces, su telegrama ha de llegar mañana.

—Y nosotros ya no estaremos aquí.

—Nunca me has contado lo que dijeron Burton y los demás acerca de desarticular la banda.

—Están dispuestos a parar por un tiempo. Para cuando sientan las ganas de volver, o se les acabe el dinero, estaremos viviendo en París.

—Si esta noche te ocupas de Bell, podremos partir mañana.
Él se dirigió hacia la puerta.

—No, nos vamos esta noche. Recoge tus cosas y llévalas cuando te encuentres conmigo en las afueras del pueblo. Ya sabes dónde.

—Sí —dijo Rebecca—. Me gustaría que vinieras conmigo a ver al juez. Te divertiría.

—Sabes que no debo ser visto en este pueblo. Todos me conocen, y podrían empezar a preguntarse cómo me lié contigo. Estaré en la sala del tribunal.

—Sí, ya lo sé. ¿Dónde debo ir ahora? ¿Directamente al Palacio de Justicia?

—Ve a la oficina del comisario. Él te llevará al tribunal.

Después de darle esa orden, salió de la habitación y cerró la puerta tras él. Lo sorprendió sentir una punzada de culpa. Iba a matarla, y le asombró darse cuenta de que realmente sentía pena por ella. Entonces se puso a pensar en la forma como esa noche la mataría, y a los pocos instantes ya estaba excitado y ansioso. Todos sus remordimientos se esfumaron. La mantendría con vida todo lo que le fuera posible para prolongar su propio deleite, y se recordó que no debía dejar de amordazarla, para que nadie pudiera escuchar sus gritos pidiendo clemencia.

Era una verdadera pena. Había estado pensando en llevarla con él, mas luego decidió que no era posible. Rebecca era una mujer tan llamativa que atraía la atención en todos lados. Su belleza sin igual la transformaba en un peligro latente, porque todos, incluso los que no la conocían, la recordaban.

Iba a echarla de menos, sin embargo, porque no creía que volviera a encontrar una mujer con tan perverso apetito sexual como el de Rebecca.

Volvió a abrir la puerta de un tirón, entró en la habitación y comenzó a desabrocharse los pantalones.

—¡No, Donald! —gritó ella, al tiempo que comenzaba a retroceder. Su rostro ya se había encendido de miedo y excitación—. No hay tiempo.

Él, con voz áspera, respondió:

—Siempre hay tiempo.

Rebecca no llegó a la cárcel sino hasta pasada la una y media de ese día. Le había llevado dos horas completas volver a recobrar la compostura después de que Donald y ella terminaron el uno con el otro. Por suerte, él le había permitido quitarse el vestido antes de que quedara estropeado sin remedio. Todavía se sentía dolorida, pero no le molestaba porque el dolor no hacía sino mostrarla más vulnerable y temerosa.

El comisario no se encontraba allí. Su ayudante, un joven con el rostro picado de viruela, fijó los ojos en sus pechos en cuanto entró en la oficina. Divertida, se adelantó para estrecharle la mano. El joven tenía las palmas húmedas, y Rebecca tuvo que obligarse a resistir el fuerte deseo de secarse las manos con la falda. Se presentó y le explicó el motivo de su presencia.

—El comisario esperaba que llegara más temprano —dijo—. Ya está en el tribunal, esperando para volver a traer aquí al prisionero o para dejarlo ir en libertad. Me parece que deberíamos ir allí, porque el juez Rafferty no va a dar por terminado el juicio hasta que usted no identifique a Bell.

—¿Y si resulta no ser uno de los hombres que vi en el banco?

Trató de engatusarlo con su encantadora sonrisa, pero resultó un esfuerzo inútil, ya que el joven parecía incapaz de apartar los ojos de sus pechos. Debía recordar contarle a Donald la anécdota del ayudante. Se reiría de buena gana.

—Todos deseamos que Bell sea uno de los miembros de la banda Blackwater —le dijo—. ¿Está de acuerdo en que la lleve del brazo mientras nos dirigimos al tribunal?

—No me molesta en absoluto. Es muy caballeroso de su parte.

La sala del tribunal estaba bastante cerca. El joven la hizo entrar por la puerta de atrás y la llevó hasta el despacho del juez, adyacente a la sala del tribunal. Rebecca se sentó cerca del escritorio y se dispuso a aguardar, mientras el ayudante escribía una nota para que un empleado se la pasara al juez.

—Apuesto a que Rafferty interrumpe la exposición de Bell en cuanto lea esto —dijo, agitando la nota que acababa de plegar—. ¿No le molesta que la deje sola unos minutos? Me gustaría ver la expresión del viejo amargado y escuchar lo que tiene que decirle a ese refinado abogado.

—Estaré bien, no se preocupe —murmuró Rebecca.

Luchó contra el deseo de abrir un poco la puerta y enterarse de lo que sucedía en la sala, pero no se animó a correr el riesgo porque Donald estaba entre el público y si la veía espiando se pondría furioso.

Cerró los ojos, trató de aclarar sus pensamientos y se dispuso a representar su papel.

38

El momento había llegado.

En cuanto regresó el yudante y le abrió la puerta, Rebecca se introdujo en la sala del tribunal y se quedó aguardando a que la llamaran. La sala estaba dividida por un pasillo central que conducía hacia la puerta de entrada. A ambos lados montaban guardia dos auxiliares con sus respectivos rifles. Rebecca divisó otra puerta más, lateral, situada frente al despacho del juez. También estaba custodiada.

Fue llamada a dirigirse al estrado de los testigos. Todas las miradas se clavaron en ella. Con la cabeza alta y una expresión temerosa, casi esperó que la aplaudieran. Después de todo, estaba a punto de representar la actuación más importante de su vida.

El juez Rafferty se encontraba tan ansioso por escuchar su testimonio que suspendió todas las conclusiones para que ella pudiera tomar su sitio en el estrado. Cuando pasó frente a él para ocupar el asiento situado detrás de la barandilla, lo observó más de cerca y llegó a la conclusión de que no le costaría mucho tenerlo a su merced. Rafferty era un corpulento hombre de mediana edad, que llevaba gafas tan gruesas que sus ojos de lechuza parecían tres veces más grandes de su tamaño normal.

También advirtió que lo había impactado. El juez le sonrió con expresión embobada, y Rebecca no pudo sentir felicidad mayor.

Mientras el ujier le tomaba juramento, el abogado de la defensa se puso de pie y requirió la atención del juez.

—Su Señoría, esto es altamente irregular —protestó—. ¿No podía aguardar a que el fiscal y yo termináramos con nuestras exposiciones y el jurado se hubiera retirado a deliberar? A mi cliente se lo juzga por intento de homicidio. El fiscal intenta probar que con premeditación y alevosía trató de matar al comisario de Maple Hills. Este caso no debería ser enturbiado con la declaración de una testigo sobre un caso completamente diferente.

El magistrado miró al advenedizo por encima de sus gafas.

—Sé perfectamente de qué se trata este caso. ¿Piensa, tal vez, que he estado aquí sentado, mano sobre mano, soñando con ir a pescar, señor Proctor? ¿Eso es lo que usted cree que he estado haciendo?

—No, Su Señoría, yo no...

El juez no lo dejó continuar.

—Lo que está diciendo, Proctor, es que no cree que lo que tenga que decir la testigo sea relevante, pero yo digo que sí lo es. Si su cliente es quien yo creo que es, pues entonces el jurado necesita saberlo, porque en ese caso bien pudo estar huyendo y haber intentado matar al comisario, y lo habría hecho con lo que usted denomina alevosía.

—Pero, Su Señoría...

—Señor Proctor, es preciso que comprenda. Nadie va a decirme a mí lo que tengo que hacer en mi tribunal, y menos todavía un abogadito presumido como usted. Sé que es joven e inexperto y que cree que conoce prácticamente todo lo que hay que saber, pero el que decide las reglas aquí soy yo. Ahora, siéntese y quédese tranquilo hasta que yo termine con mi testigo. ¿Me ha entendido?

—Sí, Su Señoría.

—¿Y entonces, por qué no se sienta?

El público prorrumpió en carcajadas cuando Proctor se tropezó en su prisa por sentarse.

El juez no pareció divertido. Golpeó con su martillo sobre el estrado, reclamando silencio.

—¡Orden en la sala! Si oigo a alguien emitir un solo sonido, haré que lo expulsen. Como acabo de decir, aquí las reglas las pongo yo. ¡Todos sentados! —bramó, pero cuando se volvió hacia Rebecca, se había dulcificado considerablemente.

Finalmente, había llegado el momento. Aferrando la barandilla con ambas manos para que el jurado pudiese verlas, Rebecca aspiró profunda y temblorosamente, y comenzó a hablar. Dijo por qué se encontraba ese día en el banco y qué había visto. Las lágrimas le afluyeron con gran facilidad y su voz mostró un tono vacilante que la hizo sentir orgullosa de su histrionismo. Cuando terminó con su historia, estaba segura de que no había un solo par de ojos secos en toda la sala.

El juez quedó tan conmovido como el jurado por su estremecedora descripción de los asesinatos. Se inclinó sobre su escritorio, en dirección a ella, como si pensara que su cercanía pudiera consolarla de alguna manera. —Muy bien, entonces —dijo—. Sé lo duro que ha sido para usted tener que pasar nuevamente por todo esto y se lo agradezco. Ahora quiero pedirle que mire al hombre esposado que tiene a su derecha y me diga si es uno de los que vio en el banco.

Rebecca contempló a Bell durante varios segundos antes de negar con la cabeza.

—No —dijo—. Él no estaba allí.

El rostro del juez dejó traslucir su decepción. Su frustración era evidente, pero no estaba dispuesto a darse por vencido.

—Tómese su tiempo y obsérvelo con cuidado antes de afirmar nada.

Ella hizo lo que le había indicado.

—Lo lamento mucho, Señoría. Ojalá fuera uno de los miembros de la banda, pero no lo es. Le juro que no estaba allí.

El abogado de Bell mostraba una sonrisa de oreja a oreja, lo que molestó tanto al juez como el lapidario testimonio de Rebecca.

—Ni se le ocurra volver a ponerse de pie, Proctor. Quédese pegado a su silla hasta que yo haya terminado. Hay un par de puntos oscuros que quiero aclarar con esta joven señora antes de que deje el estrado.

Rebecca inclinó la cabeza, fingiendo estar tratando desesperadamente de recobrar la compostura. Sabía que el juez estaba mirándola atentamente, así que cuando volvió a levantar la vista hacia él, sintió una profunda satisfacción al ver la mirada de compasión que reflejaban sus ojos.

—Voy a hacer que esto sea lo más rápido posible —le prometió el magistrado—. Sólo querría hacerle un par de preguntas más. ¿Puede contestarlas ahora o preferiría hacerlo después de un descanso?

—Me gustaría terminar ahora con esto, por favor.

Inmediatamente le formuló la primera pregunta:

—Yo ordené que vinieran aquí tres mujeres, y siento curiosidad por saber dónde están las otras dos. ¿Tiene usted alguna información sobre su paradero?

—No, no la tengo. Cuando el alguacil Cooper me dijo que a Grace y a Jessica también las traerían aquí, me sentí terriblemente mal, muy mal. Sus vidas han estado en peligro por mi causa. Si hubiera dicho la verdad desde el principio, nada de esto les habría sucedido. Se han vuelto muy buenas amigas mías. Esperaba que estuvieran aquí cuando llegué y ansiaba encontrarme con ellas para decirles cuánto lamentaba lo ocurrido. Estoy segura de que tardan por algo, nada más. Cuando las dejé, Grace no se sentía bien. Debe de haber sufrido una recaída.

—Vayamos a la siguiente pregunta. Usted nos dijo que viajaba con el alguacil Cooper y que él abandonó el compartimiento y no regresó. ¿Por qué se fue?

—Yo tenía una jaqueca atroz, y mi medicina estaba en mi maleta. Como el alguacil Cooper es un caballero tan gentil, insistió en ir hasta el vagón del equipaje para buscármela. Si no me hubiera quejado... si hubiera sufrido en silencio..., todavía estaría vivo. Por culpa mía ha muerto, toda... la culpa... es... mía.

Ocultó el rostro entre las manos y comenzó a sollozar. Rafferty miró al jurado y advirtió su unívoca simpatía por la pobre mujer. Se dio cuenta de que era mejor darse prisa antes de que estallara una rebelión.

—Ya casi hemos terminado —anunció—. Dígame qué sucedió cuando escuchó los disparos. ¿Recuerda cuántos fueron?

Rebecca se secó el rostro con un pañuelo, y asintió.

—Estoy segura de que escuché dos disparos. Estaba demasiado asustada para descubrir qué estaba pasando. El tren se detuvo inesperadamente y fue entonces cuando me enteré que el pobre alguacil Cooper había sido asesinado.

—¿Y qué hizo entonces?

—Tuve miedo de volver a subir al tren. ¡No sabía qué hacer! —exclamó, llorando—. Me oculté entre la maleza y esperé hasta que todos se marcharon. No sé cuánto tiempo permanecí allí... Pudieron ser horas —dijo tartamudeando—. Cuando finalmente pude tranquilizarme un poco, corrí hasta el pueblo.

—Pero una vez allí no buscó al comisario, y ése es uno de los puntos oscuros. ¿Por qué no requirió su ayuda?

—¡Estaba aterrada! —clamó—. Y no sabía en quién confiar. Quería alejarme de allí. Sabía que usted estaba esperándome, Su Señoría, y que me protegería. En lo único que pude pensar fue en llegar aquí... hasta usted.

La expresión del juez le resultó cómica. A Rafferty se le caía la baba.

—Hizo lo correcto —dijo con voz ronca—. No voy a culparla por venir aquí, que es exactamente lo que le ordené que hiciera. Ha sido usted muy valiente. Realmente muy valiente.

El fiscal se puso de pie:

—Su Señoría, antes de que sigamos adelante, ¿podría pedirle por favor a la señorita James que le eche una última mirada al acusado? Tal vez al recordar la secuencia de los hechos...

—Esta pobre mujer ha pasado por una experiencia terrible —lo interrumpió el juez—. Tanto usted como yo debemos aceptar que hemos estado a punto de mandar a la horca a un inocente.

—¡Por favor, Su Señoría! —suplicó el fiscal.

—Yo no tengo inconveniente —interpuso el defensor.

El juez ordenó al comisario que le quitara las esposas al acusado y lo acercara al estrado para que la testigo pudiera mirarlo más de cerca. Cuando Bell se paró frente a la barandilla, el juez se volvió de mala gana hacia Rebecca:

—Se lo pregunto por última vez: ¿El hombre que está de pie frente a usted pertenece a la banda Blackwater?

—No, Su Señoría —respondió ella.

—¡Sí, Su Señoría!

El grito provino desde la puerta del despacho del juez. Todos los presentes se volvieron para ver a Jessica entrar lentamente en la sala. Habría deseado correr hasta el estrado y arrancar a Rebecca de su asiento, de tan furiosa como se encontraba, pero Daniel le había hecho prometer que no iría más allá de la mesa de la defensa para no estar cerca de los asesinos que iba a condenar.

La furia que bullía en su interior crecía minuto a minuto. Las imágenes estallaban en su cabeza: Malcolm, de rodillas, levantando la vista, muy serio, tratando de ser útil... Cole, con su niño en brazos a través del infierno del fuego; el tejado, desplomándose detrás de él... la cabeza de Franklin que estallaba...

Daniel la tomó del brazo para impedirle seguir avanzando. Se quedó a su lado, mientras Cole ya se dirigía hacia el pasillo central revisando al público en busca de señales de armas escondidas.

—Este hombre estaba en el banco. Lo vi poner el revólver en la nuca de un hombre y dispararle. ¡Vi todo —gritó—, porque estaba allí!

Al hacer esas acusaciones señalaba a Bell, pero su atención se concentraba en la mujer que había tratado de matar a Caleb y le había disparado al alguacil Cooper. Rebecca estaba negando con la cabeza, mas luego cayó desplomada sobre la silla. Su rostro estaba tan blanco que parecía haberse desangrado hasta estar a punto de morir.

La muchedumbre se estaba enardeciendo, el juez no dejaba de golpear con su martillo, y en medio de la confusión, uno de los asistentes que estaba en la parte de atrás de la sala gritó:

—¡Esos hombres están armados, Su Señoría! —y trató de sacar su rifle.

Antes de que ninguno tuviera tiempo de gritar o buscar refugio, Daniel ya había desenfundado su revólver, que sostenía extendiendo el brazo y apuntando directamente a la nuca del ayudante. Éste, ni siquiera había llegado a levantar el arma más allá de su cintura, cuando advirtió que era demasiado tarde.

—Baja el arma, muchacho. —La orden fue pronunciada en un tono grave, aunque sorprendentemente sereno.

Por el rabillo del ojo Cole había visto a Daniel sacar el arma y apuntar al ayudante, después giró sobre sus talones para enfrentarse a los dos únicos hombres de la sala que estaban armados: uno era el comisario y el otro el guardia apostado frente a la puerta lateral.

Cuando oyó gritar a su ayudante, el comisario reaccionó instintivamente y trató de sacar su pistola, pero apenas sus dedos se habían movido cuando Cole lo estaba apuntando con su arma. Se limitó a hacerle un gesto negativo con la cabeza. El mensaje fue claro.

Rebecca buscó frenéticamente a Donald entre el público. Él le había prometido que se sentaría en la tercera o cuarta fila. Lentamente, comenzó a deslizar la mano dentro de su bolsillo.

El juez se levantó de su asiento y se inclinó hacia delante, apoyando ambas manos en su escritorio:

—¿Qué pasa con vosotros? —bramó—. ¿No se os ocurre nada mejor que atacar a dos alguaciles de la nación? Incluso yo puedo verles la insignia, y eso que estoy más ciego que un murciélago.

La poderosa voz de Rafferty cayó sobre la multitud como un latigazo, y resultó tan atronadora que logró imponerse y hacer desaparecer el pánico. De la sala brotó un audible suspiro colectivo cuando todos se calmaron. Varios hombres lanzaron risitas nerviosas por el alivio que sentían.

Rebecca ya había comenzado a sacar lentamente la pequeña pistola del bolsillo, sosteniéndola firmemente en su mano, con el pulgar apoyado contra el cañón. Enseguida divisó a Donald. Estaba sentado al final de la cuarta fila, cerca del pasillo, en el mismo lado que ella. Estaba cerca, muy cerca, y cuando lo miró, él le hizo un imperceptible gesto con la cabeza antes de volver su atención al hombre que vigilaba la puerta lateral que tenía a la izquierda. Rebecca entendió lo que le estaba diciendo y posó la mirada en Bell.

El juez volvió a tomar asiento, se acomodó la negra toga, y miró, bizqueando, hacia la asamblea. Todavía parecían un tanto nerviosos, y decidió darles un minuto más para recobrarse del todo.

—Señores, pueden guardar sus pistolas —ordenó—. ¿Cuál de ustedes es Daniel Ryan?

—Soy yo, Su Señoría.

El juez le solicitó que se dirigiera hasta el estrado.

—Advertirá que su llegada ha sido más que aparatosa —le recriminó.

Daniel no ofreció explicaciones ni disculpas.

—Sí, Su Señoría, lo reconozco.

—Resulta que sé bastantes cosas sobre su persona, porque me he impuesto la obligación de enterarme de todo lo que sea posible acerca de hombres como usted, y sólo tengo una cosa que decirle: es un honor y un privilegio finalmente conocerlo.

Daniel no supo qué contestar. El juez se había vuelto hacia Cole:

—¿Cuál es su nombre?

—Cole Clayborne.

Rafferty hizo un gesto de reconocimiento.

—También he escuchado un par de cosas sobre usted. Desde luego, sé que no es posible que esas historias sean ciertas.

—Estoy seguro de que no lo son, Señoría —respondió Cole, preguntándose por qué el hombre no se ocupaba de una buena vez de la cuestión más urgente que los convocaba allí a todos. Cole no apartaba la mirada de Daniel para asegurarse de que siguiera controlando la situación. Vio que Daniel observaba a Bell, lo que no era una buena señal.

El juez se irguió para dirigirse al público que ocupaba la sala.

—Muy bien. Ya he dado tiempo suficiente para que se tranquilicen. De ahora en adelante, no quiero oír ni una sola palabra. Al que no obedezca, lo echaré de la sala acompañado por alguno de estos excelentes alguaciles.

Su firme advertencia tuvo como resultado un respetuoso silencio. Rafferty se volvió hacia Jessica y se sentó.

—Joven, ¿quién es usted? —preguntó.

—Me llamo Jessica Summers.

—Explique su presencia en este tribunal.

Jessica se adelantó un paso y miró directamente al juez.

—Yo fui testigo...

—¡La testigo soy yo! —gritó Rebecca.

—Estoy diciendo la verdad —insistió Jessica.

—Está mintiendo, Señoría —la contradijo Rebecca—. La que estaba allí era yo.

Las cabezas iban y venían de un lado a otro de la sala a medida que se intercambiaban las acusaciones. Daniel pasó por detrás de Jessica y le alcanzó un papel al juez.

Rafferty vio el sello que mostraba la parte inferior de la hoja, leyó su contenido mientras iba asintiendo: Bien... bien... bien...

Temblando de furia, Jessica sintió una necesidad irracional de obligar a Rebecca a confesar toda la verdad. Primero, se dijo, tendría que hacer que perdiera el control.

—Vuelve atrás, Jessica —le ordenó Cole al ver que daba un paso adelante.

Jessica se apresuró a obedecerlo, sin dejar de mirar a la mujer que estaba decidida a destruir.

—Ponga las esposas al prisionero, comisario —ordenó Daniel.

—¡Fuiste tú! —la increpó Jessica—. ¡Tú provocaste el incendio! ¡Tú trataste de matar a mi hijo! ¡Tú heriste a Grace! ¡Tú le disparaste al alguacil Cooper! ¡Sorpresa, Rebecca, el alguacil Cooper no murió! ¡Oh, sí, está vivito y coleando! —se mofó Jessica—. Y perfectamente capaz de recordar lo que vio y lo que pasó. Precisamente, el juez se está enterando ahora. Cooper le escribió una larga y bonita carta.

Las noticias hicieron tambalear a Rebecca. Se derrumbó sobre su silla, contemplando a Donald, implorándole ayuda con la mirada.

Donald se divertía con la situación. Podía verse una sombra de sonrisa en su rostro mientras escuchaba atentamente con la cabeza un poco inclinada. ¡Qué considerado de parte de los alguaciles había sido el mantener a la única persona capaz de identificarlo en la otra punta de la sala! Jessica no podía distinguirlo entre la multitud, no con todo el mar de rostros que miraban a Rebecca y a ella encandilados. Gracias a los alguaciles extremadamente precavidos, Donald no tenía que preocuparse.

Sólo tendría que permanecer en su asiento y aguardar el momento oportuno. Sabía que Rebecca esperaba que la ayudara a escapar, pero desde luego que no tenía tal intención. Esperaría y luego se escabulliría de la sala. La pobrecita parecía francamente desesperada. Donald supo lo que pasaría en cuanto le hiciera una señal. Se pondría de pie de un salto e intentaría usar la patética pistolita que había ocultado en el bolsillo. Naturalmente, uno de los dos alguaciles le pegaría un tiro.

Donald también sabía lo que haría Bell. Se quedaría allí, de pie, con la cabeza gacha y los hombros caídos, las manos colgándole a los costados, fingiendo ser el pobre muchachito que el comisario había tratado injustamente. Vaya, ni siquiera había movido un músculo desde que se había colocado frente al estrado de los testigos.

El despiadado asesino era astuto como un zorro. Aguardaba la oportunidad para entrar en acción. El comisario ya había bajado la guardia —el estúpido viejo todavía estaba buscando sus esposas—, y apenas si le prestaba atención a su prisionero, lo que Donald sabía que a Bell le venía de perlas. El comisario tendría que acercarse más a él para esposarlo, y cuando lo hiciera, Bell atacaría. Donald esperaba que se produjera un tiroteo, y mientras los ayudantes y los alguaciles estuvieran disparando, Donald se mezclaría entre el tumulto que se produciría inevitablemente cuando la multitud se abalanzara hacia las puertas para escapar.

En la última fila, un hombre se puso de pie y comenzó a hurgar en su bolsillo, llamando la atención de Cole y Daniel.

—¡Manos arriba! —exclamó Cole, mientras corría por el pasillo central entre los espectadores, con su revólver apuntando al desconocido.

—¡Estoy desarmado, estoy desarmado! —clamó éste, tartamudeando—. Es sólo que necesitaba mi pañuelo. —En ese mismo instante lanzó un estornudo, provocando sonrisas a su alrededor.

Jessica estaba tratando de descubrir a quién buscaba Rebecca entre el público. ¿A quién podía conocer en Blackwater?

—¡Cole! —gritó, mientras se lanzaba a correr por la sala—. ¡Está aquí...! ¡El líder... está aquí!

Daniel corrió hacia ella y la empujó hacia atrás justo cuando Donald le daba a Rebecca la señal.

Rebecca se puso de pie y disparó una sola bala directamente a la sien del comisario, pero antes de que éste pudiera terminar de caer, Bell ya le había quitado su revólver. Disparó al hombre que montaba guardia frente a la puerta lateral, acertándole en medio del pecho, y luego se volvió y le disparó a Jessica. Daniel la arrojó al suelo justo a tiempo, protegiéndola con su cuerpo, pero una de las balas le dio en el hombro izquierdo.

Estalló un verdadero pandemónium, cuando la muchedumbre se puso de pie, obstruyendo la visión de Cole.

Bell, buscando protección junto al estrado de los testigos, volvió a disparar a Daniel, pero no acertó porque éste ya se había puesto en movimiento. De un solo disparo, Ryan logró hacer volar la pistola de la mano de Rebecca, que lanzó un chillido y cayó hacia atrás. Daniel chocó con la mesa y se deslizó de lado sobre ella, sin dejar de disparar. Bell retrocedió tambaleando, cayó y quedó inmóvil. Mientras caía al suelo, Daniel volvió a disparar, rodó sobre sí mismo, y disparó una vez más, esta vez a quemarropa.

Haciendo caso omiso a los estridentes alaridos que se oían a su alrededor a medida que la gente trataba de escapar, Daniel arrojó su revólver vacío, desenfundó el de su cartuchera izquierda y lentamente se puso de pie.

Aún no había concluido la confusión. Daniel apuntó con su arma, la amartilló y se quedó esperando. Sus ojos se clavaron en los de su enemiga. Los ojos castaños apartaron la mirada.

Cole estaba desesperado por encontrar a Jessica. Luchó como una fiera contra la enloquecida multitud, abriéndose camino hacia la puerta a codazos. No había podido tener una visión clara de lo sucedido desde que comenzaron los primeros disparos, ya que la muchedumbre se había arrojado sobre él, aullando, empujando y forcejeando para poder salir.

Finalmente pudo llegar hasta la salida Había perdido su revólver, pero cuando pudo apartar a la última de las personas que estorbaban su paso, lo que vio le paralizó el corazón.

Donald aferraba a Jessica por detrás y retrocedía hacia la puerta lateral, sin soltarla. Con un brazo la sostenía firmemente desde la cintura y con el otro sostenía una pistola presionada bajo su barbilla, con el cañón apretado contra su garganta.

Jessica luchaba como una tigresa, arañándole el brazo y dándole patadas.

Donald parecía insensible a sus forcejeos.

—Señores, lo que aquí tenemos es un empate. Le voy a volar la cabeza, y estoy seguro de que entonces, dado mi historial más bien pintoresco, sabrán que gozaré viendo su expresión después de que la mate. Oh, sé que luego me atraparán, pero no antes de ver su reacción cuando le estalle la cabeza. —Su voz adquirió la dureza del cemento—. Va a ser algo asqueroso. Ya lo he visto antes.

Jessica le hundió las uñas en la piel hasta hacerlo sangrar.

—¡Basta ya! —le ordenó él—. ¿Qué les parece, alguaciles? —preguntó a medida que seguía retrocediendo.

Cole había ido avanzando casi imperceptiblemente por medio del pasillo central. Se encontraba a un metro y medio de Daniel, y fue acercándose a él moviéndose de lado.

—¡Deténgase ahí! —le gritó Donald—. No me importa morir —alardeó—. Últimamente ya he visto muchas muertes. Si quiere seguir viéndola respirar, deténgase donde está y tire las armas.

Ninguno de los dos alguaciles pareció reaccionar. El brazo de Cole estaba rígido. Daniel sacudió la cabeza.

—No va a poder salir de aquí. Suéltela —dijo.

—¡No puedo! —exclamó Donald—. Viene conmigo. Miren allí. Rebecca está gateando hacia el despacho del juez. ¡Ésa es mi chica!

Jessica lo golpeó con toda su alma. Él la apretó con tanta fuerza que sintió que podía llegar a partirse en dos.

—¡Le he dicho que ya basta! —exclamó Donald en su oído.

—No pienso detenerme hasta que me permita decirle a Cole que lo amo. Tengo que decírselo —susurró—. Lo ayudará a escapar, haré lo que quiera...

Donald se echó a reír.

—¿No les parece dulce? —preguntó, dirigiéndose a los alguaciles—. La señorita quiere decirles algo.

—¿Tienes posibilidad de acertar? —preguntó Daniel a Cole en voz baja.

—No —respondió éste.

—Adelante, ángel —la apremió Donald—. Puedes decírselo.

—¡Cole! —gritó ella.

Él sentía que se moría por dentro. Dios mío, por favor no dejes que la lastime... no permitas...

—¡Abilene! —volvió a gritar Jessica.

Sabía lo que le estaba pidiendo. Tenía su autorización, los tenía en su punto de mira, su revólver estaba amartillado, pero que Dios se apiadara de él, no podía hacerlo.

Daniel lo hizo por él.

—¡No! —rugió Cole, tratando de impedirlo. En su mente, sintió que veía todo en cámara lenta. Vio que los ojos de Jessica parpadeaban hasta cerrarse, y vio cómo caía su cuerpo al suelo. Su mente no pudo aceptar más. Vació su cargador en el cuerpo del bastardo, arrojándolo contra la pared. Cole no podía parar. Siguió apretando el gatillo una y otra vez, y el único sonido que salía era el de las recámaras girando, vacías, hasta que Daniel le quitó el arma de la mano.

—¡No le he disparado! —gritó Daniel, con la esperanza de que sus palabras perforaran el embotamiento de Cole—. Está bien. Sólo se desmayó. Levántala del suelo.

Cole corrió hacia ella y se arrodilló a su lado. Su mano temblaba cuando presionó con un dedo su garganta en busca de pulso. Sintió el latido, fuerte y rápido, y se le llenaron los ojos de lágrimas. La alzó suavemente en sus brazos, acunándola contra su pecho.

Jessica oyó que alguien sollozaba. Abrió los ojos y vio que Grace corría hacia Daniel.

El guardia apostado frente al despacho del juez observaba a Rebecca. La mujer tenía la mano ensangrentada apretada contra el pecho. Con la otra, se apoyaba en la pared, tratando penosamente de ponerse de pie, cuando Grace pasó corriendo a su lado.

—Estoy bien, Grace —le dijo Daniel cuando vio sus ojos llenos de lágrimas. Esperaba que se arrojara en sus brazos, pero Grace se detuvo en seco. Una expresión divertida pasó por su rostro al volverse y correr hacia donde se encontraba Rebecca.

Daniel no tuvo tiempo de detenerla. Grace se puso en posición, levantó el puño y le dio a Rebecca un potente puñetazo en plena cara. Rebecca cayó estrepitosamente al suelo.

Grace dio un paso atrás y la miró.

—Duele, ¿verdad? —dijo.

Daniel quedó tan impresionado que no pudo menos que echarse a reír. Se detuvo sólo cuando Grace estuvo entre sus brazos, besándolo.

—Te amo, Daniel. Te amo —susurró ella con fervor, mientras le besaba la frente, la nariz, la barbilla.

Él la obligó a levantar la cabeza para poder mirarla a los ojos, y entonces le murmuró su declaración de amor.

—No te cases con Nigel —le pidió.

—¿Por qué? ¿Porque me amas, Daniel?

—Ya estaba llegando a ese punto, Grace... sí, porque te amo.

39

Todos estaban reunidos en el despacho del juez, viendo cómo el médico se ocupaba de curar el hombro de Daniel, que yacía sobre el sofá de cuero. Grace estaba inclinada sobre él, sosteniéndole la mano.

Cole se encontraba sentado al lado, en una silla a la que le sobraba relleno, con Jessica sobre sus rodillas. Ella había tratado de sentarse a su lado, pero Cole no la dejó moverse.

El juez estaba todavía en la sala dando órdenes a dos de sus ayudantes antes de que llevaran a Rebecca a la cárcel.

Cole deliberadamente bromeaba con Daniel, para distraerlo mientras el médico le hurgaba en la herida en busca del proyectil.

—Estás mostrándote terriblemente valiente, Daniel.

—No te burles, Cole.

—Duele, ¿verdad, Daniel? —preguntó Grace.

—Si te respondo que sí, ¿me vas a dar un puñetazo? —preguntó él con sorna.

Todos se echaron a reír, salvo Grace, que quedó mortificada.

—Jamás vas a permitir que olvide eso, ¿no es así?

—No —le aseguró Daniel.

—Yo voy a ser la que ría la última —presumió Grace.

—¿Cómo es eso? —preguntó Daniel. Su voz sonaba tranquila, pero tenía la frente perlada de sudor. Ansiaba gritarle al médico que se diera prisa y encontrara de una buena vez la maldita bala, pero no dijo una sola palabra porque Grace estaba nerviosa y preocupada por él.

—Nunca me iba a casar con Nigel.

—Lo sé. No te habría dejado.

Cole tiró a Jessica de la blusa para que lo mirara.

—Quiero escucharte decir que me amas. No des más vueltas, Jessie. Lo digo en serio. Es tu última oportunidad, o....

—¿O qué?

Se inclinó y le susurró algo al oído. De inmediato, ella se puso roja como un tomate.

—No te atreverías... no aquí, frente a Grace y a Daniel...

—Soy un hombre desesperado. Si quitarte las ropas es la única forma que encuentro para que colabores, lo haré.

—Desde luego que eso me distraería de esta tortura —dijo Daniel.

Grace se cubrió el rostro con las manos y se echó a reír. Jessica le rodeó el cuello a Cole con sus brazos.

—Estoy esperando —le recordó Cole.

—Te amo, Cole Clayborne. Te amo.

La expresión de Cole se volvió sombría.

—¿Para siempre, Jessica?

—Para siempre.

Con grandes pasos, el juez entró en la habitación, con una botella de buen whisky en la mano. Sirvió copas para todos y luego se sentó frente a su mesa.

—Todavía estoy conmocionado —anunció Rafferty—. No puedo creer que Donald Curtis, un respetable hombre de negocios de este pueblo, fuera el jefe de la banda Blackwater. ¿Qué diablos lo había poseído para transformarlo así?

—La codicia —aventuró Daniel.

—La exaltación —sugirió Cole.

—Tal vez Rebecca pueda contestar a algunas preguntas sobre Donald. Lo conocía bien —dijo Jessica.

—Sé que no debería sentír lástima por ella, pero lo siento —dijo Grace—. Ella lo amaba, y algunas mujeres son capaces de hacer cualquier cosa por el hombre que aman. Incluso matar.

El juez levantó la copa y dijo:

—¿Por qué alguno de vosotros no propone un brindis?

Daniel miró a Cole.
—¿Vas a conservar tu insignia? —le preguntó.
—Tal vez. ¿Y tú?
—Puede ser.
Cole levantó su copa hacia Daniel.
—Por la justicia.

Epílogo

Rosehill Ranch, territorio de Montana

Mamá Rose estaba sentada en el porche delantero, disfrutando de la puesta de sol. Era su ritual cotidiano y trataba de no perdérselo por nada del mundo, ya que, en su opinión, las puestas de sol eran uno de los regalos especiales que Dios le había dado a la humanidad, y consideraba su deber tomarse un momento para apreciar Sus maravillas.

No estaba sola, ya que a su lado se acurrucaba la nueva adquisición de la familia, Caleb. Ambos se encariñaron mutuamente en cuanto se conocieron, y el niño se encontraba parloteando, feliz, en un idioma que sólo él podía entender.

Era una criatura totalmente adorable, y ella no podía resistir la tentación de pasar cada cierto tiempo la mano por sus sedosos rizos morenos.

Toda la familia había vuelto a casa para celebrar la boda de Jessica y Cole y para recibirlos, a ella y a su hijo, dentro del rebaño. La casa estaba repleta de gente, y mamá Rose no podía haberse sentido más feliz.

Alzó la vista y vio a Cole, de pie en el vano de la puerta, contemplándola.

—Sabía que te encontraría aquí —dijo él. Salió al porche, y acercó una silla. Señalando a Caleb con un gesto, dijo—: Es una buena pieza, ¿verdad?

—¡Señor, vaya si lo es! —respondió ella—. No para un minuto. Ahora mismo estaba contándome una extraordinaria historia.

Cole se echó a reír.

—Trae a Jessie de cabeza —comentó—. Al final del día, estamos los dos agotados de andar detrás de él.

—Así es como debe ser —replicó su madre. Luego, poniéndose más seria, agregó—: Eres consciente de la bendición que has recibido, ¿verdad? Jessica es un tesoro, al igual que esta criatura.

—Lo sé —coincidió él—. A veces, por las noches... me quedo mirándola dormir y siento este sentimiento de regocijo... Soy un hombre enamorado —terminó diciendo—. Sin duda alguna.

—Espero que el domingo asistáis al servicio religioso —dijo ella—. Querréis darle gracias a Dios.

—Allí estaremos —prometió Cole—. ¿Vas a ponerte tu sombrero nuevo, el que te envió Grace?

—¡Oh, claro que sí! —replicó ella—. Es demasiado para mí.

—Nada es demasiado para ti, mamá Rose.

El cumplido consiguió ruborizarla y cambió rápidamente de tema.

—Jessica me dijo que Grace piensa abrir una tienda de sombreros en Dillon.

Cole asintió.

—Sus padres van a venir desde Londres para ayudarla al principio. Daniel tiene la esperanza de que se queden.

—¿Cuándo piensan casarse?

—Todavía no han fijado fecha. Daniel tiene que esperar y pedirle su autorización al padre de Grace, pero espera dejar todo listo para el año próximo, al llegar la primavera. Espera que tú vayas.

—Oh, allí estaré, y me pondré mi sombrero nuevo. Daniel ya está en paz, ¿verdad?

—Lo está consiguiendo, mamá —contestó Cole, con una sonrisa.

La puerta de batiente se abrió de par en par, y por ella salieron los otros hijos varones, Adam, Douglas y Travis. Instantes después, su hija, Mary Rose, se reunió con ellos. El corazón de Mary Rose pareció a punto de estallar de amor y de orgullo, y de pronto descubrió que estaba al borde de las lágrimas.

—Estaba a punto de contarle un cuento a este niño.

—Pues nosotros también lo escucharemos —dijo Adam.

—¿De qué se trata? —quiso saber Douglas.

—De un círculo —respondió ella— que comenzó en la ciudad de Nueva York, cuando cuatro muchachitos y una niñita se convirtieron en una familia.

Caleb trepó a su falda y se acurrucó contra su pecho. Ella lo rodeó con sus brazos y comenzó a mecerlo.

—Había una vez...